U0588574

雅众
elegance

智性阅读
诗意创造

斑驳之美
霍普金斯诗精选

Pied Beauty
Selected Poems of Gerard Manley Hopkins

[英]杰拉尔德·M.霍普金斯 著

凌越 梁嘉莹 译

北京联合出版公司
Beijing United Publishing Co.,Ltd.

雅众文化　出品

目 录

埃斯科里亚尔修道院 [1]

1

一幢宏伟的建筑在废墟上绵延矗立着

在卡斯蒂利亚贫瘠的山间；

一段漫长昏暗的灰色；四座塔楼位于

罗盘般伸展的圆圈的拐角侧面；

一座具三重目的的虔诚建筑位于山脊——

首先是回廊式修道院，那些竭力扭曲

上帝福音的人最自豪的家

带着贫瘠的严谨和寒冷的阴郁——

紧挨着皇家宫殿和皇家坟茔。

2

他们这样讲述它的故事；在曾经的

圣劳伦斯日 [2] 的激烈战斗中

费利佩二世 [3] 宣誓，当荣耀或失败

---

1 埃斯科里亚尔修道院，位于西班牙马德里西北约 50 公里处的瓜达拉马山南坡。该建筑名为修道院，实为修道院、宫殿、西班牙国王陵墓、教堂、图书馆、慈善堂、神学院、学校八位一体的庞大建筑群，气势磅礴、雄伟壮观，并珍藏有欧洲许多艺术大师的名作，有"世界第八大奇迹"之称。
2 8 月 10 日是罗马的圣劳伦斯（St. Lawrence，225—258 年）的殉道纪念日，他是最早的一批基督教殉教者之一。
3 1557 年 7 月，西班牙和英国联军攻入法国北部，围攻圣昆廷城，8 月 10 日决战时刻，西班牙国王费利佩二世对这一天的守护神圣劳伦斯许诺建造埃斯科里亚尔修道院——如果他取得胜利。

系于激烈混战的对决中，

"所以现在我是胜利者，我发誓付出

圣劳伦斯曾经厌烦的最贵重的礼物，

当首领和君主送来他们的礼物并放置于

他的圣餐台上，用最珍贵的宝物

永远将其装扮得高贵无比。"

3

因那忠实的圣人仍在称颂他的主人之名

当他劈裂的肉体躺在炉栅上嘶嘶作响[1]；

然后说不出声来；那可怜的垮掉的身体，

悬垂如一艘沉没的破船，被火焰而不是巨浪拍打着——

于是，在他的虔诚中变得难以置信，

费利佩，设想那至高礼遇的馈赠，

会是这种信仰的雕刻形象，

树立起炽烈的恒久不变的象征。

4

他把那修道院修建得像一座庞大的炉栅；

回廊之间交错着相似的

长条石垒砌的院子；超越那僵直的状态

那座伸展着的宫殿平躺，犹如固定的把手[2]。

1　圣劳伦斯据说是在烤架上被烤死的。

2　埃斯科里亚尔修道院护卫厅是参照某种烤架形式建造的——长方形的修道院是炉栅，回廊是栏杆，高塔是倒立的腿，宫殿是把手。

然后他把盛泉水的洗涤盆与雕塑石像混合在一起。

——坟墓之前竖立着一道大门 [1]，

一个内心黑暗的忠实侍卫守护着——

仅打开了两次，于生和死之间，向国家，

向新生王子，向无生气的国王遗体致以敬意。

5

当从异教之地的布道坛

咆哮者尖叫狂吼着叛乱之时，这应是

一个真正信仰的堡垒 [2]，和中心立场

同时随之而来的是，准备好的虔诚的受难

使节们也许会冲动，猖獗地狂热，暴躁，

对于顽固的弗拉芒人；那强迫说服的

权杖在自由的人身上挥动。——

因为，那儿是烈士尸骨最深的埋葬地，

他们请求恕罪，叫喊道，"给我们的上帝最好的服务。"

6

哥特式的优雅是无法完全证明的

与高窗滑动的窗花格射出的

密集彩色光线面对面；

而叶片状的花冠（指出艺术之路是如何

---

1 埃斯科里亚尔修道院包括皇家陵墓，它有一扇门，只在准继承人诞生，
及君主葬礼时打开。
2 费利佩在荷兰竭力试图建立宗教法庭。

最好地遵循自然）在一座

完成的菱形织物迷宫中，充盈眼帘

和飘隐的踪迹，那里一个美人游荡着

又融化于另一个之中；高高的天花板

带着徽章的穹棱，涂满庄严的色彩。

7

那儿四周都没有经典的寺庙柱式

那刻有厚重的陶立克[1]风格的宽大凹槽

的柱子，也没有莨苕叶形装饰顶部的柱身，

沿着檐壁饰带绘有泰坦神的子嗣

他们与众神争夺天堂；灿烂的色调，

带着金色的嵌条和丰富的纹章装饰，

在飞檐的下方位置，骑兵们驾马

以神圣的形式，一种充满激情的骑士精神

轻盈的优雅以及完美的和谐之胜利。

8

那变幻多端的摩尔人曾留下的美丽遗迹

带着海市蜃楼梦幻的绚烂，

那些迷乱的形状和色彩，但现在剥夺了

征服者粗鲁的荣耀；且并不是完全

---

1 是一种没有柱础的圆柱，直接置于阶座上，由一系列鼓形石料一个挨
一个垒起来，较粗壮宏伟。圆柱身表面从上到下都刻有连续的沟槽，沟
槽数目的变化范围在 16 条到 24 条之间。它形态简洁，其柱高是直径的 6
倍，雄健威武，象征男性美。

不在意他们的优雅，埃斯科里亚尔修道院

在幽暗中升起，一种庄严的嘲讽

那些鎏金的圆拱凋零在一个秋天。

这些对于久远岁月是

信仰之骄傲，不苟言笑的虔诚家园。

9

....

10

他敲响着长廊和装饰有上檐的大厅，

华丽印花装饰的纹章及叶片簇拥的雕刻堆积。——

那多彩的壁柱装饰的墙身，随着绘画闪闪发光——

在这里，那贞洁的母亲与她的孩子玩耍着

在一片宽广的有棕榈树点缀的草地上，圣洁地微笑[1]。

举着一个鲜花十字架，紫色花朵盛开；

他，在那儿王冠凋萎，他自己被唾骂

又肉眼可见出着血。——就这样从一个房间挂到另一个房间

克劳德梦幻般的技艺，以及提香怡然的忧郁。

1　在一张拉斐尔的绘画中，圣母马利亚和圣约瑟夫与他们的孩子在一片宽广的草地中，后面是一棵棕榈树。

11

在巴黎展览会某些黯淡的风景画[1]上

带着致命的微笑，绷紧扭曲那些令人艳羡的水果

献给束着金腰带的塞浦里斯[2]；——那里的刻瑞斯[3]

在西西里牧场上狂奔了数英里；

但是，倒霉的年轻人，安提诺俄斯[4]此刻

歪着他的肩膀凝视着；凑近察看

在那儿，福玻斯[5]为那个被仄费罗斯[6]狡猾地

变成一朵花的人哭泣；在那儿，用平静的眼神

阿波罗看着那被重击折磨的皮同[7]翻滚扭动着死去。

12

然后整个下午，夏日的阳光

洒在回廊中；洒在墙壁上

富丽的提香消隐了；在迷离的微光中

那些微尘在无休止的漩涡中闪耀又坠落

进入冷却的幽暗；直至一切慢慢地

在日积月累的灰尘中渐趋黯淡；

来自飞檐高度的整齐线条中的吊灯

---

1 指鲁本斯、提香绘画中常见的暗色调。
2 古希腊神话中，对情欲之神阿佛洛狄忒的敬称。
3 古罗马神话中的农业和丰收女神。
4 古希腊神话中，奥德修斯外出期间，一群糟蹋他的王宫、强迫他的妻子珀涅罗珀改嫁的求婚者的头目，后来为奥德修斯所杀。
5 太阳神阿波罗的另一称谓。
6 古希腊神话中的西风之神，吹来雨水的暖风的化身。
7 古希腊神话中的巨蟒。

米兰的刀锋在旋转中发出响声，锈迹斑斑

银制雕花盘子在岁月的外壳中变得模糊不清。[1]

13

但从深秋的山间峡谷

雨水哗啦哗啦倾泻而下，冲刷着沟壑[2]；

晚祷时刻，狂风暴雨骤然

抽打着铸模环绕装饰的露台；

祭坛上的烛台在狂风中徒劳地摇曳；

修士们慢慢地吟唱格里高利圣咏，越来越大声；

在远远的走廊里，带着痛苦的紧张

门在持续的炸裂声中砰地关上；声音越来越低，

随后风吹过，山间回响着悲痛的呜咽。

14

翌日清晨一位住在山腰的农民

到来，在细雨中诉说昨夜

两个迷路的牧羊人如何丧生在洪水中；

但往下深入那山谷，往左再往右，

滚落的碎石砸毁了村舍茅屋。——可怕阴郁的景象——

1　埃斯科里亚尔修道院被后来的西班牙国王持续装饰过，直到半岛战争（1808 年—1814 年，是拿破仑战争中主要的一场战役，地点发生在伊比利亚半岛，交战方分别是西班牙、葡萄牙、英国联军和拿破仑治下的法国），法国人为了复仇，派出了一队拉乌赛旗下的龙骑兵，他们进入埃斯科里亚尔修道院，洗劫并掠夺了一部分最珍贵的宝物。修士们随后离开修道院。从那时起，它就被遗弃了，无人居住。第 12 节描述了这件事。
2　埃斯科里亚尔修道院经常暴露于从瓜达拉马山横扫而下的暴风雨中。

一种无尽环绕的死一般的寂寥：
直到，（害怕比他逃跑时被踩躏得更惨，
困惑的弗兰克是什么时候冲回来的
跌落在宫殿里，乌合之众粗鲁的欲望，）[1]

15

自从遭踩躏的西班牙被王室不和撕裂
鲜血横流，他们最终厌烦了马德里，
那里最好的残迹；——如此荒凉的家园
很久以前修士们就已离开：从此不再有
地球上的第八奇迹，在规模和藏品的丰富程度上
以及艺术和美的层面：名头现在太空洞——
它看起来太不可思议，从前曾承载过
这样的希望；为了庄严，只剩下贫瘠和沉闷
比宫廷变幻的浮华更令人惊叹。

1　由于担心卡利斯特家族掠夺埃斯科里亚尔修道院，他们把剩余的精选
的财宝搬到了马德里。

刮风的夏日

烦恼的榆树树梢因这景色而苍白
主宰湛蓝的天空；
那是风在银色的波浪中鼓荡
摇摆着穿过挣扎的柳树；
那栗树叶子在放荡地调情，
裸露的是白杨的丝质裙摆；
蓝宝石般的水潭被白昼的光照耀
喷涌出一阵阵银色的光；
当微风按顺序和层次
把云铺在掠过的蔚蓝上。

任何你喜欢的片段

美丽，不过是幻想中的美丽；
她悲伤的眼睛是干涩的，本想哭泣；
她站在一盏不属于她的灯前，好似

那凄凉的月亮，惨白得令人怜悯；
她起晚了，错过了她的痛苦之路
在徘徊中直到天明；

然后在荒芜的天空中被发现
脸色苍白，就像一个人在悲伤中尝试飞翔
她不求生，只求死的地方。

墨西哥湾流带来的冬天

那树枝，那树枝完全光秃秃
但大地从未感受到雪。
我们的常春藤被粗糙的霜冻颗粒裹覆

黑莓上挂着白霜。
沙哑的树叶在嘶嘶作响的地面缓缓移动
因为叹息的风在低低地吹。

但如果暴风雨解除束缚
从湿漉漉的羽毛上拧出水滴
阻塞的小溪流淌着哽咽的声响

揉捏拢成堆的淤泥
把他的沟渠，阻挡在灌木丛
落下的枝叶湿冷的表皮下。

一段简单微弱的鸣叫
是冬天的鸟敢于尝试的全部。
那月亮的号角在白昼飘移

天空镜子般白洁，

就像一座透明的玻璃山，
而蓝色铅笔在其上优雅地书写，

我从未见过她如此神圣。
仅仅凭借黑色树枝，罕有地
戴着的围巾丝滑闪亮，

那湿润的布满蛛网的西方
在那里，深红的流星聚合
看来是为了伺机享受休憩和盛宴。

我看到长长的紫色礁石
在绿宝石覆盖的昏暗沼泽里
帕克托鲁斯[1]金色的河水烦躁地涌动

它的有棕色斑纹的码头和黄色河沿，
苍白的柔波一边啜泣一边流淌，
勉强延伸到它燃烧的边缘

阳光洒入平静的蓝色薄雾
落山了，我们的一天也告结束。

---

1 土耳其境内的一条河流。

"她训练她眼睛里轻浮的瞳孔"

她训练她眼睛里轻浮的瞳孔，

用平垂的睫毛平息他们的不安；

并闭紧她的嘴唇，以免

惊诧处于暴乱状态的景象。

如果他怀疑她是否会为

他的受伤叹息，她将用强烈的羞耻感来报复。

她把她的爱寄托在大斋节[1]的饮食上，

学会了，不要被他的名声吓倒。

1　大斋节亦称"封斋节"，是基督教的斋戒节期。据《圣经》载，耶稣于开始传教前在旷野守斋祈祷四十昼夜。教会为表示纪念，规定以四十天为此节期，到复活节前夕结束。教徒在此期间一般于星期五守大斋和小斋。

情人的星星

命中注定的情人，他的星星
　　比光的世界更金黄，
越过荒凉，越过河流危险的
　　阻碍，用水砣测深，穿过暴风雨的夜晚，

或者如果他离开西方，
　　或者为分裂的南方所抚养，
当他的星星到达天顶，会发现
　　他情人的嘴角挂着赞许：

虽然她坐在那里，不受挑战，
　　三个对手挤坐在她的花园椅子上，
虽然银色种子飘过
　　在他们上方，顺着气流，

微风继续吹拂，净化海洋
　　在法国的丘陵上缠结，
然而，这却让他无比轻松
　　提前了八千弗隆 [1]。

1　英国的长度单位，一弗隆约等于 201 米。

但在另一个人的星盘里

　　糟糕的土星，一脸凶相

面对金星。——他那未实现的希望

　　在岌岌可危的避风港里，一片狼藉。

他遇见她，她的微笑毫不吝啬；

　　她对玫瑰的选择心知肚明；

和她一起舞蹈：一直以来

　　他们犹如分开的新西兰和澳大利亚。

他病态的星星摇摇欲坠。如果这还

　　不够，他就更不可能获胜。

他在仲夏节遭遇

　　冷酷刺骨的拒绝。

"在纯净的晨曦东移时"

在纯净的晨曦东移时，
在彩虹号角的统驭下，
在几颗露珠滴落的最初信号中
舔舐着灌木丛地面上贝壳般的落叶，
在高大摇曳的松林飘送的清香中，
在爬满藤蔓的温室的回廊灯下。

"远方 / 点缀"

远方

点缀着凋零的树木

每个人都被阴影所笼罩。

孔雀的眼睛

你看孔雀的眼睛
绿色的光环闪烁着，
交替着蓝色染液，
而那像菜豆一样的碎片，
那瞳孔，顾盼间放射着黑色的光泽
为了赢得紫罗兰的一瞥。

爱准备飞翔

他扇动翅膀，好像要飞翔；
他们用玻璃般的光织成了天空。
踮起脚尖，他的身体摇晃，
像风中迷惘的玫瑰；
在风的旋涡中，他前行
终于飞升到蓝天上。

禾场和酒醉

王说，耶和华不帮助你，我从何处帮助你。
是从禾场，是从酒醉呢。
《圣经·列王记下》6:27

你这因罪而挨饿的人，
看哪，我们有收获的喜乐：
因为我们收割初熟的果实，
因为我们从根部被拔起，
被残忍地束成禾捆，伤痕累累，
在打谷场上被鞭打；
他的头上是磨坊屋顶
在早晨，我们找到天上的面包，
并且，在一千个祭坛上摆放了
基督，我们的献祭已经完成！

你那干涸的土地因为受潮而皲裂，
我们与踩踏葡萄的人一起呼喊；
为了我们，葡萄藤被荆棘围起来，
以五种方法将宝贵的枝条撕开；
树上挂着可怕的果子

在客西马尼园[1]里；

为我们受髑髅地[2]的痛苦

酒从酒榨机里榨出；

现在于我们祭坛的罐子中存储

是我们主甜美的佳酿。

在约瑟[3]的园圃中，他们扔掉

这被撕开的葡萄藤，没有叶子，毫无生气，枯干：

复活节的早晨，树又生长，

四十天内，从地面抵达天堂；

很快整个世界就被覆盖；

你们累了，到树荫下来。

他在我们的田地上栽种

摇晃她的果子作为乳香，

当他把我们捆起来，

当他让我们承受他的叶子。——

我们几乎不愿称其为盛宴美食，

而是我们的救世主和我们的血液，

我们就是如此被嫁接到他的树林里。

1　基督被犹大出卖被捕之地。
2　即各各他，基督被钉上十字架的地方。
3　《圣经》中雅各的第十一子。

新读物

尽管信中说
在蓟上，人们不指望摘取葡萄，
　　我宁愿读这个故事
士兵们如何把荆棘缠绕在基督头上
　　结出葡萄，滴下酒来。

虽然当播种者播撒时
有翼的飞禽也参与了，一部分落在荆棘里
　　永远没有变成谷物，
一部分在坚硬的道路上找不到根，——
　　基督不顾一切危险，展示了果实。

他从岩石废墟中带来
五千人的粮食：在荆棘上他撒下
　　从他低垂的头上掉落的谷粒：
并且不会有那群有翼的东西
　　用轻松的翅膀载着他飞向天堂。

"他解除了过去的旱情"

他解除了过去的旱情，

河流在干涸的地方流淌，

田野上洒满慈悲的露水。

他使我口唱新曲，

言辞陈旧，意旨新颖，

并教我的嘴唇引述这句话

——我将活着，我将不死，

但当震惊被贮存

我将理解主的救赎。

我们聚在一起，你和我，

相聚在一英亩地里，

我将目光转向你，

你会回答我，

我们将被一条带子捆束

在收获和存储中

当如此茂密的天堂般的山谷依然矗立，

和谷物一起，他们将欢笑、歌唱。

天堂避风港

(修女戴上面纱)

我很想前往
　　泉水不会枯竭的地方，
飞向没有锋利棱边的冰雹的田野
　　几朵百合花盛放。

我也想要那样
　　一个地方，没有雷暴，
绿色波涛在避风港里默默蠢动
　　远离大海的激荡。

"我必须攫取奖品"

我必须攫取奖品
　　我的心列出的地方。
必须看到鹰的庞大身躯，在薄雾中显现
　　以三倍大的尺寸悬挂着。

　　必须看到碧海澎湃
　　　　在激浪落下的地方
朝着荒蛮之地，那里冰块倾斜着碰撞着，
　　离极点不远。

"为什么他们愚蠢的乐队"

为什么他们愚蠢的乐队，他们绝望的灵车
玷污这永恒的节日？
乌鸦，因为预示了吉祥的诅咒
反身感谢，也许会提供这样的阵列。
上天送来安慰，但又把它赶走。
收集死神翅膀上的乌黑羽毛
可怜的尸体被它刺穿、损毁，
如果是这样，那是天使在盘旋。
计数着玫瑰十字架上被诅咒的灾难。

"为何是这样，在这凄凉的早晨"

为何是这样，在这凄凉的早晨

他虚伪的手掌为何捂住突然爆发的悲叹；

太阳本应躺在灰色条纹状云层里，静静诞生；

同时，笔直的阵雨紧随其后；

而仍然黝黑，起伏的松林会将

树梢一起投入一场暴风雨的洗刷中。

"要不然他们的咕咕声就是从树冠传来"

要不然他们的咕咕声就是从树冠传来
像一阵自得的风，或瀑布温柔的
冲击。我们把这叫声和所有这些
音响调到一个键上，发出和声。

"解开这个结是一件困难的事"

解开这个结是一件困难的事。
彩虹闪耀，但看来只是在他的
思想中。然而，并非仅凭这一点，
谁通过想象创造了彩虹？
许多人站在瀑布周围
看见每个人都鞠躬，但对所有人却不尽相同，
但每只手比下只手都要更宽厚。
太阳在流水上写下文字
这文字在眼睛还是在思想里。
解开这个结是一件困难的事。

"在切成方形的陡坡上闪烁"

在切成方形的陡坡上闪烁。
他们在深洞里咀嚼反刍的食物；
他们的脸颊和内里的骨骼都在动。
过去吃的野生蜂蜜
失去它们的味道，被卷入
罪的苦痛之中。

这群不信神的人会遭遇什么
暂时还没有出现，直到
一缕光照亮了山丘侧面
的条纹和褶皱
山谷的出口被堵得严实。
死神的骨头哐当一声掉下来
就像采矿之火的残骸一样。

"后来我陷入狂喜"

后来我陷入狂喜
在洪水泛滥之前看见那些人
他们从前是不顺从的。

"想象开篇的一页被照亮"

想象开篇的一页被照亮

有着现成的天蓝色和高浓度胭脂红：——想想吧

她的脸是这样的，就像菱形花纹的棉麻布

带着一圈圈的血管；甚至没有一点粉红色。

"斯托里小姐的性格！你要求太多"

斯托里小姐的性格！你要求太多，

当红颜知己定下了任务

我怎敢给梅小姐描述斯托里小姐？

如果她辜负了我的信任怎么办！

如果因为我的这个话题，怨恨起来怎么办

如果全是恭维，就一文不值！

不：向她表明这只会冒犯她；

但坦率从未伤害过最亲密的朋友。

　斯托里小姐意志力一般，

但有了这一点，却相信它会更棒：

尽管她藏着掖着，人们还是可以猜到

她在内心深处滋养着发光的希望；

很能表达强烈的感情吗

虽然很容易把它扔往一个奇怪的方向；

喜欢奉承，和别的女人一样，

但还没有学会优雅地接受它；

她喜欢的东西似乎常常遭鄙视，

而对爱——一个致命的错误——却摆出倨傲的态度；

有足够的风趣和魅力，如果她愿意

让人知道——但它们应该更自由地展示。

她对自己最敏感，

说起自我牺牲，却不能原谅；

她注定要在逆境中取得胜利；

她很谨慎，但永远不会有智慧；

而且，总体上拥有良好的美德，

在她灵魂深处有点自私

她没有意识到她的性格。

并且完全不能以别人的视角看待；

她相信自己有宗教信仰，但事实并非如此；

她以为自己在思考，却从未想过；

以为会结婚，成为一个甜美无比的妻子，

却仍旧单身，过着误入歧途的生活。

"海伦偷走了我的爱吗"

海伦偷走了我的爱吗?
　她从来没有这样的智慧。
还是简? 但她太普通,
　无法图谋完成它。

中间有一段糟糕的诗, 然后——

　可能是海伦、简或凯特,
　　也可能不是这三者之一:
　但我孤身一人, 因为我的爱已经消失
　　这对我来说应该是真的。

　赫克洛茨的说教我再也不听了:
　他们已经过时——一年到头都在布道。

(春天的树林)

(a)

　　——在那片树林浅浅的交叠处
我们发现了一种变色的生长物，
在蓝铃花的湖泊里，点缀着报春花。

(b)

　　在那片树林的绿色斑点里
中心是报春花的眼睛：蓝铃花飘走了
在灌木丛上缠成一团。

伊娥 [1]

她身体前倾，弓着背，一动不动，
她被白色杂草浸湿的膝盖并拢在一起，
她丝绸般的皮毛很有光泽，像一座小山
晨光如表面起绒的宝石，天气如此灿烂。
她的鼻翼闪闪发光；还有她湿漉漉的黑眼睛
她半闭的眼睑遮挡着天光。

她手指长的新角上涂着黑色；
阴影依附在她形体的凹陷里；
她乳白色的喉咙和打褶的颈项垂挂的皮肉
是静止的；她的脖子有一圈一圈的皱纹；
她的色调是各种各样的棕色，奶油色的湖泊，
就像带有黑色裂纹的栗色锦缎。

她美丽的黑绒耳朵向后舒展着；
她头上羽毛状的锁结
在微风中嬉戏；现在她的恐惧已消失，
她的看守带着他警惕的独眼死了？

---

1 古希腊神话中宙斯的情人，赫拉出于嫉妒把她变成母牛，阿耳戈斯奉
赫拉之命，监视伊娥，但被赫尔墨斯所杀。赫拉又打发一只奇异的牛虻
刺她，母牛到处奔跑，最后逃到埃及。在那里，宙斯使她恢复人形。

现在，早晨不再像新蛇怪似的盯着她，
夜晚也不会到处都是火焰的光环。

彩虹

从一侧看见

他把明亮的根埋在水草里，

而玫瑰色部分，一部分变成绿色；

但他的另一只脚在三英里外

他从村庄的羊群中升起

那布满露珠的平原；哈弗林教堂的塔楼可曾

吸入这样的空气？或者榆树迅捷地

以这样一种紫罗兰淡淡地掩饰远处的绿色？

"——是的，他们在一起有一段时间了"

A. ——是的，他们在一起有一段
    时间了，就像交错的雪莉杯
    吮吸闭合的橡子；一如手和手套；
    当水用模具制成导管，它就会流入；
    就像船的龙骨锁紧内龙骨——

B. 现在让我
    撼动并解除你榫接的隐喻。
    从手上取下手套；橡子杯中
    掉下果实；管道干涸或破裂；
    搁浅的龙骨和内龙骨分开；
    还有你们两位，诸如此类。

"——我就像一颗彗星"

　　　　——我就像一颗彗星，

不值得发现，在某个角落被看见

缩小了两颗星之间细微的差别。

来自太空，或者通过令人兴奋的自然力量

突然出现，因为没有人知道：

当她看到太阳时，她就成长、变大

并旋转她的裙裾，而她的中央星座

摇动茧状的迷雾；所以她来了

奔向光明的田野；数百万条移动的射线

穿透她；她挂在烈焰闪耀的太阳上，

像基甸的羊毛 [1] 一样吸取光明：

但随后她的拴绳呼唤她；她掉下来，

当她把她的金色罩衫撕成碎片

在姊妹星球之间，直到她来到

单一的土星上，最后的和孤独的；

然后走进洞穴般的黑暗中。

于是我走出去：我小小的甜蜜已尽：

我从这有感染力的太阳中汲取热量：

现在我奔向还算温柔的死亡。

1　见《圣经·士师记》6:37："我就把一团羊毛放在禾场上，若单是羊毛上有露水，别的地方都是干的，我就知道你必照着所说的话，借我手拯救以色列人。"基甸是《圣经·士师记》中的犹太勇士，曾击败了米甸人。

"不，他们来了；他们举起号角"

不，他们来了；他们举起号角；

他们伫立，在阳光下闪耀，名声已逝

所有的追求都是颂扬自己的伟大；

他们的号角声从田野各个角落传来

用有力的唇舌痛斥坚固的高塔；

他们的驮鞍就像清晨草地中的镰刀；

傍晚时分，他们像火焰一样聚集在我们的悬崖上。

在早晨，他们像雨一样降临到我们的土地上；

他们犁过我们的山谷；你看到那摇曳的火光

冲散他们起伏的队列；当他们停下来，

他们似乎给群山披上金色的斗篷；

他们揭开所有隐蔽之所，切割田野，然后吞没

来自所有城市的宝藏，诸如此类。

"现在我想把烟斗拿在手里"

现在我想把烟斗拿在手里

为衰朽的岁月献上一首歌；

现在当那繁茂的树林依旧忍受着，

　　　而秋天树枝上

黄色的羽毛几乎没有出现；

　　　既没有阳光也没有雨水；

灰色的天空给寂静的大地盖房子，

平原上的树林看起来更蓝更灰。

这么晚了，苍绿的栗子破芽了。

在秋天的风中哺育新叶；

这么晚了，树液和血液中已没有力量；

　　　倚在墙上的水果

从茎秆上垂下来，已完成它们的夏天；

它们本该因春天的绿苗饿死，

　　　或者根本没有存在过；

要么太晚，要么太快，

谁通过猎人的月亮[1]首先认识了月光。

1　中秋满月后的下一个满月，大约在 10 月的第三周。

"无人察觉的冰冷的鞭状蝰蛇"

无人察觉的冰冷的鞭状蝰蛇

在那边蜿蜒游过,即将滑走

离你太近,你必须忍受

旁边是坚硬的环状无足蜥蜴。

为圣多萝西娅画像

我提着篮子，两旁是草地；
我如此轻盈，我如此美丽，
当我经过，人们一定会对
我提的篮子感到惊奇，
我把甜美的花朵放在
新画的绿色落叶中，——以甜蜜代替苦涩。

我指给你看百合花，可一朵都没有，
恺撒的花园里完全没有盛开的花，——
手里有一只柑橘，——可没有一只
挂在你下面的树枝上；
不结果实，因为它们的花蕾没有春天；
没有春天，因为世界正在越冬。

但这些是在东部和南部发现的
那里冬天是被遗忘的季节。——
飞燕草唇上的露珠
噢，难道它不曾猝然消失？
在有如繁星点点的沼泽地上，他们画下
这些水滴：他们将成为哪一个？星星还是露珠？

她手里拿的是柑橘吗？然而凝视：
确切地说，它是变大的月亮。
看哪，天堂和银河相连！
那是她成行的飞燕草。——马上？
如此迅捷地围住，甜蜜的灵魂？——我们看见
没有果实，没有花朵，也没有多萝西。

理查德的生活片段

（i）

像云一样空虚，无人居住，无人容身，

它的裂口和凹陷没有被瞥见，

和那些虚空一样，平缓的丘陵出现了

在一年中这样一个季节。

没有母羊的咩咩声，也没有阉羊的鸣叫，

只有铃铛似的毛地黄一起发出含混不清的声音。

然而，有一个人将他的羊群赶在他前面，

独自站在山顶，天空就在头上。

在第一次下降的时候，眉头低垂

他坐着，在云上勾勒出自己的轮廓。

他的羊群像是从那里走来，

一只接一只，向前行进，持续不绝

他们变换的脚步一直闪烁而过

小小的铃铛给他们的脚步带来节奏。

与那甜蜜的孤独相契合，

他是有田园牧歌情调的牧羊人

连阿卡迪亚 [1] 和海莫尼 [2] 都不曾知道。

1　古希腊一山区，传说那里人情淳朴，生活愉悦。

2　一种植物，被诗人弥尔顿描述为"拥有至高无上的力量，可以抵御所有的魔法"。

他的故事已经给我讲述过。

(ii)

但是什么让牧羊人理查德摆脱了低谷，

在废弃的城镇里结识朋友？

是什么让他乡下人的嘴唇变得优雅，

带来温柔的友谊，

在许多人心中找到那么多主题？

是什么教育了人性和艺术的完美？

还有瀑布和海浪上的叮当声

为我们的牛津之钟带来多少音乐？

(iii)

"西尔维斯特，来吧，西尔维斯特；你可以信任

现在我们立足于可怕的尘埃中，

在短短半小时内变脆变硬了

站在朵朵盛开的阵雨前

在池塘里还能制造出破碎的涟漪。

彩虹也会在远处成形

他擦亮石板和房屋。来看看吧。

如果你愿意，你可以引述华兹华斯的诗句给我听。"

西尔维斯特来了：他们经过卡姆纳山 [1]，

遇到一场新的阵雨，又看到彩虹充盈着

---

1 位于牛津以西。

从一只脆弱的破损的号角到那平原

他那稳定的轮毂再次完全开动了。

他们看着雨丝飞快擦过，

在一片黑暗的灌木丛的帮助下

深深扎根于向下凹陷的田野中；

然后寻找这样一个绿叶的庇护所，

每个人都把蓝铃花摘下来，作为安慰

拿着报春花，它们被拔出并画成图的叶子

并没有被遗忘，因为报春花的音符

蓝色与明亮的地方并不遥远。

（ⅳ）

有一块几乎是平坦的草地：你追寻

那条河像腰身一样缠绕着它。

远处，河岸陡峭；一丛灌木

环绕它，朝着天空方向逐渐变得稀薄，

用平行的箭杆，——像向上分开的灰烬，——

他们最上面的细枝被拔出，睫毛般漂亮，

轻轻触碰中心和巢状斑点，——

还有橡树，——但这些叶子结得更紧。

巨大的黄油般的毛刺叶铺在僵尸般的斜坡上

河对岸，到处都是草地，

每个都是有凹痕的圆圈。草是红色的

而且茂密，树都染了色，但头顶上，

乳白色和深色，带着一种调和的压力

将它们变成适度的灰绿色，

让阴影更甜美。一种精神上的恩典，

华兹华斯会继续谈论那个地方

让理查德感受到甜蜜的解脱之痛

再去追寻一些毫无痕迹的思绪。

在最遥远的地方

（在此岸延伸地最远处，在彼岸是河湾

最凹陷处）躺着西尔维斯特，读着济慈的

书信，而微弱的田园牧歌在流传

来自高原和其他野地的羊

的声音传到他耳中。理查德来了。西尔维斯特微笑着

说："我喜欢这个：它几乎是孤岛，

河流横跨它，底部很深。

我希望我们旅行经过的所有地方

都让我们如此满意。"

"一切就像那只被称作夜蛾的飞蛾一样"

一切就像那只被称作夜蛾的飞蛾一样，飞落，
踱步、转身，于是通过幼枝透露了
她素淡简朴的外罩混杂的
颜色就像玫瑰的容颜一样光滑清新。
她艳丽的叶子，以温柔的淡蓝色衬托
我的思想也是如此——玫瑰色间杂着灰色。

"明天去见你？哦，明天不行"

明天去见你？哦，明天不行。

　　我不会去尝试的。

　　恐惧、阻碍和窥探

　　在糟糕的悲痛之后。

但带着甜蜜的执着

他总是轻率待我

　　并且不会否认。

斯蒂芬和巴贝里的片段

　　　　——她在一棵梧桐树旁

它们姗姗来迟的树叶屈服了

常常被渴望的风吹走，

毫无慰藉地堆积着，也没留下痕迹

当她的眼泪还在流

她满是皱纹的手指紧紧捂住眼睛，

掩饰着泪珠的滑落

与此同时，几片锯齿状的树叶

落在她的膝盖上，她很快将它们拂去。

"这让人厌烦的圣马丁节[1]，如果在夏天就好了"

我听见她说，可怜的受苦的灵魂。——

"要是在夏天就好了。"她又唱起

《柳树》的乡村之歌。"可怜的灵魂——

（像我一样）——坐在梧桐树旁叹息。"

也许正是为此，她选择了这个地方。

1　每年十一月十一日。

"修剪过的树枝，梳理过羽毛的鸟儿，都更加美丽"

"修剪过的树枝，梳理过羽毛的鸟儿，都更加美丽；

　　为了使它们变得优雅，尖顶带有对角斜拱；

华丽的柱子被倒角；到处都是

　　谨慎减少的人反倒提升了价值；

钻石切割得更好；谁在修边，修补；

　　雕像是按英寸来估值的吗？

这样我们将获利，趁金币尚有

价值，尚在流通，尽管其边缘已磨损。"

"当仰望天堂高处的眼睛"

当仰望天堂高处的眼睛
细查云雀的退隐处
（因为那音乐是从他的鸟喙发出的
所以带有姊妹的感觉）找不到痕迹，
但许多银色的幻想的火花
在春天的空气中飘浮，而天空在游动，——
然后，耳畔经常响起新的嘶吼，
在他们身旁，围着树篱，听他说：
最后发现这只鸟身形摇曳而苗条。

感官立刻把音乐传回，
真正的甜蜜重新归因于上苍。

夏日诅咒

少女在快乐的清晨哭泣，
树篱折断，母牛丢失，
野花使田野荒凉，
正午有微弱的光芒，
大麦变成野生的杂草。
七根麦穗覆盖在倒伏的谷物上，
母亲没有奶水喂孩子，
　父亲疲惫不堪。

约翰将会躺在无风之地，
憎恨那些一脸病容的咒骂的水手，
詹姆斯会憎恶他消退的激情，
在邪恶的战争中变得邪恶。
没有雨水滋润平坦的大海，
也无法弥合黏土地的疮疤，
每颗心都厌恶地想
　那最亲爱的变得讨厌。

圣特克拉 [1]

那是他在砂质淤泥中飞快流逝的时光

扼杀甜蜜美德的荣耀本应是时间巨大的罪恶。

谁会想到特克拉？然而她的名字广为人知，

是圣母马利亚之后，最纯洁的。

到福音时代的第一个黄金时代

而明亮的科尼亚 [2] 向东抵达我的尾韵。

在圣保罗干净整洁的大数 [3] 附近，传说在那里

珀伽索斯 [4] 筋疲力尽，跌落于荒凉、险峻的天空中

抛下骑士和翅膀，虽然这些都不存在 [5]，

圣保罗是大数真正的柏勒洛丰 [6]。

他们是邻居；但（亲近却不能做什么）

---

1 圣特克拉被认为是第一位女性殉道者。詹姆森夫人指出，"在东方，在基督教早期，人们对这位圣人的崇敬之情如此之深，以至于将某个女人与圣特克拉相提并论，都被认为是对这位女性的最高赞美"（《神圣与传奇艺术》，1850 年第 2 版，329 页）。

特克拉住在艾科尼厄姆（以哥念），已经订婚了，但无意中听到保罗的讲道，她改变了主意，放弃了原先的计划，追随保罗。随后，她作为一名基督徒被判处火刑，但最终获救。后来，当她被重新抓住时，她被判处扔给野兽，但又奇迹般获救。她被称为圣母特克拉，因她的纯洁和治愈病人的能力而闻名。

2 土耳其城市名。

3 城市名，圣保罗来自大数（《使徒行传》22: 3）。

4 神派来帮助柏勒洛丰的飞马。据说，在杀死怪物奇美拉之后，柏勒洛丰试图乘坐飞马飞上奥林匹斯山，宙斯得悉大怒，使飞马发狂，将柏勒洛丰摔到地上，柏勒洛丰跌成跛子，双目失明，一直漂泊到死。

5 是神话，不是真实存在的。

6 古希腊神话中的英雄。科林斯国王格劳科斯的儿子，西西弗斯的孙子。

基督唯一的仁慈迷住了这两个人，并将他们拴在一起。

　　正如他们所说，她坐在房子的顶层，
年轻的特克拉，有一天扫视着耀眼的街道；
双倍的可爱，染上东方色彩，变成希腊人——
清新的嘴唇，挺直的鼻梁，柔嫩的椭圆脸颊。
她身上的野草都是少女的标志，虽然要结婚。
新郎等着，卧房和床铺都已备好。
她举止谦恭，处事睿智，
在她眼中，过去的庄重的少女时代是诚挚的。
　　坚定的口音冲击着她优美卷曲的耳郭，
一个人的声音和一个新的声音在附近述说。
这些话从对面的庭院传来。
她看着，听着：圣保罗那天讲解了很久。
他谈到圣父和圣子，
世界的创造，破坏，修缮，失去和赢得；
善与恶；但更多地（似乎是他的感觉）
他盛赞了可爱的节制：
到处都是这样的话，虽然黑暗，
世界被处女拯救，留下印记。
　　他在那里又讲解了一次，第三次。
这位热心的少女坐着听。
叫她吃饭，她也不肯：
他们终于站起来，强迫她从原地走开。

复活节圣餐

纯洁的斋戒面孔吸引我们参加这场盛宴：

上帝让你们四旬斋期的嘴唇充满甜蜜。

你们被惊人的鞭子秘密地抽上条纹，

那些歪歪扭扭的粗糙方格也许可以拼凑成

耶稣的十字架；你们

这些在东方被寒冷折磨的人

现在呼吸复活节的气息；你们这些受奴役的团体，

你们这些守夜人的火焰渐渐熄灭，

神必补足你们所消耗的

以喜乐之油，用于麻布和饰带

还有永远让人不安的惩罚的衬衫

给有线状图案的没药金色的褶皱带来轻松。

你们稀缺的鞘骨已厌倦了弯曲：

瞧，凡膝盖软弱的，上帝必使它强壮。

"从任何灌木篱笆，任何树丛"

从任何灌木篱笆，任何树丛，
带给我有珍珠状节疤的棕榈，
也带来报春花，扎成一捆
连同他那修剪整齐的叶子。

"哦，死亡，死亡，他来了"

哦，死亡，死亡，他来了。

地狱之地腾出空间。

谁来自比星星更远之地

现在来到如同下界一样低的地方。

你那有棱纹的港口，哦，死亡

求你宽恕，哦，罪恶之主，

打开你的房子。

你们要抬起头来，众城门啊；

永久的门户，你们要把头抬起

那荣耀的王将要进来。

"大致一篮子白色的编织棒"

A. 大致一篮子白色的编织棒
    我已经填满了，那难以填补的是，
    随着百合花的盛开
        那百合花的花瓣。

B. 我从这样的洪水中满载而来
        清点着闭合的花朵，
    伴随着玫瑰的挤压下
        那温暖和滋润的花蕾。

(片段)

（ⅰ）

太阳刚刚升起

在没有裂缝的天空中燃烧着温和的光辉。

（ⅱ）

当布谷鸟啼叫时，我会听见，

三次，四次，如此反复。

"爱我，一如我爱你"

爱我，一如我爱你，哦，双重的甜蜜！
但如果你恨我这个爱你的人，
　　即使这样，我也会胜过你：
你的恨没有我爱你那么多。

"你在哪里，我永远见不到的朋友"

你在哪里，我永远见不到的朋友。

我必须想想是谁错了？

或者在这个时代从我的视线里消失

或者是对未来的遥远承诺；

你最能接受这个事实

你在我的幸福中占有一席之地。

我要么喜欢这样，要么喜欢那样，——

哦，即使恳求是软弱的

我也要拿来为你辩护，——如果

上帝亲切的恳求声还没有感动你，——

我在你身上发现那些美德，

谁说我早就知道我认可了你，——

为此，使所有的美德丰盈起来，——

不，那是为了预先了解你并爱你的基督。

贝利斯尔

贝利斯尔！这是一个虚构的名字，但我们
这里有一个真实的名字，回响着声音；
对我们每个人，它都是圣地；
但让我唱出我所知道的。

"被证实的美不会承受压力"

被证实的美不会承受压力；

明亮的色调，盯着看就会变薄，消散和飞逝；

谁躺在草地上，盯着天空

就会看见蔚蓝色变得呆板

变成坦塔罗斯[1]深灰色的灰烬

就像法老的麦穗被收获的风吹干，

让蓝色干涸，却不会因此而消融，

啊！无疑地，所有写作的人都会承认

最美的十四行诗读五六遍

就会变得味同嚼蜡：以我的经验

我可证明。那么当这些诗行僵死了

就会冷漠地使你的想法产生错觉？

我会把它们放到一边，转而更换新鲜的

献给你没走样的神秘记忆。

1　古希腊神话中，坦塔罗斯是宙斯之子，因出身高贵而骄傲自大，他侮辱众神，从而受到神的惩罚。他被放在一个没到下巴的水池里，但每当他想解渴时，水就退去，他额前一根树枝上挂着的熟水果似乎触手可及，他却永远也够不到。

终结的开始

（ⅰ）

我的爱减少了，必会很快过去，

我从未承诺过这样的坚持

在那种状况下。不，热带树

没有保证它的汁液会持续

进入所有季节，尽管没有冬天丢下

快乐的树叶。我也是这样：

我的爱变少了，我对你的爱变少了。

我停止哀悼和不幸的斋戒

起身，重新继续我的工作

为了避免意外事故，忘记。

但是啊！如果你能理解

爱越少，天堂就越高

它仍比其他人的爱热烈三倍，

甚至你没有激情的眼睑也会湿润。

（ⅱ）

我必须喂养幻想。给我看任何一个

阅读或掌握占星知识的人，

而我会伪装很久以前的荣誉；

让他证明我的激情已经开始

在被太阳判定最坏的时刻，

在过去的天空里

从未有重要的星体这样邪恶地结合；

那没有记录在案的恶魔行为

有了这样的支持，萨图恩 [1]

也没有如此反抗圣女星球

在他的书中最凶残的一段话里；

我会喜欢我的与众不同：近或远

他说他的科学帮助他不去看

我的希望是如此邪恶的天堂。

（ⅲ）

你看我已经走到激情的尽头：

这意味着你不必害怕暴风雨，哭泣

在你鄙视的时候给了你优势：

我沮丧的心再也没有眼泪可流。

否则我肯定会令人不悦

这双绝望的眼睛哭得更厉害

为可怜的爱情的失败，而不是他无望的狂热。

但现在我太累了，我很快就会发出

---

[1] 古罗马神话中的农业之神。

一丝轻叹，想到希望已遭放弃。

说清楚了吗？我碰到了什么

这让我可以用来做比较吗？

怀疑者的失望和失落

一个男孩觉得当他仔细研读诗人时

对他来说越来越不美妙，也不知道什么原因。

城市炼金师

我的窗口露出流动的云彩，
残叶，新的季节，变幻的天空，
那聚集和消散的人群：
整个世界都在流逝；我站在旁边。

它们不会浪费自己有限的时间，
但人类和造物主却在筹划、建造：
我看见他们高塔的顶部，
幸福的承诺实现了。

而我——如果我的意图
也许可以指望上古时代，
那么我本该付出的劳动
就可能获得他们的遗产，

但如今在黄金未被发现之前，
罐子反倒发出光芒，
风箱终丁不吹丁。
火炉终会变冷。

然而那无能和沉重的耻辱

现在修复已经太迟

这让我和人打交道时

比瞎子或跛子更无力。

不，我应该少一点爱这座城市

甚至少于爱我那无人赏识的知识；

但我渴望荒野

或是岸边被除草的崩塌的山坡。

我漫步在微风轻拂的观景台上

眺望低垂或躲避的太阳，

我看见城市里鸽子转向，

我看见塔上燕子飞驰

在塔顶和地面之间

在我下方承受着的空气中；

然后在弧形的地平线上找到

一个地方，渴望在那里。

而我最讨厌那些

没有成功希望的传说；

然后最甜蜜的是无家可归的河岸，

是自由而宽容的田野，

或是覆盖骨头的古老土丘，

或是岩鸽修补的岩石
还有松树和石头
还有寂静和空气的鸿沟。

在一处狭长而方正的高地上
日落之后，我会躺下，
刺破黄色的蜡灯
我要自由地眺望，直到我死去。

"但到底要求我做什么"

但到底要求我做什么？

不是这个，据说有些灵魂

会被逐出天堂

为了基督的爱和更大的荣耀。

但我无知又大胆

为了梦想，我敢于为你付出那么多。

这不是被要求的，但要求的又是什么？

醒来时，我想；这就足够了：

我的希望和我的卑微，

立刻察觉到，重担

降临，我低下头。

·　·　·　·

是的，伤了我的心，让我哑口无言

我想：在我积蓄力量之前……

"我自己不圣洁"

我自己不圣洁，从我自己的不圣洁

到我朋友们的甜蜜生活，我看——

眼含祝福的鸽子，欢快地对着秃鼻乌鸦，

清新的小溪流到盐碱滩——戏弄暗礁里的水：——

它们更纯净，但是，唉！不仅仅

毫无问题地阅读一本没有污渍的书。

于是，我的信任莫名动摇了，信心受到打击

屈服于忧郁的狂暴围攻。

他有我的罪，他是表兄弟。

我很了解他们，但我只能看到堕落。

我在一个人身上发现这个缺点，在另一个人身上

也是如此，虽然每个人都有一个缺点，而我全都有，

现在对我来说，没有别的是更好的，除了最好的；

除了基督；我仰望基督，我呼唤基督。

致牛津大学

正如德文郡的来信，今年较早的时候到来
比我们在东方敢于寻找花蕾更早，散发出
比玫瑰更充满甜蜜往事的气味。
压扁的紫罗兰在信笺间显现，
我注意到，我的朋友们也是如此，听到
从贝尔莱斯勒[1]传来的消息，甚于从对面那些
（我知道，又不知道）对他们来说莫名亲切的草地
吹来这样的甜蜜。

"如同一个被祝福的灵魂哀叹"[2]——
我不会进一步引用新入会者所知道的。
我从未见过那些田野，他们最好的
和未表露的爱在那里溢出。

1　即牛津大学贝利奥尔学院。
2　这行诗引自丁尼生诗作《窈窕淑女之梦》。

"看看春天如何从严寒中开启"

看看春天如何从严寒中开启，
还有猎猎的风和堆积已久的雪。
花蕾姗姗来迟，这是奇迹吗？
而让叶子舒展的力量在哪里？
回忆起令我悚然的旧日时光
折磨没有丝毫减少，但我仍希望它能开放，
善良的播种者曾经播下的种子，
于是承载着那入口处的障碍物

我的双脚本应踏上这块土地。
是放纵的青春的挥霍
使这收益的承诺如此渺茫
我也许可以用后来学到的笨拙技艺赢得收益
从穷人的皱纹和贫瘠的旷野中。
因此，多么晚又是多么痛苦，才了解那真理！

加尼特·尼克斯的延续

她记下了我和法比安相遇之地；
她爱他的面容，她知道那个地方；
她在那里，头发未湿，等着
对她毫不怀疑的法比安。

我看见她划破的手指扯下的
核桃树枝上的叶子，遮住
她偷来的头发
比扇子、风帽或稻草辫更显甜美。

他看见她，哦，但他一定错过了
她脸上略带狡黠的表情，
有点嫌恶她那无爱的吻
并对她浅薄的微笑感到惊讶。

啊不！她坐在旁边
这样吩咐他，他的目光凝滞了。
她看起来很甜蜜，像是他的新娘，
她酸溜溜，似乎被尼克斯忽视了。

我知道海上并不远的地方

那些烦人的被腐蚀的岩石：
那里住着女巫，将赢得我的头发
还有我的蓝眼睛，再次为了我。

唉！都是我的错，
无论是头发还是眼睛都不会再赢得了。
我不敢尝浓稠的盐的味道，
我不能面对那吞噬着的大海。

或者如果我走了，她会留下来，
是想结婚还是想杀人，
并迅速取消她杀人的诡计
或者让他完全听命于她。

"我被溪流坠落的喧哗声迷住了"

我被溪流坠落的喧哗声

迷住了；云朵像网眼般裂开的苔藓

到达天上狂风吹刮的高度

在灰色山顶之间失去了

它的凹面。

"母亲毫无疑问"

母亲毫无疑问，会为她们的孩子和长高的儿子们
感到高兴；然而无儿无女的人却
免于在孩子们的坟墓上洒下眼泪。
所以那些紧紧抓住你的人
带着他们特有的荆棘和天生的痛苦
在百合花和你美好的领地中。

达芙妮 [1]

谁在这里爱我，拥有我的爱。
我想他不会厌倦我的。
却像鸽子一样满足地歌唱着
又飞回森林里的树上。

他将有夏天的糖果和衣服
他喜欢气候的变化，
我可以教他快乐
这在冬天也不会失去。

他的帽子应该是闪亮的皮毛，
还有染上金色的线结，
他会被白鼬毛皮温暖
内衬着充满诱惑的红色丝绸。

在春天，我们的河岸长满了
黄色的菖蒲，和他的眉眼很相衬，
在夏天我们的果园满是花蕾

1　古希腊神话中的月桂女神，河神珀纽斯的女儿。太阳神阿波罗追求她，但她自有所爱。为了逃避阿波罗的追求，她请父亲把她变成月桂树。阿波罗无可奈何，只得取其枝叶编成花冠。据说给胜利者头上戴的桂冠即来于此。

树枝上有绿白色的苹果。

但如果我不能诱惑他的思想
用能比拟他崇高地位的财富，
那些我并不看重的牧羊人，
告诉我，我看起来很美丽。

"我的祈祷必会遇见黄铜的天堂"

我的祈祷必会遇见黄铜的天堂
然后失败了，一切都消散了。
不洁，看似不可饶恕
我的祈祷，我几乎不去呼唤祈祷。
我不能把我的心浮在上面；
我无法到达高处的入口。
我期望这是爱的先例，
却感受到罪恶持续的成功。

我的黄铜天堂，我的铁质大地：
是的，铁和我的黏土混在一起，
在这饥馑中变得如此坚硬
祈祷也无济于事。
不要流泪，不要撕裂这肮脏的黏土
如果还有一点泪水，也会发霉。
我的嘴唇为真理而争论，
与上帝争斗，就是我现在的祈祷。

莎士比亚

在易逝灵魂的小屋里

他有他的一份责任。上帝，撕扯开

最后审判日和死亡——他永恒的思想必须同时记录下

所有时间，贯穿遥远的目标，

看看他的职权是什么；但对我来说，动摇的

是停止反对艺术的劝诱。

我们猜测或知道的事情：一些灵魂开始

立刻飞升，并赢得他们的光环。

"树木因其收益而为人所知"

树木因其收益
而为人所知；但我——
我的汁液是密封的，
我的根茎已干涸。
如果生命在其中
我什么也不能展示
（除了罪），
上面也不结果实，——
一定是这样——
我不爱。

没有人会指出
我的争辩很恶劣？
因为，尽管
是自我审判，我
仍然保持信任。
如果他能证明
并将我搜遍
难道他找不到吗
（还有什么必须
藏在后面）。

"让我对你如同盘旋的鸟儿"

让我对你如同盘旋的鸟儿，

或是蝙蝠，带着柔软而轻快的翅膀

在半明半暗的光线中塑造他离去的年轮，

从它们那儿听到的是不变的音符。

我在一个普通的词中找到我的音乐，

试着用每一个快乐的喉咙歌唱

每一串被赞美的甜美弦音，

并且绝对知道我更喜欢哪一个。

真正的节奏是后来才发现的

这结束了我唯一认可的旋律，

其他科学都过时了

而小小的甜蜜几乎很少提及：

我已经找到我音域和状态的主调——

爱，哦我的上帝，称您为至爱。

中途之家

我的爱在山腰显现

并争取在天黑之前抓住它。

看吧，爱，我匍匐前行，你展翅飞翔：

爱，现在是黄昏，而你已离去；

爱，这里黑暗渐深，你在其上；

爱，如果你的名字是爱，请到我这里来。

我的民族，古老的埃及苇杖[1]枯折了；

我从葡萄藤蔓[2]上取下一根横木栓或十字架。

接着我饿了：爱在这里，他们说，

或者只有一次，或者从未吃过像样的爱的食物；

但我必须放弃追逐，或者休息进食，——

在四条艰难道路的交会处，和平和食物让我欣喜。

请听我的悖论：爱，当一切被给予，

为了理解你，我必须见到你，为了赞美，必须热爱；

我必须立刻在天空下找到你，

如果我最终要在天堂与你相遇。

---

1 埃及苇杖意象引自《圣经·列王记下》18:21："看哪，你所倚靠的埃及，是那压伤的苇杖，人若靠这杖，就必刺透他的手。"这意象暗示了霍普金斯离开圣公会的决心。

2 见《圣经·约翰福音》15:1—10。

你的愿望实现了；进入这些墙，一个人说：

放弃面包的时候，他与你同在。

抱怨

我以为你会这样写：我的生日来了又去，
随着最后的投递结束，我知道没有任何信件寄来。
现在就算你终于写出，它永远不会是原来的样子：
生日之后的生日信会是怎样的？

我知道你会告诉我什么，你不是故意忽视：
但这不是我的委屈吗——你答应了，却忘记？
这是创造魅力的一天，任何事后的话都不能达成
尽管它们直到下一年十月十七日才开始读。

想想看，我的生日正值一年中令人悲伤的时刻；
只有大丽花盛开，这里一片秋色。
汉普斯特德从来就不聪明，不管库莉小姐有多迷人，
生日躺在她怀里休息可不是什么好享受。

我们的性欲应该出现在四月或是百合盛开的时节。
但是百合已经枯萎，正如我所说，玫瑰也没到盛放的时候：
我当时要的是一圈玫瑰红的火漆
还有几张纸页，不是纯白色，而是印有黑色的文字。

但迟到总比不做好。你看你已经做到，

你让我引用了我所知道的几乎最令人沮丧的谚语；

因为一封信终于来了（我应该在圣诞节到来之前说吗？）

我必须接受你的补偿，喊一声"原谅"，然后就当哑巴了。

"无月的黑暗"

无月的黑暗在中间阻碍着。
过去，过去，再也看不见！
但伯利恒[1]之星可以指引我
看见他，他把我
从过去的自我中解放出来。
主啊，求你使我纯洁：你是圣洁的；
主啊，求你使我谦恭：你是卑微的；
现在开始，直到永远：
现在开始，从圣诞日这天。

---

1 耶稣降生地。

"天与地"

天与地，如此鲜为人知，
是从我的内心向外测度的。
我是每个区域的中心
并为东方和西方辩护；

那不变的变化记录
我完全赞同的凝视，
尽管所有其他事物都在骚动和起伏时，
其他一切都可以旋转、俯冲和飞翔。

燕子，狂风的宠儿，
将在檐口的线脚上冲撞和贴附，
打开或收拢他叶片般的尾巴
并立刻收起他的翅膀。

他再次在风中降落；
他的小燕尾展伸。
在运动中没有重量和疼痛，
也没有固体世界中的那种永恒。

一股水汽在风中停滞；

它将自己塑造成锥形线球：
你再看一遍，又不见了，
保存在雨水的躯壳中。

这些都耗尽了，安静地结束；
天空蔚蓝，风吹扯着
他们的云彩带着白色的呼气边缘
在世界之外，溪流已涨满

以优美的迅疾滑过米尔布鲁克
沿着草地飞翔。——
啊，可爱又轻松地变换地点！
我渴望过，渴望越过。

"当它在某一天开始行动"

当它在某一天开始行动
有一位女士非常高兴，
她穿着丝绸服装
为了让所有人都能看见和欣赏。
· · · ·
但草地上的船夫
讲述了他所看到的奇迹。

"在凝视的黑暗中"

在凝视的黑暗中
我能听到冷风呼啸而来的
刺耳声音。
我穿得很暖和，
我很高兴
我有一个家。

夜莺

从九点到晨曦
这片灌木从来都不阴郁。
那天晚上，夜幕并未降临，
　　而是白天接续白天。
很快我就看到它焕然一新
更远处的树林是这样一种色调
就像花园里柔滑的罂粟花。

深红色的东方，等待下雨。
所以从黎明开始，就有不祥的预兆
那一天带给我持久的痛苦
　　并夺走了我的太阳。
但看着颜色渐渐变深
我只担心你前往港口时
和你的船员一起被淋湿。

我不是故意要睡，但是发现
我睡了一小会，觉得很冷。
我能听到最微弱的声响，
　　清晨如此寂静——
蝙蝠飞行时，翅膀发出含混的声音

而水不断地从树林里
流出：但没有一只鸽子会咕咕叫。

你知道你说的夜莺
在我们所有西部郡都很少见，
他更频繁地避开我们特殊的山谷
　或者从不在那儿栖息：
而我一直这么认为——
直到那清晨的露水落下，
现在我希望这是真的。

因为他立刻开始摇晃
我的头侧过去倾听。他可能已经串起
小溪里的一排涟漪，
　他唱得如此有力，
薄雾弥漫在树叶间，
在树林上方大量
滚动的露珠在跳舞。

我想空气一定会撕裂
他吸气时的喉管
当他再次呼气时
　音乐必定是死亡。
没有一件事让我害怕。
一只鸟儿在晴朗的早晨歌唱

对我来说听起来很可怕。

然而当他更换他强有力的停顿间隔
我听见水声平静
顺着灌木丛的台阶一直流淌下去
    并在磨坊里翻腾。
但我更喜欢你走过的脚步那
甜美的声音，我从未听见
鸣鸟的柔和颤音。

弗朗西丝在家里叹了口气，而路加
在充满泡沫的深海中航行。
她听到海上的狂风怎样摇撼
    然后又躺下睡去。
当他在甲板上洗澡时
她枕着百合般的脖颈
以他的残骸记数她的悲伤幻象。

完美的习惯

精选的沉默，为我歌唱
冲击着我的耳郭，
带我到宁静的牧场，然后成为
我想听的音乐。

什么也别想，嘴唇；要做可爱的哑巴：
闭合吧，那宵禁的晚钟
从所有屈服的地方放送
这只会让你更加雄辩。

眼睑奔拉着，眼睛，带着双重黑暗
找到未被创造的光：
你观察到的混乱与纷扰
保持着晦涩，挑逗简单的视角。

味觉，饕餮之欲的储藏箱，
不想被葡萄酒冲洗掉：
罐头一定很甜，面包
如此新鲜，进入神圣的斋戒！

鼻孔，你漫不经心的呼吸

在激动和持续的骄傲中，
香罐将送来何等的美味
沿着圣坛一侧！

哦，樱草花般的手，哦，双脚
想要踏上毛茸茸的草地，
但你会走在金色的街道上
你将驱逐又接纳上帝。

贫穷，成为你的新娘
现在婚礼的盛宴开始了
百合色的衣服提供给
你既不劳动也不纺纱的配偶。

复活节

打碎盒子，滴下甘露；
现在不要停下计算代价；
把珍珠、猫眼石和红玉髓带到这里；
不要理会穷人失去了什么；
在基督面前抛弃一切：
你们知道吗，今天是复活节。

建造他的教堂，装饰他的圣殿，
虽然它在地上是空虚的；
你们储存了上好的酒——
让它为天国的欢乐而流淌；
拨动竖琴，吹响号角：
你们不知道现在是复活节早晨？

从天空收集快乐；
从地上吸取教训；
花儿睁开朝向天国的眼睛
找到春天的欢乐；
大地扔掉冬天的长袍，
为复活节打扮她自己。

现在为灰烬增添美丽，

为悲惨的服饰洒点香水，

为蓬乱的头发戴上花冠，

为悲伤的脚步缓慢起舞；

敞开你们的心扉，他们

会让这个复活节充满快乐。

在欢乐的人群中寻找上帝的家；

让他桌上拥挤不堪；

混合着赞美、祈祷和歌声，

为三位一体歌唱。

从此以后，让你们的灵魂永远

把每个早晨都当作复活节。

总结

最好的典范是真实的
　　其他真相则不存在。
所有荣耀都归于
　　神圣的三位一体。

人是最卑微的，上帝是最高尚的，
　　就像天堂一样确定
一定有东西可以供给
　　所有的不足。
为那些本可以祝福这时代的灵魂
　　呼吸着愉悦的气息
在污秽的关怀和罪行中
　　这座城市快累死了。
还有适于闲暇时凝视的面孔
　　还有日光和甜美的空气，
错过了繁荣和赞美，
　　从来不以公正著称。

耶稣甜蜜的回忆

耶稣有一个想法
在他走后，使人喜乐，
但比蜂蜜和蜂巢更甚
就是靠近他，带他回家。

没有如此悦耳的音乐，
没有听到如此甜蜜欢呼的消息，
以为没有人有你一半亲切
就像耶稣，圣父的儿子。

耶稣，他们误入歧途的希望，
对问路的人如此友善。
对那些寻找你的人如此亲切，
对那些发现你必须是什么的人？

耶稣，你是一口泉源，
日光照在头上，滋养心灵，
与你相比，没有什么是快乐的
人们所希望或者已经拥有的。

谈论此事，语言难以描述，

文字也无法真实表达：
但他们能猜到谁体验过
耶稣是什么，爱是什么。

当我们醒来，祝我们早上好
主啊，用你的黎明照亮我们。
从我们的大脑中敲打出浓重的黑夜
让世界充满欢乐。

尝过你滋味的人会更饿。
畅饮的人像以前一样渴：
他们永远不知道还有什么可以要求
除了耶稣自己，他们如此爱他。

——————[1]
耳边响起甜美的声音
嘴里有蜂蜜的味道
敞开胸怀畅饮天堂的甘露。

你是希望，我亲爱的耶稣，
灵魂在叹息；
爱你的眼泪已耗尽，
这是内心必须对你做出的恳求。

———————
1　此处原文丢失。

耶稣啊，现在求你使我们喜乐，

迟早，你就是我们的奖赏，

并赐予我们荣耀

世界没有尽头，只在你身上显现。

"哦，如同乌龟戴上的"

哦，如同乌龟戴上的，
哦，我的灵魂插上一对翅膀！
在那里我看见那甜美的桁椈
我马上就要走了。

"不友善！以预言冻结我"

不友善！以预言冻结我，
我的桁架，我亲爱的恩典。
你走了，我最终掉队——
我和上天都不愿这样。

贺拉斯：小奴，波斯的装饰让我反胃[1]

（改写自贺拉斯《颂歌集第38首：给小奴的话》）

啊，小奴[2]，没有完美的波斯[3]的艺术！

椴树皮编缀的花环也一样

他们取笑我。永远不知道

      玫瑰最后的流连之地。

带来野生的桃金娘[4]，危害着：

桃金娘将和你我的地位相配[5]：

在阳光中把玻璃杯放下

      在固定于凉棚上的藤蔓下。

1　此行中译参考了李永毅译《贺拉斯诗全集》，93 页。

2　希腊文学中有一种对奴隶讲话的传统。

3　波斯往往和奢侈品有关。

4　一种很常见的植物。经常被用来编织花环。

5　据说桃金娘可以驱散酒味。霍普金斯没有提到贺拉斯的暗示：他也像酒侍一样英俊，一个简单的花环就已足够。

私奔

所有人都睡着了，我们赭红色的瓷砖
遮挡住漫天星斗，
当我用从不需要的诡计
　　战战兢兢从床上爬起。
然后在门口，天哪，需要怎样的工作，
以防止插上的门闩向后猛地弹开。

当这一切完成，我可以看看
我看见星星像火光一样闪烁。
我的心紊乱地颤动，
　　我渴望着哭喊起来。
我关上门，没插上门闩，
猛烈的风吹打着我的额头。

没有不倒翁醒来，摇晃婴儿床，
那白嘴鸦从未扇动翅膀，
栖息和休息时，他们没有移动，
　　愿万物皆有福。
屋内的一切听起来就像树桩一样安稳，
或者听着就想起那些缠绕着亚麻布的鬼魂。

今晚星星太密集了

他们似乎在挤撞，凋萎和凝视，

并像明亮的篱笆聚集在一起

　　那自由的空气。

我在黑暗中窥探最近的雏菊，

公园里的空气散发着浓郁的野蔷薇花香。

我知道那条将马车道路分成两半的小溪

浅浅的河床上铺着一层

小而美的燧石，我知道

　　那人行道，斯蒂芬说，

四月寒冷的水仙花在哪里

以为你想要水仙花，就跟着走远

当那儿小小的撞击声

在空气中趋于寂静

死在风信子地里，

　　我应该会在那里找到他。

哦，心啊，已经完结，你跳啊跳得那么高，

你破坏了我找到真爱的构想。

奥雷肖·帕特里斯·康德伦：哦，耶稣在马利亚 [1]

在马利亚心中的耶稣，

也要在你仆人的心里，

以你神圣的精神，

在你充满力量和压力的时候，

在你生命的道路上

你的模式所显示的美德，

分享你的奥秘；

我们身上每一种反对你力量

的力量，都臣服于你

圣灵的圣洁之魂啊

　　归于圣父的荣耀。阿门。

1　这首诗是法国圣菲利普内里教堂的康德伦神父所作祈祷文的翻译。

哦上帝，我爱你

哦上帝，我爱你，我爱你——
对我来说，不是出于天堂的希望
也不怕不去爱，因而
    被永恒的火焰所燃烧。
你，你，我的耶稣，在我之后
    奄奄一息伸出你的胳膊，
为了我，受尽钉子和长矛的折磨，
嘲弄和污损的面容，
    悲伤次第流逝，
    汗水，忧虑和烦恼，
是的，死亡，而这都是为我，
    你可以看到我犯罪：
那么，我为什么不该爱你，
而耶稣如此爱我？
不是看在上天的分上；并非
因为爱你而摆脱地狱；
我看不出有什么好处；
但就像你对我做的那样
我爱你，我会爱你：
主啊，那我为什么一定要爱你？——
因为你是我的国王和上帝。阿门。

在圣温弗雷德

除了她神奇的治疗
给浴缸注满水，并转动磨盘

希望我们身边的一切都是甜蜜的，
她在浴缸里放满冷水或热水；
她给予，以资助工作和意志，
她从天而降的手转动磨盘——
甜蜜的灵魂！不蔑视诚实的汗水
甚至还喜欢处女的新鲜感。

托马斯·阿奎纳圣礼的节奏

"我崇拜你，柔顺、隐藏的神"

上帝啊，我深深地崇拜你，尽管你躲藏着；你的

上帝在这些光秃秃的形体里，可怜的影子，现在变暗了：

主啊，你看，我有一颗心在为你服务

迷失，迷失在对神的惊奇中。

视觉，触觉，味觉都在你身上被欺骗；

可靠的听觉怎么说？这是值得信赖的：

上帝之子告诉我的，我都当作真理；

真理本身说的就是真理，否则就没有真理。

在十字架上，你的神性没有向世人显迹；

在这里，你的人性也逃避了人类的认知：

两者都是我的忏悔，都是我的信仰，

我为垂死的小偷的祈祷者祈祷。

我不像使徒多马[1]，我不能看见伤口，

却可以直截了当地称呼你为主和上帝，

这信念一天比一天坚定，

---

1 耶稣召选的十二门徒之一，加利利人，人们往往称他为"多疑的多马"，因为他对耶稣复活持"非见不信"的态度。另外，在初期教会，曾有一卷《多马福音》广为流传，常被认为由多马所写。

每天都让我更加执着于希望，更加珍惜爱。

哦，你使我们想起钉在十字架上的基督，
他为我们生命的食粮而死，
那么，把这生命借给我：滋养和充实我的心灵，
这就是人注定要找到的甜蜜。

就像那温柔故事里的鹈鹕；
耶稣主啊，让我沐浴在你的怀抱里——
只要有一滴血就值得赢取
全世界都赦免了它的罪恶世界。

我在尘世间仰望蒙着面纱的耶稣，
我恳求你给我渴望的东西，
总有一天，我将在光明中和你面对面凝视
并永远祝福你荣耀的目光。

德意志号的沉没 [1]

献给五名圣方济各会修女的幸福回忆，

她们因法尔克法令遭流放，

在 1875 年 12 月 7 日午夜至清晨溺亡。

第一部分

1

你主宰我

上帝！呼吸和面包的赐予者；

世界之滨，大海的荡漾；

生者与死者之主；

你把骨头血脉凝结在我体内，以肉体束缚我，

而在它几乎毁灭之后，怀着怎样的敬畏，

你的所为：你会触摸我使我新生？

再次我感觉到你的手指，找到你。

1　1875 年 12 月初，一艘名为"德意志号"的船在泰晤士河口因遭遇暴风雪而沉没，死者里有五名因信仰而被驱逐出德国的圣方济各会修女，霍普金斯听闻很受触动，在他所在的神学院院长的鼓励下写了这首悼亡诗。

2

我说：是的

噢，在闪电和挥击的笞鞭下；

你听到我比言辞更真诚的忏悔

你的恐惧，哦基督，哦上帝；

你最了解那墙，祭坛，时辰和夜晚：

那被你的践踏卷起又摔打而昏厥的心，

从高处的惊恐中猛地下沉

而那胸膈因屈身而绷紧，因压力而火辣。

3

他皱起眉头的脸

在我面前，是地狱的冲撞

身后，哪里，哪里有一个，哪里有一个地方？

那时我猛地拍打着翅膀

以欢乐之心逃进主的心里。

我的心，而你是翅膀受伤的鸽子。我看得出，

信鸽的机智，我敢夸口，

接着是从火焰到火焰的飞掠，从恩典到恩典的翱翔。

4

我是挂在墙上的

沙漏中——柔软的筛子

很快，但随着运动的侵蚀，沉积，

它聚集着，它丝缕般落下；

我平稳如井里的水，如优雅的体态，如一块玻璃，

　　但总是被绳子束紧，从山巅

　　　　或陡壁一直落下，那福音

赐予的一根血脉！一种压力，一个原则，基督的礼物。

5

　　我向着星星

　　　飞吻，美丽又散落的

　　　星光，将他从中吹送；并

　　　　发出微弱的光，雷霆中的荣耀；

　　向点缀着黑紫色的西天飞吻：

　　因为，虽然他在这个世界的辉煌和奇迹之下，

　　　他的神秘必须被内在地感知，被强调；

因为在和他相遇的日子我会问候他，而当我理解了就祝福他。

6

　　并非出于他的祝福

　　　涌起那焦虑的感觉

　　　也不是首先来自天堂（很少有人知道这个）

　　　　挥舞施予的一击——

　　星星和暴风雨发出的一击和焦虑，

　　那罪孽止息，心因激动而融化——

　　　　但它就像驾驭河流一样驾驭时间

（在此地忠诚的人动摇，不忠者撒谎，错失）。

7

日期要从

他在加利利¹离去的那一天算起；

从容躺下的温暖坟墓，孕育苍白生命的子宫；

饲槽，少女的膝盖；

那浓烈又奔放的激情，可怕的汗水：

从那里流出，在那里涌起，

尽管之前已感知，尽管高潮尚未涌来——

没有人知道，惟有那颗心，艰难地陷入绝境。

8

都说出来了！哦，

最后，我们怒斥，以那最好或最坏的

话语！汁液多么饱满、味道多么美味的黑刺李

一口咬下，果肉将会绽开，

迸发而出！——照亮那人，与它一体，酸或甜，

充盈，刹那间！完满！——那么，来吧，最后或者最初的，

向着各各他²的英雄，基督的脚——

永远不要问它的意思，它的要求，它的警告——人们追随。

9

受人崇敬，

上帝，三位一体；

1　巴勒斯坦北部一多山地区。
2　耶稣被钉上十字架的地方。

折磨你的叛逆者，跟踪到藏身处，

人的怨恨，带着毁灭和风暴。

在吐露甜言之外，超越口舌的述说，

你是闪电和爱，我发现它，一个冬天变得温暖；

天父，心的爱抚者，你苦苦挣扎：

让你的黑暗降临，那时你就是最仁慈的。

10

以叮当作响的铁砧

以他内心的火焰锻造你的意志

或者倒不如说，像春天那样不为人知地

穿过他，融化他，但依然主宰他：

无论是像保罗崩溃的那一次，

或者如奥斯汀，一种极尽缠绵的甜蜜技巧，

让我们所有人心怀仁慈，从我们所有人身上唤起仁慈

主宰，但被崇拜，但被崇拜的国王。

第二部分

11

"有人发现我是剑：有人

发现我是轮缘和铁轨；火焰，

毒牙，或洪水"导致鼓声中的死亡，

而风暴吹响他的名誉。

但我们梦想我们扎根于大地——尘土！

肉体在我们视野里沦陷，我们，尽管我们的花朵同样，

　　随草地起伏，忘了必须在

那可憎的镰刀前退缩，而那盲目的犁头将到来。

12

　　朝美利坚远航的船，

　　星期六从不来梅启航，

　　算上移民和水手，清点男人和女人，

　　　　总共有两百生灵——

　　哦天父，没在你的羽翼之下，也不曾猜想

　　那终点会是一片浅滩，四分之一人注定会溺亡；

　　　　但是，你祝福的海湾阴暗面

难道不能庇佑他们，你百万次轮回的仁慈，连他们也不曾

　　囊括其中？

13

　　她驶入风雪，

　　把港湾抛到身后，

　　德意志号，在礼拜天；天空依旧，

　　　　因为广袤无垠的天空是无情的，

　　而大海像燧石片，在狂风有规律的吹袭下，浪脊发黑，

　　那风，来自东北偏东，在被诅咒的船舷后部，

　　　　金属丝般的白色火焰，龙卷风般旋转的雪

席卷到丧夫丧子丧父的深渊。

14

她在黑暗中朝下风方向驶去，

她撞上——不是礁石，也不是岩石

而是窒闷的蜂巢似的沙滩：黑夜拖拽她

玩命地冲向肯特郡的诺克湾；

她以船头和翻转的龙骨击垮堤岸

海浪以毁灭的愤怒翻滚着拍打船的横梁；

船帆和罗盘，涡轮和齿轮

永远闲置着，随风飘荡，她忍受着这些。

15

希望长出白发，

希望穿上丧服

以泪水掘沟，以忧虑雕刻，

希望已经破灭了十二个小时；

可怕的夜幕笼罩悲伤的一天

没有救援，只有信号火箭和灯塔船，闪耀，

生命最终被冲走：

他们抓着横桅索，——在可怕的狂风中颤抖。

16

一个人从索具中爬出来去救

下面那个发狂的女人，

绳子一头套住那男人，灵巧又勇敢——

他被猛击致死，

尽管他有无畏的胸膛和穗带般的强健肌肉；

几小时他们都能看见他，来回晃荡着被戏弄

穿过鹅卵石上绒布般的泡沫。他能做什么

对于气流的冲击，波涛的颠簸和汹涌？

17

他们与上帝的冷漠搏斗——

他们败下阵来，摔倒在甲板上

（压碎他们）或水中（淹死他们）或

随海的嬉戏翻滚在遇难的船上。

夜咆哮着，心碎的人听到心碎的喧嚣，

女人的哀号，孩子任性的哭喊——

直到一头母狮出现，哺乳那咿呀学语的孩子，

一位女先知在骚乱中屹立，一种纯净的语言在述说。

18

啊，轻轻刺入你骨头的亭盖，

是你吗！转而变成一种细微的刺痛，

是你吗！让词语单独从我心中爆发，

就做你自己！——我内在的存在之母，心。

哦，罪恶之后难以教诲，却道出真理。

为什么，那是眼泪？眼泪；如此惹人爱怜，一首情歌的开始！

永不衰老的狂欢和青春的河流，

这会是什么，这欢歌？在那儿你拥有自己的美德？

19

修女，一个修女呼唤

一个主人，她的主人，也是我的！——

而船里的海水打着旋翻滚着；

那鲁莽、迅猛、汹涌的海水

使她目盲；但她在恶劣的天气中，只看见这件事，这件事；

她有一种神力：她竖起神圣的

耳朵倾听，那高个修女

对暴风雨的喧嚣置之不理,向船顶和索具上的男人们大声呼喊。

20

她是五人中的头

来自戴贴头帽的修女会。

（哦，德意志，一个双重绝望的名字！

哦，广袤世界的善行！

但是百合般的格特鲁德，和路德，是一座城 [1] 里的两种人，

基督的百合和荒林中的野兽：

从生命的黎明招引来，

亚伯是该隐的兄弟，他们吮吸的是同一个乳房。）

21

因为她们心中的某种爱而为人厌憎，

1　这座城是指德国萨克森州的艾斯莱本城，这里既诞生了十三世纪的修女格特鲁德，也诞生了十五、十六世纪的宗教改革者和新教创始人马丁·路德。

被她们的出生地所驱逐，

莱茵河拒绝她们，泰晤士河毁了她们；

浪涛，雪，河流和大地

咬牙切齿：但你在上面，你这光的猎户座；

你坚定平稳的手掌正掂量着价值，

你这殉道者的主人：就在你眼前

飞雪是叶瓣卷曲的花，百合的阵雨——甜美的天堂撒播其中。

22

五个人！找到缘由

和基督受难的秘符。

标记，这是人造的标记

而它的这个词被献祭，

但他是自己定制的鲜红色的划痕，

在时间流逝之前，最心爱的被珍惜被估量——

圣痕，信号，梅花形标志

为了羔羊皮上的书写，为了玫瑰花瓣变红。

23

福乐降临于您，圣方济各，

被那死去的生命所吸引；

带着你身上钉子留下的疤痕，长矛刺的创口，把

他爱的愿景钉在十字架上

他的六翼天使降临的封印！而你的

五个得恩宠和骄傲，活过又离开的女儿

姐妹般封存在汹涌的海水中，

沐浴在他秋天金黄色的慈悲中，呼吸在他炙热的目光里。

24

远在可爱的西部，

　　在威尔士田园山丘上，

我栖于屋檐下，我在休息，

　　而她们成了狂风的猎物；

她对着漆黑的天空，对着碎浪，那密密

飘落的雪花，对着被畏缩抓牢的人群

　　呼喊："基督，基督，快来吧"：

她向她的十字架呼唤基督，为她天性中最坏和最野蛮的部

　　分洗礼。

25

陛下！她是什么意思？

　　呼吸，最初的调皮的呼吸。

她身上是否还残留着曾经的爱？

　　呼吸吧，可爱的死亡之躯。

那时他们想的都是别的，总之，这些男人

唤醒你，以我们正在其中毁灭的革尼萨勒的坏天气。

　　或是那时她呼喊着恳求桂冠，

因感受到抗争的激烈而渴望安慰的到来？

26

心灵多么喜悦

那被下界哺育，被大地拥抱的灰雾

盘旋而去，淡蓝色的天空显现

花枝招展的五月！

银光闪耀的蓝色高空；或者夜晚，在更高的上方，

带着钟形花朵似的火焰和飞蛾般柔软的银河，

以你的尺度，什么是欲望的天堂，

什么又是视觉永远无法企及，听觉永远无法猜到的珍宝？

27

不，但不是这些。

那马车破败，吱嘎作响，

时间的任务，那是父辈请求的

减轻心灵沉浸其中的悲伤，

不是危险，是带电的恐怖；然后它进而发现

有关耶稣受难的感染力在于祈祷部分愈加温柔

另外，我猜，要衡量她心灵的

重负，在狂风和汹涌大海的拍打下。

28

但我怎么能……给我腾出地方来：

触及我……一种想象，快点来——

那景象是否触动你？看它在那里若隐若现，

她的事情……然后在那儿！主人，

基督，国王，头领，亲口所述的唯一的话：

他要在他抛弃她的地方挽救绝境；

做吧，应对吧，对死人和活人都逞威风：

让他驾驭她的骄傲，在他的胜利中，迅速了结他的厄运。

29

啊！有一颗公正的心！

有一只眼睛！

看透那不可名状的震撼之夜

知道是谁，为什么；

现在和过去，但通过他怎样诉诸言说，

天地是词，由谁言说？

西门·彼得的灵魂！轰开

牢固的塔尔皮亚岩石，不过是一座光亮摇曳的灯塔。

30

耶稣，心之光，

耶稣，圣母之子，

那晚之后的宴会是什么

你拥有这修女的荣耀？

这唯一没有瑕疵的女人的盛宴。

因为有如此构思，所以你就完成了这构思；

但这是心的剧痛，大脑的诞生，

那听到你保有你，且直率地说出你的，言语。

31

好吧，她有你，换取痛苦，换取

耐心；但怜悯其余的人！

心啊，去吧，更苦涩地流血，因为

他们没有忏悔，没有安慰——

不，不是没有安慰：是美好——幸福的天佑。

爱抚者的手指，哦，羽毛般体贴，圣女的

内心会这样顺从，成为一座钟，敲响它，然后

把可怜的羊吓回去！难道海难不是收获吗，难道暴风雨不

会给你带来五谷吗？

32

我钦佩你，潮汐的主人，

往昔的洪水，那年的降雨；

那海湾两翼的修复和再度平抑浪涛，

它的围拢，它的码头，以及城墙；

坚固，扑灭了大海翻腾的记忆；

存在之地，和它的冷酷无情：超越一切

领会上帝，高坐在

死亡至高无上的权威后面，它留心却隐藏，预示却隐忍；

33

以仁慈安然度过

水的一切灾祸，一艘方舟

为了倾听者；为那些滑向

比死亡和黑暗更低的爱的踟蹰者；

一条水道，探访过去的祈祷者，和监狱里的囚徒，

最后的呼吸，忏悔的灵魂——那最终的标记

我们落水的受难者又巨人般升起，

慈悲的圣父基督，在他风暴般的步伐中抵达我们。

34

现在燃烧吧，这世上新的诞生，

双重天性的名字，

那被抛下的天堂，肉成之心，蜷缩的处女

火焰中圣母马利亚的奇迹，

三个雷霆王座，他居中间！

他到来时没有末日般的炫目；

宽容，但又庄严地找回他自己；

一阵洒落的骤雨，让闪光掠过郡中，而不是猛然掷出烈焰
的闪电。

35

贵人，在我们门口

溺亡，在我们的浅滩上，

在路上记住我们，那奖赏的天堂港湾：

我们的国王归来，哦，降临在英国的灵魂上！

让他在我们身上复活，成为我们黎明的一线曙光，成为
深红色的东方，

让她更加明亮，亲爱的无与伦比的英国，在他的统治下，

骄傲，玫瑰，王子，我们的英雄，大主教，
我们的心是壁炉里的仁爱之火，我们思想中的骑士精神群
　　集在主的周围。

银禧年

献给什鲁斯伯里[1]的詹姆斯一世主教，
以纪念他任主教之职
25周年，1876年7月28日。

虽然没有高悬的钟声或
自吹自擂的号角的喧嚣——
　　声音是什么？大自然的轮回
造就了银禧年。

二十五年过去了
自从神圣的喷泉向着太阳
　　一跃而起，但现在却停歇了，
阵雨般洒落银禧年。

盛宴，当我们入睡，
什鲁斯伯里也许会看到其他人在继续参与；
　　而只有你是她的真心，
这是她的银禧年。

今天我们不需要哀叹

1　英格兰西部一城市。

你一生的财富是以某些方式耗尽的：
　　辛劳已使你的头上生满
白发，但那是为了银禧年。

然后因为她是柔和的威尔士人
应该大声欢迎，威尔士，
　　让有节奏的钟声响起
完满的银禧年。

月出

1876 年 6 月 19 日

我在不能叫夜的仲夏夜醒来，|在清晨的白色与行动中醒来：

月亮，变小，变薄，如同|伸向蜡烛的一片指甲边缘，

或天堂的水果削下来的果皮，|亏缺时没有光泽的可爱，

从黑暗的麦乐法山的,高脚凳上走下来|从废弃的矿场那儿退缩；

一个山尖仍扣紧他，一个抓钩还咬着他，|缠住他，没有完
  全松开他。

这是珍贵的,令人向往的景象,|不求而得,如此轻易地呈现。

将我从重重树叶的掩映中分开，|将我从层层昏睡的眼睑中
  隔离。

上帝的荣耀

这世界充满上帝的荣耀。

　　它会突然冒出火焰，就像晃动的锡箔闪闪发光；

　　它聚集在一起成为荣耀时刻，就像被挤压的油的

渗出。现在人们为什么不理会他的权杖？

一代又一代的人走过，走过，走过；

　　一切都因贸易而焦灼，被劳作弄得面目模糊又污浊；

　　带着人的污迹，分享人的气味：那泥土

现在是光秃秃的，脚也不能感知，因为穿着鞋。

对于这一切，自然是永不枯竭的；

　　在事物深处有最珍贵的饱满精神；

尽管最后一盏灯在黑暗的西部熄灭了

　　哦，早晨，在东方棕色的边缘，春天——

因为圣灵在屈从

　　世界孕育着温暖的怀抱，啊！明亮的翅膀。

星光之夜

看那些星星！看，仰望天空！
　　哦，看看所有那些空中充满激情的人！
　　那些明亮的市镇，那些圆形的城堡！
幽暗的树林下面，那钻石的洞穴！那精灵的眼睛！
灰色的草地冰冷，黄金藏在地底深处！
　　风摇动白面子树！银白杨上有一道闪耀的光！
　　从农家庭院里，雪花般的鸽群惊恐地飞出！——
啊，好啊！这全是买来的，全是奖赏。

那就买吧！那就出价吧！——什么？——祈祷，忍耐，施舍，
　　誓言。
看，快看：就像果园树枝上，颜色驳杂的五月！
　　看！三月盛放，就像黄花柳上金色的花粉！
这确实是谷仓；室内的房子
令人震惊。这片明亮的栅栏把那配偶关在
　　基督之家，基督和他的母亲，还有他所有的圣徒。

黑暗的路西法 [1]

黑暗的路西法厌恶这一切
  以转动的绿色细绳给那可触摸的树 [2] 搭建自我的棚架
  用美丽的藤蔓环绕着果实累累的树枝

1　"Lucifer"原先只是基督教与犹太教的名词，出现于《以赛亚书》第14章第12节,意思为"明亮之星",用来影射古巴比伦的君王尼布甲尼撒。经过后世传播，成为基督教中的堕落天使。
2　见《圣经·创世记》3:2—3："女人对蛇说，园中树上的果子，我们可以吃，惟有园当中那棵树上的果子，神曾说，你们不可吃，也不可摸，免得你们死。"

"如翠鸟着火，蜻蜓点燃火焰"

如翠鸟着火，蜻蜓点燃火焰；
    如石头越过井沿落入圆井
    发出声响：就像每根拨动之弦的诉说，每个挂钟的
摆锤晃动找到语言，奋力叫出它的名字；
世间万物都在做同样的一件事，
    将居于心中的每一个自我派遣出去；
    展现自我——释放自我；它说出、拼写出*自我*，
哭喊着*我所做的就是我：我就是为此而来*。

我又说：那义人行义事；
    保持体面：使他的一切行为保持体面；
在上帝的眼中做事，在上帝眼中他就是——
    基督。因为基督在一万个地方浮现，
肢体可爱，眼睛可爱，哪怕不是他的
    却通过人面的相貌向天父显现。

春天

没有什么比春天更美丽——

　　当杂草旋转着，蹿得又高又美又葱翠；

　　画眉鸟蛋有点像小小苍穹，而鸟叫

穿过伐木时"倒下"的回声，冲入紧张的

耳朵，听到他歌唱，就像闪电划过；

　　那光亮的梨叶和花，他们拂拭着

　　突然笼罩的蔚蓝；那蔚蓝里有一种匆促的

华美；奔跑的羔羊也有美丽的纵情欢乐。

这些汁液和欢乐都是什么？

　　大地动听的旋律，始自

伊甸园。——拥有，获得，在厌倦之前，

　　在阴云密布之前，基督，主，因罪恶而酸楚，

天真的心灵，男孩和女孩的五月天，

　　哦，圣母之子，你的选择配得上胜利。

大海和云雀

侧耳倾听两种噪音，太古老而无法结束

　　堑壕右侧，潮水冲向海岸；

　　伴随着浪头的涌起和骤落，低沉的催眠曲或竭力咆哮，

常去那里，当月亮运行着消逝。

左侧，飞离陆地，我听见云雀在高翔，

　　他一连串新颖的不流畅的纷乱乐谱

　　在轻快中缭绕着摆脱疯狂旋转的曲柄，并飞速

倾泻出音乐，直到无人倾诉，无人耗尽。

这两者让这个浅薄、腐朽的镇子怎样地蒙羞！

　　如何响彻我们肮脏浑浊的时光，

因为纯洁！我们，生命的骄傲和被呵护的王冠，

　　已经失去大地过去盛世的欢乐和魅力；

我们的构造，造成破裂，正在彻底破裂，堕向

　　人最后的尘土，迅速化为人最初的烂泥。

在埃尔威山谷

我记得有一所房子，一切都很好
　　对于我，上帝知道，我不配得到这样的东西：
　　一进门就能闻到舒适的气味，
我猜是从芳香的木头上传来的。

那种亲切的气氛给那些善良的人戴上了兜帽
　　全身上下，就像一窝羽翼呵护下的蛋
　　或是温和的夜晚，春天新鲜的佳肴：
为什么，这似乎是理所当然的；似乎就该这样。

可爱的树林，水域，草地，峡谷，威尔士人，
　　造就威尔士世界的微风吹拂的所有事物都在磨损；
只有囚犯不对应：

上帝，灵魂的爱人，摇摆着体贴的天平，
完成你的造物，哦，亲爱的，就在它失败之地，
　　作为一个强大的主人，一个慈爱的父亲。

茶隼

献给基督我们的主

今天早上我抓住黎明的宠儿，白昼
　王国的太子，驳杂的晨光引领猎鹰，在他翻滚的
　飞行中，平稳的气流在他身下展开，在高处
遨游，在拍动的羽翼统御的狂喜中，
他怎样环绕！然后远去，在飘摇中朝前方远飏，
　就像溜冰鞋的脚跟在拐弯处扫平冰面：滑行着猛冲
　断然拒斥了大风。我的心躲藏起来
为一只鸟，——为事物的精纯和如愿以偿而激动！

野性的美，英勇的行为，哦，空气，骄傲，羽翼，在这里
　变形！然后从你身上喷涌的火，亿万次
被告知，更动人，更危险，哦，我的骑士！

　难怪：纯粹的工作可以犁入沃土
闪耀着，黯淡的蓝色余烬，啊，我亲爱的，
　他们落下，折磨自己，划开金红色的伤口。

斑驳之美

荣耀归于上帝，因为事物皆有瑕疵——

　　因为颜色错杂的天空就像奶牛的斑纹；

　　因为水中游动的鳟鱼身上长满了斑斑点点的玫瑰痣；

栗子落下像新鲜的火炭；如雀鸟的翅膀 [1]；

　　成片划分的波浪般起伏的——乡野，休耕，或犁翻；

　　　　而各行各业，它们的齿轮，索具，装备齐全。

一切事物都对立，新颖，独特，怪异；

　　任何变幻的，都有缺憾（谁知道怎么回事？）

　　　　迅疾必有缓慢；甜美必有酸涩；闪耀必有黯淡；

他创造万物，他的美永恒不变：

　　　　　　　　　　赞颂他。

1　雀类的翅膀上有明显的浅色带。

145

笼中云雀

就像风暴中勇敢的云雀在枯燥的笼子里遭冷落
  人增长的精神在他的骨头房子里，简陋的房子，
    栖身——
  那只鸟忘记了它的自由降落；
这是苦差事，日复一日劳动时代的生活。

尽管在草皮上或栖枝或可怜的低矮舞台上
  都会唱出最甜蜜的咒语，
  然而在他们的牢房里有时也会陷入极度无聊
或在恐惧和愤怒的爆发中冲破障碍。

这只可爱的鸟，歌唱的鸟，并非不需要休息——
哎呀，听他说，听他咿咿呀呀地说，然后飞落到他的窝中，
  可那是他自己的窝，野生的窝，不是牢房。

人的灵魂顶多束缚在肉体中，
但没有阻碍：草地不会因为
  彩虹把它踩在脚下而苦恼，人也不会因为他身体的站起而苦恼。

"献给曾经爱过我的人"

献给曾经爱过我的人

或者曾经为了我做过一些好事

我会出现，看起来如此仁慈

在他生命的最后时刻，给予他仁慈的同情

他就会失控，热忱地

忏悔他所犯的罪，他所有的罪都得赦免。

收获的欢呼

夏天即将结束；现在，野性之美，禾捆到处
堆起：风盘旋着向上！蚕丝袋状的
云朵会有怎样的可爱反应！更狂野，也更任性地起伏
飘浮的谷物粗粉终究铸造成型，并在天空中融化？

我行走，我升起，我振奋心灵，睁开眼睛，
放下天堂所有的荣耀，去集合我们的救世主；
而眼睛，心，什么样的眼神，什么样的嘴唇还给予你一个
狂喜的爱的祝福，那真实又圆满回应的祝福？

而湛蓝的低垂的群山是他舞动世界的臂膀
庄严——像一匹健壮的种马，紫罗兰般突出的甜美！
这些东西，这些东西都在这里，但需要旁观者
在场；无论哪两个人，当他们一旦相遇，
那心的尾翼就越来越大胆自信
为他倾倒，从他脚下移开，为他倾倒，噢，一半埋入泥土。

门外的灯

有时一盏灯在夜晚移动
　　这引起我们的注意。谁去那里？
　　我在想；究竟从哪里来，又去哪里，我疑惑，
随着他忽明忽暗的光，一切陷入广阔的黑暗？

人们从我身边走过，谁不是美丽又聪颖
　　那身形，心灵或其他并不罕见的事物：
　　他们像雨点落在我们浑浊凝滞的沼泽空气中
丰富的光束，直到死亡或远方将他们完全买走。

死亡或远方很快吞噬他们：风
　　我最可能看到的，落在最后面
我却不能，而视野之外就是心灵之外。

基督精神：基督的兴趣，坦承什么或改正什么
　　那里，眼睛看着他们，心想要，忧虑萦绕，脚步追随善良，
他们的救赎，他们的救援，和最初的，持久的，最终的朋友。

欧律狄刻号 [1] 的失踪

沉没于 1878 年 3 月 24 日

欧律狄刻号——它是关于你的，主啊：

三百个灵魂，唉！在船上，

　　一些人睡着了，没有醒来，未受——

警告，沉没在十一英寻 [2] 深处

她在哪里沉没？一次航程中

沉没并收拢它们，那橡树之心！

　　还有众鸟如铃的鸣叫在空中飞逝

把唐斯 [3] 面向大海的最近的斜坡拍打成墓地！！

她是否因满载而骄傲，

装满绑好的包裹和大批的金银？——

　　宝贵的通行证，

少年和男人，她满载的货物和财宝。

她来自一艘游船，训练水手——

男人，勇敢的男孩很快就会成为男人：

　　必须这样，最糟糕的气象，

1　欧律狄刻号是一艘从西印度群岛演习归来的海军训练舰。

2　海洋测量中的深度单位，1 英巡相当于 1.829 米。

3　从泰晤士河出海的英格兰船队的集结地。

疾风将树和花朵吹得乱作一团？

大西洋上的飓风或比斯开湾掀起的巨浪

都不会使她紧张惊惶：

　　　家可靠地触手可及

而强风的吹袭来自陆地。

你是个骗子，噢，蓝色的三月天。

灿烂的太阳在天堂的海湾点燃火焰；

　　　但是黑色的玻瑞阿斯[1]毁了她？

到来，已准备好，那致命的激动，

一团突出的刺眼的云席卷英格兰

自讨苦吃：那儿没有暴风雨混杂其中？冰雹

　　　翻滚着，碾压他们的天堂碎石？

狼群般的暴雪，它的世界，风在哪里？

现在卡里斯布鲁克城在绝望中持续下沉；

现在它给阿普杜卡姆覆盖以拱顶；

　　　如今在文特诺附近

它冲过圣卜尼法斯高地[2]。

太骄傲了，太骄傲了，她多么厌烦衣柜！

1　古希腊神话中的北风之神，摧毁了波斯舰队。

2　卡里斯布鲁克、阿普杜卡姆、文特诺、圣卜尼法斯高地都是怀特岛的地名。

王室，以及所有王室成员都穿的衣服。

　　她尖声叫道，快收帆减速！
太晚了；迷失了；随狂风而逝。

她正翻身掉落。
到一半，她已扭转，试图上升
　　死神从舷窗涌入
冲下甲板，绕过混乱的人群。

然后护航船和人们，突然向前倾斜；
"全员自救"那哭喊声迅速传开；
　　但她把他们安置在那边
围着他们，绑住他们或者把他们缠在她身上。

马库斯·海尔，她高高的船长，
因她持续的忧虑而淹死，并裹在
　　快乐的死亡中，将追随
他的责任，穿过煞白的翻滚的水，

都埋葬在海峡下面的一个海滩上
她的脸颊：直率、粗犷的特征，
　　他觉得他听到了那句话
"她的指挥官！你也是，你就是这样。"

甚至可以看到，时间是助祭的事物

在人类的混杂中，一个突然改变责任的人，

　　　　直接回答"是或者不是?"

舍弃一切，为了正义而全心驾驶。

塞尼·弗莱切，布里斯托尔血统

（他的同伴们消沉地躺在水的床上）

　　　　去往大海和雪地

当那船笔直下沉。

现在她朝后掉下的气流将他冲下深渊；

现在他挣扎着呼吸，带着褐色的喷涌而出的死亡；

　　　　直到他从大海的冲刷中

拎起救生圈和上帝的意旨。

他一会儿冲向浑圆的天空；

一会儿喘息着，一会儿四处张望；

　　　　但他的眼里没有悬崖，没有海岸或者

进入暴风雪溪谷的迹象。

他，经过一小时冬日海浪的颠簸，

一艘纵帆船和另一艘看见，并予以救助，

　　　　他爬上她的船，噢! 如此快乐

他已经弄不清楚接下来会发生什么，可怜的孩子。

他们说谁见过一具大海里冰冷的尸体

他完全是一个迷人的男子汉，

　　一个彻头彻尾的水手，

我们夸耀我们的水手是最棒的。

看，从脚到额发，一切都很相配！他

被责任束缚，为美丽而紧张，

　　而如同曙光般的褐色皮肤上

有海水，有阳光，有旋风。

噢，他灵巧的手指，他粗糙有力的握紧！

联盟，航海技术的联盟

　　在这些被遗忘的地方沉睡

骨头，这筋腱，不会醒来。

他只是成千上万人中的一个。

日日夜夜，我感到悲痛

　　我的人民和我新生的种族，

我们这一代人正快速衰落。

我可能会让过去成为我们的诅咒

毁坏的神殿没有人手修复，或者更糟，

　　劫掠的手忙于

掩饰，没有探访过的披霜的神圣圣地；

只有呼吸的寺庙和船队

生命，这原始价值吹得如此甜美，

    这些胆大妄为之徒，唉，这些船员，

背离基督，全都蜂拥着走向毁灭——

深深确信，我需要悲悼它，

想知道我的主人为什么要忍受它，

    那个种族的撕裂

曾经，他们对他的真理和恩典如此亲密

那是我们中一个在星光下走动的人将会说的话

那绝妙的银河是沃尔辛厄姆的小路

    还有一个——但让它就这样，就这样：

比终归要成为的更多更多——

噢，好吧，哭吧，母亲失去儿子；

哭吧，妻子；哭吧，那唯一的爱人：

    虽然悲伤不会给他们带来任何好处

但真正的爱人还将流下多少悲伤的眼泪。

但向雷霆之主基督

蹲下；往下跪在地上：

    最神圣，最可爱，最勇敢，

救救我的英雄，噢，最要救的英雄。

你听到我做的祷告

在那可怕的追赶时刻

　　听到：已经听到并承认

那天的恩典是想要的恩典。

地狱并不知道救赎，

如果没有在表象中沉沦的灵魂

　　精力充沛，直到末日之火烧毁一切，

祈祷将带来永恒的怜悯。

五月的颂歌

五月是马利亚的月份，而我
诗意地沉溺其中，想知道为什么：
　　她的盛宴遵循理智，
　　日期的标注则依据四季——

圣烛节[1]，天使报喜节；
但那五月，圣母月，
　　为什么要强加在她身上，
　　连同因她的荣誉举办的盛宴？

仅仅因为它更明媚
比大多数月份更能向她献媚？
　　它是否恰逢其时
　　最快发现花事？

向她问询，强大的母亲：
她的回复带来另一个
　　问题：春天是什么？
　　一切都在生长——

1　每年2月2日，纪念圣母马利亚行洁净礼节的基督教节日。

鲜肉和羊毛，羽毛和毛皮，
草地和绿色世界全都混在一起；
　　星星的眼睛注视草莓的乳房
　　画眉鸟在上面筑巢

一簇筋骨草里的蓝色鸡蛋变薄
形成并温暖着内里的生命；
　　而鸟儿和蓬松的花束
　　　在草地、叶鞘或贝壳中。

万物升起，万物屹立
马利亚看见，怜悯
　　那个世界的善行，
　　大自然的母亲。

他们赞颂每一个物种
欣然唤起回想
　　她在储藏室里做得怎样
　　赞颂主。

好吧，但比这还有更多：
春天普遍的至福
　　很多，有很多话要说
　　献给马利亚的五月。

当滴血和沾有气泡斑点的
鲜花照亮果园里的苹果
　　灌木丛和小村庄都微醉了
　　连同后面银色的樱桃树

涂上蓝色的灰色铃铛将
木制堤岸和灌木丛冲刷得像湖水一样潮湿
　　而神奇的布谷鸟的鸣叫
　　覆盖，清扫，并把一切钉牢——

这种狂喜贯穿大地
告诉马利亚她的欢乐，直到基督出世
　　纪念和狂喜
　　在上帝对她的救赎里。

"哦，它在哪里，荒野"

哦，它在哪里，荒野，
那荒野的荒野？
它在哪里，荒野？

在荒野里流浪；
在杂草丛生的荒野中，
流浪于荒野。

邓斯·司各脱[1]的牛津

高耸的城市和塔楼之间的繁枝；

布谷鸟的叫声回荡着，钟声涌动，迷人的云雀，折磨人的
  乌鸦，弧形的河流；

你下面那有斑点的小穗百合；一旦在那个乡村和城镇

遇到，即以镇定自若的力量就地处理；

在那儿你有一片砖砌的底座，

它们破坏了周围的自然，你灰色的美丽最好地

建立其中：粗野地成长，你已经混淆了

乡村和保持传统的乡村，羊群和鲜花。

然而啊！我用力吸取并呼出这空气

他曾经在此生活；这些杂草和水域，这些墙壁是

他曾经居住的地方，他是最能给我灵魂带来平静的人；

他是现实中最珍贵的探索者；一个无人能

匹敌的洞察力，无论是意人利还是希腊；

他为无瑕的马利亚点燃了法国。

1　邓斯·司各脱，苏格兰人，早年就读于牛津大学，后在该校任教。中
世纪基督教经院哲学家、神学家。

宾西白杨

1879 年被伐

我亲爱的白杨，它轻盈的鸟笼消失了，
跃动的阳光，被绿叶所压制或熄灭，
所有的树倒了，倒了，所有的树都倒了；
　　重重叠叠的葱茏行列里
　　　　没有幸免的白杨，一棵也没有
　　　　你们曾迎风弄影
　　让阴影浮沉流转
在草地、河流、和清风遨游的杂草丛生的河岸上。

哦，但愿我们知道我们在做什么
　　当我们挖掘或者砍伐——
　　劈开、毁灭绿色的生命！
　　你摸摸，乡村多么
　　娇柔，她的生命多么纤弱，
　　就像这个光亮的视觉之球
　　只要轻轻一戳就能弄瞎，
　　在我们，哪怕怀着好意
　　　　要治愈她时，我们终结了她，
　　当我们砍伐或挖掘：
后来者将无法猜出曾经的美丽。
　十或十二斧，只要十或十二斧的

猛劈，即足以毁灭

那甜蜜且不可复现的场景，
乡村景色，那一幕乡村景色，
那甜蜜且不可复现的乡村景色。

亨利·普赛尔 [1]

诗人向普赛尔的神圣天赋致以良好的祝愿并称赞他，其他
音乐家表达了人类的思想情绪，除此之外，他还在音符中
说出了被创造的人的结构和种类，无论是在他身上，还是
普遍地存在于所有人身上的。

美丽陨落了，噢美丽，美丽已陨落，所以亲爱的
对我来说，亨利·普赛尔的精神如此独特崇高，
如今，一个时代过去了，自从他离开：随着时运逆转
他在这里被视为异端，在世俗世界的判决中被贬。

他既没有心情也没有解释，没有骄傲的火焰，也没有神圣
　　的恐惧，
或是爱或是怜悯，或是一切他无法用甜美的音符去精心描
　　画的；
这是伪造的特征找到我；这是排练！
关于自己，唐突的自我在那里被如此强迫接受，如此蜂拥
　　着进入耳朵。

1　亨利·普赛尔（Henry Purcell, 1659—1695），英国巴洛克早期的作曲家，
曾历任查理二世国王弦乐队的作曲师，威斯敏斯特教堂的管风琴师，皇
家教堂的管风琴师，毕生差不多都是在威斯敏斯特教堂度过的。

让他哦！以他天使般的姿态托起我，放下我！只有我将

看在他的分上，留心他古怪的月痕，留心下面他翅膀上的

　羽毛

翅膀：一些巨大的风暴鸟，不知什么时候他行走了一段时间

雷声隆隆的紫色海滩以羽毛装饰紫色的雷鸣，

如果他繁茂的雪的翅翼发出一声呼啸，吹散巨大的微笑

离开他，但这意味着拥趸示意以惊奇刷新我们的智慧。

室内蜡烛

我路过的地方，蜡烛在纯净地燃烧。
我沉思着它是如何把祝福带回来的
连同黄色的潮气，柔和的夜雾——全部带回
或者在眼中来回摇晃的温柔纬纱发出的光束[1]。

在那个窗口，有什么任务，手指在不停拨弄着什么。
我蹒跚着想知道，渴望，只是因为缺乏
杰西或者杰克的热切答案
在那里上帝威严，上帝荣耀，——

你来到室内，回家吧；你那逐渐熄灭的火焰
首先修补闭合的心灵穹顶中至关重要的蜡烛；
你是那里的主人，照你自己的愿望做；

阻碍了什么？你看不见光束，还犯了错
在一个邻居灵巧的手指上？你是那个骗子吗
被良心抛弃的人，却把盐[2]挥霍一空？

1　也许这些光束看起来像是从烛光旋转中放射出来的，这是一种由睫毛
运动引起的光学错觉。
2　见《圣经·马太福音》5:13："你们是世上的盐。盐若失了味，怎能
叫他再咸呢。"

慷慨的心

慈悲的回答

"但是告诉我，孩子，你的选择；我该买什么
给你?"——"天父，你给我买的东西我最喜欢。"
用最甜美的语气说，仍然不停地急迫地说，
他突然做出第一次泰然自若的回答。

心是什么! 哪一个，就像运送者在放飞——
丢弃黑暗，归巢的大自然懂得其余的——
它自身的出色功能，狂野和自我约束，
十年来下降的光一直在教导怎么做以及为何做。

恭敬的铭记比英俊的脸重要——
美的仪态或情绪激越的灵感，
在这种情况下，所有人都沉浸在崇高的神圣恩典中……

上天带给你什么恩惠，孩子，或者赢得什么
不授予? ——只是……噢，你在那条路上踱步
噢，竭尽全力坚持住! 你要跑完所有赛程!

"怎么一切都是单向发生的"

怎么一切都是单向发生的！
万事万物栖息着多么相配！
然后啊！那思想的曲调
沿着它的想象在生发。

天使的洞察力也不能
了解心是怎样的，所以：
既然人的所有造物
是出于规则的冷漠。

谁建造了这些墙而广为人知
他心中的音乐，
然而在这里他却只显露出
他粗鲁浑圆的外观。

这不是自由的，因为
他的力量似乎可以自由发挥：
他清扫了他所在的范围
清扫并且必须服从。

尽管放下他本性的屈从

就像空气一样，他改变了选择，
那是一种乐器
可以发出婉转的高亢声调。

因此这主人身份，
这首完美的歌，
这无可挑剔的美好，
既不是对，也不是错。

仅仅是红色和蓝色，
仅仅是 Re 和 Mi[1]，
或者是甜蜜的金色黏合剂
那是蜜蜂为之建造的。

是什么造就了这个人
内在的人造就：
问他为谁服务或者不
服务，以及他站在哪一边。

因为善生长得狂野又宽阔，
其阴影，无处不在；
但公正必须寻求一方
并选择一位首领。

———————

1 音符。

快乐的乞丐

在抹大拉那边，经过那座桥，那儿有个地方叫普林，
　　在夏天，在一个迸发的夏日时光里
　　伴随着一场又一场的雨，
当空气里飘着酸甜味的花粉
那些挂在酸橙树上的花蕊和他们光艳的火把；

　　那人的心脏跳动正常
　　贫困不会使他痛苦，痛苦
这种挣扎不会让他焦灼，一份礼物会使他高兴
就像我那可怜的口袋，可怜的便士。

吹号手的第一次圣餐

一个从兵营来的吹号少年（在山

那边）——他告诉我，他有一个爱尔兰

        母亲和英格兰父亲（他

分享他们最好的礼物，不管事情会怎样降临），

这一天是在一次恩典之后到来的，他因

我的迟到而恳求我，满溢的

        恩典在我的赐予中，

来吧，我说，今天是第一次领圣餐的日子。

然后穿着军团的红色制服，他跪下。

基督从碗柜里取出食物，我多么欢喜，蹦跳着

        请他的孩子们饱餐一顿！

谦卑地锁闭在树叶光线中的圣餐，他太过巨大的神性。

在那里！还有你最甜蜜的寄语，啊，神圣，

经由它，天哪，降临到他身上！像一颗基督的心，无所畏惧；

        真实的语言，自负——少有嘲弄；

在人的美好性爱中，呼吸着绽放的贞洁。

皱着眉头，防备天使看守

任由地狱车队动身去骚扰他；

　　　　前进吧，善良的伙伴，和他并肩而行；
把他的日子装扮成一个灵活的星光的律令。

我的心多么舒畅，去游历那座黑色的山岗，
当柔美清澈的青春，那是我教给所有人的

　　　　温柔的顺从，犹如一只被挤压的桃子，
勇往直前，那有关自我教导、自我意愿的福祉！

然后，尽管几天后我将踏上这慰藉的
土丘，所以我应该在某种程度上

　　　　去侍奉上帝，去侍奉
正是这样的士兵后裔，以基督专属的配给口粮。

没有什么像它，不，不是一切都那么紧张
我们：清新的青春在盛开的季节里烦恼，一切都预示着

　　　　那甜蜜的结局更甜蜜；
基督是王国的继承人，统治着王国。

哦，现在就让那神圣的封印香膏发挥作用！
啊，现在的魅力，武器，什么能阻止坏事

　　　　并将爱永远锁在小伙子身上！
让我不再见到他，也不再失望

那些甜蜜的希望平息了我的活力，

身穿红色衣服，或在某天看见的某处

　　　　那存在的额头和珠子，

我们这个时代的上帝自己的加拉哈德[1]，尽管这孩子四处漂泊

似乎被一个神圣的厄运所引领，我并没有因

那里的灾难而哭泣；但他不可发牢骚和游荡

　　　　虽然被绑在回家的后轮里？——

那留给主的圣餐，我躺在这里；

只有记录，我的嘴唇在恳求

会让坚硬如铁的身躯缓慢升起吗

　　　　祈祷被忽视：

如同朝向未来，但无论如何，就像令人称道的天堂听到的

　　这些。

1　亚瑟王传说中的一名骑士，他在亚瑟王朝中的地位是独一无二的，因为只有他才能最终寻得圣杯的下落。

安德洛墨达 [1]

那时，世间的安德洛墨达困在这粗糙的礁石上
她无与伦比的美丽没有对手
她的伤势也没有，从海角望去，
她的花，她可怜的生命，注定是海怪的盘中餐。

时间流逝，她被许多挫折和折磨
企图征服和追击；但现在听到了一只
比所有人更凶狠的来自西方的野兽的咆哮，对她
更加充斥流言，更加无法无天，更淫亵。

她的珀尔修斯 [2] 徘徊，让她陷入绝境？——
一度他踩踏在软枕般的空气中，放下
他对她的思念，她似乎被抛弃了，

当她全部的耐心，渐渐变成剧痛，
加剧；然后放下屈从，没有人做梦，
带着戈耳工 [3] 的装备和光秃秃的嘴，皮鞭和尖牙。

1　古希腊神话中埃塞俄比亚国王刻甫斯和王后卡西俄珀亚的女儿，后成
为"仙女座"。
2　古希腊神话中的宙斯之子，安德洛墨达的丈夫。
3　古希腊神话中的蛇发女妖。

174

早晨，中午和傍晚的献祭

那有斑点的憔悴的
脸颊和皱巴巴的嘴唇，
那缕缕金色的发丝，那轻盈的灰色的
眼睛，都在团契中——
这一切美丽的盛放，
这一切新鲜的气息，
在值得消费时献给上帝。

思想和肌肉现在都更勇敢
大自然告知：塔；
头，心，手，脚跟和肩膀
那跳动和呼吸的力量——
这是盛年享受的骄傲
把它当作工具，而不是玩具
并坚持基督的使命。

那思想的穹窿、视野、
培训和精通，
在未冷却的丝滑的灰烬中，
外表下最成熟——
死亡把它的门闩拉开了一半，

地狱希望很快抓住些什么，

你迅疾献上的供奉！

安宁

你究竟何时才会安宁，野斑鸠，羞怯地收拢翅膀，
你绕着我漫游的尽头，在我的树枝下面？
何时，何时，安宁，你将安宁？——我不想当伪君子

拥有我的心：我不再反对你间或来；但
这种偶尔的安宁是糟糕的安宁。纯粹的安宁可以容纳
战争的警报，那令人生畏的战争，它的死亡？

哦，毫无疑问，剥夺安宁，我的主将会留下一些好东西
作为替代！所以他留下了精美的耐心，
此后，这会给安宁带来表面的荣耀。当安宁在这里造房子
他来是有工作要做，他不是来抱怨的，
　　　　　他坐下并沉思。

在婚礼进行曲中

上帝信守承诺垂下你的头，
新郎，祝福你，新娘，你的床
有柔软的接穗[1]，甜美的接穗，
从神圣的躯体中孕育出来。

彼此的安慰体贴亲切：
深沉，比想象的还要深沉，
神圣的仁慈，亲爱的仁慈，
你们永远牢固，牢固绑定。

那就让进行曲轰鸣我们的耳朵：
我流着泪转向他
的婚姻，他奇妙的婚姻，
换取胜利和不朽的岁月。

---

1 植物的嫩枝，尤指用于嫁接。参见天主教为新郎和新娘做的弥撒："你
妻子在你的内室，好像多结果子的葡萄树。你女儿围绕你的桌子，好像
橄榄栽子。"

费利克斯·兰德尔

蹄铁匠费利克斯·兰德尔，他死了吗？我的责任结束了。
谁曾见过他的模样，大骨架，吃苦耐劳又英俊
竟忧思，忧思，直到神智不清，
更有四种致命疾病，深入肌理，要一较高下？

疾病压垮了他，一开始他烦得咒骂，但涂上圣油后
也就改了：固然一颗敬奉上天的心已开启
几个月前，自从我以我们圣餐时回忆基督的牺牲
使他变得温柔。啊，好吧，愿上帝原谅他，无论他犯下什
　　么罪！

这样照看病人，使我们更亲近他们，也使他们更亲近我们。
我的话使你得到安慰，手擦干你的泪痕，
你的泪水触动我的心，孩子，费利克斯，可怜的费利克斯·兰
　　德尔；

这和原先的设想差太远，在你那喧闹的岁月，
当你在混乱阴森的锻铁炉边，在同行中显得强大，
为那匹灰色的辕马修补它磨损得发亮的蹄铁！

春天和秋天

给一个年幼的孩子

玛格丽特，你在为不曾留下的

金色树林而悲伤吗？

树叶，像人的东西，你

得用你新颖的想法照料，你可以吗？

啊！随着心的衰老

这样的景象会变得更凄凉

渐渐地，连一声叹息也没有了

尽管世界上幽暗树林绚丽的树叶在欺骗；

而你还是会哭泣，而且知道为什么哭。

现在无论，孩子，名字是什么：

悲伤的源泉都是相同的。

无论是嘴，还是心，都无法表述

心听到的，鬼魂却可以猜出：

这是人类为之而生的荒芜，

这是你哀悼的玛格丽特。

因弗斯内德

这烧焦的幽暗，马背般的棕色，
它颠簸起伏的道路呼啸而下，
在鸡笼里，在梳理它泡沫状的羊毛中
笛声低低地飘向湖边，落在家中。

一顶黄褐色泡沫般的风吹帽
在一片漆黑的肉汤般的池塘上
飞舞旋转，皱着眉毛，
它一圈又一圈在水里溺死绝望。

沾满露珠，点点露珠
是小溪流经的交叉的斜坡，
金属丝般的石楠丛，紧贴的蕨类植物，
还有那烧得旺盛的大量念珠样的灰烬。

一旦失去阴雨和荒原，世界
将会怎样？让它们留下，
哦，让它们留下，荒原和阴雨；
野草万岁，荒原万岁。

铅灰色的回声和金黄色的回声

（从圣温弗雷德之井传出的少女之歌）

铅灰色的回声——

如何保持——那里有没有任何东西，那里空无一人，荒芜
    之地辨认出的事物，蝴蝶结，胸针，辫子，吊裤带，蕾丝，
    门闩，把手，钥匙，去保持

让美返回，保持它，美，美，美……不让它消失？

哦，这些皱纹难道没有蹙眉，归类于更深的皱纹，

下来？这些最悲哀的使者不再挥手告别，平静的

    信使，悲伤的偷偷走掉的灰色信使？

不，什么都没有，什么都没有，哦，不，什么都没有，

你现在的样子也不可能长久地被称作美人，

做你能做的，什么，做你能做的，

而智慧早就绝望了：

开始吧；因为，不，什么也做不了

而深陷在困境中

岁月和岁月的罪恶，白发，

起皱的，下垂的，垂死的，最糟糕的死，皱巴巴的

    床单，坟墓，蠕虫，翻滚着腐烂：

所以开始吧，开始绝望。

哦，什么都没有；没有，没有，没有，什么都没有：

开始绝望，绝望，

绝望，绝望，绝望，绝望。

金色的回声——

                         备用！

有一个，是的！我有一个（嘘，别出声！），

只是看不见太阳。

不在烈日的灼烧之内，

高高的太阳的色调，或者大地上空气危险的污染，

在别处的某个地方有啊，好，哪里！一个，

一个。是的，我能察觉这样一把钥匙，我知道这样一个地方，

在那里，无论什么珍贵的东西，都和我们擦肩而过。那就
　　是一切都新鲜而快速地飞掠我们，看起来我们是甜蜜的，
　　迅速离开，被毁掉，毁掉，

完蛋了，完蛋了，很快就完蛋了，我们却有一种深沉又危
　　险的甜蜜，

那水面的涟漪，我们的脸不像早晨的样子，

美丽的花朵，美丽的羊毛，太易于飞逝，

再也不会飞走，用最温柔的真理牢牢系住

它自己最好的存在和它青春的美好；它曾是一种永恒，哦，
　　它是全部的青春！

那么，来吧，你的方式，风度和容貌，发丝，少女的装束，
　　殷勤、欢乐和优雅，

获胜的方式，天真的神态，少女的礼仪，甜美的外表，蓬
　　松的头发，长长的头发，可爱的头发，艳丽的装束，正
　　发生的，女孩的优雅——

辞职，签字，盖章，发送，用呼吸示意，

以高高的叹息，高高的叹息，运送

他们；幽灵之美，早在他们死亡之前

把美还回去，美，美，美，还给上帝，还给美自身和美的
　　施予者。

瞧：一根头发，一根睫毛都没有丢失；

每根毛发，头上的毛发，都计算在内。

不，我们粗暴无礼又轻巧留下的东西，只剩下一个模子

当我们熟睡时，会醒来，会上蜡，会随风而行，

这边，那边，一百次地甩着沉重的头

当我们沉睡时。

哦，那么，那么疲惫，我们为什么要践踏？哦，为什么我
　　们的心如此憔悴，如此忧虑——被忧虑缠绕——被杀死，
　　如此疲累，如此烦恼，如此纠结，如此拖累，

当我们随意放弃的东西被悉心保管，

比我们所能保管得还要细心周全，保管得

极为细致（而我们，我们本该失去它）更加美好，保持

细心的照料。——在哪里？只要告诉我们在哪里，远方的

哪里。——有多高！我们跟着，现在我们跟着。——

远方，是的远方，远方，

远方。

里布尔河谷

大地，甜美的大地，甜美的风景，枝叶繁茂
低矮的草丛肆意生长，那诱人的天堂
没有语言恳求，没有心灵感知；
除了仅有的存在，除了长久的劳作，你难以想象——

你只能如此，但你很擅长；强壮的
你对他的恳求，不是现在的请求，
你那可爱的溪谷如此这般翻滚而下
你的河流，把一切交给苦难和错误。

此外，什么是大地的眼睛、舌头或心脏，此外，
在哪里，除了亲爱的顽强的人？——啊，继承人
他变形的自我被如此捆绑着，如此束缚着他的翻转，

不勤俭地赤裸裸掠夺环绕着我们的富饶世界
以后再也不管这个世界，努力都是徒劳
大地皱起眉头，如此忧虑，这呵护又珍视的忧虑。

夜幕降临

夜幕降临，看，他们的光越来越少了；

时值冬季，看，一个未完成的世界：

他们荒废，他们更糟地枯萎；他们奔跑

给人类带来越来越多痛苦的宣示。

而我却帮不上忙，现在也没有成功的消息：

一切都来自残骸，这里，那里，为了挽救一个——

看起来刚刚开始的如此稀有的工作

欢迎死亡，使遗忘变得珍贵。

或者还有什么？这就是你的内在世界。

在那里除掉恶龙[1]，根除罪恶。

在那小小的公益事业中，你的意志就是法律。

---

1 邪恶的象征。

"就像那陌生人"

就像那陌生人卧藏于我的命运中，我的生活
在陌生人之中。亲爱的父亲母亲，
兄弟姐妹在基督那儿，不在附近 [1]
而他是我的太平 / 我的离别，刀兵与纷争 [2]。

英格兰，噢，我全心全意追求的荣誉，妻子
对我创造的思想，既不听取
我的恳求，也不恳求我做什么：我厌倦了 [3]——
一个无所事事的人，在充斥着战争的地方。

我在爱尔兰；如今我在第三次
搬迁中。并不是在所有的搬迁中，我可以
将宽容的爱既给予又获得。只有我心中最明智的

话语才能阻止黑暗天堂令人费解的禁令
酒吧或地狱的咒语阻挠。这是闻所未闻的秘藏，
完全听不见，留给我一个孤独的开始 [4]。

1　霍普金斯的家人不是天主教徒。
2　见《圣经·马太福音》10：34："你们不要想我来，是叫地上太平。我
来并不是叫地上太平，乃是叫地上动刀兵。"
3　也许暗指霍普金斯希望英国再次成为天主教国家。
4　暗示某人早期的承诺没有兑现。

"我醒来，感觉到黑暗的降临，不是白昼"

我醒来，感觉到黑暗的降临，不是白昼。
我们度过多少小时，哦，多少黑暗的小时
今天晚上！心啊，你看见怎样的景象，你走过怎样的路！
而更多的必须是，在更长的光的延迟中。

我和见证人说这个。但我在哪儿说过
几小时对我意味着几年，意味着一生。而我的悲叹
无尽的哭泣，哭声如同无法投递的信
致最亲爱的逐渐消失的他，唉！

我很苦恼，我很心痛。这是上帝最深刻的意旨
要我尝尽苦味：我的味觉就是我；
骨头在我体内构建，肉体填塞，鲜血充溢着诅咒。

精神自我发酵，沉闷的面团变酸。我明白了
迷途的人就是这样，而他们的灾祸将是
正如我是我的，他们大汗淋漓的自我；但更糟。

"摔打吧，粗鄙的人"

摔打吧，粗鄙的人；怒吼吧，沉闷的风，然后；螺旋状的
　冰雹
五月的美丽惨败而一片狂暴的云生长
在巨大的穹隆之外；告诉夏天"不"，
把快乐唤回，享有丰收，让希望保持苍白。

"痛苦之极，再也没有更苦的。抛弃了过去的悲伤"

痛苦之极，再也没有更苦的。抛弃了过去的悲伤，

经受过以前的痛苦，更多的痛苦将带来更野蛮的折磨。

安慰者，你的慰藉在哪里，哪里？

马利亚，我们的母亲，你的宽慰在哪里？

我发出连串呼号；如畜群般挤作一团，一个主要的

痛苦，人世的悲伤：在古老的铁砧上畏缩和呻吟——

然后平静下来，然后停止。复仇女神尖叫："别磨蹭！

恕我变得残忍：我必须果断。"

哦，灵魂，灵魂里有群山；有开始变得

可怕的，陡峭的，无人探测的悬崖。愿从未挂在那里的人

保持他们的卑微。我们微弱的耐力

也难以长久地应付这样的陡与深。嘿！讨厌的家伙，

可怜虫，舒适地匍匐于旋风：所有人的

生与死都会终结，每天随着睡眠而死去。

凡人之美有何用?

凡人之美有何用 | ——危险；会使血液

跳动——哦，那如此完美的 | 面部特征，身体怎么扭得

比普赛尔的曲调还要骄傲？| 看：它这样做：保持

人类智慧对存在之物的温暖；| 善意味着什么——那一瞥

比注视看到更多，| 那局促不安的注视。

那些可爱的男孩，清新，容光焕发 | 战争风暴带来的意外收获，

不然格雷戈里，一个神父，| 如何能在拥挤的罗马将其——

采集？但是上帝给这个国家 | 给那一天宝贵的机会。

对人，那需要敬奉 | 木头或者光秃石头的人，

我们的法则说：不管爱什么 | 都是最有价值的爱，我们都知道；

世上最可爱的是——人的自我，自我 | 从身上和脸上发光。

然后呢？怎样遇见美？| 仅仅结识它：自己，

心中的家，天堂甜蜜的礼物；| 然后离开，别管它。

是的，尽管如此，希望所有人，| 拥有上帝更好的美，恩典。

（臭皮囊的安慰）

不，我不要，我不要享受绝望，这臭皮囊的安慰；

不要解开——它们也许是松弛的——这些最后的人类绳索

我的内心，如此疲倦，我再也无法哭泣。我能；

能做什么，希望，希望那日子到来，而不会选择不活下去。

可是啊，你这可怕的家伙，为什么要对我无礼

你拧扭世界的右脚撼动我？用猛狮[1]的前肢攻击我？

用幽暗吞噬的眼睛[2]细查，我瘀紫的骨头？并吹散，

哦，在暴风[3]的交替中，我滞留在那里；我疯狂地躲避你，

   逃走？

为什么？我的谷壳飞起；我的谷粒落下，透明又清澈。

不，在所有那些辛劳和骚乱中，因为（似乎）我吻了权杖，

宁愿用手，我的心，看哪！聚拢的力量，偷走的快乐，大笑吧，

   欢呼吧。

然而为谁欢呼？那个操纵天堂的英雄推搡我，用脚践踏

我？还是和他打架的我？哪一个？还是每一个？那年的那

1　见《圣经·约伯记》10∶16∶"我若昂首自得，你就追捕我如狮子。"

2　见《圣经·约伯记》7∶8∶"观看我的人，他的眼必不再见我。你的眼目要看我，我却不在了。"

3　见《圣经·约伯记》9∶17∶"他用暴风折断我，无故地加增我的损伤。"

个夜晚的

此刻，我卑微地躺在黑暗中竭力深思着（我的上帝！）我的
上帝。

(士兵)

是的，为什么我们看到士兵，都要祝福他？祝福

我们英国军人，我们的水兵？这两者大部分，

只是易碎的黏土，而且是恶臭的黏土。心在这里，

因为骄傲，它将这强烈的使命感称作男子气概，并猜度

人必须依旧假装抱有希望；

它想象，伪装，相信，崇拜艺术家的艺术；

而且将欣然发现所有人都很聪明都很优秀，

而猩红的穿着揭穿了战争精神。

基督的标志，我们的王。他了解战争，为这军旅生活服务；

在所有人中，他最能缚紧套索。你瞧，现在他处于极乐

之中，看见某人在某处做人所能做的一切，

为了爱，他倾身向前，他必俯身，亲吻，

哭喊，"哦，这是基督的功绩！上帝所造的肉身也会这样做：

如果我再来一次，"基督喊道，"应该就是这样。"

"上帝，我从你而来"

上帝，我从你而来，向你而去，
一整天，我像泉水
从你手中流出，摇晃着
在你强大的光芒中，像尘埃一样。

我祈福我对你的了解，
如同承认你的压力
关于我的存在，以及看到的
你神圣的事物。

我曾转身离开你，躲藏起来，
受你所禁止的约束；
我要吹起风；我犯了错：
我为我所做的事忏悔。

我很坏，但还是你的孩子。
天父，求你和解。
求你宽恕我，因为我明白
以你的力量可使你温和。

我还要活下去

去完成你的目标；
是的，我还欠你一笔债：
帮帮我，先生，我会的。

但你坚持，你是公正的，
我从心里生出怜悯
对我的兄弟，所有其他人
我的伙伴和对手。

· · · · · · · · · ·
耶稣基督在十字架上
牺牲了

他在少女的子宫里成形，
生，死，从坟墓里
崛起的力量，是我们
用来应对厄运的法官。

"忍耐,艰难的事!最艰难的就是祈祷"

忍耐,艰难的事!最艰难的就是祈祷,
忍耐就是竞逐!忍耐询问
谁想要战争,想要创伤;厌倦了他的时代,他的任务;
去摒弃,承受挫折,服从。

罕见的忍耐根植于此,而它们远离,
哪里都没有。忍耐如同大自然之心的常春藤,覆盖
我们过去目标的废墟。她整天在那里晒太阳
紫色的浆果和明亮的树叶的海洋。

我们听到我们的心在激怒自己:它杀死
碾碎更珍贵的它们。然而我们叛逆的意志
我们请求上帝即使如此,也要向他屈服。

那个不断提炼出美好善行的人
在哪里?——他很能忍耐。忍耐充满
他松脆的蜂巢,以及那些我们知谙的方式。

"让我对自己的心更加怜惜"

让我对自己的心更加怜惜；让
我生活在死后圣餐的自我悲伤中，
仁慈；不要活在痛苦的心灵里
这饱受折磨的心灵还在折磨人。

我寻求再也得不到的安慰
在我周围摸索，我四处摸索，比瞎了眼还要难受
眼睛在黑暗中可以看见白昼，或者干渴可以找到
这干渴的世界里所有的液体。

灵魂，自我；来吧，可怜的老伙计，我劝
你，疲倦了，就随他去；暂时忘掉你的想法
到别的地方去；留下舒适的背景空间；让快乐估算

上帝什么时候知道，以及知道什么；他的微笑
你瞧，并没有烦恼；倒不如说是未预见到的时刻——就像
  天空
在群山之间——照亮了迷人的一英里。

伴随他的注视

我致命的伴侣，承载我磐石般的心，
温暖的跳动伴着冷漠的跳动，我要
早点吗？否则你会辜负我们的力量并撒谎
一个曾经的艺术世界被洗劫，变成废墟？
我们的任务是叙述岁月；岁月的某些部分，
并非全部，但我们就是其中之一。那里，啊，因此
是最甜蜜的慰藉的颂歌，或者是最糟糕的痛苦的聪慧。

田野——飞逝，逝去的日子没有早晨
对她说："这是你的。"但更糟的是，新的一天
也是最短和最后的日子。

从西比尔¹的纸页上拼出

诚挚，无尘，平等，和谐，｜穹隆，浩繁，……惊惧

傍晚抽紧使时间变得浩瀚，｜一切的子宫，所有人的家，夜
　　晚全部的灵车。

她那可爱的黄色号角的光蜿蜒向西，｜她那狂野空茫灰白的
　　光射向高空

荒芜；她最早的星，晨星，｜主要的星，俯瞰我们，

火是天国的特征，对大地而言｜她的存在没有止境；

她的点点星光已经消失，如同——

纷乱或蜂拥，全都彼此穿越，挤在一起；｜自我在自我中，
　　　打碎浸泡——彻底

忘却，现在全都解体了｜心，你恰到好处地环抱我

包括：我们的黄昏笼罩我们；我们的夜晚｜淹没，淹没，并
　　将终结我们。

只有长着喙状叶的树枝像龙一样｜织锦工具——平滑暗淡的
　　光；黑，

在其上永远这样黑。我们的故事，哦，我们的神谕！｜让生
　　命凋零，啊，

1　古希腊神话人物。希腊神话中，阿波罗爱上了西比尔，施予她预言的
能力，而且只要她手中有尘土，她就能活多少年。然而，她忘了向阿波
罗要永恒的青春，所以日渐憔悴，最后几乎缩成了空壳，却依然求死不能。
她曾作书九卷献给罗马王，罗马王因其索金太高而拒绝，西比尔烧掉三
卷仍索原价，罗马王感到奇怪，读其书发现所预言之事极为重要，欲买
其书，却已残缺不全。

在全部两个纺锤上，让生命随风拂去她曾经织过染过的品
　　种丨之上的纹理：

　　　　分开，圈起，保存

现在她的一切都在两个群体中，两个阵列里——黑，白;丨对，
　　错;算计，掂量，但当心

但这两者；要留意一个世界上，就这丨两者，每一方因为完
　　全不同于另一方而彼此数落；在拉肢刑架上

自我扭曲，自我绷紧，没有鞘壳——没有庇护，丨思想在呻
　　吟中碾磨着思想。

在两位美少年的肖像上

一对兄妹

哦，我羡慕又悲伤！心之眼在哭泣
发现你，邪恶的践踏者，暴君的年代。
汁液在斑斓的风信子和藤叶中流淌，
而美的最珍贵的叶脉是眼泪 [1]。

祝福这些孩子的父亲母亲！太快了：
不是那个，但迄今为止，所有人都脆弱，被庇护
在一个美丽的秋天；但对于时间的余波，
所有造物都有分量，有希望，有危险，有兴趣。

他们是这样吗？那精美的，以手指拨弄的光线
他们年轻愉悦的时光暗淡下来
那倏忽而过的，就像白日幻灭的梦
或者像咆哮的棕色巴罗河 [2] 上蛱蝶的嬉戏。

她满心喜悦地靠在他身上
妹妹坐得舒适，妻子也是；
他的目光，灵魂本身的文字，看得更远
凝视着，然后直接坠入生活。

1　在这幅画中，孩子们的脸被花环、鲜花、藤蔓和水果包围着。
2　爱尔兰中部河流。

但是啊，你是明亮的额发、
美丽的容貌、心灵、健康和青春的集合，
你的地标，航标或灵魂的星标在哪里？
只有真理能帮助你。基督就是真理。

只有善的才可能更善，对你们两人都是
而和你一起摇晃的，也许是这个可爱少女；
除了上帝没有人是善的——一个警告在挥手致意
一旦善在权衡，就被发现有欠缺。

人按那份清单生活，那意志里的偏好
没有智慧可以通过估算和猜测来预知，
自我那无我的自我，最奇怪，最平静，
快速收拢，全都指向"不"或者"是"。

你的盛宴，你最真切地看到
愿你的灾祸更多地狂欢吧。
最坏的就是最好的。这里有什么虫子，我们哭喊，
那些伸向天空的树枝，你看，都枯死了，布满孔洞？

够了：堕落是这个世界第一大灾难。
我需要什么使我的热情超出我的认知？
哦，但我热切地为你作证
反对人类野蛮的肆意妄为。

农夫哈利

像柳枝扭在一起的有力手臂，还有略微发黄的头发
向另一侧飘散；胸廓架；用铲挖掘的侧影；瘦长的
粗绳般的大腿；膝盖骨；筒状小腿——
　　　　头和脚，肩膀和小腿——
凭着一只灰色眼睛的警觉，操控得很好，像一船水手开始
　干活；
承受压力。四肢都是结实的肌肉，他的体力
哪个地方鼓起，哪个地方吸收或者沉陷——
　　　　　　高飞或者下沉——，
虽然作为一根坚固的山毛榉树干[1]，却发现他的地位和特征
处在被清点的状态，在肉体上，每件他必须做的事是什
　么——
　　他的体力该在哪里恢复。
他向它靠拢，哈利弯下腰，回头看，手肘和他柔软的
腰，所有人都对那翻滚的犁感到恐惧。他的深红色脸颊；
　卷发
飘动或缠结着，被一阵风吹起，那交织的风——
　　　　　　随风飘舞的头发；
也有吃苦耐劳的农民风度，男性力量之子，它是怎样抬起

1　山毛榉树以其强壮和笔直而闻名，山毛榉树干常被用来做船的桅杆。

或迈开

它们——那双被满是褶皱的粗皮捆扎得很宽的大脚！沿着

犁头翻起的土块奔走，寒意收拢——

　　　　伴随着———一道——喷泉的闪光——努力收拢。

（枯枝）

我的眼睛什么也看不见，在这世界上游荡，
有什么东西像牛奶一样滋润心灵，如此深深的叹息
诗之于它，就像在空中折断枝杈的树。
说它是枯枝：是否是十二月的一天，迅速
收拢，或是在温柔的有点湿冷的鞭打下，他们涌起战栗
相距甚远，新居在天堂的最深处。

他们触摸天堂，像在敲单面小鼓；他们的手怎样扫过
那缓慢燃烧的冬日广袤的苍穹！
蓝色和雪白交织的五月穿过他们，绿色植物的
穗和嫩叶：那是古老的大地在向峭壁摸索
她经由天堂养育我们。

汤姆的花环:

关于失业者

汤姆戴着粗硬乖戾的钢铁花环

汤姆；然后汤姆穿靴子的伙伴懒洋洋收起鹤嘴锄

他回家，一路狠狠地敲出碎石之火——健壮的迪克；

汤姆心情自在，挖土工人汤姆：他活着当然是为了

吃饱饭，现在躺在床上。他精力充沛地过着穷困潦倒的生

活（感觉

汤姆永远不饿，汤姆很少生病，

很少悲痛；一路踏过，有刺痛感的，密匝匝

成千上万的荆棘，思想）尽管摇摆不定。大众福祉

我才不在乎呢，如果人人都有面包：

什么！在我们所有人高贵的头脑里，国家就是无上的荣耀，

天堂之光四处高悬，或者，被强壮的脚

踩烂的母亲般的大地。但没有办法兴旺发达，

没有智慧，也没有力量；黄金变成花环

带着危险，哦不；也没有安稳的脚步声；

居无定所，在大地

荣耀的边界，大地的安逸之外，所有人；没有人，没有地方，

在广阔世界的福祉中；稀有的黄金，粗壮的钢铁，这两者

都空空如也；忧虑，但要分享忧虑——

这一切，以绝望饲养卑鄙的人；以愤怒

饲养贪婪的人，更糟的是他们这伙人遍布这个时代。

"大海怜悯"

大海怜悯：它以厄运介入：

"我有亲爱的高个女儿，追随我手的指引：

让冬天娶一个，在她的子宫里播种，

她将在新大陆的海滩上养育他们。"

自然是赫拉克利特之火，是复活的安慰

一团团云雾，撕掉的绒毛，抛掷的枕头｜向前飘去，然后在
　　天上的大道上
飞奔：天堂里的喧闹者，快乐地成群结队｜他们在行进中光
　　彩夺目。
走过毛坯墙，走过耀眼的白墙，｜随便一棵榆树荫盖之处，
细碎的光和反抗的阴影在延长｜在交织，恍如一对戳刺的长矛。
那明媚的风欢快自由地喧闹着｜绑紧，搏斗，拍打着光秃秃
　　的大地
在昔日暴风雨的冲刷下；｜在池塘和车辙剥落的干泥中
泥浆四溢，捏成｜泥团，硬化成壳，灰尘；凝固，变硬，
一群面目模糊的人和人的印记｜踩在泥潭里辛苦工作
脚陷在里面。无数燃料，｜大自然的篝火燃烧。
但熄灭了她最纤弱，最心爱的火｜她最清晰的自我的火花
人啊，他的火的印记，｜他心中的印记，消失得多么快！
两者都在深不可测的，巨大黑暗中
淹没了。哦，怜悯和嘲讽｜国家！人形，发光
一颗或几颗星星消失，｜死亡抹去黑暗；有关他的一切
　　　　　　　　如此荒凉，再无丝毫印记
但浩瀚模糊而时间｜抹平一切。够了！那复活
一只心的——号角！驱散悲伤的喘息，｜不快乐的日子,沮丧。
在我下沉的甲板上闪耀着光芒

一盏指路明灯，一道永恒之光。｜肉体逐渐消失，而凡间
　废物

堕落为残虫；｜世界的野火，只留下灰烬：

　　　　　　　　在一瞬间，在一声喇叭的尖叫中，
我立即变成基督的样子。｜因为他是我现在的样子，而且
这个普通人，荒唐可笑，可怜的碎陶片，｜补丁，火柴棒，
　不朽的钻石，

　　　　　　是不朽的钻石。

"我该为养育我的土地做些什么"

我该为养育我的土地做些什么，

她的家和坑洼的田地喂养了我？——

在她的信仰下，为她的荣耀而活：

在她的信仰下，我将为她的荣誉而活。

　　合唱。在她的信仰下，我们为她的荣誉而活。

不是享乐，酬劳，掠夺，

但国家和国旗，我在国旗下——

有先令，发现我愿意

追随一个信仰，为荣誉而战。

　　合唱。我们追随她的信仰，我们为她的荣誉而战。

称我为英格兰名誉的挚爱者，

她的名誉要保持，她的名誉要恢复。

耗尽我终结我，无论上帝将派遣我做什么，

但在她的信仰下，我为她的荣誉而活。

　　合唱。在她的信仰卜，我们为她的荣誉而前进。

我必须显示男子气概的战场在哪里？

哦，欢迎他们的武器和大炮。

不朽的美是带着责任的死亡，

如果在她的信仰下，我会为她的荣誉而倾倒。

　　合唱。在她的信仰下，我们爱上她的荣誉。

"主啊，你确是公义的，如果我与你争论"

但有一件，我还要与你理论，

恶人的道路为何亨通呢。(《圣经·耶利米书》12:1)

主啊，你确是公义的，如果我与你

争论；但是先生，我的请求是公义的。

恶人的道路为何亨通呢？为何

我所有的努力都必须以失望告终？

如果你是我的敌人，哦，你是我的朋友，

我不知道，你怎么能比这更坏

挫败，阻挠我？哦，欲望的奴隶和酒鬼

在空闲时间要比我花更多精力，

先生，生命取决于你。看，堤岸和灌木丛

现在，树叶多么浓密！他们又交织在一起

连同起伏的香芹，看，清新的风在摇动

它们；鸟儿建造——但不是我建造；不，是紧张，

时间的阉人，不去孕育一件警世的作品。

我的生命的主啊，求你滋润我的根。

牧羊人的额头

牧羊人的额头，迎着分叉的闪电，拥有
它的恐怖、浩劫和荣耀
天使坠落，他们是高塔，来自天堂——一个正义的
故事，庄严的，巨大呻吟。

但是人——我们，很多易碎骨头的脚手架；
谁在呼吸，从漫长的婴儿期到头发灰白
年纪的喘息；谁的呼吸是我们死亡的纪念——
我们的古提琴用怎样的低音来演奏悲剧的音调？

他！他只能勉强糊口，因羞愧而空虚；
而且，无论名字有多大胆，
男人杰克这个人是正义的；他的伴侣是个荡妇。

而我在这些死亡中死去，助燃这火焰，
那……在光滑的汤匙里窥见生活镜子般的面具：驯服
我的暴风雨，我焦躁不安的热情和狂热。

致罗伯特·布里吉斯 [1]

父辈心里的美好快乐；那热烈的
激励，像吹管火焰一样燃烧和乱刺，
一旦呼气，就猝然熄灭，比它来得还快，
然而给心灵留下一首不朽的母亲的歌。

那是九个月，不，是九年那么漫长
对于她，穿戴，生育，照料和梳头都是一样的：
那失去洞察力的寡妇，她活着，目标明确
现在知道，手头在工作永远不会错。

缪斯之父甜美的火焰，我的灵魂需要它，
我需要的是一种灵感的狂喜。
哦，如果在我过时的诗行里，你未察觉

那翻腾，上升，歌颂，创造，
我的冬日世界，几乎呼吸不到那种幸福
现在，带着几声叹息，我们的辩解就交给你了。

1　罗伯特·布里吉斯（Robert Bridges，1844—1930），霍普金斯的好友，曾任英国桂冠诗人，在霍普金斯去世后，编辑出版了霍普金斯的诗集。

霍普金斯年表

1844：7月28日，杰拉尔德出生于埃塞克斯的斯特拉特福，是八个孩子中的老大。他的父亲曼利·霍普金斯是一名海事保险理算员和夏威夷驻伦敦特使。

1854—1862：杰拉尔德就读于海格特公学。他在学业上成绩优异，曾获得五个奖项，其中包括以《埃斯科里亚尔修道院》（1860年）获得的学校诗歌奖、拉丁诗歌总督金奖和学校奖学金。

1862：获得牛津大学贝利奥尔学院奖学金。

1863：4月，进入贝利奥尔学院就读。

1866：7月，决定加入天主教会。10月21日，被纽曼接纳为天主教徒。

1867：6月，以一等学位毕业。

1868：4月至9月，在伯明翰礼拜堂任教。

5月2日，虽然不确定是加入本笃会还是耶稣会，但他决定成为一名牧师。

5月11日，他烧毁了自己的诗集，以表明他的新职业目标。

7月3日至8月1日，与爱德华·邦德在瑞士徒步度假。

9月7日，进入伦敦罗汉普顿曼雷萨之家的耶稣会初学院。

1870：9月9日，在兰开夏郡斯托尼赫斯特的圣马利亚学院开始为期三年的哲学学习。

1872：阅读邓斯·司各脱关于彼得·伦巴德宣判书的牛津评注。

1873：9月起在罗汉普顿教授修辞学。

1874：8月，在威尔士圣博诺学院开始为期三年的神学学习。

1875：12月，开始写作《德意志号的沉没》。

1876：写作《银禧年》《致萨洛普主教》《赛威德》《彭梅恩池塘》。

1877：2月至9月，写作《上帝的荣耀》《星光之夜》《如翠鸟着火，蜻蜓点燃火焰》《春天》《大海和云雀》《在埃尔威山谷》《茶隼》《斑驳之美》《收获的欢呼》《门外的灯》。

9月23日，被任命为牧师。

10月，被派往切斯特菲尔德圣马利亚山学院，该校要求古典学者担任教师。

1878：4月，搬到斯托尼赫斯特，为学生准备伦敦大学的考试。《欧律狄刻号的失踪》和《五月的颂歌》都是在这里写成。

7月至11月，在伦敦芒特街任代理助理牧师。

12月，成为牛津圣阿洛伊修斯教堂的助理牧师。

1879：2月至10月，创作了九首完整的诗歌（《邓斯·司各脱的牛津》《宾西白杨》《亨利·普赛尔》《室内蜡烛》《慷慨的心》《吹号手的第一次圣餐》《安德洛墨达》《早晨，中午和傍晚的献祭》《安宁》）和一些片段，然后开始作曲。

10月至12月，在利镇贝德福德地区的圣约瑟夫教堂担任助理牧师，并在那里写了《在婚礼进行曲中》。

12月3日成为利物浦圣方济各沙勿略教堂的牧师。

1880：写作《费利克斯·兰德尔》《春天和秋天》。

1881：9月，他在格拉斯哥成为一名助理牧师。游览洛蒙德湖，并在那里写下《因弗斯内德》。

10月，在罗汉普顿开始实习；现存的诗没有在这一年里写的，但写了一些关于宗教沉思的笔记。

1882：9月，他到斯托尼赫斯特学院教授古典文学。在那里他完成了《铅灰色的回声和金黄色的回声》《里布尔河谷》。

1883：罗伯特·布里吉斯开始收录、编辑第二本霍普金斯诗集。霍普金斯写作《把圣母比作我们呼吸的空气》。
8月，遇见考文垂·帕特莫尔。

1884：2月，移居都柏林，在新成立的大学学院担任古典学研究员和格陵兰拉丁文学教授。他最初的职责是担任希腊语的考官。

1885：10月至翌年4月，写了《圣温弗雷德之井》现存的大部分段落。
写作《荒凉的十四行诗》（虽然没有最终定论，但很大可能这些十四行诗是由霍普金斯所写），写作《凡人之美有何用?》《(士兵)》《伴随他的注视》《时间是黄昏，看，他们的光越来越暗》。

1886：5月，在英格兰度假时与罗伯特·布里吉斯相见。完成《从西比尔的纸页上拼出》，创作《在两位美少年的肖像上》，翻译《莎士比亚的歌》。

1887：8 月，在英格兰度假。

写作《农夫哈利》《汤姆的花环》，也许还有《灰枝》。

1888：开始创作《颂歌》，写作《自然是赫拉克利特之火，是复活的安慰》《"我该为养育我的土地做些什么"》《圣阿方萨斯·罗德里格斯》。

8 月，在苏格兰度假。

1889：1 月，在图拉贝格静养。写作《"主啊，你确是公义的，如果我与你争论"》《牧羊人的额头》《致罗伯特·布里吉斯》。

6 月 8 日，死于伤寒，葬于都柏林的格拉斯内文公墓。

译后记

霍普金斯生活于英国维多利亚时代，生前，他是一位默默无闻的诗人，当时享有盛名的诗人是丁尼生、罗伯特·勃朗宁和斯温伯恩，但如今霍普金斯已经被公认为是英国诗歌史上的大诗人，再没有人能够在忽视霍普金斯的情况下来考察维多利亚时代的诗歌了。

20世纪几位最重要的英国诗人都曾表达过对霍普金斯的激赏，可见其在20世纪迅速建立起的巨大影响力，须知直到1918年，霍普金斯去世29年后，他的牛津大学同学兼终生好友罗伯特·布里吉斯才编辑出版了霍普金斯第一个诗选集，印数只有区区750册。在奥登为其编辑的《19世纪英国小诗人选集》所撰写的序言中，列举了一个被他当作大诗人排除在这本选集之外的名单：布莱克、华兹华斯、柯勒律治、拜伦、雪莱、济慈、丁尼生、勃朗宁、阿诺德、斯温伯恩、霍普金斯、叶芝和吉卜林。如果说奥登的这个名单还局限在19世纪之内，特德·休斯在接受《巴黎评论》采访时，则将霍普金斯视为英国有史以来最重要的诗人之一："到我上了大学，那年我21岁，我奉若神明的经典基本固定：乔叟、莎士比亚、马洛、布莱克、华兹华斯、济慈、柯勒律治、霍普金斯、叶芝、艾略特。"谢默斯·希尼虽然没有列一个类似的名单，在接受《巴黎评论》采访时，对霍普金斯诗歌的欣赏亦溢于言表："霍普金斯让英语的输电线在韵律诗行之下震颤，就像高压电。"而在接受丹尼斯·奥德里斯科尔的采访中，希尼进一步阐述了最初阅读霍普金斯诗歌的感受，以及对其写作的影响："那是一种感官的刺激，神经系统内跳荡的小水漂和一连串的反应。像这样的诗句：'如石头越过井沿落入圆井／发出声响'或'游动的鳟鱼身上长满了斑斑点点的玫瑰痣；／栗子落下像新鲜的火炭；如雀鸟的翅膀'。我曾说过它就像是词语的鸡皮疙瘩。然后，很自然的，几年之后我作为大学本科生写下最早的诗歌时，我写的是霍普金斯式的语言。"

　　这种迟到的声誉，一方面是其骄傲的个性使然，作为一个将自己完全奉献给上帝的耶稣会修士，他不可能对世俗声誉有太多执着，相反，当霍普金斯在 1868 年 5 月 2 日决定加入耶稣会，十天后就烧毁了自己的诗作（部分诗作因为之前寄给了布里吉斯，而得以幸存），以示对自己所从事的神职的忠诚。此外，他将诗歌的出版视同七宗罪中的骄傲之罪。悖论的是，他对自己那些未来被公认为杰作的作品的发表漠然置之，在世俗眼光看来倒是另一种骄傲了。

　　另一方面，霍普金斯诗歌的某种超前性也妨碍了他的诗歌在 19 世纪的流行，而这种超前性，很大程度上是霍普金斯经过对前辈诗人的诗作的仔细研究，有意识获得的，他曾在给布里吉斯的信中写道："研究一些杰作对我产生的影响，就是一方面使我仰慕不已，但另一方面又激励我另辟蹊径。这些情况肯定或多或少地在每一位有独创性的艺术家身上存在，而在我身上尤为突出。"如此看来，他在加入耶稣会后突然停止诗歌创作长达七年之久，也许不仅仅是因为他要全身心地侍奉上帝，部分原因可能出自诗歌创作内部存在的问题，是对他之前诗歌创作的不满——不够独特？没有他所期望的"另辟蹊径"？

霍普金斯结束七年的沉默，重新创作的第一首诗就是他诗集里最长、形式最完整，也是他最优秀的诗歌《德意志号的沉没》，这首诗的创作当然首先在于沉船事件的悲剧性对于诗人在情感上的巨大冲击，关于这一点，霍普金斯自己有过记述："在七年中，我仅仅因为情况需要而写了二、三首小小的献诗。但是1875年冬'德意志号'在泰路士河口失事沉没，船上的五位方济各会的修女同时丧生，她们是受法尔克法令的迫害而从德国流放的；我深有感触，告诉了我的教区长，他说他很希望有人就这内容写一首诗。根据这点启发，我就开始写作，虽然起先写来不顺利，但终究完成了一首诗。"但同样重要却容易被人忽视的是，正是在这首诗中，霍普金斯完成了他的诗歌在形式上的蜕变，这首诗最突出的形式特征是它无与伦比的节奏感。通过对每一诗行中的重音位置和音节数加以改变，霍普金斯试图避免正常的音步中他所谓"重复而臣服"的节奏效果。"长久以来我都让一种新节奏的回响萦绕在我耳畔"，霍普金斯如此写信给友人理查德·迪克森，向他解释为何《德意志号的沉没》的韵律和他的早期诗作如此不同。因此，不顾罗伯特·布里吉斯的异议，霍普金斯在这首至关重要的重新出发之诗中保持了这种节奏的"奇特性"。因为这种表现技巧与诗人所欲表达的情愫是不可分割地交织在一起的。正如研究霍普金斯的首席专家 W. H. 加德纳在介绍这种现象时所指出的，这种跳跃式的节奏或者说"富于表现力的节奏……是表现思想情绪的内部节奏和传达声音的外部节奏的至关重要的融合"。

霍普金斯对于此种新的韵律、节奏如此重视，以至于他感到有必要为其写篇文章，并在其中称这种新韵为"跳韵"，跳韵的基本原理是一行中只计算重音，所有音步都以重读音节开头，其后可跟随一个、两个、三个或零个非重读音节。和许多杰出诗人一样，霍普金斯是一位听力极为敏锐的诗人，甚至就算在这些诗人中，霍普金斯这方面的禀赋也是超群的。我一直认为牵引诗句发展的有两种引擎，一种是通常的意义引擎，诗句随着所描述内容（情节）的推进而发展，这类诗人通常更关注于内容和题材的描述，诗句的发展被束缚在通常的意义链条上，不能给人带来意料之外的欣喜，其诗歌的音韵也必然是凝滞的，因为内容"沉重"的惯性将诗的音韵逼入角落，既扼杀了音韵变化的可能性，也桎梏了诗意本身。另一种牵引诗句发展的则是音韵引擎，这类诗人对声音、节奏、韵律极为敏感，对于他们来说，诗歌的音韵和内容至少是同样重要的，他们诗歌中诗句的发展主要靠音韵引擎牵引，许多时候他们诗中一个词的发音如同鱼饵，引诱来另一个发音相近或者音韵上相契合的词。当然诗人在竖起耳朵捕捉词语的同时，大脑也在考虑在音色相近的数个词语中，哪一个词的意义和上下文构成最微妙饱满的意义，也就是说，音韵引擎发现的词语，不仅悦耳，同时会带来更饱满更出人意料的微妙诗意。

霍普金斯正是后者中的一员，在他的诗中押尾韵几乎是必然的，而头韵也经常出现，甚至许多诗句本身，就是一个音调在朝各个方向的试探、翻滚。有时诗人在句首写下某个音韵，犹如孩童打水漂，这音韵不断在诗行的水面跳出、潜入、跳出、潜入……直至没入诗的沉寂之中。这音调犹如饥饿的嘴巴寻觅着音调相近的词语，而美妙的节奏亦裹挟着别致的、微妙的诗意。以《"如翠鸟着火，蜻蜓点燃火焰"》这首诗为例，诗的第一行就是音韵相互引诱、生发新的词语的绝佳例证：

As kingfishers catch fire, dragonflies draw flame;
如翠鸟着火，蜻蜓点燃火焰；

"kingfishers"（翠鸟）、"fire"（火）和"flame"（火焰）这三个词显然有着音韵上的联系，"f"的发音是这三个词声音的中介，很有可能是"kingfishers"一词中的"k"音和"f"音引出其后的两个词"catch"和"fire"，同时也呼应着句末的"flame"，这使整个句子回荡在"k"和"f"的发音中。而"dragonflies draw"又构成此句中另一组声音的回旋，"dragonflies"（蜻蜓）中"dra"的发音引出"draw"（点燃）这个词，因此在这一句诗中就交织着三组跳跃、呼应的声音，这显然强化了此句在音韵上余音绕梁的感觉。句末的"flame"又和第四行的"name"和第五行的"same"押上尾韵，后面两个词有可能是"flame"引出的，也有可能

是后面的 "name" 或者 "same" 对于前面诗句的回溯式影响，但同时又要和首句荡漾着的 "f" 音呼应，那么在这个纵横交错的交汇点上，"flame" 这个词就是诗人不二的选择了。从诗意上看，"翠鸟着火" 和 "蜻蜓点燃火焰" 多少都有点新奇，有点怪诞，谈不上绝妙，但满足了诗人对于 "创新" 的要求，而且诗人显然无法摆脱此句在音韵上巨大的诱惑，那么他就放任此句作为诗的首句，看看这盘旋不去的声调继续（究竟）能引出怎样的后续诗句，诗人也由此踏出前无古人的崭新的一步，而簇新的微妙诗意似乎唾手可得了，而霍普金斯灵敏的耳朵全程保持着警醒，伴随着捕捉着稍纵即逝的美妙诗意，下面是这首诗完整的第一节：

As kingfishers catch fire, dragonflies draw flame;

    As tumbled over rim in roundy wells

    Stones ring; like each tucked string tells, each hung bell's

Bow swung finds tongue to fling out broad its name;

Each mortal thing does one thing and the same:

    Deals out that being indoors each one dwells;

    Selves-goes itself; *myself* it speaks and spells,

Crying *What I do is me: for that I came.*

如翠鸟着火，蜻蜓点燃火焰；

    如石头越过井沿落入圆井

    发出声响：就像每根拨动之弦的诉说，每个挂钟的

摆锤晃动找到语言，奋力叫出它的名字；

世间万物都在做同样的一件事，

　将居于心中的每一个自我派遣出去；

　展现自我——释放自我；它说出、拼写出*自我*，

哭喊着*我所做的就是我*：*我就是为此而来*。

从中，我们可以清晰地看到音韵的引擎继续有力地引导着诗人。第一行句末"flame"，第四行句末"name"，第五行句末"same"，第八行句末"came"押尾韵；第二行句末的"wells"，第三行句末"bell's"，第六行句末的"Wells"，第七行句末"spells"押尾韵。除此之外，和第一行内部的处理一样，在别的诗行中，诗人也在时刻听命于音韵引擎的引领，并不会因为已经做到严格的押尾韵而有丝毫放松。在第二行诗句中，"rim"引出"roundy"和第三行起首的"ring"，而"ring"又引出随后诗行中的"string""fling""thing"和"being"；与此同时，第二行句首"stones"这个词的"s"音又唤醒了此行不远处的"string"以及下一行中的"swung"，隔了两行，当"s"这个音几乎快消失时，又在第六行的"selves""speaks"和"spells"这三个词中得以隆重地回归。所有这些音韵相近的词，都像"蛙跳"一样分布在长诗行之内或者潜伏在邻近的诗行中，令整首诗回荡着"ing"的迷人鼻音以及"s"的轻柔音调。另外，不要忘记还有诗行句末"ells"和"ame"这两个音的交替出现，因为押尾韵而对整节诗在声调上起到一种内敛的回收作用，所有这些音韵上叠加的处理，使整节诗形成一种音韵上交错盘旋的魔力，在读者的大脑清醒之前就已

经让他的耳朵迷醉，进而也使他的大脑沉醉在非理性的喜悦之中。在读好诗时，我们都有过这样的经验，在搞清楚诗句具体的意思之前，它已经使我们产生生理性的强烈反应，犹如美国19世纪诗人狄金森所说的，"使我浑身发冷，什么火也不能烤暖我，我知道那就是诗。如果我有一种切身的感觉，好像天灵盖都被揭掉了，我知道那就是诗。"在瞬间产生如此作用，不得不说正是来自音韵和节奏的巨大魔力。

当然，仅仅孤立地谈音韵是远远不够的，极端地说打开任何一本英语词典都能找到大量发音近似的词语，诗歌当然不是将这些词语简单堆积就完事了，而不去管诗意，甚至不去管语句是否通顺。众所周知，词有两个属性："音"和"意"。诗人在寻找音韵接近的词语时，也一定同时在掂量它的意义，以及它和邻近的词构成的诗句与诗段的意义。所以，诗人凭借音韵引擎找到音韵接近的词语，形成诗句声调上的魔力，只是写诗这一行为外显的魅力。更内在的作用是，对于音韵的敏感和找寻，会让诗人找到一些符合音韵，但却并非常用甚至冷僻的词语。这些词语的加入将会使诗的意义耳目一新，令那些看起来有点生硬、有点新奇的诗意在萦回的声调中融为一体，形成诗歌更微妙、更复杂，也更有魅力的"意义"。霍普金斯显然对此心知肚明，因此他会放任他诗中的音韵引擎引领诗句的发展，引领自己的诗歌创作，因为他知道此种写作方式将会让他的诗歌在音韵和诗意两方面获得双倍的回报。换言之，诗人强调音韵，也就是在着迷于找寻新颖的、不俗的诗意，这是写诗这一创作行为的一体两面。反过来说，一个在诗意和题材方面有所创新的诗人，他诗歌的音韵也不可能沦陷在"俗调"中。所谓"陈词"和"滥调"，它们往往是相辅相成的，"陈词"必依附于"滥调"，而"滥调"也必携带着"陈词"。因此，我们夸赞霍普金斯听力的敏锐，绝不仅仅是因为他的诗歌在音韵上玩得花样百出，其实也是在赞美他的诗在"意义"上的丰富和微妙。

在上述这节诗中，首句"如翠鸟着火，蜻蜓点燃火焰"就是一个颇为惊人的表达，上文说过，诗人敢于这样表达，很大程度上是因为此句美妙音韵的激励。随后三行是：

> 如石头越过井沿落入圆井
> 发出声响：就像每根拨动之弦的诉说，每个挂钟的
> 摆锤晃动找到语言，奋力叫出它的名字；

这三行写得很细，"石头落入圆井发出声响"是相对普通的描写，但是加入"越过井沿"这个细节，就显得更加准确细腻了，经过上文的分析，我们知道霍普金斯之所以这样写，是因为他敏锐的耳朵捕捉到"rim"这个并不常用的词，它大概率是由"roundy wells"这个词组联想而来的衍生物，但这个词无疑给诗歌带来了新鲜的意象和诗意。"每个挂钟的 / 摆锤晃动找到语言，奋力叫出它的名字；"这句也颇为形象和精彩，"挂钟的摆锤"也是很细致精确的意象，诗人这样写，我猜想也是因为音韵的要求，这一行他要押"ells"的尾韵，"bell"只是部分满足了尾韵的要求，必须还

要有一个"s"音，那么"挂钟的"（bell's）就首先出现了，挂钟的什么呢？挂钟的摆锤！——"挂钟的摆锤晃动找到语言，奋力叫出自己的名字"——也许这一行诗就此迅速出现在诗人脑子里。"挺好的诗句，就是它了，"也许霍普金斯就是这样想的。

我以《"如翠鸟着火，蜻蜓点燃火焰"》第一节为例，分析了音韵的引擎在霍普金斯诗歌中决定性的引导作用，而这种写法在霍普金斯诗歌中是普遍存在的，读他的诗，你会时时感觉到，他全神贯注，甚至于屏住呼吸，在等待音韵和微妙丰富的诗意完美结合的那个瞬间。为了美妙的音韵，他会经常打乱诗句通常的语序，使用生僻的词语，使用英语地方方言（比如兰开夏郡的方言），运用中古英语词汇、复合形容词以及各种元音和辅音的谐音，或者干脆自创词语。俄罗斯诗人曼德尔施塔姆曾经说他所欣赏的未来主义诗人赫列勃尼科夫，"像田鼠一样折腾着词语"，以形容后者对于拓宽诗歌词汇量的巨大热情，其实这句话形容霍普金斯也一样准确。

当然，对于霍普金斯而言，音韵引擎只是他寻找新词的一种方法，另一方面，他还同时拥有极为直观、敏锐的视觉观察力。灵敏的耳朵、犀利的眼光合二为一，使他的洞察力可以穿透词语的魔障，得以抵达事物最隐蔽的幽微处。对此，美国诗人简·赫斯菲尔德在《十扇窗》一书中有过精彩的论述："霍普金斯诗歌中视觉和听觉的独特结合开启了英语诗歌的新形式；从文字跃向音乐的激情中迸发出的领悟，在某种程度上，正是他天才的精髓所在。霍普金斯对观看"源泉"充满渴望，这使他的心灵、舌头和耳朵都摆脱了陈规的束缚。由此所产生的对万物的渗透，支撑着他最黑暗的作品中所散发出的强劲生命力。""对万物的渗透"这点总结得很好，而手段则是"摆脱了陈规束缚"的"心灵、舌头和耳朵"的共同作用，在此，赫斯菲尔德可能漏掉了一个词，即刚才她正在强调的视觉——"眼睛"。而"对万物的渗透"另一个通俗说法也就是对于诗歌词汇量的拓展，或以此为基础对于诗歌意象群的拓展，乃至于对诗歌题材的拓展，某种程度上，这正是现代诗歌的一大标识。

霍普金斯在英国诗歌现代派盛行——以艾略特、奥登为代表——的数十年前就有意识这样做了，比如霍普金斯后期创作的几首描写英国底层工人的诗作——《费利克斯·兰德尔》（蹄铁匠）《农夫哈利》《汤姆的花环》（写失业的挖土工人汤姆），撇开音韵和诗歌形式方面的突出特点不谈，仅就这些诗作的题材来说，在维多利亚时代诗歌中就属于当然的异类，倒是和20世纪某些英语诗歌中关注底层民众的潮流有所契合，比如美国诗人桑德堡和兰斯顿·休斯就写过大量这类题材的诗，而作为霍普金斯的"忠粉"，谢默斯·希尼也有部分诗作涉及这一题材。

这种以音韵为舵柄的写作方式，无疑将给翻译带来很大困难。霍普金斯诗歌中缠绕、萦回的音韵和节奏感，是深深扎根于英语特殊的音和意的结合部的，不可能在英语之外的任何其他语言中得以完美重现。但话说回来，霍普金斯诗歌如果只有单一的音韵美，那他就不可能是英语里的"大诗人"，上文我们分析过，他的音韵引擎不仅给我们带来美妙的英语的节奏，同时这节奏里也携带着丰盈的诗意，而后者正是译者可以通过自己的翻译工作去勉力获取的。众所周知，在文学中形式和内容是融为一体的，是不可分割的，但对于翻译诗歌这一拿着大刀绣花的高难度工作来说，适当地将诗意从诗的形式中剥离，也是不得已而为之，当然并不是说在翻译的目标语言中就可以完全不管形式，而是不可能生硬地照搬原语言的形式。如此，在翻译过程中，在尽量保持霍普金斯诗歌形式特点的基础上，一些被打乱的语序就要在汉语中理顺，以汉语中舒服的节奏说出原语言中微妙的诗意。同理，对于尾韵，我们也没有强行去押，如果为了勉强押韵要重新打破句式，因韵害意，那我们就放弃押韵，而是将准确传递原诗的微妙意旨作为翻译工作的主要着重点。在我看来，翻译诗歌并不就是"押韵"，在目标语言中句子节奏的舒服和意旨传递的准确更重要，当然能同时押韵更好，如果不能兼得必须做出选择，我们只能选择前者。

音韵以及霍普金斯所强调的"跳韵"，在他的诗歌中有着极为重要的作用，但是作为英国维多利亚时代屈指可数的大诗人，他的诗歌所处理的内容、题材和激情也是非常重要的，如果不能说更重要的话。在此，我们就要讲到霍普金斯的生平了。看霍普金斯年表，我颇有感触，这是一份极为"干净"的年表，只是讲述了他的求学和任教之路，以及因为神职工作而流徙辗转的过程，再有就是他的那些如今广为流传的杰作是何时何地写出的。——没有文学奖，没有文学交际应酬（除了和大学好友罗伯特·布里吉斯终生的通信），没有发表，也没有出版。他的诗作首次结集出版是在他去世后第29年的1918年，又过了29年，W. H. 加德纳所主编的具有权威性的霍普金斯作品选集才得以出版，而加德纳撰写的两卷本《杰拉尔德·曼利·霍普金斯：诗歌的个人风格和诗歌传统之间关系的研究》几乎同时出版。某种程度上，正是加德纳勤勉又精湛的工作，为霍普金斯经典地位的确立起到了奠基式的作用。

霍普金斯是一位在创作上对自己要求极高的诗人，一定有强大的内在力量推动他，才能在和当时英国文坛几乎完全隔绝的状态下，继续着自己的创作。依我看，这种内在力量对于他来说就是信仰的力量。1866年，22岁的霍普金斯决定加入天主教，这无疑是他短暂一生中最重要的事件，这信仰使他很多年里都在英国的各教区担任助理牧师或者牧师——他一生中最重要的职业，而对于诗人霍普金斯，这种信仰则为他所有的诗作提供了一种近乎永恒的主题，也是一种"便利"的主题，使他在诗中通过灵敏的耳朵捕捉到的词句，得以收拢在对上帝的热忱之中，反过来，这种热忱又使他诗歌中的音韵、节奏变得更加铿锵有力，更加打动人心，两者持续地相互作用，则将诗本身推向一个又一个高潮——灵感赤裸裸的照耀。

如果说霍普金斯热忱的信仰如同船锚，使他的每一首诗都有一个稳妥的高涨情绪的支撑点，有一个音韵由高到低，渐次隐去的方向，相较而言，世俗诗人就不得不为自己创作的每首诗分别找到合适的主题，找到不同的情绪支撑点。当然，优秀的世俗诗人就此可以丰富自己的诗歌主题,在题材的丰富性和才能的"宽度"方面有可能胜出一筹,但不可能像霍普金斯那样,其全部的诗歌创作都仿佛是热忱祈祷,是在和上帝对话,是多年持续朝一个方向发起的不绝的"诗句的潮汐"。他的诗句终于染上了一层犹如圣洁之光照拂的耀眼晶体,同时伴随着震撼人心的深沉鼓点。

当代汉语诗人顾城的诗风和霍普金斯相去甚远,顾城英语能力有限,在没有中译本的情况下,他不可能了解,甚至知道霍普金斯,但1984年11月在接受香港《诗双月刊》的采访中,当编辑王伟明问"你认为大诗人需要具备哪些条件"时,顾城的一段精彩的回答仿佛就是在评说霍普金斯,仿佛就是对霍普金斯诗歌的诗意总结,这大概也是诗人间神秘的心有灵犀吧:

> 我认为大诗人首先要具备的条件是灵魂;一个永远醒着、微笑而痛苦的灵魂,一个注视着酒杯、万物的反光和自身的灵魂,一个在河岸上注视着血液、思想、情感的灵魂,一个为爱驱动、与光同在的灵魂,在一层又一层物象的幻影中前进。
>
> 他无所知又全知,他无所求又尽求;他全知所以微笑,他尽求所以痛苦。
>
> 人类的电流都聚集在他身上,使他永远临近那个聚变、那个可能的工作——用一个词把生命从有限中释放出来,趋向无限;使生命永远自由地生活在他主宰的万物之中——他具有造物的

力量。

最末这句，其实已经涉及信仰的神秘力量在写作过程中至关重要的作用，顾城作为汉语诗人，不可能具有严格意义上的信仰，但是他通过诗思的敏捷和想象力，以一种神往的姿态，道出上述这段闪光的话语。而霍普金斯则是天主教信仰的践行者，尽管霍普金斯作诗时对于音韵、意象极尽敏锐地搜求，但在他的诗之中、诗背后，总有"一个永远醒着、微笑而痛苦的灵魂，一个注视着酒杯、万物的反光和自身的灵魂，一个在河岸上注视着血液、思想、情感的灵魂，一个为爱驱动、与光同在的灵魂，在一层又一层物象的幻影中前进。"而霍普金斯在 1976 年写的短诗《月出》末尾两句则很像是对顾城这段话的回应：

> 这是珍贵的，令人向往的景象，| 不求而得，如
> 　此轻易地呈现。
> 将我从重重树叶的掩映中分开，| 将我从层层昏
> 　睡的眼睑中隔离。

霍普金斯大多数诗歌，包括他最好的那些诗中，都或多或少飘荡着上帝庄严的身影，有信仰的信徒写诗大概都会这样，而霍普金斯的杰出在于，他通过精湛诗艺将这种对于上帝热忱的信仰，完美地转化为诗本身的力量，转化为犹如白炽灯突然打开时的那种耀眼的照射。霍普金斯所写的和对上帝信仰有关的佳作很多，诸如《上帝的荣耀》《复

活节圣餐》《耶稣甜蜜的回忆》《臭皮囊的安慰》《痛苦之极，再也没有更苦的》《主啊，你确是公义的，如果我与你争论》等。当然，这类诗歌中最优秀者，或者甚至可以说霍普金斯全部诗歌中最优秀者，还得要算上文提到过的《德意志号的沉没》。作为一首挽诗，这篇诗作是绝无仅有的。整首诗起始于对遇难修女的悲悯，过渡到诗人内心的挣扎，终于对上帝之爱的回归："我们的心是壁炉里的仁爱之火，我们思想中的骑士精神群集在主的周围。"其中穿插着祈祷上帝控制叛逆情绪，叙述悲剧事件，哀婉一位高个修女的英雄主义，深念上帝的善行，请求代人祈祷——所有围绕这桩悲剧性事件的方方面面，都被统摄于霍普金斯经过七年沉默所孕育的崭新形式中。全诗 35 节，每节八行，前四行较短，侧重于叙事，后四行较长，侧重于沉思。全诗分两个部分，第一部分 10 节，讲述了诗歌叙述者的精神危机，第二部分 25 节，更具体地描述沉船事件本身，事件所激起的道德伦理困境，以及诗人内心的挣扎。第 17 节前四句直观地表达了信仰某种程度的动摇：

> 他们与上帝的冷漠搏斗——
> 他们败下阵来，摔倒在甲板上
> （压碎他们）或水中（淹死他们）或
> 随海的嬉戏翻滚在遇难的船上。

而在第 20 节中，则将这信仰的危机引向深处：

她是五人中的头

来自戴贴头帽的修女会。

（哦，德意志，一个双重绝望的名字！

哦，广袤世界的善行！

但是百合般的格特鲁德，和路德，是一座城里的两种人，

基督的百合和荒林中的野兽：

从生命的黎明招引来，

亚伯是该隐的兄弟，他们吮吸的是同一个乳房。）

　　作为虔诚的天主教徒，霍普金斯自然对新教创始人马丁·路德持否定态度，而将13世纪的修女格特鲁德赞誉为基督的百合。对于信仰内部的此种尖锐对立，诗人亦有一种包容性认识，因此他会说"亚伯是该隐的兄弟，他们吮吸的是同一个乳房"。伴随着沉船事件细节的展开，也伴随着沉思的深入，诗人又重拾对于信仰的信心："最后的呼吸，忏悔的灵魂——那最终的标记 / 我们落水的受难者又巨人般升起，/ 慈悲的圣父基督，在他风暴般的步伐中抵达我们。"这是一首"内容"充实的诗，同时它在形式创新方面也非常突出，诗人为整首诗打造了一个整饬、稳定的音韵结构，每节诗都由 8 行构成，韵脚整齐，短句和长句错落，叙述、沉思、祈祷混杂，令每节诗都成为一个精致的语言结构，而当整首诗将这种音韵结构次第展开 35 次，一种音调和形式上的祈祷作用就已经"势大力沉"了——每节诗如同射向读者内心的一枚箭镞，而诗中对于沉船事件的叙述和沉思又追随音韵和节奏得以从容地铺陈，甚至于诗人内心的疑

问、挣扎也几乎被它所统一，变身为最终虔诚的祈祷。

除了《德意志号的沉没》，霍普金斯还写有数十首短诗佳作，其中《斑驳之美》是我所偏爱的：

荣耀归于上帝，因为事物皆有瑕疵——
　　因为颜色错杂的天空就像奶牛的斑纹；
　　因为水中游动的鳟鱼身上长满了斑斑点点的玫瑰痣；
　栗子落下像新鲜的火炭；如雀鸟的翅膀；
　　成片划分的波浪般起伏的——乡野，休耕，或犁翻；
　　　而各行各业，它们的齿轮，索具，装备齐全。

一切事物都对立，新颖，独特，怪异；
　　任何变幻的，都有缺憾（谁知道怎么回事？）
　　　迅疾必有缓慢；甜美必有酸涩；闪耀必有黯淡；
　他创造万物，他的美永恒不变：
　　　　　赞颂他。

这首诗也完美展现了霍普金斯将细致入微的视觉观察力和敏锐听觉的结合能力，其音韵、节奏也极为舒适，每个词的音和意都似乎是章鱼两只发达的触手，挥舞着去捕捉下一个词、下一行诗。除此之外，诗的第一节还显示了诗人细致的视觉观察力，诸如"因为颜色错杂的天空就像奶牛的斑纹；/因为水中游动的鳟鱼身上长满了斑斑点点的玫瑰痣；/栗子落下像新鲜的火炭；如雀鸟的翅膀"等诗句，都有一种让人过目不忘的鲜明的色彩对比，传神地体现出事物迷人的、斑斓多彩的变化。难怪谢默斯·希尼在接受采访时，能随口念出这几句诗。如果说该诗的第一节讲述了万事万物在形象和状态上的错综复杂和相辅相成，那么第二节则进一步讲述了事物本质上的矛盾："迅疾必有缓慢；甜美必有酸涩；闪耀必有黯淡；"在诗人看来，这种事物外在矛盾和内在矛盾（所谓瑕疵）本身正是事物之美的源泉，而两种背离的撕扯的力之所以造成永恒不变的美感，是因为上帝伟力无与伦比的黏合作用——"上帝的单一性和自然宇宙的多样性统一起来达成了和谐"，正如美国批评家海伦·文德勒所言——因此在诗的末尾，诗人再次转向上帝："赞颂他。"

在《德意志号的沉没》中有一行诗，我印象很深："天地是词，由谁言说？"在此句中，霍普金斯婉转表达了诗人命名的能力就是一种造物能力，如果天地是词，那么诗人口中道出的具有魔力的诗句，也就在创造另一种意义上的"万物"。而"由谁言说"带出的问号，则是对诗人造物者身份的一种掩饰，一种保护，以免被他所敬奉的上帝嫉妒？或者诗人仅仅是上帝的代言者——他代替上帝说话，并以其神圣的力量，令"树木弯枝，顽石移步，野兽俯首，波浪平息"。无论如何，诗作为一种有魅力的言说，需要神性（信仰当然是神性之一种，而语言的神性作用，范围肯定更广，因此，那些卓越的世俗诗人一样可以写出光彩照人的诗句）和匠人（具体的诗歌技巧，遣词造句的能力）这两种力量的合力才可能很好地完成，而霍普金斯身兼牧师和诗人两种身份，他将其合力几乎发挥到极致。霍普金斯对上帝虔诚的信仰，迅速给他的诗句带来一种闪电般的魔力，而他在诗歌音韵上的高超技巧，则使贯穿他诗歌中的信仰更加纯粹，也更加感人。

致谢。感谢本书编辑赵行健。近十年来，我和嘉莹翻译了七、八位风格迥异的西方诗人，霍普金斯肯定是其中最难翻译的（赫列勃尼科夫也很难译，但毕竟我们是从英译本转译的，英译本已部分抹平了俄语原文中最困难的部分）。他如此听命于音韵的引领，既让他的诗得以抵达极为幽微美妙的诗境，同时也让在另一种语言中重现这种节奏变得困难无比。而霍普金斯为迁就音韵做出的语序上的调整，喜用生僻词语等，则给理解诗句的"意义"也带来诸多困扰。行健看稿很细致，提出了不少最后为我们所采纳的修改意见，完善了这个霍普金斯诗歌中文首译本。感谢拉丁语翻译家李永毅先生，帮助我们解决了原文涉及的拉丁语问题。感谢方雨辰女士，这是我们继《荒野呼啸：艾米莉·勃朗特诗选》与《失乐园暗影：翁加雷蒂诗选》之后，在雅众出版的第三本译诗集。由于她出色的诗歌品位，我们得以翻译我们喜欢的西方经典诗人。这三位诗人在汉语里译介得很少，出版这样的作品对于出版人而言，是需要一些勇气的。

凌越

2024 年 10 月 24 日于广州

图书在版编目（CIP）数据

斑驳之美：霍普金斯诗精选 /（英）杰拉尔德·M.
霍普金斯著；凌越，梁嘉莹译. -- 北京：北京联合出
版公司, 2025. 1. --（雅众诗丛）. -- ISBN 978-7
-5596-8052-5

Ⅰ. I561.24

中国国家版本馆 CIP 数据核字第 2024JH4611 号

斑驳之美：霍普金斯诗精选

作　　者：[英] 杰拉尔德·M.霍普金斯
译　　者：凌　越　梁嘉莹
出 品 人：赵红仕
策划机构：雅众文化
策 划 人：方雨辰
特约编辑：赵行健　拓　野
责任编辑：龚　将
装帧设计：方　为

北京联合出版公司出版
（北京市西城区德外大街83号楼9层　　100088）
北京联合天畅文化传播公司发行
山东临沂新华印刷物流集团有限责任公司印刷　　新华书店经销
字数170千字　　1092毫米×860毫米　　1/32　　8印张
2025年1月第1版　　2025年1月第1次印刷
ISBN 978-7-5596-8052-5
定价：78.00元

图书在版编目（CIP）数据

清夜无尘/贾海修著. —郑州:河南文艺出版社,
2020.1(2022.5 重印)
ISBN 978-7-5559-0930-9

Ⅰ.①清… Ⅱ.①贾… Ⅲ.①纪实文学-中国-当
代②散文集-中国-当代 Ⅳ.①I217.2

中国版本图书馆 CIP 数据核字(2019)第 299705 号

出版发行　河南文艺出版社
本社地址　郑州市郑东新区祥盛街 27 号 C 座 5 楼
邮政编码　450018
承印单位　河南龙华印务有限公司
经销单位　新华书店
纸张规格　890 毫米×1240 毫米　1/32
印　　张　10.375
字　　数　213 000
版　　次　2020 年 1 月第 1 版
印　　次　2022 年 5 月第 3 次印刷
定　　价　50.00 元

清夜无尘

贾海修 著

河南文艺出版社
·郑州·

序　言

李焕有

我和贾海修先生的相识，已有些年头了。每次相见，总会被他那调侃中不失风趣、酸俗中充满雅致、机智中有点使坏、插科打诨中又保有底线的大智慧所折服。在场的人为之捧腹，继而从心底生出一缕缕的敬佩。于是，有人借其名之谐音，调侃贾先生——贾害羞，真性情！

真性情，藏在他文章的字里行间……

一

"母亲每天夜里纺线要纺到很晚，你睡了，她在纺，你睡了一觉，她还在纺。那忽高忽低的身影在你眼前晃荡，进入你的梦境，幻化成辛勤耕耘的老黄牛；那纺车声，在耳边回响，进入你的梦乡，幻化成抽丝不断的春蚕。"（《筑梦时空》）

"猪食馇好了，会倒进专用的黑塑料桶。母亲那瘦小的身板，掂起一桶猪食往外走，能不歇气地从灶火窑掂到两百多米外的猪圈。"（《筑梦时空》）

阅读贾海修先生的《清夜无尘》，眼眶湿了又干，干了又湿。我不是很爱动感情的人，但擦泪的纸巾如一朵朵小花散落我的书桌。母亲，对每一个人来说，都是充满温暖的字眼。每个人的记忆里，都有母亲最真实、最立体的画像。贾先生的笔下，母亲着墨颇多，其重彩处则为勤劳、无怨。"老黄牛""春蚕"的比喻，是贾先生在儿时从伴着"嗡嗡"纺车声的睡梦中感悟出来的；是在"瘦小身板""掂着一桶重重的猪食""两百米不停歇"的"喂猪图"中感悟出来的……

慈母手中线，是贾先生人生前进的道路，母亲手中的棉线有多长，贾先生开疆扩土的路就有多长，因为那个时候，粗布衣是农村孩子的标配，远行都要换身新衣裳；慈母手中的猪食桶，是贾先生人生奋进的胆量，母亲手中的猪食有多重，贾先生面对艰难困苦的胆量就有多大，因为那个时候，猪是家里的摇钱树，钱是人的胆。正是如此，母亲的日夜辛苦，如打印机上点点滴滴的墨汁，凑成了完美形象，定格在贾先生逐渐长大的心灵屏幕上。

"一个好女人，幸福三代人。"在贾先生的文集里，这个哲理处处彰显。

"爹不是糊涂爹，妈也不是糊涂妈，二老做到了孝敬爷奶，尊重兄弟，呵护晚辈。"（《筑梦时空》）说的是父辈之德行。贾先生的品德自不必说，连自己的媳妇也当之无愧地成为"好媳妇"。

在客香来请老人吃饭。

我问:"俩妈咋上来了?"

媳妇说:"累死啦!那个妈慢慢走上来,这个妈我搀着上来,把我的手抓得生疼!"媳妇举起左手,手背有红印。老人的手抓劲很大的。

客香来门口处有三个台阶,进门后是拐弯楼梯,有近二十个台阶。而俩妈,岳母轻微脑梗,走路颤巍巍的,扶墙拾级可上,老娘去年脑部手术后得拄拐行走,平路尚可,上楼梯确难。(《筑梦时空》)

《礼记》中说:"父子笃,兄弟睦,夫妇和,家之肥也。"

二

在家族观念中,有"五服之内为亲"之说。"五服"指高祖父、曾祖父、祖父、父亲、自身五代。自高祖至玄孙的九个世代,称为"九族"。在贾先生的文集中,有大量的篇幅写到祖父、伯叔、弟兄、子侄的音容笑貌,体现了一个大家族的兴旺与和睦。

"爹及二十多个叔婶姑,十几个祖母娘家人,还有五十多个孙子辈人,身穿白衣白裤白鞋,头戴白孝巾,一人一根柳树枝,枝身缠绕着剪烂的白纸条,齐刷刷地跪在地上。满院一片雪白,白得晃眼。"(《筑梦时空》)

这么一个大家族，在很多年之中，是合伙吃饭，粮食统一存放，钱财统一管理，人情往来统一安排，家务主厨统一协调。其中，大伯最能干，四叔性格倔强，五叔勤劳又厚道……能力、性格互补，才弹奏出雄壮且比较和谐的家庭进行曲。在这进行曲中有两个"乐章"始终在我脑海挥之不去：

"夜半时分，如果你步出窑洞，在太师椅院散步，你会发现，六家窑洞里都亮着那昏黄如豆的灯苗，在夜色中却显得那么明亮；六家窑洞里都会传出嗡嗡声，声响不大，在静寂的夜里却响彻夜空。这是大娘和婶子们在辛苦劳作。"（《筑梦时空》）

"爹的收音机分给四叔了，四叔知道爹晚上不听收音机睡不着，当场表示不要，又送给爹了。羊皮大衣分给五叔了，五叔却相中了爹的棉大衣，爹就跟五叔换。"（《筑梦时空》）

第一个乐章，表现的是贾家媳妇们深夜无眠，为一大家人遮风御寒；第二个乐章，彰显的是贾家弟兄们和睦相处。农村的弟兄"分家"，大都闹得乌烟瘴气，甚至有的媳妇寻死觅活。贾家的"分家"，让你感受的是"暖暖春意"。有人说，家庭中兄弟间的矛盾，都是媳妇们闹的。我不苟同。我认为还是男人们心里有"小九九"，有"弯弯绕"。在那物质匮乏、娶媳妇还要求"三转（自行车、缝纫机和手表）一响（收音机）"的年代，一台收音机送给兄长，老四媳妇心里没有怨言？新棉大衣换成旧皮袄，

母亲心里会舒坦？我的看法在贾先生的《筑梦时空》中得
以印证，贾先生还提出了家庭和睦的心得：作为男人，应
该主导大局；作为女人，应该扶持大局。如此的家庭氛围，
在贾先生的内心深处刻下了父慈子孝、兄友弟恭的贾家家
风。"太师椅院"是这种良好家风的形成地，然后把这种
良好家风带到了村里，带到了偃师，带到了洛阳……

阅读《清夜无尘》，感受到的是"贾家"的家长里短，
思考的则是贾先生的写作动机。在抽丝剥茧、由表及里的
思索之后，脑海中跳出了一个字——"孝"。

《礼记·祭义》篇中，曾子把"孝"分为三个等级："大
孝尊亲，其次弗辱，其下能养。"意思是，第一等的孝是
使双亲受人尊敬，其次是不使双亲声名受辱，第三等的孝
是能够赡养双亲。曾子随即对"尊亲"的内涵做了进一步
揭示："我们的身体，是父母遗留下来的骨肉，我们用这
样的骨肉在世间生活，怎么敢不谨慎？生活起居不庄重，
是不孝；事奉国君不尽心，是不孝；任官办事不严肃认真，
是不孝；对朋友不守信用，是不孝；上战场杀敌不勇敢，
是不孝。以上五方面不能做到，灾难就会降及双亲，怎么
敢不谨慎啊！"

显然，贾先生追求"孝"，且是君子之"孝"。

三

"山一程，水一程，身向榆关那畔行，夜深千帐灯。

风一更，雪一更，聒碎乡心梦不成，故园无此声。"我很欣赏"清词三大家"之一的纳兰性德的这首思乡之作。人生无奈，总要"山一程，水一程"地奔波；事业无情，总要"风一更，雪一更"地昂头面对。但是，"乡愁是一枚小小的邮票，我在这头，母亲在那头"。

贾先生文章所及，绝大多数没有离开童年生活过的土地——偃师市邙岭镇的牙庄村。他的小说《玉色瑷姿》，大背景是牙庄；散文集《抱朴守拙》《落英缤纷》，故事的发生地，还是牙庄。乡愁，成了我们这一代人从农村走向城市挥之不去的记忆；乡愁，成了我们这一代人从农村走向城市砥砺前行的动力……乡愁，是院子里那棵老槐树；乡愁，是村边的那道沟；乡愁，是儿时教育过自己的那位大爷；乡愁，是负重拉车、累得汗流浃背才上得去的那个土坡……

有的文学评论家感叹，这些年涌现的优秀作品中，描写乡村的居多，描写城市的少之又少。原因可能是多方面的，但有一点是不可忽视的，那就是曾经在农村生活过的作家，人生之路走得相对艰难些，对生他养他的乡村、土地的感情会更深刻一些。文学作品，有感而发，如鲠在喉，吐出来的都是夹杂着血和泪的"干货"。

"干货"，没有人不喜欢！贾先生的作品充满了"干货"，尤其是"乡愁"的"干货"。

作者有一篇散文《我的乡愁》开篇就写道："眨眼已届知天命之年，我的最大变化是，每到周末总想回趟老家，为什么要回老家，还真没有仔细想过。""没有仔细想过"是假，牵挂老家的亲人是真，思念儿时的玩伴是真，看看家乡的变化是真，回味儿时的心酸和美好是真。

这种"真"，作者在该书中做了回应：

借此，希望能够描述一个家庭的芸芸众生，能够反映那个艰难困苦时代，能够如实记录我们那段乡愁，以及我的祖父辈、父辈、兄弟辈追求美好生活所付出的努力、拼搏和汗水。

四

厚厚的书稿阅读，占据了好长一段时光。办公室里，工作之余抓紧品味；家中的书房里，窗外的月光和我共同欣赏……

有一次，在饭店吃饭，酒足菜饱之后，主家喊道："来份糊涂面。"在洛阳，酒桌有风俗，没有面，不算饭。散场前，都要上份糊涂面，暖暖胃，醒醒酒，好一路平安回家。当我听到"糊涂面"的时候，心里突然一震，有了！贾先生的散文集不就是文学大餐中的"糊涂面"吗？糊涂面，粗看，没有青菜肥肉，也没有面汤分明；细品，入口汤厚面软，回味无穷。不经意间，还能嚼到一块满口流香的肉糜。

贾先生的文章，生活纪实较多。如果仅仅是流水账般地罗列生活，那是没有读者的。之所以能得到读者的青睐，就在于他的"糊涂面"里有耐人咀嚼且留香于口的"肉糜"。

　　打麦场到我们家的高度落差有二百多米，正好处在垂直的位置。从我们家院向麦场望去，犹如你在泰山脚下眺望玉皇顶，可望而不可即。大门到贾有贵伯家门口，是一段有两个弯的陡坡，约二百米。从有贵伯到贾乃宣哥家门口，有拐一个弯的陡坡；之后是一段三百米长的稍微平坦的坡路，到了贾七哥家门口要右拐掉头，再走一百米平路，便开始上更陡的坡，路过贾敬叔家门口，才终于到达山顶开阔地，这里是第七、八、九、十生产队的打麦场。

　　这是一长段名副其实的崎岖之路，更是一长段为温饱、为生存的拼搏之路。(《筑梦时空》)

　　九弯十八坡，坡坡汗水泼。前面大段的文字叙述门前之路的情状，一坡连着一坡，说明上坡艰难而已。如果叙述到此停止，那是小学生作文的水平。贾先生的"肉糜"适时出现，这条"崎岖之路"是"拼搏之路"，更是我们风雨人生的必经之路。相信每一位读者，读到这一段的时候，都会为之一振，钦佩贾先生的艺术匠心。

　　相信，这碗面，还会越存越香。试想，五十年、一百年之后，研究乡村民俗的学者，探究乡村家族文化的士人，见到贾先生的文章，会如今天的我们看到含嘉仓里的粮食，兴奋、感恩。昔日的劳作成了历史，历史需要记录才能传承后世。贾先生在做一件功在后世的大事，是今日生活记事之徐霞客，是民风民俗记忆之费孝通……

五

"清夜无尘。月色如银。酒斟时，须满十分……几时归去，作个闲人。对一张琴，一壶酒，一溪云。"作为兼职的文学大家，贾先生渴望如此的意境，渴望如此的清静，渴望如此的悠闲，渴望如此的浪漫。但是，人在江湖，身不由己。贾先生，在单位繁务压身，在家庭角色多重。他用超强的协调能力，处理分内重荷之余，静坐月夜，滤去尘嚣，与心灵对话，与文字交谈，身边也许还有"一张琴，一壶酒，一溪云"……

我深深地敬佩之！

己亥年仲夏于洛阳理工学院绿园

（李焕有，洛阳理工学院教授、文学评论家。）

自　序

一

小时候，我夏天最喜欢穿的鞋叫"透风鞋"。那可是名副其实四面透风的凉鞋，塑料底塑料帮，一次压模成型，鞋面和鞋跟布满了对称的窟窿眼儿。晴天，太阳毒辣辣地晒着，身上燥热难耐，这个时候，从缸里舀瓢水，照着那双透风鞋，"哗"地浇上去，那凉水"唰"地从透风鞋窟窿眼里灌进去，双脚会瞬间冰凉，浑身顿感清爽。

下雨了，地上到处是水坑，好多小伙伴掂着布鞋，赤着脚在泥泞的路上走。可我不怕，因为我有透风鞋，不用担心把鞋弄湿，不必担心碎玻璃扎脚，尽可放心在水坑遍布的泥路上大胆走。

塑料透风鞋穿着舒服，但不结实，不是鞋襻断了，就是鞋后跟裂了，要维持鞋的完整，只能自己动手。午饭后，我把烙馍用的"翻馍批儿"（铁制的长条形铁片）伸进煤火炉里把铁片头儿烧红，伸进鞋后跟裂开处，一阵白烟冒起，塑料熔化，赶忙抽出铁片，用力捏紧，裂缝消失了。要想修复断开的鞋襻，则要准备一块旧塑料，把它覆盖在鞋襻断裂处，再用烧红的铁片插进两块塑料之间，一股刺鼻的味儿冒出来后，抽出铁片，将两块塑料上下一捏，鞋襻就黏合结实了。

这样的"焊接"伴随我整个夏天，由于透风鞋经常开裂，鞋上便补丁摞补丁，直到那双鞋成为敝履而弃之。

<h2 style="text-align:center">二</h2>

其实，我穿得更多的是母亲做的布鞋，夏天单布鞋，冬天棉布鞋。母亲做的布鞋，叫作"千层底"，拿在手上沉甸甸的，手摸上去，有种朴素亲切的厚实感。

我见过母亲在窑洞煤油灯下做布鞋。做布鞋先要裱"褙褙"，把一块块白色蓝色黑色的老粗布，用面糊粘起来晾干。再将褙褙剪成鞋样，然后用细棉绳一针一线地纳鞋底。纳好一双布鞋底，需要密密麻麻钉上两千多针，母亲要费上十多个夜晚才能做好。母亲右手中指上戴着一枚铜顶针，针头吃进布底后，再用顶针去顶针尾，针头露出来，再用牙齿把针头扯出来。两千多个针脚，需要这样重复两千多次。做鞋帮，也是按照鞋样剪出褙褙，再用黑布罩面，白布合边。记得家里有一本《红旗》杂志，里面夹有好多大小不一用牛皮纸剪好的鞋底样儿鞋帮样儿，很是精致好看。

初中时的一个冬天，我穿上母亲新做的棉布鞋，冒着雪跟同学们一块去偃师县城电影院看电影《闪闪的红星》。踏着邙山上的积雪，下五里长的北窑坡，过陇海铁路时，雪已开始融化，到处是泥泞的雪水。等走进电影院，棉鞋已经湿透，双脚冰凉。看完电影到父亲工作的水泵厂吃饭时，那双来时还崭新的棉靴，此时已经又湿又脏变了形，双脚也冻得通红。父亲心疼得不行，既心疼我的冻脚，也心疼母亲辛苦的劳作。

吃过饭后，父亲领我到县百货楼买了一双塑胶底的黑色棉靴。我这是因冻得福，更是第一次穿这么好的鞋子。穿着新靴走在路上，我趾高气扬，到了学校在伙伴面前更是烧包得不行。

三

上世纪70年代后期，我上了高中。那时我们那里还没有实行联产承包责任制，母亲的勤劳和父亲的工资养活不了一家人，也不可能再给我买棉靴穿，春秋天倒是有耐穿的解放鞋，但怎么过冬呢？父亲便把同事穿破的棉靴拿到宿舍，鞋底薄了，钉卜鞋掌，鞋帮有洞了，他找块皮子缝上。就这样，我和弟弟穿上父亲带回家的靴子，挺暖和，也没觉得难看。

大学预考前，在父亲的安排下，十七岁的我曾随四婶到巩县表叔家相亲，穿的就是母亲做的新布鞋和一双溅了墨水的白色袜子。因为穿着新鞋，走路的样子很局促，又因为是第一次相亲，我只看了那女孩一眼，觉得很漂亮，便再也没敢抬头。

1981年，我考上了河南师范大学（今河南大学）。没多久，村里实行家庭联产承包责任制，地分到家里了，还分了一头老黄牛。吃不愁了，穿的压力也小多了。不过，我仍然穿的是布鞋，是母亲，还有姑姑、表姐亲手为我缝制的胶底布鞋，很耐穿。到了大二那年的国庆节，我拿出省吃俭用的十元钱，在开封马道街小商品市场买了一双黑色的猪皮皮鞋，穿在脚上光鲜了很久。

四

大学毕业后，我先是当了八年老师，后又当了二十年公务员，如今是从业六年多的新闻工作者，无论何种岗位，我穿的基本上都是有牌子的牛皮皮鞋或皮靴。清晰记得第一次买牛皮鞋的情景，那是大学毕业后在洛阳市涧西区上海市场百货大楼的三楼柜台，货架上摆放了男女式样的鞋子，我挑了双41码的，试了试怪好，付了约一个月的工资买下。穿着新皮鞋回到单身宿舍，脱下又穿上，穿上又脱下，反复观赏，心满意足。那时，每天到学校上班前我总要把它擦得锃亮。穿的时间久了，鞋面难免布满褶痕，有的地方还开了线，前掌磨得稀薄，后跟磨损过半，我就到郑州路的修鞋铺，把开线处缝紧，在鞋底钉上鞋掌，在那鞋跟磨损最厉害的左右边缘，师傅还给各钉上了月牙样的铸铁片，穿上这双重又武装的皮鞋，走在柏油路上，铿锵作响，气派非凡；走在教室的水泥地上，"咣咣"有声，气宇轩昂。只要我的脚步声响起，学生们便会安静异常，埋头学习，连值日的学生，也会分外勤快起来。后来，这双皮鞋一直穿到我结婚。

成家后，这种开了线的皮鞋倒是再也没有穿过，但鞋跟补块皮垫钉块铁掌还是常有的。母亲闲不住，一直到八十岁还坚持做布鞋，只是父亲和我们这些子女很少再穿它了，因为老家偃师早已发展成为全国有名的布鞋制造基地，就连我表姐表弟家都开起了鞋厂，各种时尚鞋品应有尽有，且物美价廉，母亲的布鞋，也就随着记忆变成了年少时的青春见证。

"永愿如履綦，双行复双止。""人只履犹双，何曾得相似？"白居易在《感情》诗文中，由鞋思人，由鞋喻人，睹物生情，倾注了"今朝一惆怅，反覆看未已"的情愫。

人这一生，自直立行走始，鞋忠实荷载着你，丈量着你的旅途，记录着你的足迹，自然，它也用或铿锵或踢踏的脚步声，为世事更替、为时代变迁、为人类进化伴奏。

我的这"履历"，既是个人的，也是时代的。

（本文曾以《我的"履历"》为题发表在2019年5月10日《河南日报》。）

目　　录

上部　筑梦时空

1

下部　君子陶陶

上部　筑梦时空

筑 梦 时 空

两人对酌山花开，

一杯一杯复一杯。

我醉欲眠卿且去，

明朝有意抱琴来。

——〔唐〕李白《山中与幽人对酌》

写这部长篇纪实散文《筑梦时空》时，我想到了李白这首诗。

我与友人对酒小酌，好像也是喝得痛快淋漓，聊得豪放率真。盛放的"山花"为我们的聊天之境更添幽美，"一杯一杯复一杯"，既有饮酒之多，又有快意之至。我醉了，打发朋友先走，话语直率，却活化我与友人酒酣耳热的情态，也表现出我与友人的亲密无间。我也常常这样，分手了，还余兴未消，热忱邀约友人明朝再来。

这首诗，不就声律又词气飞扬，将快意之情表现得淋漓尽致。语言在口语化的同时隽永有味，令人神往。一如我的《筑梦时空》。

《筑梦时空》就是我和友人饮酒时畅聊的内容。借此，希望能够描述一个家庭的芸芸众生，能够反映那个时代的艰难，能够如实记录我们那段乡愁，以及我的祖父辈、父辈、兄弟辈追求美好生活所付出的努力和汗水。

1. 祖母出殡的日子

深秋时节，凄风苦雨。

祖母死了。爹代行老大使命，见来人便跪下磕头，每每磕头，眼泪便涌出，膝盖早已磨破，也全然不顾，更不顾地上的泥泞。

爹在村里是有名的孝子，每天从县城下班回来，都要一路上坡骑行，进了村便下车，推着自行车走，边走边与碰面的人、蹲在门口吃饭的人打着招呼。

"叔，回来啦？"

"啊，回来啦，喝汤哩？"

"您也喝碗吧！"

"不啦！俺娘都做中了，回去一块喝！"

爹在村里辈分长，管他叫爷叫叔的居多。

进了村，便一路下坡，下六个坡，才能到祖母的窑中。

这次回来，祖母已是弥留之际。是食管癌。本就瘦小的身躯，此刻躺在床上，已经干瘪，也不能言语。

爹用湿毛巾润着祖母的嘴唇，祖母睁开了无神的眼睛，看了看在大床一侧的五儿一女，见独少大儿，最后把目光停在爹的身上，嘴唇动了动，想要说什么，没有说出来，便又闭上眼睛，走了。

"娘哎！"爹号啕大哭。引得众姊妹哭声一片。

妯娌媳妇连忙更衣，设置灵床，督促男人出门报丧。

报丧是长子的责任。无奈，大伯远在义马煤矿迟滞未回，长子的责任便暂由爹来担当。

祖母死了，老天也下起雨来。

出殡这天，更是淅淅沥沥。

在众乡亲的帮扶下，祖母被放进棺中，木匠"哐哐哐"钉死棺盖，从窑里抬到院中，放置在两把长条凳上。众乡亲在棺的两旁用粗绳子绑定两条粗木杠，准备抬棺了，突然听到老总（红白喜事总管的俗称）一声高呼："孝子们注意喽！起殡了！孝子磕头了！"

爹及二十多个叔婶姑，十几个祖母娘家人，还有五十多个孙子辈人，身穿白衣白裤白鞋，头戴白孝巾，一人一根柳树枝，枝身缠绕着剪烂的白纸条，齐刷刷地跪在地上。满院一片雪白，白得晃眼。

这时的爹，右手拄着柳枝，左手把祖母的画像捧在胸前。我等孙辈两人一组擎着大花圈，花圈很大，都是三叔领着娘、婶们连夜扎制的，中间的"奠"字，是三叔大笔书写。

在老总的吆喝声中，送葬队伍开始行动。

这次送葬是艰难的!

出门是第一个大坡,坡度约有四十五度,长度约有二百米。土路在雨水的浸泡下,泥泞不堪,湿滑难行。

每到上坡前,或是遇到水坑,老总总要扯着嗓子吆喝:"孝子磕头喽!"

听到吆喝,爹和叔们便齐刷刷地回过身来,面向棺材,跪下,哭喊道:"娘哎……"

棺材后是一众妇女,此时也会跟着跪下哀号:"娘哎……"

我们举着花圈在队伍最前面,听到吆喝,就把花圈放在地上,扭身跪下,茫然向后看着那漆黑的棺材和那白刷刷的壮观队伍,但少有人哭泣。

到墓地,这种陡坡,上坡有五个,下坡有两个。

祖母在凄风苦雨中入土为安,孝子贤孙在泥泞湿滑中蹒跚送行。一步一挪,一步一滑。

祖母的安息地,在庙咀一座宝山下,依山临沟,左揽黄河,右护宅院,东眺光明,是块风水宝地。

祖母陈青,巩县(今巩义市)人,心灵手巧,勤惠持家,典型的贤妻良母,一生共养育六子一女,为六子娶了媳,为二女寻了婆家,有二十一孙、五孙女、二外孙、一外孙女承欢膝下。

祖母寿七十岁。

祖母仙逝那年秋天,我刚考上山化高中。每周都要回来一次。最后一次回来,刚进大门,祖母躺在院里榆树下,看见我背着书包进了院，就央六婶："去！把你煮的玉蜀黍拿来给海修吃！"

祖母很待见我。我知道这是因为爹的缘故。

后来被小叔（堂叔）从学校叫回来，祖母已躺在灵床上。小叔送我到家，我竟懵懂地没有进窑洞磕头。到晚上守灵时，跪在祖母旁，想起祖母对我的种种好来，止不住号啕大哭，也引得一众兄弟哭声不断。

2. 艰难的盖房动议

祖母入土后，还要出魂。请人看了日子，到那一天，家人就都会躲出去。大人去地里干活，或回三门峡、义马上班，孩子们有点怕，也都躲在外面。

祖母出魂那天，好像是星期天，我们几个小孩站在窑顶向院中望，既想看看能不能瞅见祖母的魂，但又怕惊扰了魂儿，影响祖母归天。

据大人们讲，那魂儿是有形的，只要在门槛处撒上草木灰，就可以清楚地看到魂儿的脚印。那天，可能忘撒了，也可能撒了忘看了，没听说有谁看到了脚印。约莫着魂儿走了，还要往院中扔钩担，驱赶魂儿快点走。

那天其实也真想看魂儿的脚印。祖母的脚是典型的三寸金莲，就是这双小脚，曾领着七八岁的我，辗转到焦枝线守护营六叔那儿、巩县焦湾姨奶家、郑州北郊姑奶家，让我第一次坐了火车，第一次出远门见了世面。也曾跟着祖母，见她用那双小脚，不用拐棍不用人扶，从小南窑岭上羊肠小道蹒跚走下。

现在还能想起她在小道上走路的样子。陡峭山崖上的路是"Z"字形的，一面是崖壁，一面是深沟，路窄得仅能容一人通过。祖母让我在前面走，她在后面跟着，一只手扶着崖壁，那双小脚一步一步地往前挪，挪到拐角处，再换另一只手扶着。就这样一步两个脚印地走到山底。

祖母是个坚强的老太太，在全家的威望非常高。再厉害的媳妇，在她面前都不敢放肆。

晚上，爹对母亲说："娘走了。咱是不是批个宅子，也搬出去住？"

母亲说："在这儿多好啊，一大家子热热闹闹哩。再说，批个宅子会恁容易？听说通费事哩。"

"这我想办法。"

"钱从哪儿来？"

"我想办法。"

顿了顿，爹又说："不盖宅子，还住在这儿，将来死了都没人抬你。海修也十六岁了，马上该寻媳妇儿了，住在这儿，谁愿意嫁过来！"

爹说的是实情。住在这里，生活成本太高，高得常人难以想象。那时还在生产队，生产队是靠工分分粮食吃饭。我们家的工分从哪里来？一是全家七口人只有母亲一人被生产队派去干活，一天才挣八分，而有的家里，三四个壮劳力，每人每天可挣十分十二分。因为粮食是按人平分，到年终一算，大部分家庭扣除粮食，按工分还能分红，如每天八个工分按三毛钱，能有一二百块钱。而我们家因为工分不够，还要给生产队交几百块钱。估计爹挣的工资都不够交。

为了挣工分，我就跟随爹下沟上坡，割秫子（野草）回来垫到猪圈里沤粪，还搂落叶，猪圈里一层草一层土，有尺把厚。沤肥后，就出粪，把粪堆积在猪圈外，呈梯形。然后，央来生产队会计万宽叔，用尺子量量长宽高，再看粪的颜色是不是黢黑的，闻闻气味是不是够臭。最后，万宽叔一一记录在册，拨拉几下算盘，告知几方、几级。

当然是方越大级越高，换来的工分就越多。万宽叔是个好人，他常对爹说："相臣哥，你沤哩粪好啊，肥实！"因而，每次爹都很有成就感。

确实，爹割回来的草都是好草，易烂易沤，有籽的不能要，怕撒播草种影响庄稼生长，根茎粗壮的也不能要，沤不烂，不能成肥。

从深山沟里运回野草，那是费老鼻子劲了。我们最远沿着水沟过三河口到离赵沟村不远的沟沟坎坎上割草。割完草，再一摞摞垒在笟头筐里，垒得比汽油桶还粗还高，绑压得瓷瓷实实。然后，爹用扁担挑两筐，在前面走着，我用镰刀把挑起一筐背着，在后面跟着。

爹走路很有节奏，换肩也很老练，沿着小路时头往下一低，头从扁担左边晃到右边，那扁担便从左肩换到右肩。到了平路，爹会把扁担两头的两个筐，以脖颈为轴，顺时

针转半个圈，把前后筐调个过儿，肩担便从右肩换到左肩
了。两个筐旋转上下起伏画个半弧的样子，很好看，甚至
有点潇洒。

直到现在我还觉得爹很强大，很伟大。因为，他割草，
我拾草，他担草，我背草，他劳动，我享受。

3. 那时候草都是稀罕物

为了弥补母亲在生产队挣工分的不足，父亲多次带领
我们下沟爬坡割草沤粪。

从山顶向沟底远远望去，那山间小道上有几个草堆，
像几个山包在蠕动。等走近了一看，头两个山包是一个中
年汉子在担着，后一个山包，是由十四五岁的小青年在背
着。这两个人，就是爹和我，父子二人。

割草还要跑那么远吗？你看现在的郊外，不到处都是
茂盛的草吗？在邙山上那草会更多才对啊。

那时候的草，是稀罕物，早都被人们收割光了！

干什么用呢？除了喂猪，就是沤粪，别无他途。在公
社化时代，经济畸形发展，人们的行为都是在破坏植被，
甚至是暴殄天物。

后来我考上大学，要撤销公社分田到户，我的户口
也要迁到河南师范大学（今河南大学）。当时我恋恋不舍，
说明我的公社化情结很重。没想到，分田到户，是爹盼望
已久、欢呼雀跃的事。看来，政策的出台和政策的好坏，

不应由外人来评价，而应由利益关联方来评说。所谓的"知政失者在朝野"就是这个意思。地分到各家后，百姓种啥都由己，而且我们家从此再无温饱之忧。

粪沤好了，生产队不一定马上给你记工分，有时还得运到指定地点。沟地还好说，推个架子车，装满粪，推到沟崖，止住车轱辘，车把向上一掀，一车粪哗哗地卸到沟底，生产队再组织队员送到各个地块。

但是，南洼地、北梁地、庙咀地，也需要上农家肥，还要我们把粪送到山顶的打麦场存放。

而打麦场到我们家的高度落差有二百多米，正好处在垂直的位置。从我们家院向麦场望去，犹如你在泰山脚下眺望玉皇顶，可望而不可即。大门到贾有贵伯家门口，是一段有两个弯的陡坡，约二百米。从有贵伯到贾乃宣哥家门口，有拐一个弯的陡坡；之后是一段三百米长的稍微平坦的坡路，到了贾七哥家门口要右拐掉头，再走一百米平路，便开始上更陡的坡，路过贾敬叔家门口，才终于到达山顶开阔地，这里是第七、八、九、十生产队的打麦场。

这是一长段名副其实的崎岖之路，更是一长段为温饱、为生存的拼搏之路。

早饭后，兄弟建国或妹子爱红、兴红，去山顶那边水沟路上的生产队饲养院牵头老黄牛，连带扛上锁头和绳套。我拉上架子车到猪圈里装粪。那粪经过猪屎猪尿的浸沤，肥实的黑泥与污烂的野草混合交织在一起，如铁板一块。你如果有劲，便用四齿耙子向下扎去，如硬得扎不进

11

去，就要用脚踩住耙子上肩部位，整个人都站在耙子上，耙齿才会没入粪中。然后向后扳耙子的长把儿，运用杠杆原理，把粪块从粪池里撬动起来；再然后，拿出吃奶的力气，耙把儿左手处支在左大腿膝盖处，右手使劲往下压耙把儿，耙齿上那块重约十斤的粪土便会随着惯性，脱离耙齿落入车中。你如果没有力气，那得用三齿耙子向下搂粪，一耙子一耙子把粪抖松散了，再用四齿耙子一下一下把车装满。还不敢把车装得谷堆起来，平口即可，不然，老黄牛是拉不动的。

粪装满了，把牛套上，建国牵上，我驾着车，开始与牛一起爬坡。

老牛爬坡，就是一种拼劲。负重前行，靠的更是一种拼劲！

4. 除了沤粪换工分母亲还有攒钱办法

老黄牛的拼劲，实际上很让人可怜。

一架子车农家粪，有多重，没量过，论体积约有一立方米，和一立方米土的重量差不多。

普通黄土夯实后每立方米约1.3吨。干燥土作为绿化用土应小于1.2吨。腐殖土1.5吨至1.7吨。

那一车粪按一吨算，得用十个大人才能扛得动。

怎么把这一车粪送到麦场呢？

牛被套上锁头和绳套，建国左手牵着缰绳，右手拿一根小树枝，嘴里喊声"哒"，牛便迈开蹄子，走出了大门。一出门就是一段石头坡，牛蹄子用力踩上去，"嘭嘭"地响，过了石头坡，都是土路，牛蹄踩上去，"噗噗"地响。遇到更陡的路段，建国会向上挥舞着树枝，或作势欲打，或击打牛的屁股，牛其实觉着跟挠痒痒一样，无甚反应。那牛呢，真是不用扬鞭自奋蹄，牛脖子向下弓着，牛嘴向地面拱着，鼻孔呼出的气，呼哧呼哧，吹得地面飞沙走石。

我在后面驾着辕，把襻带勒在肩上，弯着腰，使着劲。其实我知道不用使劲，牛也能把车拉上坡去，只是觉得牛可怜，为一车粪而狠出苦力。

上了坡，便是平地，牛和人都顿感轻松，随着牛蹄的"噗踏噗踏"声，车子渐渐走近下一个坡。如此劳作，我们一天能有四个来回，最后看着麦场上一车一车堆积起来的方方正正的农家肥，有一种巨大的成就感。

除了沤粪换工分，母亲还有攒钱的办法，就是养鸡和喂猪。

爹叔们分家后，我们分得三孔窑洞（外加一个天窑）一间瓦房。除了三叔，窑洞和房数，我们家最多。天窑靠窗放着一架织布机（分给四叔了），织布机后放着祖母的喜棺，漆得黝黑黝黑的，棺材里面放了打下来的麦子或谷子，喜棺后放了一张老笨床，估计是清代的，再里面还有炕和拐窑，地上晾着一摊红薯片（干），白白的，一摊干红薯叶，黑黑的，还有一堆带芯的玉蜀黍，黄黄的。不知咋的，初中两年，爹让我和建国在这间天窑里的清代床上度过，与棺材为伴，同时陪伴我的，还有一盏小油灯，和夜静时到处乱窜吱吱叫的老鼠。有了这盏小油灯，我在被窝里看完了《烈火金刚》和《西游记》。《烈火金刚》没有封皮，但我如获至宝，读得津津有味；《西游记》是繁体字，竖排版，读起来很费劲。

上高中时我住在下面的小窑洞里。这个窑洞五米深，三米宽，爹把窑壁粉刷一新，地面铺成了水泥地，北面有个炕，南面放了张床，这个床是爹新做的，用角钢焊接和包装木箱用的宽铁条铆上去的，床头三叔给画上了喜鹊、鸳鸯。

爹真是很能，家里有个木匣子收音机，收不到台或出不了声，他会打开匣子，用螺丝刀和烙铁修理，把它捣鼓有声，还在窑顶竖个杆，架起天线来收音。爹没上过学，但认识字，他能把《中国历史》课本从头读完，还给我讲讲历史感受。

这钢结构床，爹做了好几张。现在的老宅里，还有两个妹子家里用着这样的床。

这窑洞里炕和床之间，放了一个三斗桌。窑洞左前有棵树，树前有个鸡窝，窝里能住十几只鸡。这十几只鸡，不仅能打鸣报时，还能下蛋，吃了有营养，卖了能换白糖。

临沟的柿树咀地是我们的玩乐天堂。临崖有棵高高大大的柿树，每年都能结丰硕的柿子，我曾多次爬到树顶炫耀。柿树下，是傍晚一大家老小三十多口人吃饭闲聊的地方，围着祖母，吹着沟里的凉风，大家端着饭碗"呼噜呼噜"，有一搭没一搭地唠着家常。

柿树咀西原是一大块庄稼地，因为庄稼苗年年被家家户户散养的鸡叨食，都改种了一排排桐树、榆树，这些树蹿得很快，能有十几米高，我那帮兄弟常在那里比赛，看谁爬树爬得最高，看谁能在最高处长时间停留。结果，总是兴伟弟最快最好。他双手抱树，双脚蹬着树干，"噜噜"几下就爬到了树梢，然后双腿交叉盘在树干上，双手松开，身子后仰，以胜利的姿态俯视着树下的一干人等。

这块地依崖临沟，崖根处从东到西，建了四个猪圈，分别是五叔家的、俺家的、四叔家的，六叔家的。六叔家的在最西头，占地也最大。三面打了夯土墙，留个圈门，在崖壁上用镢头掏个洞当猪窝，像样的猪舍便成了。

5. 你知道赶猪上圈是干什么吗

母亲很会养猪。

母亲喂大过几头猪，我记不得了，但不论是黑猪白猪还是花猪，无论是母猪公猪还是被骟的猪，她都能给喂得膘肥体壮。而且，她喂的猪都很听她的话，她叫猪往东，猪不会往西。

有一头母猪，该上圈了。母猪上圈是指母猪发情，这是百姓盼望的事，预示着要来钱了。

我家这头母猪是花猪，长得很肥实，高约有两尺，长有三尺多，腰脊向下略微有个弧度，大腹便便的模样，浑身的皮毛，一块白，一块黑，白的面积大，黑的是点缀，像一块黑白相间的花布。

母亲央我去给这头猪配种。

母亲把猪从猪圈里"咾咾咾"地唤出来，又赶到大门外的陡坡前，递给我一根长棍子，就转身回去忙活了。

那时候我才多大？小学五年级或是初一吧，十三四岁的样子。

我在猪的后面，拿着棍，驱赶着，猪走着哼哼着，走一步哼一声，几乎哼哼个不停。母猪走不快，到了岔路口，猪要是走错了路，你紧跑几步，把棍伸挡到猪头前面，猪便会掉头。

从家里到大队的配猪场，有多远？五六里地吧。远不远？真远！

我赶着猪，走过顶街，过玉皇庙（磨坊）、后街、西地，下柏坡路，再走一里多，就到了配猪场。配猪场里有间红瓦房，很大的院子，院子里西部有个大猪圈，猪圈里有好几头公猪。听见母猪进院，都挤到圈门口伸颈观望，公猪的哼哼声很大，震天动地，声浪滔滔，此伏彼起。猪圈旁的闲地上种了几棵番茄，结了不少果子，不过都还没有变红。

配猪场场长是谁啊？我二爷。

二爷比我爷要高，也硬朗。据说年轻时还当过土匪。二爷会下象棋，和二哥宗修在窑门口的石台上切磋，好像吵过二哥，说他悔棋。

二爷见孙子赶猪来了，热情得不得了，从公猪里挑了一头好的。那猪很壮实，也是花猪。母猪这时木呆呆的，公猪却很激动，激动得啥也弄不成。二爷就喊，推住猪屁股，愣那儿干啥！我确实在一旁杵着，不知所措。听见二爷吃喝，连忙跑上去用双手推着公猪的屁股。终于，成了。不久之后，就有一堆花猪娃在猪圈里窜进窜出，热闹活泼，萌动可爱。再不久，这些猪娃被爹装进自行车后的铁笼子里，到会上卖掉，或分给叔家喂，但都会给点钱。

配上圈了，二爷和我完成了任务，都很轻松。二爷从番茄地里摘了几个泛白快红的番茄，让我吃。这种生涩的果子，真好吃。我一边吃着一边赶猪回家。

经过柏坡路，这段路是路古洞（在地面之下的土路，类似胡同），路的两旁有好多墓窟，墓门塌落，里面腐朽棺材板零乱地堆着，还有几段骨头，甚至骷髅头。这是我第一次走这段路古洞，棺材板、骨头、骷髅头，印象深刻，之后夜里睡觉，多次梦到这些物件，每次都会大喊大叫着惊醒。我想有意识地不去做这个梦，努力回避它，都不成功。这是噩梦，这个噩梦，伴随了我很长一段的青春岁月。

6. 人吃红薯叶，猪吃红薯秆

猪很好养。因为猪吃百家草。

春夏下午放学后，我们会每人扛个篮子，拿把镰刀，下沟里到田边地畔割青草。只要不是蒿草，所有的草都可割回篮中，回来直接倒进猪圈，猪便会伸着嘴扎进草窝里，埋头吃个不停。秋天了，我们会到红薯地里捋红薯叶，也掐红薯秆，回来留些叶子做汤面条用，其余的全倒进猪圈喂猪。

现在想起来，还数掐红薯秆捋红薯叶次数最多，印象最深。

掐红薯秆这活，我们只需提个篮子，不用拿镰刀，顺着沟底，走七块庄稼地，下八个坡，到了马洼沟，再翻回东咀。这是九队的梯田，种的都是红薯。那红薯叶黑绿黑绿的，把地面覆盖得严严实实。你一脚踩进去，红薯叶会淹没你的膝盖。你随手掐起一根红薯秧尖，就会带出一长溜红薯秧，秧有三四尺长，秆有筷子粗，暗红色，秆上每间隔五指，就会长出枝杈（这个枝杈就是叶颈，也叫叶柄），我们叫它小红薯秆，它有绿豆粗，半尺来长，其末端是叶子，有孩子巴掌大小。

红薯秧向下缀着，沉甸甸的。你左手掐着红薯秧尖，右手顺着老秆，从上到下一捋，随着"嘣嘣"连续脆响，大把红薯叶便会握在掌中，然后放入篮中，直到把篮子盛满。篮子满了，我们会再掐一大捧带尖的红薯秧，塞满篮子提鋬，才会迎着夕阳，打道回府，满载而归。

这样捋红薯叶的活儿，好像我们天天放学都要干，不用大人催促，直到打了霜，没了红薯叶。

家里红薯叶多了，母亲就做塌菜馍，蘸蒜汁，很好吃，再就是炒嫩红薯秆吃，或晾晒成干红薯叶冬天下到面条锅里吃。老红薯秆，倒进猪圈里喂猪，猪也不一定能吃光它。大部分时候，母亲会把它剁碎，连同到磨坊打碎的玉米芯和谷糠，放在大铁锅里煮，大火煮起来后，锅里是咕嘟咕嘟的声音，我们称这种家务活为"馇猪食"。馇猪食也是家庭主妇的基本功。

猪食馇好了，会倒进专用的黑塑料桶。母亲那瘦小的身板，掂起一桶猪食往外走，能不歇气地从灶火窑掂到两百多米外的猪圈。

离猪圈还有老远，猪就前蹄踩在猪槽沿上，仰着头，用那两孔白里透红的鼻子哼哼着。看到桶放在墙头上，猪的鼻子翕动的频率会加快，哼哼声会趋紧。母亲先把桶中放麸子的瓢拿出来放在一边，然后，倾斜桶口，对准猪槽，先倒进去一半。那猪见槽里有了吃的，便不再仰头哼哼，埋下头只顾着吃，全然不顾那些汤叶淋盖在头上。

猪只会狼吞虎咽，不会细嚼慢咽。它埋头猛吞一口，又猛地抬头，吞咽的馋样，其他牲畜都望尘莫及。

猪先把稠的吞进肚子里，稀的也会吞咽几口，然后嗅一遍，不吃了，抬头望着你哼哼，好像说：再来点稠的吧！再来点稠的吧！母亲便会把剩下的半桶全部倒进去，猪就又会埋头一阵猛吞。等到稠的吞净了，剩下半槽残汤寡水，猪就又会东张西望。为了让汤水尽归猪肚，母亲会拿起瓢，在猪槽里撒上一层麸子。麸子是上等猪饲料，是磨面后的麦皮。猪见了麸子，如获美味，会埋头连汤带水吞咽起来。看它把麸子吞净了，母亲就再撒一层麸子，猪会再吞，槽很快就见了底。这时的猪也汤足饭饱了。

猪一吃饱，便会倒头大睡，而且能睡很长时间。谁都知道，吃吃睡睡会长肉。母亲就掌握了这个规律，把猪喂得又肥又壮。母猪，会下很多猪娃，卖很多钱。记得稀罕时一只猪娃卖六十块。牙猪（阉猪）都会膘肥体壮，拉到公社收购站能卖二百多块钱。

那时候一天工分值多少钱，好像三毛吧。爹每月的工资多少呢，不到三十块吧？

7. 勤劳又厚道的五叔

在乡下，养鸡养猪就是为了挣钱，挣钱就是为养家糊口。母亲是这样，我的三婶、四婶也是这样，因为三叔、四叔和爹一样，都在外当工人，是"一头沉"，家里都有四五个孩子要养活，也需要养鸡养猪卖钱贴补家用。那五叔、六叔呢？他们和五婶、六婶虽然都当壮劳力使，但是也都有三个孩子要养，每天挣那十八个（男十女八）工分，估计只能有口饭吃，不能当钱花，因此把养鸡养猪也看得很重。

有年冬天，好像下着雪，五叔在他家的猪圈里待了一整天，那母猪就是不下猪娃。那么大的黑猪，猪的肚子那么大，早该下猪娃了，咋还不下呢？又等了一天一夜，还没下，请兽医看了，难产！难产的结果就是母子全无。没有办法，为了保住母猪，五叔就连夜行动，在猪棚里蹲下，在旁边放个炭火盆，放个热水盆，放块肥皂，放盏马灯，手在水里蘸湿，涂满肥皂，开始往外掏死去的猪娃。一直掏了一夜。我想五叔的眼泪可能也流了一夜，因为五叔五婶一年的血汗付诸东流了啊。

五叔是爹六个兄弟中，心态和性格最好的。印象中，他当过大队磨坊会计，在玉皇庙的门口有间小屋子，小屋子里有个台秤，来磨面的放一袋谷子、麦子、玉米、红薯片，五叔看一眼秤，说你多少斤，然后拨拉一下算盘，就收钱开票，非常利落。后来升为生产队保管，也就是生产队干部，身上带着一串钥匙，管起队里的财物，兢兢业业，井井有条，从未听说有过什么差错。后来还种过几年蘑菇，在我家窑顶上的一间闲置窑洞里，五叔给安上门，里面两旁搭上七八层的高架，每层架上铺上营养土，根据天气变化随时生火供暖浇水，过一段时间，每层就会长出很多蘑菇来。那蘑菇白白的，圆圆的，胖胖的，等长到跟婴儿拳头大小时，五叔采下，放在咸沸水锅里过一下，捞出来放凉，然后打包送到县外贸收购站，据说是出口到日本。应该是挣钱的，后来不知五叔怎么不干了。如果坚持几年，成为全村最大的养殖专业户，也未尝不会。被沸水焯一下的蘑菇，口感非常好，我从学校回来到五叔家串门，只要他正在制作，就会抓几个让我吃，脆脆的，带点咸味，很香，我感觉吃不够。但五叔只给我俩仨，吃完了他就不会再给了。有时我甚至盼着，五叔把他腌好的蘑菇，装十几个在罐头里，让我带到学校里去吃。但这只是美好的幻想而已，这些辛苦换来的宝贝，是五叔一家养命用的，怎会给你享受呢？

8. 应该是天塌下来的事儿

喂猪，下崽，卖猪娃，对乡下人家来说是大事。

养猪，使割草成为你上学之余的生活必备，提篮持镰下沟寻草，自感乐趣无穷，有种"穷人的孩子早当家"的自觉和自豪。

下崽，你家会因这一喜事而轰动左邻右舍。下崽翌日，就会有邻居上门问："你家猪下崽啦？中啊！下几个？几个母的？几个公的？记住给我留个母的啊！"

卖猪娃，用麻包或笼子，把猪娃运到会上卖。

会，是农村人的集会。每村会的日子是约定俗成的，有的村每月都有会，而牙庄村每年只有三个会，后来也想每月一次，还必须掐个好日子，请人舞狮子"起会"，周知方圆百里小商小贩前来"赶会"。

牙庄会，早先在玉皇庙到油坊这条主干道上。这条道中间有大队部（村部），有大队卫生所（门诊，药房），有代销点（供销社）。路西岭上是牙庄学校，学校有三排平房、一排楼房，共二十间教室，近千名师生。中午放学后，吸引我们的不是家里做好了捞面条等你吃，而是逛会，从西头逛到东头，再从东头逛到西头。会上人山人海，摩肩接踵。衣服布匹、针头线脑、扫帚锨头，吸引不了我们；

琉璃咯嘣、花米坛儿、小糖豆，能让我们驻足观望好久。西头油坊外是块很大的场地，卖牛马驴骡羊的很多，不停发出刺耳尖叫声的，就是这一堆那一堆的黑猪娃、白猪娃、花猪娃。猪娃的叫声很尖厉，也很有感染力，震耳欲聋，此起彼伏，从不停歇。这种叫声吸引不了孩子们，倒吸引很多大人逗留盘桓很久。

一百二十斤，是当时够标准的，可以出售的猪的体重。成猪收购则必须到乡收购站，擅自买卖交易，则构成投机倒把被治罪。

母亲那年喂了头黑猪，喂了有七八个月吧。那黑猪个头很大，毛又粗又硬，膘肥体壮。

爹跟母亲商量说："把猪卖了吧，海修马上开学了，给凑点学费。"

母亲说："中，也该卖了！"

这头黑猪，是母亲一桶一勺喂大的，也是弟建国，妹爱红、兴红一镰一铲喂大的，因为我那时已经上大学一年级了。

吃过饭，母亲刷了碗，又喂饱了黑猪，然后叫着"咾咾咾"，黑猪很听话地从大门外的猪圈里，哼哼着，像唱歌似的小跑着出来，跟着母亲来到大门口。母亲站下，黑猪也站下，站在母亲脚旁，白白的鼻子头上下翻动着，仰脸看着母亲。

大门外有一辆架子车。

爹说："武学、海周，咱装车吧！"

武学，是四叔，与爹一样，刚好探亲在家，也搬住在水沟路上，与爹对门。海周是我堂哥，大伯家的儿子，也是对门。

爹话音刚落，四叔和三哥海周几步上来，把黑猪就地掀翻，绑上了四足，抬上了架子车，又用绳子绑牢靠了。

从被摞倒那一刻起，黑猪就嚎叫起来，传至四方。黑猪被摞倒在车上，仍然尖叫不止，后来变成了哼哼唧唧的喘息。

母亲站得远远的，扭过身去，背对着黑猪，眼眶里好像含着眼泪。

接下来，就是我和建国的事了。套上牛，建国牵着，我驾着，接过爹递给我的户口本，沿着去乡收购站的山路，一步一步，一坡一弯，向乡收购站拉去。

公社收购站与公社革委会、山化高中，都在陇海铁路、伊洛河旁的化村。1982年的时候，公社已经改叫乡政府了，因为地和牲口都已经分田到户了。山化高中，是当时山化的最高学府（高中班主任孟宪厚老师语），是我上了两年学的地方。去乡收购站，对我是轻车熟路。

到了山化街，这个街面很宽敞，门面厂家也很多。二十多年后再去，已无当年迹象。街口右侧，有家新华书店，里面挂了好多明星日历，也摆放了好多书籍。再往里走，右侧还有乡农机修理厂，左侧有个大院，院内有影壁墙，上面有几行红色大字仍然显现："攻城不怕难，攻学不怕坚，科学有险阻，苦战能过关。"大院西邻是家信用社，橱窗里标示着"你如果存100块钱，你每月能领多少利息"等字样。信用社的西邻，就是乡收购站了。

我们把猪拉进去，递上户口本查验后，连同车上磅称重，猪卸下后再把车称重，猪的重量出来了。很快，一叠崭新的十元钱到手了，新嘎嘎的，有一百多块吧，因为那头黑猪有二三百斤，按每斤五毛钱，也一百多块吧。

我把那一叠崭新的十元大钞夹进户口本，塞进衣兜里。我当时想，回到家，我一定要完完整整地如数交到爹的手里。路上，我还掏出来看了几次，发现那叠钱还在。

愉快地回到家里，见了爹，满心欢喜地掏出户口本，双手递给爹。爹打开一看，发现里面一张钱也没了……

第二天下午，我就到了开封的河南师范大学。晚上一人在学校的东操场双杠旁，仰望夜空，倚杆掉泪。我恨自己笨蛋，也恨自己无能。

是啊，母亲倾注汗水，精心养了大半年的一头大肥猪，却让我一手毁于一旦，我怎能不恨自己无能，不恼自己笨蛋呢？

然而，发生这么大的事，犯了这么大的错误，这么多钱让我给弄丢了，爹连一声怪罪都没有，母亲也一声埋怨没有。那时候建国十五六了，爱红也十四五了，也都没有责备我的意思。

临出门回开封，爹还是给了我六十块钱。这是我一学年的学费和一学期的生活费。上大学，我省吃俭用，决不再张嘴要一分钱。

9. 太师椅院吵架声蹦出了山坳

我生于太师椅院，长于太师椅院。太师椅院是祖先传下来的，至少是从老爷辈起。再往前的祖爷，据说原为有钱户家，后家道败落，用几块银圆买了这个原是油坊的坑子院。由老爷到爷和二爷，再到我的七叔八姑，最后到我辈二三十人居住生息。到我爷时，爷还挑着担，担着家什，携奶带儿到外地逃荒要饭，还在张窑村借居过一阵子，认识了我的外爷，外爷觉得爷厚道，两人指腹为婚，这就有了爹和母亲。

小学时曾和哥海周，弟建宗、兴修胡聊："你说咱爷咱奶也是，出去要饭也不要到滩里，找个破窑洞住下，解放了就成滩里人了，我们也不会愁吃愁喝了，还能吃上大米饭！"

海周接着也说："就是！你看咱这一旱，庄稼都快旱死了，滩里再咋着也都有水喝！"

建宗说："那滩里也有涨河淹死嘞，你咋不说嘞？"

兴修说："各有各的好，岭上怕旱，滩里怕涝！"

滩，是指邙岭脚下，伊洛河北岸。山化乡有一半的村子在这里，这些村子有旱地，也有水地，无论旱涝，应该是不愁饭吃，吃的是井水，干干净净。

其实，还有个道理当时我们不明白，就是爷奶要饭在那滩里安了家，到我们这一代，名字也许还在，人很可能不是我们这些人了。这就是所谓的命。

太师椅院的生活快乐居多。七八个窑洞，到了晚上，我们会躲猫猫，就是捉迷藏，十几个孩子选一个人躲起来，谁找着了，谁就赢，被找着了，那就是输，无论赢输，也没有什么奖品，就是图个开心。或晚上跟着二哥宗修逮小虫儿（麻雀），合伙搬着梯子，到房檐底下，用手电照着麻雀，麻雀会一动不动，等你伸手去抓，抓住后，用黄泥包上，放在火上烤，泥巴烤干烤裂了，里面的肉也就熟了，剥开后，泥巴会连毛一块扯净，剔除内脏，撒上点盐，吃着味道好极了。我们躲进沟里边，用纸卷上干了的扫帚叶，当烟抽。我们会用铁丝弯成手枪，系上皮筋，用书纸叠成硬实的三角子弹，比赛看谁射得准。我们还会用自行车链子做成手枪，里面插上火柴头，一扣扳机，看谁的枪打得响。我们还会杠钢丝、打铁环、打面包、下四子棋，连割秣子都在一块，毫无心机，可谓天真无邪，其乐无穷。

大人们有时却不会像孩子们一样，特别是妯娌之间，印象中她们总要吵架，甚至有骂不完的架。原因都是些鸡毛蒜皮的事，或两个小屁孩打架的事，孩子都和好了，俩婶之间还在争吵，而且声音很大，传得很远，蹦出了山坳，飞出了山梁。

我小时候（上育红班前）好像是跟海周哥打架，吃了亏，我在一旁就哭个不停，哭得天昏地暗。其实我就不想哭，但觉得不哭不美，就在那儿干号，母亲咋哄都不中，没办法，祖母上来打了海周一巴掌，又大声把大娘训斥了一顿，大娘噤声了，海周却号啕起来，听见海周哭了，我就不哭了，坐着看着他哭，觉着怪美。

我很不喜欢看大人们吵架。现在也不愿意写他们吵架的缘由和情形。

家家都有本难念的经。清官难断家务事。但有一点大家都会认同，兄弟之间，哥要有哥样，做事要大气些，能多做贡献就多做，特别是在孝敬老人上要带好头，不能被弟兄指责、孩子效仿。妯娌之间，嫂要有嫂样，和睦弟媳，劝解男人，孝敬老人，不能软的捏硬的怯，不能撺掇男人出头争要东西，不能挑拨兄弟妯娌关系。

10. 开山炸石只是为了盖房

爹从厂里回来，顺路拐到大南窑的吕支书家。

这是在大南窑沟顶头的一个院子，大门敞开着，进了门，一条摇着尾巴的狗迎了上来。

爹摇了下车铃，喊："老哥在家吗？"

"谁呀？"从窑洞里走出来一位妇人，"你是……？"

"东窑十队的，老贾，找我哥说点事！"说着话，爹支好自行车，从车把上取下来两包东西。

这时，吕支书也披着袄，从窑里走了出来，见是爹，赶紧问："还没喝汤哩吧？"边说边往窑里让。

爹摆摆手说："不进去了，跟你说句话就走！"说着顺手把取下来的两包东西递给妇人，"嫂子拿着，这是给老人捎的点心。"妇人接了回窑，让两个男人说话。

爹给吕支书说了想批宅基地的事，吕支书听了爽快答应："住那坑子院太靠底下哩，还是搬上来好。明天你来大队盖章吧！"

那时候农村办事儿很简单，爹掂那两包点心，也只是鸡蛋糕和桃酥饼，用灰黄色的纸包好，再用纸绳捆好打个结，就是上好的礼物。每年八月十五，爹也是用纸包两个月饼走亲戚。

第十队生产队队长是小叔（七叔），当然支持爹。

有了大队证明，到公社申要宅基地，也比较顺利。

有了宅基地，便要先设计，爹心里有数。

宅基地在生产队饲养院西面靠下边，西邻谭保叔家，东邻谭木叔家，大约三分地。

爹的设计是，在北边依崖券三间深约一米五的砖拱窑，然后再出四米建一砖到顶有三个门、四个窗的墙，此墙与北窑架上空心楼板，再出一米五的前沿，垒四个砖柱子，上架四块楼板，使屋前有个贯穿三间房的走廊。

依据设想，爹还请人画了图纸。这种楼板房和式样在乡下很少见。

有设计在先，爹便逐步行动，不紧不慢。

我高一暑假，爹领着我往沟里走。爹扛个大锤和一把锨，我扛个钢钎。锤子有小孩子脑袋一样大，钢钎有小孩子胳膊一样粗，都很沉。爹还背个挎包。

走到沟底，在北坡半腰有个大石窟，原是几年前生产队的起石场。

我们爬了上去，进去一看，杂草丛生。爹扫了几眼，相中一个地方，用锹把杂草碎石清理干净，开始用大锤砸，用钢钎戳，试了试不行，又从包里取出短钢钎，让我双手扶着，对准石头，爹抡起大锤，砸向钢钎，一锤子下去，钢钎与锤子、钢钎与石头，都溅出火星，我的双手虎口也震得生疼。

用大锤砸了一会儿，石头上被钢钎钻出了一个洞，有半尺来深，爹从包里拿出一包黑火药往洞里倒，倒进洞深一半，又从包里拿出一支黄色的雷管和一捆导火索，爹把导火索剪了三尺长的一段，一头塞进雷管，然后连同雷管下进洞里，再填满火药，最后用泥巴封口。爹还在上面盖了几块石头。这些活停当后，爹说："你先下去，到对面等着我。"

我知道要放炮了，起身从半山腰跑了下去，又跑上对面山坡。爹站到窟口看了我一眼，大声吆喝道："你再躲远点！"

我又后退了几步，看见爹转身进去，用火柴开始点火，估计是点着了，因为看见爹慌慌张张从里面跑了出来，又踉踉跄跄连跳带出溜地跑下山腰，又向我待的山坡手脚并用地爬了上来。爹刚站定，"轰隆"一声巨响，一股硝烟从半山腰蹿出，一阵碎石雨在半山腰上空落下。

过了一会儿，爹领着我回去查看，只见那块大石头已经四分五裂。"呵呵呵！"爹开心地笑了起来。

为了给屋墙打个结实的地基，爹也是早做了准备：开公安证明，买炸药，买雷管，还得借大锤、钢钎。关键是，开山炸石，爹可能是首次。首次，爹就敢带着儿子前来，而且不需要叔们帮忙，感觉真是了不起。

记得有一次炸石头，爹弄一把炸药放在要起开的石块上，然后把插了导火索的雷管埋在炸药里面，盖上土和碎石块，点燃导火索引爆雷管后，竟然也能把巨大的石块炸出裂缝，再用钢钎扎进缝隙，几块石头就能被撬开。

用炸药炸裂石头，比我们单纯用锤砸钎戳要容易得多。看着开裂的石头，爹说："你往下滚石头吧！"

我就开始搬石头，搬不动就翻，翻不动就挪，挪到窟边再一用力，石头便会滚下山腰，在山底下堆积。我们只用了两天时间，便完成了挖石头的任务。接下来，需要把石头运到新批的宅基地上去。

11. 大家庭到了"分崩离析"的时候

上阵父子兵，打仗亲兄弟。

我跟着爹下沟炸石头，在轰隆声中，把石头从山坳坚硬的石头层里炸裂敲碎，又一块一块翻滚下山。这山沟呈V形，南北峭壁对峙，壁立千仞。那两日，整个山谷都回荡着放炮声，击打声，滚石下山声。

那时候我十五六岁，爹四十七八岁。

爹的兄弟呢？

爷还健在时大伯已分家另过。据说是大娘给出的主意，因为大伯曾说只要爷奶在，谁都不能提分家，谁提分家，巅上那俩窑就是给他住的。合久必分，是自然之理。大娘提出分家，是理智之举，因为合伙过确实负担太大，大伯工资得上交不说，其长子也长大了，能挣工分，后来又去矿上参加工作，能挣钱。但大伯提出分家，爷奶肯定生气，惹爷奶生气了，大伯的五个兄弟自然就很操气。大伯一家搬走时，只有爹上门帮助砌墙垒灶。

大伯一家迁到窑顶上方贾家的另一处宅子：一孔大窑，连带个拐窑，这个拐窑成了仓储和灶火，窑里是大伯大娘居住，有个三四米的南北长洞连着南边一个小窑，是哥海周，弟建宗、宗宽居住，里面有一张大床，还有架对着窗户的织布机。

大伯家，是我上学几乎天天去的地方，一是为了大娘做的好吃的，二是叫上海周、建宗一块上学。他们睡的这张大床，我也睡过。那时候，我很羡慕大伯一家相对滋润的生活。

爷去世一两年后，合伙过家家都已经难以为继，因此，爹向祖母提出了分家建议，祖母同意，众兄弟也十分愿意。爹提议分家，祖母同意，众兄弟拥护，这说明爹是聪明之人，看出了大家庭到了"分崩离析"的时候，看出了祖母内心的纠结，看出了他的四个兄弟内心的需求。假如我是三叔、四叔，也会同意的，因为每月在外有六七十块钱的工资，分了家就可供自家自由支配；如果我是五叔、六叔，也会同意的，因为天天起早贪黑为这个大家没日没夜地干，最后可能还会落下埋怨。

初冬的凌晨，天还不亮，我们就会被六叔扯着嗓子叫醒："宗修！海修！兴修！快起来！"。

初冬的被窝是暖和的。孩子们早上是贪睡的。

被六叔叫醒后，我们每人背个箩头，拿上铁丝做的十齿耙子，五叔、六叔、宗修担对箩头，沿着山路，打着手电筒，摸黑向深沟里走去。寂静的路上脚步声沙沙，时不时夹杂着哈欠声、咳嗽声。

到了沟底的水沟，路上到处都是渗水，伴着哗哗的水流，我们右拐上山，是九队的核桃园，核桃早就没了，树叶经过一夜寒风劲吹，灰黄的核桃树叶带着长长的叶梗，落了一地。这时天已经蒙蒙亮，我们也不吭声，放下箩头，抢起耙子，埋头搂起树叶。霎时，整个核桃园尽是哗哗的搂树叶声响，此起彼伏。树叶搂成一堆后，五叔、六叔便过来用双手把树叶一掐一掐地压在膝盖下，再合成一大掐，放在箩头里，直至堆得满腾腾的。然后，大人们用担子担两筐，我们用耙子挑一筐，下山再上山。顺着回家的山路，浩浩荡荡，前前后后，十几人的队伍，半个多小时后进了家门，倾倒在院子正中的猪圈里，那树叶顿时蓬松成一座山丘，成为我们下午放学后的游乐场。

12. 和睦分家十分少见

兄弟互谅互助，是天然义务。

兄弟五个在春节议定分家。从张岭请来了二舅爷陈财旺，从牛庄请来了姑父宗先锋，专门主持分家，就在祖母窑里。

舅爷、姑父先丈量宅基地，把宅基地均等分成五份，十二孔窑洞、三间大瓦房搭配其中。家什有一架织布机、两辆架子车、一台缝纫机、一辆自行车，祖母窑中的太师椅、八仙桌、木匣子收音机、祖父的羊皮大衣。爹把自己珍爱的三大件：一块上海手表、一辆永久加重自行车、一台某牌收音机，还有一件棉大衣，都贡献了出来，搭配分成五份，然后由兄弟五个抓阄。抓了阄，要在姑父事先写在七份红纸上的分家契约上签名，舅爷姑父作为证人，也要签名。五个兄弟和舅爷、姑父各执一份。

分家比较顺利，也比较圆满。俺家七口、六叔家五口住的窑基本不动，爹又分到窑对面一间瓦房，左侧分了一孔较小的窑，院角还分了个红薯窑，捎带分了主窑上方一孔放着祖母喜棺的天窑，还有自行车、手表。三叔家六口迁到院子西侧半腰的无门独院，有三孔新窑，一孔原为磨坊的老窑，这孔老窑是内外两间，外间原来还有个大磨盘，幼时曾见大人们在这儿磨过谷物，没分家时五叔还在此喂过兔子。四叔家七口、五叔家五口分了两窑一房和架子车，六叔分了两窑和最大的院子，还有架子车、自行车。五叔家搬到灶火窑东边的那孔窑，西边的窑仍暂由祖母居住。

不动产分家最顺，动产分家却有插曲。爹的收音机分给四叔了，四叔知道爹晚上不听收音机睡不着，当场表示不要，又送给爹了。羊皮大衣分给五叔了，五叔却相中了爹的棉大衣，爹就跟五叔换。那羊皮大衣羊毛白亮，轻盈暖和，只是祖父用过的，有点旧了，爹到单位又跟别人换了，很可惜。两棵粗大的桐树，一棵在俺家角落，给了五叔，一棵在五叔、六叔家院子隔墙西头，分给六叔了。然而，有一棵槐树当时可能还细小，没有计入家产，又恰好长在隔墙东头墙头正中，过几年树长粗了，树的产权归谁成了问题，后来还因此闹得不太愉快。

在赡养祖母上，兄弟六个本着有钱出钱、有力出力的原则，如大伯、三叔、四叔在外当工人（有的是国家干部，都是党员）工资高，每月给奶拿五块钱，爹工资不高，拿三块钱，五叔、六叔在家务农，每年给祖母拿五十斤小麦。

家产分置妥当后，爹就跟他的四个弟兄还有小叔说，想把窑顶往下抹一半到天窑那儿，可建成一个平房。我家窑脸是个直上直下的峭壁，峭壁半腰就是天窑，一条两人宽的上坡路通到天窑，峭壁上沿长满了茂盛的大圪针。

听爹这么一说，众弟兄举双手支持并马上行动，三叔及三叔家的二哥，四叔、五叔、六叔、小叔和众婶子，还有姑父，能干活的，全都上阵。先从窑顶向下开挖，大圪针被连根拔起，窑门前流下山一样的土堆，婶们铲土上车，叔们哥们架车往外推。姐爱然、弟兴修等还在上小学的我们，便在一旁挡车轱辘推车帮，把一车车土推出院子，倒进柿树咀沟里。很快一个直上直下用麦秸土粉得干净一新的墙壁，出现在天窑前脸，天窑前还打出了宽两米长六米的平坊，可晒粮食，可乘凉。上下两个墙头还用灰瓦建成了雨搭，天窑砌上了木门和一扇木窗。

13. 难忘姨奶家的窑洞和枣树

四十七年前，我和俺奶住过几天姨奶家的窑洞。如今这个窑洞，砖铺地还在，砖券的窑壁已不复往昔模样。因为当时没有糊白灰，砖从根到顶、从里到外，整整齐齐、干干净净地排列着，加上木制双扇门窗，构成一孔干净整洁的窑洞。窑洞冬暖夏凉，是河洛人休养生息的最佳场所。

窑洞很深，有十四五米，两张床，靠墙一溜顺放，中间有个拐窑，深四五米，也是砖券，拐窑里面还有一个拐窑，很深，有十一二米，一人多高，没用砖券。

现在的院子小了许多，因为姨奶的孙子在窑洞前盖了两层楼板房，使窑洞成了内室。院中一前一后有两棵高大的枣树，结枣时节，遮天蔽日，现在亦不复存在。清楚地记得，靠里的一棵主干很粗，听俺奶说，它结的枣，大如鸡蛋，吃着酥甜。我住在那儿的时候，大概是初夏。

初夏雨多。在姨奶家的几天，好像天天下雨。下雨了，姨奶和奶在窑里说着话，我七八岁，听不懂，也轮不着我插话，我就搬个小墩儿，坐在门口，看外面下雨。雨淅淅沥沥地下着，一阵猛，一阵松，猛的来了，雨滴打在浓密的枣叶上，传来阵阵"哗哗"声，枣花梗也随着雨水，散落在地。那绿绿的枣花梗如同袖珍伞柄，顶头托擎着，降落伞般缓缓落下，又仿佛蜻蜓般落定，在地上或躺或仰。地面湿漉漉的，凹的地方有些浅浅的水坑，不时地闪着亮光，凸的地方有着浅浅的绿苔，从墩儿的角度平望过去，偌大的地面，如汪洋大海，枣花梗匍匐在水面，如百舟游弋，又如万鱼畅游，吸引着我离开墩儿，趋近观察。走到树下，树的主干已湿透，粗糙的树皮渗着水滴，汇成的水流沿着树皮缝隙往下淌。主干有大人腿粗细，斜着向上，上面枝繁叶茂，能看到枣形的圆圆果实在枝叶间孕育。盯着看了会儿，那枣突然长得滚圆，落在我的手里，我连忙捧在掌中。那枣绿中带白，白里透红，递到嘴边，张开嘴准备"咔嚓"一口咬下时，却忽然听到俺奶在窑里喊："海修，快进来，包淋着！"听见姨奶在喊："好孙子，快进来，包绊倒喽！"包，就是不要的意思。我吃枣梦醒了，又淋着雨跑回窑洞，重坐下，听两位小脚老太太不停絮叨。

　　听两位老太太说不完的话，看院中不停歇的雨，便是我在姨奶家的闲暇生活。两位老太太当时有多大岁数？应该还不到六十，但因为都裹过脚，是标准的三寸金莲，天天缠着绑腿，走路得拄着拐杖。头重脚轻、有板有眼、稳稳地迈着小脚，是我幼年心目中的媪妪形象。所以，在孙辈眼里，五十多岁就都是老太太了。

　　俺奶和姨奶的娘家在巩县张岭，家里很穷，姊妹俩，一个嫁到偃师牙庄村贾家，一个嫁到巩县礼泉村曲家，嫁的男人都比她俩大，最多的大十八岁。这都是娘家穷的缘故啊。好在她俩嫁的男人都是真正的爷们，他们对娶过来的小媳妇真心好，两个媳妇也为贾家、曲家繁衍养育了众多子孙。俺奶现在生龙活虎的孙辈有百十个，且个个能干，都能凭实力挣钱养家。姨奶的孙辈也五六十口，其嫁到河洛镇五龙村的二闺女曲秋芬（表姑）的大儿子尚卫星（表哥）还当过十几年的村支书，见识谈吐非常不俗。

小学一年级时，俺奶和我，被俺姑秋芳、二哥宗修用架子车送到三十里外的礼泉村，同姨奶在这依山傍水的窑洞里住了半月。一晃四十多年过去，姨奶家的窑洞，院子里的枣树，一直印在脑海中，时时映入梦境。这是为什么呢？一件普普通通的往事，为什么会挥之不去呢？

我是真怀念姨奶家的院子。虽然只记得临街是一间大瓦房，大门楼在瓦房的左侧，进了大门是个很大的院子，院子里有两棵我一直没有吃上枣的古枣树，和两孔砖券的窑洞。

这几天我一直在想，估计很多人都会如此想：小时候经历的事情为什么会念念不忘？

我想那首先是亲情。是亲情左右着你的记忆，羁绊着你遗忘的脚步，引导你的情感，指挥你的行动。亲情的力量是巨无霸，亲情的作用潜移默化。你想啊，俺奶携孙带女奔波到伊洛河岸边的姨奶家，看她的姐姐，姨奶也翻山越岭到邙山深山窝的俺家，看她的妹子，我和卫星哥经常随大人到张岭舅爷的坑子院吃桌贺喜，也是因为亲情。想想也是，没有亲情，你的生活将单调乏味；失去亲情，你的生命将暗淡无光。

那古老而结实的院落，据秋芬姑唯一的女儿素卿（表妹）讲，这个宅子是中华人民共和国成立后分的，应该是地主的宅子。两孔窑洞，都由砖券成，一间大瓦房也是一砖到顶，地上全部是砖铺地。这在旧社会只有地主家才会有。中华人民共和国成立后的牙庄村几乎没有一间窑洞是砖券成的，更没有用砖铺地。俺奶家十来孔窑洞全部是土窑，我家的主窑洞，是十几孔窑中唯一用石灰粉过的，墙壁包括窑顶都是雪白，但仍然躲不过老鼠来钻窟窿打洞，记得有三四个老鼠窟窿，其中一个还在离地一米高的地方，你躺在床上，能清晰地看到老鼠自由出入，上蹿下跳，旁若无人。然而，姨奶家的窑洞，对老鼠来说，那可是铜墙铁壁，鼠患全无，卫生无忧，也一直是我的向往。

14. 下到沟底拉石头有多难

姨奶家的四合院，应该是爹梦想的宅子。姨奶家前房后窑，两孔砖券窑，窑的前脸和院两边都是砖墙，前面的瓦房和大门也是砖墙砖地。爹想要的就是这个样子。

随爹到东窑沟底崩石头，石头在沟底躺了一大堆。这些石头是盖房子垒院墙的墙基用的。三间房子四周围墙得有多长？三分宅基地的大院围墙得有多长？地基高约一砖半，宽约一砖，那得要多少方石头？我没有去算过，爹也没有跟我说过，但爹给我高一麦假和高二秋假安排的主要任务，就是往麦场北下面的新宅基地上拉石头。

　　清晨早早地，弟建国或妹爱红就到生产队的饲养院牵头牛回到坑子院的家里，套上我拉的架子车，从南面沟里的坑子院出发，北上坡先到水沟路上，然后顺着一条能通架子车的下山坡路，向水沟走去，走到沟底向右拐到十队庄稼地，地都刚犁过，土虚得很，得套上牛才能拉得动。建国牵着牛，我驾着车，一行深深的牛蹄窝，两行深深的车辙印，留在虚虚的庄稼地上。缓慢地走到马洼沟底九队的地，向北走啊走，走了二里多地后，再右折上东西向的东窑沟，穿过里面十队的两块地，就到石头堆跟前了。

　　石头从山上滚下，散落一地，相互叠压着。我们就从最边上的一块装起，能两人抬的，就抬着上车，抬不动的，就两人合伙滚石上车。一辆车一次只能装两三块。装好了，套上牛，弟牵哥驾，往山顶上蹒跚前进。这是重载，快不得急不得，只能顺着牛的性子，一步一个脚印，一步一喘气，顺着来时的车印，走过十队的两块地，走过九队长长的一块地，再走过十队的一块地，就到达上坡山路，这山路有四五里长。走上山路，牛顿感轻松，牛蹄声的节奏也稍微加快，变得清脆。在庄稼地里走时，那车轮比走泥泞地还艰难，比走沙地更容易深陷。从采石场到水沟路，地上本没有路，是我们用了一个月的时间，用牛的四肢和我们的双脚，还有牛和人的汗水，硬生生地走出了一条长三四里的土路。

　　我们沿坡驱车而上，这个长坡几乎没有平缓路面。牛的耐性和韧性让人佩服。我们上午两趟，下午两趟，锲而不舍。我和兴红上学后，建国和爱红接着拉石，直到地基上堆积成了石头山。

崩下石头后，爹一刻也不得闲。他请人用大四轮拖拉机从伊洛河滩里拉了一车沙，又买了一车石子和一车水泥，买回几圈指头粗细的钢筋，拉回一台搅拌机，全部卸到秋后闲置的山顶麦场上。与五叔、六叔商量好动工时间，立马又从县城请回几名工匠，从生产队请来几个伙计，开始打空心预制板。

伙计们分工明确，有抻钢筋截钢筋的，有弯钢筋扎笼子的，有搅拌石料夯实的，大约用了两天时间，三十多块预制板整整齐齐地在麦场放置了两排，上面盖着谷秆草。每天，母亲与帮忙的婶们做好饭，送到麦场，一般是炒萝卜丝白汤面条，外加白蒸馍。那时候的伙计们不计较吃什么，好像也没要什么工钱，只顾埋头干活。

打好预制板覆盖上秆草，需要往上不断地洒水养护。爹回去上班后，养护的责任，不用说都是五叔、六叔担当起来。

15. 一大家子为姑家盖房子

自古以来，男人们大都在忙着买田和置地两件事。田是庄稼的田，地就是宅基地。如离我们家十五里的康百万就是，他有钱了就到处买地，"马跑千里不吃别家草，人行千里尽是康家田"，占有18万亩良田，"头枕泾阳、西安，脚踏临沂、济南";有了钱就不停地盖房子,他靠山(邙山)筑窑洞,临街(康店街)建楼房,濒河(伊洛河)设码头,建成了一个各成系统、功能齐全、布局谨慎、等级森严的集农、官、商为一体的大型地主庄园。

现在的我们,有了钱也不过如此。城里头的男人,有了钱就买房子,有时甚至不是为了住,是为了炒,连女人们也参与其中。农村里的男人,也是想方设法买宅基地盖房子,盖一层住几年,不好看了就扒了,又盖上两层甚至三层,里面的装饰不比城里差,地砖铺地,吊顶、热水器、卫生间,应有尽有;屋外贴瓷砖,门楼高大,很豪华,也很气派。

前天是周六,与弟兴伟去巩义康店礼泉村看望姨奶家人。兴伟讲,在偃师给孩子买了套房子!我说应该!兴伟他四嫂说:你在郑州不是也有一套吗?兴伟说:是!兴伟在牙庄也有处宅子,还盖了房子。我们由此说道开,兴伟说:"四哥,咱爷的爷(应该称祖爷)当时可是村里远近闻名的绅士啊,住在豪宅里,有好多地不说,还娶了四个媳妇,呵呵。"兴伟说着开心地笑了。"后来呢,因为一个命案,只好把豪宅卖了,搬到下面的坑子院住了。"什么命案兴伟不知道,他是听他爹(四叔)说的。

四叔做过厨师和木瓦、泥瓦匠,干起活来样样精通。我们家新宅子里走廊柱子及横梁上的水磨石,都由四叔砌上,窗户玻璃也是四叔提供的。老宅子窑洞上的双扇木门,是四叔做的,双扇木门有一扇被塌了的房子砸成了半拉子，也是四叔给修得完好无损。

为盖房出过大力的，还有我们的大哥宗周。记忆中，我们家盖房子还有姑家盖房子，都少不了大哥。大哥是帅哥，短平头是他小时候留给我的印象，大哥曾是学校的长跑健将，是我们这帮弟兄的偶像。他只要一回来，我一定是个小跟班。后来他长大了，被大伯安排在义马矿上当了工人，回来的次数就少了，但是只要家里召唤，他一定回来。

姑家临街要建个商店，姑打电话把他从矿上叫了回来，我恰好大学放暑假，也跑到姑家混吃混喝，帮着盖盖房子，往地里送送粪。大哥是主拿（主力），姑父打下手。围墙建起来后，是上梁上檩条，上了檩条就铺上荆席，铺完荆席，再铺层麦秸，铺了麦秸还要往麦秸上摊层麦秸泥，泥上再铺上一溜一溜的瓦，一间房子就成了。

我和姑父在底下和麦秸泥，泥和好后，我用十齿耙子兜了一大兜泥，递给站在脚手架上的兴旗弟，兴旗接过后，再用力往上抛倒在大哥脚旁。大哥蹲在房坡架着的一块木板上，拿着瓦刀专心铺瓦，没有防备兴旗一耙子甩了过来，耙子齿尖正好划在大哥脚背上，鲜血马上流了出来。

大哥到诊所简单包扎了一下，缠上绷带，穿着拖鞋，继续把姑家的房子盖好，才回矿上上班。

后来，姑在牛庄村南批了一块宅基地，有四分大，想盖两层楼。施工放在春节，因为那时叔们都回来了，我们也放假了（我大学毕业后在洛阳的学校当老师）。姑家盖房子，姑的娘家人全家老少齐出动。大伯及大哥、海周、建宗、宗宽，爹及建国，三叔及宗修、宗旗、宗平，四叔及兴修、兴旗、兴伟、兴军，五叔及兴涛、兴国、兴华，六叔及现立、现卫，小叔（七叔）及旗星，只要是男的，全部出动，四婶、五婶也来帮忙做饭，我们晚上就住在相邻的新建的没有门窗的房子里，身子下面铺的是麦秸。

那几天干活的场面热火朝天。一大家子人里，大伯、爹、四叔、五叔、六叔、小叔和大哥是匠人，三叔是总指挥，其他人打下手，泅砖的，搬砖的，和泥的，递泥的，各有分工，有条不紊。

我干什么呢？给我派的活是拉水。就是一个人一头牛一辆车，从井口把水拉回来。牛不用人牵，我驾着架子车，车上放个大水桶（汽油桶），到牛庄村东的水井旁，用小水桶一桶一桶装满，然后拉回去，再换一个空桶来拉。整个工程用水，都是我负责。这可能是我力所能及的活了。

姑家的两层楼盖起来后很漂亮，是当地最好看的房子，两层六间带阳台，有楼梯通往楼顶，还有一间厨房，厕所建在西院墙外。楼前有个很大的院子，院东靠南种点菜，围了个鸡栏，大门在省道路边朝北，门外有个猪圈，连霍高速从门前穿过。这是个典型的美丽农家小院。

后来，大哥家在牙庄村南盖房子，我正好放暑假，他家用的水，也是全部我来拉，从村南的水井旁，一车车往返运水。我拉水很尽职，是用感恩的心情在出力。因为，姑对我、对我们家一直很好，大哥对俺爹（大哥也管俺爹叫爹）对我也一直很好。我姑家盖房子，我家盖房子，大哥是逢叫必到，干活毫不惜力，而且活也干得出色，堪称能工巧匠。我记得暑假给大哥家拉完水再回到学校，我的额头、脸、胳膊、腿乃至整身肤色，都要比我的学生、同事黑得多。

去年9月1日，我和夫人携新婚的儿子儿媳回家认亲，大哥带着他的孙子也参加了迎亲宴，我和夫人专门向大哥敬了酒。

16. 兄弟是什么

兄弟是什么？真正的兄弟，是一人有难，众兄支援；是有人遭困，众弟援手。

因为这是用亲情连接起来的缘，是用筋血关联起来的情，这无关性别，无关年龄，更无关贫富。

小学五年级时，我重病住院，伯叔娘婶曾乘着马车前往三四十里外的高龙医院看望。这对承受沉重打击的爹来说是最大安慰，足见其兄弟情深。六叔为买到一支青霉素，骑自行车到洛阳奔波百十里往返，其行感天动地，让爹念念不忘。

近几年随着年龄增长，兄弟中有些三病九灾不可避免，这与环境因素，与自身体质，不无关系，但兄弟们能及时给予关怀关心关爱，就是对对方最大的支持。

三嫂会桃，十年前生病到洛阳住院手术，姐爱然陪护多日，我买了好烟让三哥打点，夫人拿出衣被送到医院，这等小事都让哥嫂难以忘却；及至三嫂去年病发，众兄弟自发筹款，我和姐拿出相当的工资给哥，虽不能解决多大问题，但也算为三哥分了忧，关键时刻缓解了哥嫂困苦，这就是兄弟姐妹自然亲情的有力显现。

还有弟宗旗的儿子生病，一众兄弟姐妹都给予了无尽的关怀。

三十年前，我要结婚了，请同学超群做了一套家具：组合柜、三斗桌、橱柜、双人床。做好后，我对弟宗宽说："去洛阳给漆柜子吧！"

宗宽说："中！啥时候走？"

就这样，宗宽来洛阳谷水，做泥子，上批灰，砂布打磨，刷两遍油漆。可以想象，那工作量有多大，空气有多污浊，味道有多难闻。然而，宗宽没讲条件，没讲报酬，一个人用了好几天才把活干完。干完活，就回偃师了。

宗宽是油漆匠，在偃师小有名气，他干一宗活，是挣很多钱的。一直到现在，估计是众多兄弟中最能挣钱，挣大钱的。

我的家具现在还在，乳黄色油漆依然美观。

为我出力最大、帮忙最多的是建宗，他几乎是随叫随到，到了就干，出力流汗，毫无怨言。建宗与我年龄相仿，有话谈得来，有理说得开，上学时又曾同桌，志趣相投，共同兴趣和话题很多。这可能是相互用着顺手的原因。

兴旗应届毕业没有考好，在为去哪儿复读伤脑筋。四婶跟我商量，我随口就对四婶说："没合适的学校，那就去我的学校吧！"

四婶一听，也顺口说："可中！就去你那儿吧！我和你四叔也放心！"四婶还就一个月给我拿多少生活费做了约定。

开学了，兴旗跟着我，到牛庄上了去洛阳的长途汽车，到金谷园又上了102路电车，到重庆路站下车，上了407厂单身楼，我俩一人一张单身床，放下包袱，又送他到407中学报了到，跟高三重点班班主任阎天瑞老师打了招呼，按插班生上课，来年再回偃师参加高考，学费做了优惠。

从此，有近十个月时间，兴旗与我同吃同住。晚上下了自习，我督促他睡觉，早上我喊他早点起床背书。到吃饭时间了，我和他一块到407职工餐厅吃饭，我吃啥他吃啥。四婶说好的生活费只给了两个月便没了下文，而我的工资一个人也吃不完，也就没有再跟四婶张嘴要。为了节省，我在单身房门口生了个炉子，买了几百块煤球，与兴旗一起搬上四楼。那一年我正跟夫人谈恋爱，夫人有时中午会买点肉过来给我们改善伙食。我又跑到外国语学院批发了一袋土豆，冬贮了十几棵白菜，自己焖米饭炒土豆白菜吃，一吃一冬。这一年我没攒着钱。

第二年的五一，爹和姑来与亲家见面并提亲，我、夫人与兴旗，陪着二老看了牡丹公园的牡丹花，中午时分到夫人娘家吃了饭。吃完饭，送爹、姑到金谷园车站，然后我们三人，兴旗一辆车，我和夫人一辆车，骑车上邙山游览了新建的飞机场和沿途的田园风光。

这一学年，我与兴旗共冷暖。他的棉衣棉鞋都由我来购置，这种付出自觉自愿，当年并未觉着是麻烦和负担。

这年年底，我和夫人在牙庄新建的宅子里举行婚礼。四叔还有兴旗是掌勺大厨，兴修弄来台大录音机，在房顶播放音乐，喜庆的声响，回荡在水沟路上空，经久不息，热闹非凡。

17. 建房子的砖瓦由我们自己烧制

农村盖房子是件大事。得要梁和椽子，得要砖和瓦。

我们从巩县张岭村舅爷家拉回两棵榆树。

从张岭运两棵榆树回牙庄贾家，需翻山越岭，是很艰难的事情，要不然贾家不会去这么多的大人。树又湿又重又长，放在架子车上，一个人是驾驭不了的，必须两三个大人在前把扶持着，遇到下坡，还得使劲往上抬，使树干尾部着地，不然惯性会使车子往下冲，稍有不慎，就可能车毁人亡。

回去不敢走水沟路，到了沟脑，走的是游殿、马洼，一直到牙庄，走的全是路古洞，有部分路段是在沟边。这是邙山道路的特色。20世纪70年代末都被填平了，现在几乎没了痕迹。

拉木头的车子进了村便都是下坡路，到了东窑，特别是贾家门口那段 Z 形陡坡，更是险情不断。大人们合起伙，抬着树干一头，另一头摩擦地面，送下去一棵后，再送另一棵，送到院子当中，卸在墙根，才算能松口气。湿木头过夏经秋了，才能干透当梁使。

木梁还有椽子都备得差不多了，下一步就是准备砖瓦材料。

在太师椅院西半坡，有一处院子，我们叫它西崖院，上面新建了三孔窑，挖出的黄土堆在院子南头，成了庞大的土堆。在这个土堆上，六叔用锄，我点种子，曾种了上百棵向日葵。向日葵开花时节，金黄的花盘，向阳开放，煞是壮观。

又开春了，贾家不种葵花了，开始打土坯。

雨后趁湿，把土铲进长约两尺、宽约尺半、高约三寸的木框（坯模）里，用杵子夯实，再去掉木框，一块土坯就做好了。打好的土坯，需要一块块一层层错开摞成一堵墙的形状，把土坯风干。风干的土坯就是建窑筑墙的好材料。现在的农村，仍大量存在用土坯做的房子和院墙。

贾家这次做的土坯，不是垒墙，是用来建造烧砖的砖窑。

爹利用调休，更多的是五叔、六叔和二哥宗修，来打制土坯。然后用足够的土坯，在西崖院的北头，把一个小山包掏空，从里面用土坯券一个瓮形的窑，瓮底部要在四个方向开个烟道通到上面——这个烟道孩子能钻进去，后来也曾是我们玩捉迷藏时的藏身处——窑下方朝西，开个门做烧火的炉膛。烧砖的窑，就算做成了。

贾家要用土法烧砖了。

我想，这应是爹的弟兄们的主意，当然，也是爹拍板同意的事情。这样做，直接好处是，节省了钱；间接好处是，凝聚了人心。后来，我家批了宅基地建新宅子，爹也效用此法，估计主要是看中了省钱，还有结实放心。

西崖院南头有一个很大的土堆，都是黏性很好的黄土，而黄土是做青砖蓝瓦的好材料。贾家看中这些黄土，更看中贾家人的力量和勇气。

这些土要过筛，过了筛的土细，没有料姜（姜形石头），也好和成泥，能保证质量。

土要和成泥，泥巴要反复用锹翻腾，反复用三齿耙子捯饬，有时候人也要上去用脚踩踏，堆成泥堆，让泥充分醒透。

泥和好了要用上砖母（模具），这个木制模具有三个斗，可一次做三块砖。五叔往斗里撒层细沙，然后朝泥堆弯下腰，双手十指相接，从泥堆上往下搂出个泥团，头也不抬，将泥团"嘭"地摔进砖母斗里。如此三番，三个斗都摔满泥后，五叔再拿起一个尺长的木条，双用按在砖母上，从外往怀里拉，里面的凸起泥巴便与砖母齐平。五叔整个动作一气呵成，毫不拖泥带水。

二哥也是二话不说，伸开胳膊，端起砖母，大步走到院子北头，弯腰，将砖母反着猛地扣在地上，三块砖坯就完完整整地躺在那儿了。半天工夫，地上会躺整整齐齐一长溜。

像五叔这样摔泥制坯的连贯动作，六叔也会。像二哥这样，反复奔跑，我的婶们有时也会干。

砖坯第二天就会定型，我们会把它上架，一层层地错开码放起来，让它晾干。也是为了腾出地方，继续制砖坯。

下一步，就是将砖坯上窑了。爹从县城请回了一个会烧窑的匠人。匠人站在那瓮形的窑里，把砖按序码放好，直到窑顶。装满了，开始烧窑。由于是湿窑，贾家先用花柴（棉花枝梗）烧。那山一样的花柴，一两天就被烧光。窑顶的四个出气孔，那两天也是浓烟滚滚。

贾家上下看着匠人在忙碌着，望着飘向天空的浓烟，想象着一炉好砖，七八天后就要出炉了，新房子、新砖窑马上就会有了。那喜悦激动的盼望心情，溢于言表。

烧砖起码得七八天时间，因为是湿窑，大约烧了有十天。十天后，不烧了，如果要的是红砖，就可以拆开炉门自然降温，如果要青砖，必须用水降温。贾家要的是青砖，可能是因为青砖耐用好看。我们就一车一车从大队池塘拉水，再一桶一桶倒进砖窑顶被土覆盖，又在其周围做了围挡的坑里，这个程序叫洇砖。砖窑被水降了温，就可以出砖了。

贾家翘首以待，大人孩子都围在炉前引颈观看。

六叔拿着瓦刀，下到砖窑炉口，开始一块一块拆。拆下第一块砖时，窑里面一股热气窜出，等全部拆完，砖窑里面还有热气外冒，等热气散完，六叔走近探头仔细察

51

看，叹息了一声，然后扭头叫："二哥，不中啊！烧的那是啥！"

爹忙问："咋了，六须?"

六叔说："都烧成半磕碜了！"是半生不熟的意思。

一听六叔这话，匠人不相信，连忙跳进窑口，进窑里观看，看后不断叹气："大意了！大意了！欠火候啊！欠火候啊！"

这一窑的砖，两三千块，基本上是废品了！

18. 太师椅院确实是宝地

不难想象，一窑几千块砖成了半成品，对贾家的打击会有多大。

然而，贾家人毫不气馁，他们重整旗鼓，重新装窑。这回装的，不仅有砖，还有瓦。

这才是真正的了不起。因为青砖常人可做，蓝瓦非常人可做，它有特殊工序和工艺要求，比制砖要复杂得多。

首先用泥得细腻，不像做砖可以粗枝大叶；其次要把泥碾成长方形的、厚约两厘米的泥片；第三是把泥片包在能转动的直径尺余的圆木上，并要首尾无缝对接；最后切割成瓦片形。

蓝瓦呈弧形，纯手工成型，长约25厘米，宽约20厘米，乡下房坡都是用它（红瓦很少见）。

瓦还有脊瓦，覆盖在屋脊上，主要是圆弧形。还有滴水瓦，在瓦的一端有个带花纹的舌头，在房檐上滴水用。冬天能挂很长的冰凌坠儿。

这种砖，这些瓦，贾家都能做成。有了第一窑失败的教训，这两窑烧制得就非常成功。

烧好的砖出窑后，全部码放在有贵伯大门外的空地上，排列了十几件。这些砖垛和砖窑，晚上成了我们藏猫猫的场所。月亮照耀下，我们奔啊跑啊喊啊叫啊，欢天喜地。砖垛之间能让人穿梭的空隙，还留有新砖特有的新鲜味道，让我们百玩不厌，流连忘返。我们还把砖竖起在地上排成长长一列，然后再推倒首块砖，看着砖哐哐当当依次躺倒，开心地跳起老高，连连拍手叫好。等到夜深了，大人叫唤了，我们也玩累了，才带着一身土一身汗回家睡觉。

当贾家的孙子孙女是幸福的，因为他们幼时开心快乐无忧无虑。

贾家的大人们都是有担当的。齐心协力盖起三间大瓦房，盖起一孔砖券窑，而且从建材到施工，全部自力更生，即使现在看，也是个不小的壮举。

太师椅院确实是宝地。坐北向南，依山傍沟，树木参天，人丁兴旺。

三四十年后，农家乐悄然兴起，太师椅院声名鹊起。

泉水通到了人师椅院，泉水哗哗地绕院一周，又潺潺地向沟底流去。能通汽车的水泥路从村边直通到门口。内院外院两棵槐树树冠高大，遮天蔽日。三间大瓦房墙体牢靠，青砖蓝瓦，屋内做了苇秆吊顶，用石灰胶泥了墙，三间屋子里都还张贴着毛主席像，我们家那间屋里窗户旁还留着我高中四个学期的三好学生奖状。包括二爷家的二十一孔窑洞，全部用砖券好，用砖铺了地。院内石子路通到各窑各屋，游客在石凳石桌上对弈言欢。柿树咀桐树成荫，柿树咀下的大块地果树成林，芳香四溢……

这种情景，我们常常开心谈论，也常常出现在我们梦中。

19. 饲养院牲口喝的水哪里来

那时候的牙庄，大户人家几乎家家都有八大件：铁皮水桶、大水缸、纺花车、织布机、风箱、架子车、太师椅、八仙桌。

贾家也不例外。

小户人家，水桶可能是小瓦罐，水缸是大瓦罐，可能有纺花车，但没有织布机。其他的，可能就更没有了。

而在贾家，几乎每个婶的窑洞里都放有纺花车，这是标配。

母亲也不例外，每天夜里纺花的嗡嗡声，也是我们小时候梦乡的标配。

母亲身材瘦小，然而，瘦小的身材却有着很大的担当。生产队饲养院一二十头牲口，牲口用水有段时间由贾家承包，牲口用水量很大，无论牛、马、驴、骡，头伸进桶里，一气能喝半桶，随着咕咚咕咚声，眨眼工夫，那水就剩少半桶了。我当时看了，心想，乖乖，这哪是喝水啊，那是水泵抽水啊！

饲养院牲口多，人进了饲养院，尿臊味扑鼻而来，马叫声、驴叫声充盈于耳。饲养院有一窑一房，窑里养牛，房里养马，各有一个大水缸，院子外棚子下有东西两排石槽，槽后拴着驴、骡，槽旁也有两个大缸。

这四口大缸每天都要缸满水盈。

这些活，都由母亲承担。

约一米五的身躯，担着两个铁皮空水桶，从饲养院向东走，走二百米，向右再上五十米的坡，坡顶有口水窑。

我八九岁，在后面跟着，肩上扛了一捆井绳。

这口水窑早就塌了，成了豁子，豁口下有两脚踩出来的坑窝。母亲用井绳一头儿的铁锁扣扣住水桶，朝黑咕隆咚的水窑弯下腰，用绳子把水桶出溜进水窑里。桶碰到水了，母亲拽着绳子左右晃荡两下，水进到桶里，开始下沉，会感觉到手中的绳子一紧，母亲开始使劲往上提，一尺一寸往上提，水桶慢悠悠地从黑黢黢的水窑里出现了。到了水窑口，母亲弃绳用手掂桶，跨上豁口边沿，把水倒进另一只空桶，然后再下到脚坑窝，再打满一桶水，提上来。

两桶水满了，母亲用钩担，一头一个水桶，担起来，因为个子低，水桶也只是稍微离地，因为水很重，母亲两只手撑着钩担杆。

下坡时，为防后水桶被坡面碰洒，母亲还得让水桶前低后高。下了坡，母亲的小步会加快，我背着井绳在后面跟着小跑。到了饲养院，倒水入缸，再回到水窖打水。如此多番，直至缸满水溢。

一桶水约五十斤，一担水约一百斤。

我曾经在水沟参加抗旱种红薯，与建国两人合抬一桶水，从井口抬水上坡两里多地，往地里的小坑中浇一瓢水，丢一棵红薯苗。生产队有人专门称重计次。一天下来，两个肩膀生疼。

20. 我们的衣裳要靠祖母和娘婶们织就

其实，回顾改革开放前后四五十年，我们每个人的家史轨迹或家事变迁，都见证着我们由苦难渐至舒适再到富裕的过程。

当然，艰难困苦，不意味着我们的生活不快乐不幸福。快乐，源自追求美好生活的奋斗过程，也源自随遇而安的良好心态。幸福，则更多源自家人的相互团结和彼此尊重，还有子孙满堂的天伦之乐。

去年年底去巩义康店礼泉的姨奶家，其外孙尚卫星说：俺早就知道姨爷家法很严，六个儿媳妇三天轮班做饭，还没人敢犯犟。

现在回想，确实如此。祖父在时，规矩甚多，表面看妯娌之间少有吵架。祖父过世后，祖母当家，可能少了威严，吵架的情况确实不少，虽然只限于平辈间斗嘴争吵，但也确实有损贾家声誉，也不利于教育晚辈。

然而，吵架虽时而有之，但不影响团结共事的大局，不影响齐心干活的场面。

比如说纺织。这是大事，事关一家人穿着。不然，就可能衣不蔽体。毕竟，缺衣少穿，在当时的农村并不鲜见。

我们当时穿的都是老粗布做的衣裳，盖的都是用老粗布做的被子。

这些衣裳和被子的布料，都要靠祖母和娘婶们织就。

织布之前她们先要种棉花。花籽是浸过药水的，出苗后要剔苗，长大了要打枝，开花了要逮虫。霜降了，才能摘棉花。

逮虫是喷洒农药无效的补救措施，我几乎年年都干。吃花朵的虫子种类个数都很多，你要一棵一棵棉花、一朵一朵花朵逐一检查，逮的虫放进随身带的瓶子中，其数量是给你记工分的依据。

虫子以绿色虫居多，这种虫叫棉铃虫，比蚕的腰身细，把叶子咬得左豁口右窟窿，它主要吃棉铃，棉铃是棉花败后结的果实，长大后就会吐出松软白绒绒的棉花，虫会钻个窟窿眼儿进去狠劲啃食里面的鲜嫩食物。它还折腾花蕊，我要从叶子上、花蕊中，用食指、拇指捏住它，剥开棉铃逮住它，不让它再破坏别的叶、花和棉铃。还有金龟子，见一个逮一个，绝不放过。

棉花长得有我们个头一样高，我们一人两行，钻进去如同钻入绿树之林，徜徉在花的海洋。棉花秆粗壮高大，枝杈也四通八达，宛若一棵小树。棉花的叶子巴掌大，绿中泛红，每个枝丫上会开好几朵花，那花朵形如喇叭，红色的、黄色的、白色的、紫色的，各种颜色都有，姹紫嫣红。如此好看的花，怎忍被虫儿糟蹋？如此好看的花，会结出白云般的棉花，怎忍心不来保护它？

花儿败了是要结果了，这个果就是棉铃，棉铃由花生米般大小长至状若核桃，会慢慢变硬，绿色也会渐变为茶灰色，再慢慢变干，最后是名副其实的"四分五裂"，分裂为四大瓣，迸发出八骨朵白白的棉花。你站在田埂上远远望去，那已是花的海洋，叶子黄得零落，枝丫稀疏地支棱着，一行行怒放的白色棉花花枝招展，几十行、几千朵，铺天盖地。

这便到了摘花的时候了。当然，也是妇女们大显身手的时候了。

我也掺和其中。

掂个麻袋，拿个围裙，到了地边，把围裙套在脖子上，拴到腰上，再把下摆撩起来，把下摆两头伸到后腰系个结，你的肚子前便有了一个大兜。这个大兜，就是装棉花用的。

全副武装后，下地，一人两行，双手并用，一手一行，每手伸开四指，照准怒放的棉花朵，从根上用劲一撮，一把肉肉的棉花就到了手了。快速放回围裙兜里，再如法炮制，左右开弓，走到地头，你就会满载而归。

这是妇道人家擅长的手艺。

我就不行了，我每次只能摘一行。所以，挣的工分不高。收工了，马车旁有称重的，称重后的棉花用更大的、两人合围的白布包盛着。

棉花要如此这般经过两三遍才能完全摘净。之后就是晾晒，晒后拉到大队用轧花机轧，轧完后按人口分到各家各户。各家各户视情况，或做成棉套，或纺线织布。

要纺线织布，还得去弹棉花才行。

21. 母亲纺花的身影

夜幕降临，窑洞里依稀发亮，煤油灯放在纺花车左前方的地上，发出昏黄的光，纺花车左线锥右车轮，东西向靠着南墙。母亲坐在矮凳上，弯腰朝前，左手向线锥子递着"棉集几"（棉花弹过后，用细竹子做成圆条状，用于抽线），再随着腰向上向后仰起，右手转着车轮，正转是拧线，棉集几变成长长的细线，倒转是上线，把拉长的细线缠到转着线的锥子上。

母亲的身影映在窑洞墙壁上，忽高忽低，忽上忽下，忽明忽暗。纺花车的嗡嗡声，时断时续，时长时短，时强时弱。

母亲的身影变得高大且纺花车发出连续的嗡嗡声，就是她仰起了腰，伸长了胳膊。那支细细的棉线被左手拇指架到最高，拧得老长。身影低下、嗡嗡声渐弱，是缠线上锥，等待再续制新线。

线锥子缠满了线，就从线锥子上抹下来，成锥状，放在一旁的线筐里，继续纺上新的。

棉集几有小擀面杖粗，一尺来长，一条一条虚虚地在线筐里摞着，纺完一几再续一几。

把棉集几由棉变为线，左手拇指和食指必须拿捏得很有分寸。紧了，线容易断，松了，线容易粗，粗了就疙疙瘩瘩不光滑。

母亲每天夜里纺线要纺到很晚，你睡了，她在纺，你睡了一觉，她还在纺。那忽高忽低的身影在你眼前晃荡，进入你的梦境，幻化成辛勤耕耘的老黄牛；那纺车声，在耳边回响，进入你的梦乡，幻化成抽丝不断的春蚕。

夜半时分，如果你步出窑洞，在太师椅院散步，你会发现，六家窑洞里都亮着那昏黄如豆的灯苗，在夜色中却显得那么明亮；六家窑洞里都会传出嗡嗡声，声响不大，在静寂的夜里却响彻夜空。

这是大娘和婶子们在辛苦劳作。

纺成了线，还要再回缠到车轮上，成为一支支棉线。这支支棉线还必须有浆线、经线的工序，才能上织布机哐哐当当变成布。

由纺花车纺成的棉线是单股的，俗称"批子线"，其坚韧性很差，不能直接上机子织布。用于织布的棉线还得上一道"浆面"，以提高其耐磨损和抗拉强度，这道工序叫"浆线儿"。其做法是先将适量的白面（小麦粉）洗去面筋，煮成稀汤，在其中兑入适量的水，然后把准备织布用的线拐儿放在面汤里浸泡并揉搓均匀，再用手把线拐儿拧一拧，抖开套到浆线杆儿上，挂上坠石（通常用废弃的"碾子儿"安个木拐把儿制成），用力拧去多余的水分，再把线拐儿在杆儿上匀开，使所有的粘在一起的线儿松散晾干。

浆线儿后还要经线，才可上机子织布。

经线是技术活，也是集体活。太师椅院外院空地上，在东头的地上砸进十几个木橛，三丈（也可能有五丈）外的西头地上也砸进同样数量的木橛，然后开始经线了：把浆干了的棉线，东西循环缠到木橛上，如要纺出方格布，还要间隔上染过蓝色、红色的棉线。

说是技术活，是因为它对经线的距离长短、股数多少、颜色调配，是有要求的。

说是集体活，是因为这项活单凭一个人很难完成。估计三婶、四婶、五婶是主力，母亲和六婶辅助。

经线的场面是壮观的，也是和谐的。空空的地面上，一会儿工夫出现了宽约三尺、长约五丈的蓝白相间的绷紧的棉线带，如巨型扬琴上贴身伏地的琴弦。东西两头各有一个婶子张罗着接线套线，两个婶子扛着线团，来回走着放着线，嘴里喊喊喳喳说着家长里短，多温馨的生活场景啊！

22. 天窑里的织布声

唧唧复唧唧，木兰当户织。不闻机杼声，惟闻女叹息。

问女何所思，问女何所忆。女亦无所思，女亦无所忆……

唧唧，织布声。

然而，在我的记忆中，婶子织布的声音，从没有这种声响。

哐哐，是织布的主声响。

轰轰，是织布的伴声响。

太师椅院东北角山崖半腰，居高临下有间窑洞，谓之天窑。天窑里对着门窗，放了架织布机。

贾家曾有两架织布机，一架较旧，在我小学一年级时被分给了大伯家，放在东崖院南窑里。一架较新，就在这天窑里。天窑除了织布机，还有一个通身漆黑的喜棺，头西脚东朝门放着，棺盖头压着一块红布，布上写着一个大大的寿字。这个织布机在我小学五年级或初一的时候，被分给了四叔家。

哐哐声从天窑里传出来，接着，轰轰声也从天窑里传出来。

母亲和婶子们织布，我常常好奇地在一旁观看，好奇地看着那一大卷白线蓝线红线交织的棉线如何经过婶子的手变成了床单、被里和被面。

婶子当中，四婶应该是最能干也最厉害的。记得我大学放假回家，大伯家、我家、四叔家都搬到了水沟路上，有次大娘和母亲吵架，母亲吵不过，四婶就想接着吵，大娘见四婶来吵，扭头就往家走。

四婶喊："大嫂，你别走啊！二嫂不跟你说，是嘴上不来，来来，我跟你说道说道，看二嫂说的在理不在理？"

大娘不愿意，说："我不跟你说，我就跟老二说！"

四婶不依不饶，说："二嫂说不过你，你跟我说吧！"

大娘这时已进了自家院子，这下三人都"熄火"了。我和海周、建宗、兴修等都在一旁看着笑着。妯娌几十年，知根知底，无事找事，知己知彼，吵吵闹闹，如家常便饭。今吵明和，方为贾家平常生活。

四婶比四叔小大约十岁，是在我和爱然姐生日那天嫁到贾家的，可谓三喜临门。

祖父在我小学四年级时去世，去世后的贾家由祖母当家，祖母当了若干年，便委托四婶当家，直至贾家一分为五。

织布是每家的任务，每家都要在规定的时限织成一匹。

一匹有多少？四丈。一丈十尺，一匹就是四十尺。如此算来，上文的经线长度应该四丈靠上。

每家一匹布，可供一家人的穿着用度。

妯娌五个当中，织布速度最快的，应该是四婶。处于中游的，是三婶、五婶、六婶。速度最慢的，是母亲。母亲虽慢，但有帮手，有援兵。

织布机很复杂，结构上从后往前的主要部件有经轴（经线轱辘）、分经辊、提经杆、打纬刀、卷布轴、条座。还有关键部件：梭子。

棉线经过经线后，会缠到织布机的经轴上，轱辘被放到织布机最后面的架子上，上千个线头会穿过分经辊，分经辊将经线按奇偶数分成两层，再穿过打纬刀。一只脚下踩提经杆，会将两层线交错提起，形成梭口（织口），梭子以骨针引纬，穿过梭口，用打纬刀打纬，纬线与经线会打得结实紧密。

棉布由经线和纬线织就。经线就是缠在经轴上的四十尺长、有几百股的棉线。纬线就是用梭子在两层经线中间来回穿梭的上千尺长的棉线，有时要穿插不同颜色的线。

日月如梭的梭就是指织布的梭子，两头尖尖，肚腹中空，纬线即在腹中骨针上，梭子在织口穿梭的速度非常快。

我们用慢动作展示四婶的织布工作：

经轴和卷布轴都被固定好后，四婶端坐在条凳上，右手持梭，左手向前推开打纬刀，双脚上下踩踏几次，双层经线开启一个织口，四婶右手梭子从右织口紧挨打纬刀向左横向打入，左手在左织口接住梭子，打纬刀被右手使劲拉回怀中，"哐"声响起，打纬刀又被右手推离怀中，双脚轮换上下踩踏，提经杆"轰"声响起，双层线重启一个织口，四婶左手所持梭子对准织口又紧挨打纬刀向右横向打出被右手接着，左手把打纬刀使劲拉回怀中，"哐"声又随之响起……哐……轰……哐……轰……

一声脆，一声闷，轮番着响起，这是慢动作记录。如果是正常录放，那声音是哐轰……哐轰……因为梭子在织口左右一个来回，打纬刀前后一个碰撞，用的时间连一秒钟都不到。快的话可以一秒钟两三个来回，那种哐轰哐轰声连绵不绝，会一毫一分一寸一尺长宽长长地直到把棉线织光织尽，那一匹布才算织就。

四婶在织布的时候，就像在舞蹈，双手依次上下前后左右起舞。双脚上下依次踩踏，提经架随之上下抖动，如机械律动，极富美感。

23. 幸运又幸福的母亲

说来你可能不信，我纺过花，也织过布，当然只是好奇一试。

当年，贾家每家都有织布任务。

轮到我们家时，母亲织得慢，织一匹布会拖延很多时日。有时候祖母会帮她织些，但毕竟祖母年纪大了，不是长久之计，最后过来帮忙的，是大妗子，从三里外的张窑村赶来。

我一直认为母亲有点笨拙。她上过扫盲班，但识不了几个字，也几乎不识数；不善言谈，没有主动和谁吵过架，吵架也只有被呛的份儿；没有什么乡村文化，除了供我们吃喝，催我们上学，从来没给我们讲过民间传说和故事。我考上了大学，她认为我外出当了工人，应该往家里拿钱。我工作了，邻居遇到啥难事儿，她毫不犹豫地引来见我，也不管我能不能帮上忙。

但是，母亲是幸运的，因为有疼她的公婆，就是我的祖母。

母亲是幸福的，因为有疼她的男人，就是我的父亲。

母亲是幸运的，因为有关心她的娘家人，就是我的大舅和大姈子，还有我的景表姐、素表姐。

母亲是幸福的，因为有孝敬她的晚辈……

外婆家在张窑，有两个半窑洞，西窑外公外婆住，东窑一大一小，大舅一家人住，院子正中还有间瓦房。外婆家是我小时候常去的地方，从骑在外公脖子上到外公去世，从睡在景表姐脚头到送别大姈子，往事历历在目。外婆家、舅家是我的亲情乐园和精神家园。记得上高一时考试名次从第二退到第八，父亲接我回去时训斥一路，严厉地不让我回家，我首先想到的就是去大舅家。

我想，母亲遇到困难时，也自然而然把大舅家当成了帮手和援兵。

织布，就是母亲遇到的最大困难。我能想象得到母亲坐到织布机上手足无措和手忙脚乱的窘样，甚至能想到街坊四邻会有看热闹的心态。

这时候，大姈子来了。

大姈子有五女一儿，生活也相当不易。但大姈子义无反顾，每天早早来，傍晚擦黑走，除了中午饭在贾家简单吃些，在天窑那架织布机旁一坐就是一天，直到把布织完。

母亲姊妹五个，她的二哥在宝鸡，几乎不回家，她的二妹在咸阳，坚持回来探亲，她的三妹在县城，忙于教书育人。外婆年纪大了，就在张窑和牙庄间走动，经常被父亲接到家里住一段。记得有一年不小心被小弟建超推倒致下肢偏瘫，送回张窑后不久，大舅又不幸遇难去世，照顾外婆的重担几乎全都压在大妗子身上。

伺候卧床病人，那是怎样艰难、怎样煎熬的日子，你没有经历过，就没有体验。

这些艰难，几乎都让大妗子一人承担。

大妗子生性乐观坚强。在她最后的日子，我从洛阳回去，车停在村边，踩着雪，踏着泥，走近床前，大妗子依然笑呵呵地对我说："海修，等你妗子好阔利了，去洛阳你那儿住几天！"她没有唉声叹气，也从无丝毫消极之态。

有时候我想，人应该怎样处理亲情？人又应该怎样面对生死？

有时候又想，兄弟姐妹间如何相处才妥当呢？对待老人如何做才最好呢？

其实，老一辈已经给我们做了榜样，我们眼下也在以实际行动回答着上述问题，同时为我们的下一辈人做着榜样。我们做得好还是不好，评判的话语权不在我们手里。在哪儿呢？在晚辈手里，在外人手里，在历史时空里。

如同我们看自己的长辈，看我们的爹妈、伯娘、叔婶，还有舅妗、姨姑。我们为了避讳，嘴上可能不说，但你心里何尝不去说不去议呢？这很自然，因为你我心里都有一杆秤，孰轻孰重，谁是谁非，是对是错，都清楚得很着呢！

24. 会讲故事的三婶四婶

前文我说母亲没有什么乡村文化，是指母亲虽对我们知冷知热，却唯独没有给我们讲过故事。前几年我请她讲她小时候以及嫁到贾家的逸闻趣事，她说没有啥好说的。我问她，是不是坐轿来的？她说，是。我说，是八抬大轿吗？她说，是嘛。我想肯定不是，四抬小轿在当时就算很不错了。

小时候我可爱听故事了。村里来说书的，我会趴在台子下专心致志听，以至于上大学了还订阅《故事会》《中国民间文学》。

母亲不会讲故事，但三婶四婶替代了母亲来讲。

三婶家已搬到了西崖院。院子里有三间新窑洞，一间旧的，是从南往北数第二孔。旧的原是磨窑，正中放了一个大碾盘，中间有铁轴，盘上有两个石磨盘，盘中有个窟窿眼。贾家在这儿碾过谷子，还有玉蜀黍。谷子从窟窿眼里下去，碾出来的就是糠和米。我和婶们在这儿推过磨。西崖院分给三叔家后，这间旧窑由三叔三婶住，把碾盘拆了，碾盘处正中挖了个坑，埋进去一只白公鸡。粉刷一新后成了三叔家的客厅，里间为住室。

往北第三间是最漂亮的一孔窑洞，新挖的，有漂亮的木门，漂亮的玻璃窗，石灰泥粉刷一新的墙壁，这是爱然姐的住室。

因为亮堂，三婶做针线活就在这个窑里，因为宽敞，晚上也在这里做活。三婶盘腿坐着纳着鞋底，我和爱然围在三婶身边，听她讲故事。三婶说话不慌不忙，声音也不大，慢悠悠地给我们讲着。故事内容她是从小听说书人讲的，她记性好，再用自己的语言复述出来。讲的主要是才子佳人的故事，还有神话传说以及妖魔鬼怪等。

有个富家，摆擂台招亲，一个帅小伙上台经过多次打斗赢了，但富家又提出了三个条件，要上天入地拿回几样东西，满足了才行。这小伙感天动地，借着老鹰神威，飞呀飞，飞到高山峰巅挖回一棵灵芝。又钻下无底洞，拿回一个金元宝。如此这般几番折腾，小伙最终抱得美人归。故事有励志意味，情节曲折，引人入胜。三婶讲完一个，我们总会缠着她再讲一个，好像她有讲不完的故事。

兴旗记性好，前几天记述了四婶给我们讲的一些故事。

一位老师，晚上陪学生上晚自习时，突然感觉很奇怪。因为过去穷，没有煤油，点灯用的是人吃的棉籽油，很金贵。老师发现棉籽油少得很快，就悄悄留了个心眼，又到掌灯的深夜，老师故意装着睡觉，突然睁眼一看，桌子底下一只满是瘢痕的手正在偷偷地用手指头蘸着棉油往身上抹。老师有文化，不怕鬼，胆子比较大，捉住了他。

鬼说：老师你别怕，我是个好鬼，是被哥哥推下悬崖摔得遍体鳞伤而死，只是到了阴间很痛才蘸用您的棉籽油，等我三年内托生成人，一定报答您。

老师非常同情他的遭遇，不但没有责怪他，还每天晚上和他谈心。

第一年到头了，鬼和老师说，明天晚上我不来了，我要找一个替死鬼去托生。老师问，什么地方？鬼说，我坠崖的地方。

到了第二天，老师请了假，扮成一个拾粪老头，背着粪叉来到了悬崖附近。快到中午见一个老头戴着草帽从崖边路过，突然起了一阵旋风，草帽被风吹到了崖边，草帽在崖边上空飘着，也不下落，老头急忙向沟边奔去取帽子。这时老师看出破绽，急忙拉住了老头，大约一分钟，老头清醒了，鬼把戏没有成功。

到了晚上，鬼又来找老师谈心，埋怨老师坏了他的好事。老师苦口婆心地给他讲了不可轻害一人的道理。

鬼说：算了，再陪你一年吧！

到了第二年，有天晚上，鬼说：明天我又要去托生了，是个女的，因她打碎了一个贵重的瓷碗，男人和她吵了几句，她想不开，明天带小孩回娘家，我换她做替死鬼，这次您可别坏了我的好事，要不然，我将永不得托生了。

老师说：一定一定。

谁知到了那天，老师又乔装打扮，来到崖边藏起来，见一女子背着小孩，边走边哭，突然一阵旋风吹飞了女子的头巾飞向崖边，老师立刻冲出去拦住女子，一场灾难免除了。

到了晚上，鬼说：老师，你为何失信？

老师道：我说一定，是一定救她，你想她带着小孩，她死了，孩子多可怜啊。

鬼听了说：算了算了，魔高一尺，道高一丈呀！师者道也。服了你了！

到了第三年，鬼说：明天我不来陪你了，老师！

老师说：这次你不用跟我说什么人了？

鬼说：这次你不让我说我也得说，和你交谈了三年，受益匪浅，即使让我害别人使自己托生，我也不去了。黄河南岸的古圣寺庙见我舍二生取仁义，准备收我为神。老师是好人，以后若有苦难，可去古圣寺找我，保你平安。

古圣寺在牙庄村西柏坡沟。

过了许多年，河南闹蝗灾，老师失业，无吃少穿，突然有一天晚上，神仙给他托梦：感谢你那滴滴棉油之恩和教我三年行善之恩，明天你到黄河岸边，有一位白胡子老头用白龙马驮了一袋元宝请务必收下。元宝估计够你下半辈子用了，至于那马，你若养，就只喂草，别喂水。若不喂，你就把它卖给我老家的哥嫂，就说只卖三百两银子。

到了第二天，果然梦成。过了数日，老师觉得养马也没什么用处，就把马卖给了鬼的哥哥，刚奵老马病得快死了，一问白龙马才三百两银子，鬼的哥哥高兴坏了，买到家，晚上用水饮马，第二天马变成了泥马瘫在地上。从此以后夫妻俩互相抱怨，家业衰败……

　这真叫：
　贪财起心妇唆夫，
　兄弟慈怀有师助。
　三年修成神逍遥，
　贪心换来泥马瘫。
　…………

　　四婶讲的故事，时常在我们脑海里回响，我们时不时想起那棵大槐树，因为槐树里带个"鬼"字。自从听了四婶的故事，我觉得鬼并不可怕，可怕的是连鬼都不如的人。兴旗说，自小心里有了鬼的影子，害怕将来有像故事中的女子到这个家，也害怕家中有哪个男子成为"妻管严"……也许是兴旗想得太多，他八岁时的一天晚上，钻进被窝，肚子很疼，迷迷糊糊看见被子的夹层里有许多小鬼，推着小车，鱼贯而入，吓得他一身冷汗……

25. 我的兄弟兴涛

　　贾家人能吃苦，也很能干。能干体现在方方面面。
　　有时候我想，大哥是同辈兄弟的头儿，如果改革开放初期，他就带领着弟兄们干建筑，现在估计早就腰缠万贯，成为建筑公司大老板了。爹是厨师，早年在偃师老四中做饭，四中关门后又调到偃师水泵厂做饭，如果那时候他辞职开个饭店，那现在一定有万贯家财了，一定也是饭店大老板了。

可惜，大哥有帅才，但缺乏率领弟兄们的范儿，只有他独孤一人奋斗，过着老婆孩子热炕头的幸福小家生活。爹有厨艺，油条炸得又虚又黄又香，卤面做得色香味俱全，单凭这两手，在县城路口开个门面，他的子孙完全可以吃香的喝辣的。但是，爹讨厌做饭，甚至闻见油味就反胃，追求返璞归真，退休后过上了面朝黄土背朝天的生活。

土地分包到户，最高兴的当数爹了。现在推想，始于1978年12月份的改革开放，牙庄村延宕至1982年才实行分田到户。地分了，田地归己了，农民想种啥种啥，想啥时去地里就啥时去，再也不用听生产队指挥、吆喝。更重要的是，无论打多少粮食，除了交公粮，那都是自家的，不用看工分挣够没有。而且，我和爹再也不用翻山越岭割草沤粪挣工分了，母亲再也不用披星戴月为生产队劳作了，我们再不用起早贪黑搂树叶沤粪割草喂猪了，爹每月的工资再也不用上缴生产队买口粮了。总之，农民从旧体制里解放了出来，成了真正的土地主人，有自由了！

我有二十个兄弟，都是祖父祖母在世时出生并在太师椅院长大的。在大将帽大铁锅里舀过稀稠，吃同口水窖水长大。转眼，现在已有三分之一的当了爷。纵观兄弟们一路走来的路，觉着都是在奋斗在拼搏，没有懒散之人。从这点看，都不愧是贾家的子孙，也对得起父辈的养育之情。

五叔家长子兴涛，就是弟兄们中奋斗拼搏的代表。

我想到今年六月写的《我的兄弟兴涛》博文。现誊写如下：

周六，大伯家在周口工作的孙子结婚，我和三叔、四叔、五叔家的大儿子宗修、兴修、兴涛都专程前往参加了婚礼。在回来的路上，我对兴修说，咱家兄弟很多，可能我最喜欢的是兴涛。也随口说了原因，兴涛从小帅气，为人实在，踏实能干，非常孝顺。

是不是这些原因呢？我想了想，应该是吧！

兴涛兄弟三个，其中兴涛、兴国兄弟俩最为标致：浓眉大眼，身材修长，胖瘦适中，可谓眉清目秀，长相排场。兴涛说话很实在，从不打诳语，做事也扎实，丁是丁卯是卯，且言谈举止中洋溢着爽快。结婚前，曾来洛阳打工，在我的宿舍住过一夜，脚好像没有洗净，熏得我的被头臭烘烘的，我把被子挂在四楼窗外晒了好几天味才散尽。后来，我成家了，他和女朋友在洛阳一家鞋厂打工，也经常带她来家里玩，春暖花开时节还与我分骑两辆自行车，他带着她，我带着妻，一块前往新安的樱桃沟。我们四人沿着沟底从樱桃树下经过，那樱桃一簇簇一串串挂在树枝上，伸手可触，往往一抓一大把，然后直接塞进嘴里，酸甜可口，连核都不用吐。那樱桃鲜艳欲滴，引诱着我们一路偷摘不停，果农再三劝阻也无可奈何。这是与兴涛结伴的一次难忘春游，那种欢快甜美的味道迄今再也没有过。

不久，兴涛的女朋友去了开封砖厂打工，两人无缘分手。然而，因为兴涛帅气实在，很快就找了一位漂亮能干的小学老师为终身伴侣。成了家的兴涛，就要立业，以分家时得到的唯一家产——一辆三轮摩托车为打拼的资本，与辞去老师职务的媳妇先搞运输，再以收购碎玻璃送到玻璃厂为业，每天能挣不少钱。后来玻璃厂不行了，他就改行卖皮鞋，从关林批发回来，然后游街串巷零售，主要是到各村庙会摆摊，那几年偃师各村几月几有会，他清楚得很。不论是做再生玻璃还是批发零售皮鞋，他每天的赚头都在300块钱上下，这在20世纪八九十年代，可是一笔不小的收入。遗憾的是，兴涛又改行了，这次改行，对他而言是个累赘。后来他总结道：如果坚持做玻璃生意，或把玻璃厂的玻璃抵账拉回来开个玻璃店，都是不错的行当，当时农村盖新宅子的很多，都会用到玻璃。如果坚持卖皮鞋，说不定早开了皮鞋专卖店，成了大老板了。

可惜，世上没有如果。兴涛义无反顾地当上了挂面厂老板。在村里租了一间大厂房，购了磨面机、挂面机，又跑到洛阳花了8000块钱买了一台淘汰的锅炉，风生水起地干了起来。我每次回家都要到他的挂面厂转转看看，他每次都给我装一大袋挂面。他做的挂面质量很好，吃着很筋道，但是扣去成本后挣不了什么钱，他骑虎难下了。另外，他花大价钱买回去的那台锅炉，在烘干挂面时，烟尘通过烟囱飘到左邻右舍的平房上，落在人家晾晒的衣服上，环保部门多次找上门来让他整改，可谓麻烦不断，烦恼不断。

几年后，兴涛毅然卖掉了挂面厂，举家到三门峡做起了小吃生意。生意还算不错，有了一个小门面，在三门峡买了房子买了车，送女儿读了大学，而且女儿也很出息，大学毕业后在苏州工作，事业很有前景。媳妇润红贤惠能干，里里外外都能操持，把家务和生意打点得有条不紊，让兴涛省心不少。

转眼间，帅气的兴涛也是将近五十的人了，脸上也有了深深的沧桑痕迹。然而，这次从周口一齐回洛，兴涛依然健谈乐观，车开得飞快，整个人精神抖擞。

我知道，对我对他而言，正值天命之年，家庭仍然是重担。作为长子，作为丈夫，作为父亲，兴涛还有很多义务，还有很多责任在等待他坚实付出。我想，曾经帅气的兴涛，向来实在的兴涛，聪明能干的兴涛，非常孝顺的兴涛，面对现实，一定依然是精神抖擞，阔步向前！

今年十月份写的博文《为三嫂送行》，其中也有三哥三嫂奋斗拼搏的影子：

老一辈还大都在世，我们这一辈就开始走了！我对兴伟说。

姑也专门从郑州回来。我感慨地说，这是白发人送黑发人啊！

8月23日，三嫂会桃入土为安。2008年手术后到去年春天病发，三嫂健康快乐地过了10年。

三嫂五十有六。在这半个多世纪的岁月里有近四十年的光阴，三嫂与三哥海周相濡以沫，携手建造了一处宅院，有两层各三室一厅一厨一卫的房子，室内窗明几净，院落干净整洁。这在乡下早就是一个小康之家了。含辛茹苦抚养了二女一男，长女和儿子皆大学毕业，次女嫁到伊川，也有了不错的营生。两个女儿都生养了两个孩子，且儿女双全。三嫂这几年有孙女孙子承欢膝下，对她是莫大的慰藉。

三哥曾是"猪倌"，当了多年的猪场老板，挣下了家业，养活了子女。两三百头猪的喂饲，三嫂是最好的帮手，也是有力的贤内助。三哥与三嫂成家是亲上加亲的姻缘，且婚后相扶相助互敬互爱是兄弟的楷模。我们走过大半人生，子辈大都成家生子，但是看到三哥一家和睦温馨，没有吵架，与邻为善，与人相亲，很是羡慕。我偶尔回家，也常到三哥家吃饭，甚至过夜。前年与同学三四人上邙山捋槐花，中午就是在三哥家吃三嫂做的手擀蒜面条，拌有炒得黄黄的鸡蛋和切得细细的黄瓜丝，非常好吃。兴伟从工地回家，有段时间就吃住在三哥家。三哥的实诚厚道和三嫂的贤惠和善，让我们当弟兄的觉得有了依靠。

我们这辈儿上要孝老，下要养小，这是为子为父的本分。然而，对老能不能孝敬到位，对幼能不能养教到家，起关键作用的常常是妇人，也就是媳妇。三嫂对三个孩子关爱有加，家教有方，三个孩子都很争气，很有出息。三嫂对我大伯大娘二老的孝敬，我们是看在眼里服在心里。送走大伯后，三嫂拖着病体，还要坚持伺候八十六七的婆婆，时不时地还要承受糊涂老太婆的嘟囔谩骂，想想那会是多么的艰难和不易。

三嫂去春病发，二三十个兄弟姐妹捐款救助，发于心顺乎情。这也是被三嫂的和善所打动。同辈兄弟二十一个，曾在一个大锅里舀过稀粥，都曾蒙受爷奶的教诲，这是打断骨头连着筋的骨肉亲情。

我不记得我们有什么家风家训，但我的亲身经历和耳闻目睹的家事告诉我们，为长要慈、为子要孝，为事要实、为人要真，为兄要友、为弟要恭，这是一家老小和睦团结的重要因素。

三嫂见人先笑，未说先笑。肤黑眼大，牙齿很白，声音很亲切，一生正直，终生和善。这是定格在亲人心目中伟大而美丽的三嫂形象。

三嫂离世后，外出的兄弟姐妹都走回去看她一眼，送她一程。姑、叔、婶，也都前去吊唁。

是人都会故去，只是时间早晚罢了。一个人活得再久，如果没有人念叨他的好处，那他活着于众人便是受罪。一个人虽活得短暂，但如果人人都念叨他的好，那他便是永生。

三嫂就是永生的人。

26. 四叔的孩子们

爹离不开土地，土地也离不开爹。爹直到临老也为火葬而忧心忡忡。

父辈中能够离开土地，还干了一番事业且小有成就的，是四叔和他的儿子，还有小叔（七叔）。

四叔退休后领着几个儿子在三门峡东郊、310国道旁开了家饭店，挣了些钱，为五个孩子盖了房子。这个饭店我带着媳妇孩子去过，那时兴旗掌勺，过往货车司机在此歇脚，生意不错，且以回头客居多。后来，四叔厌倦厨艺，加上连霍高速开通，店便关了门。他的几个儿子也各展所长，各奔东西，各自创业。

其长子兴修起初跑了客运，用其妻话说，奔波一天，回到家查票子的感觉真美。跑客运除了这种美，其实也有操心事和烦心事。

一次，车路过新安县，因拉客遭当地人殴打，报了案好久没有说法。我给县里的熟人打了几个电话，还是不行。最后打电话时我还说了几句不中听的：一个案情很清楚的案件，你们怎么会拖这么长时间不解决？还要让我给你打几次电话？因为是同学，也因为着急，当时我说话有点不中听。案件当然很快得到解决，好像是拘留并赔了钱。

此事过了一年，我正在新安县开会，突然接到兴修妻电话，说在洛阳西郊谷水撞死人了！我吓了一跳，赶紧驱车前往，发现客车由西往东开往洛阳，一青年骑摩托车由非机动车车道速度很快地从隔离绿化带驶入主干道，直接撞到正常行驶的客车右边车门上，车门被撞了个坑，青年当场死亡。交警出了现场。按说客车无责，但兴修妻慌了神。我陪她去了趟事故科，见了负责人。因为死了人，还是被认定有责任，赔了几万块钱了事。

兴修跑了多年客运，后来由于年审、线路审批、赚钱慢等原因，把客车卖了，开始做劳务承包，即当包工头。最近的跑到洛宁县干建筑，最远的跑到广东承包楼盘，直到今年还在山东做工程。兴修个人魄力、号召力和管理力很强，手下民工少时几十个，多时上百人。应该是挣了不少钱，但应该也会有不顺。听说在洛宁干建筑时，建筑商拖欠工钱，运霞还曾爬上高高的吊塔，以死相逼。现在兴修当爷了，有个相当帅气的小孙子，在三门峡、偃师、郑州都有房子，常住郑州。

二儿子兴旗有三个漂亮能干的女儿，都上了大学，有两个已经成家，也有了外孙。大女儿结婚典礼在偃师岳滩镇，贾家几乎所有人都专程前往参加。有女儿的父母，肯定是幸福的，何况有三个女儿呢？今年九月份，兴旗不幸出了车祸，又万幸得到康复，也多亏了他女儿床前伺候。

现在兴旗不断写些东西，说明其身体思想都在不断精进。

　　我的众多兄弟中，与我比较相像的，就是兴旗。其中一点，可能是书读多了，有点书呆子气，说话太文，做事太直，为人太真。写到这儿，突然想到兴旗当厨师时的一件事，不知写出来是不是得当。有些事，你是忘不掉的，虽然一二十年过去了，然而，一旦有人写出来，假如你是当事人，看了，是哑然一笑、大呼过瘾，还是恼羞成怒、大发雷霆呢？想了想，还是慎重些好，此事暂且按下不提。如果写出来，相信会增加"太师椅院大观记"的可读性。兴旗如果能自己写出来，那是最好的了。这事也牵连到我，是个情节曲折的逸事。

　　现在回想过往，我伤害过两个兄弟。一是兴旗，他头上应该有个疤，是我上小学时砸的。可能是走亲戚回来，我在前面跑，兴旗在后面追，我不停地跑，他不停地追，我跑得快，拐到一座废弃的院子，躲在墙后，听到脚步声近了，就随手捡起一块煤渣，从墙头上扔过去，本想吓吓兴旗，谁知兴旗顺着墙根悄悄逼近院墙，也想要吓吓我，那块煤渣恰好掉在他头上……确实吓了他一跳，也吓了后面跟着的四婶一大跳。流了血，只好拐回村卫生室包扎。二是建国，他头上也有个疤，是我上高中时干活不小心用铁锨削伤的。这件事我不愿意回想，每每想起，就会浑身打战。

　　人都会犯错，无论有意还是无意。但是，造成的后果，都应该乐于面对，应该勇于面对。我工作后每月工资六七十块钱，兴旗跟着我生活了一学年，应该是老天给我弥补亏欠的机会。我也一直给夫人讲，家人中我觉着对不起的是建国和爱红，一个是建国头上那块伤疤，一个是爱红伺候爹那三年的艰辛。我说要尽力对他俩好些，弥补当大哥的亏欠。

兴伟是四叔的三儿子。现在是一家地产公司的部门经理。与兴修一样，重情义，明事理。一件我认为是不好的事，他却能解释成好事，会化解你心中不正确的认知。他明着不附和你，也不明着否定你，而是从另一个角度为你解疑释惑。这是聪明人。

兴伟也在三门峡饭店帮过工，后来做工程，成长到现在，拿着高薪，一路走来，卓尔不群。八九年前他在中牟有个工程，几百人一二百万工程款被施工方拖欠，兴伟不屈不挠，想方设法，并曲线找到郑州市委领导，促使拖欠工程款顺利解决。

四叔家的五个儿子个个有担当，且都是脱离了土地后业绩明显的担当。值得贾家人一齐点赞！

27. 我的兄弟释德清

离开土地的兄弟中，还有一位不得不写。几年前，我写了一篇博文《出家记》，现誊写如下。

释德清端坐在我的面前，我和他中间隔个茶几，茶几上一壶二杯。不一会儿，旁边的电水壶发出"噗噗噗"的声音，盖子被水汽冲得不时地向上蹦跳着。我拿起水壶，将水冲进放了一小撮普罗茶叶的茶壶里，那茶叶瞬间被水冲起又随水漂浮，而后慢慢沉淀下去，茶汤也很快洇成了深黄色。我拿起茶壶往他的杯里倒了七分满，把茶杯推了过去，又折回给自己杯里倒了七分。

端坐着的释德清，向前微微欠了欠身，又端正了身体。他身着茶色僧服，穿圆口布鞋，头似乎刚刚剃过，在灯光照耀下泛着若有若无的青光。

释德清刚从外地游历回到中原，入住如家快捷酒店，而他在烟台也有了自己的住所。他面色平静，看向我的目光，淡定柔和，说话时语气平稳，不急不躁，有诵经般的节奏，文白间杂，向我简练地叙说着。

"世界美丽壮观，海蕴无处。"

烟台位于山东半岛，居陆临海，人景相适，朝看升阳，夜沐海风，可能是博大精深的深海，愈发让释德清难以忘怀故土。

"我住在海边，看着日暮船归，回眸返想故土，永难释怀。"

这是他开头说的两句话，富有意境。

"我生长于河南省偃师市的邙岭牙庄。故乡有许多名胜古迹，有黄河游览区，有白马寺、少林寺、玄奘故里，偃师市还有地下古城遗址。"这个遗址是夏都二里头。"今时岁月刹过四十秋。"恍惚间，释德清今年也已是四十岁的人了。我的印象中，青年时代的他是贾家长得最排场的人，一米八的大高个，国字脸，浓眉大眼，鼻梁高挺，不胖不瘦，板寸头。用现在的话说，就是帅呆了、酷毙了。

"回忆童年，现在心里很踏实。贾家属大户人家，爷爷我未见过，记忆中奶奶干净利落，富裕不忘勤俭。听父母讲我一岁时爷爷病故。爷爷兄弟三个，现在的二爷应该是三爷，病故早的二爷名叫贾金。我四伯父常对我讲，闹饥荒出去讨苦工（做长工）时病故异乡，爷爷他们去找过遗骨，未有下落。四伯父一再嘱咐我，他们百年后，爷爷和现在的二爷坟墓中间，空着的地方，是异乡病故二爷的位置，让我记着清明节上供、烧香，特别是别忘了冥币。现在二爷的名字叫贾铭度，小名贾虎三，也许是旧社会有喜聚兴门传统吧，爷爷和现在的二爷也许为了聚家气，旺兴子孙，三爷就称呼成了二爷。"

贾家这段历史我有所了解，但释德清比我记得要清楚。据释德清的三伯讲，那个爷应该死在中华人民共和国成立后的山西，后来健在的两位爷曾前往搜寻遗骸，未果。至今贾家坟地两位爷的坟墓间确实隔着竹席大小的空地。说到这儿，释德清端起茶杯，抿了一口，轻轻地点了点头，意思是夸茶好，接着把茶杯放回原处，端正身子，继续着他的叙说。

"爷爷门下六男一女，二爷门下五女一男，最难忘的就是我的几位伯父伯母。当时父辈分家，大伯父我不怎么接触。二伯父在本县县城上班，有时回来给父亲一扎十支铅笔，或者信纸本，都是最好的，给我兄弟两个上学用，我下面的三弟刚三四岁，每次放学到二伯母那里要馒头吃，有时二伯母煮几个地瓜（红薯）给我吃。三伯父在外地（义马煤矿），从单位放假回来，用白纸、单位建设工程图纸，或用过的牛皮纸，剪割装订成本子大小，用铅笔直尺画出一行一行给我们写字用。四伯父会木工，从单位（三门峡铝厂）放假回来，有空就做小木椅、小板凳、锅盖，看兄弟谁家缺了就给补上。父亲和六叔在家务农，照顾爷爷奶奶。在20世纪70年代，还是生产队集体生活，父亲每天两三毛工分钱，家在山沟，住在窑洞，墙上贴着两张大队支部发的劳动模范奖状，这也许是父亲一生的荣耀。1982年后，全国集体解散，自由分田地。"

释德清是在用感恩的心态讲述他的几个伯父。贾家我有着比较多的了解。所说的大伯父，他确实没有什么接触，因为在他爷爷还活着的时候，大伯父主动提出分家另过。剩下的五男相互帮衬，直到爷爷过世一年后，在奶奶执意要求下，非常平静地分家单过。三四十口的人家一块生活十几年，分家时不但没有争吵而且互相谦让，这在牙庄村一时传为美谈。

这一切说明，爷爷奶奶的风范影响着释德清的父辈，而父辈的奉献和谦让是和谐家风的内核，妯娌间的忍让和合作更是大家庭延续的保障。如果父辈弟兄五个中有一个在生活中要横玩大，这个大家庭就会早早地解散；妯娌五个中只要有一个争东要西，这个大家庭就可能会早早地分崩离析。就是用现在的眼光来看，这个大家庭也是人间奇迹。因为我们都见证了很多的婆媳纠纷、姑嫂不和、兄弟相争、妯娌争吵。分家时释德清还很小，他可能记不得了。但记得父辈对他及他家的关爱和帮助。这应该是那时和谐大家庭的一个缩影，那时的他也是幸福的。对分田到户，释德清用了"自由"一词，这很珍贵，因为这不仅是农民耕种的自由，更是农民行动的自由，从此，农民走上了致富路。当然，这种路不会平坦。释德清走过了什么样的路呢？

"回忆当时，父母起早贪黑在地里劳作，天天回来很晚，有时饿了就烧地瓜（红薯），或者抓刚从土里钻出来的蝉蛹烧着吃充饥。几位伯父时常不在家，六叔与父亲有时因劳累争吵不息，这是我小时最烦恼的记忆。"

释德清的父亲与其六叔争吵我也是听说过的，好像还吵得很凶。个中原因我不是很清楚。有时，兄弟之间即使不吵，妯娌之间也难免会点燃纷争。父辈分家后，没有祖辈掌舵，兄弟间感情的小船有时说翻就翻。作为爷们，如果凡事任由老婆是非，那争吵必然存在，争吵与否关键在于两个爷们的风范，这种风范的内涵应该是无私和谦让。在外人看来，其父大智若愚，其叔大愚若智。智与愚，往往通过一件事就可见分晓。其实，争与不争，理都在那里，不辩也行；吵与不吵，事都在那里，不闹也可。但是，这兄弟俩都克制不住，也争也吵了，而且还有了积怨，积存了好长时间。我想这都是兄弟俩风范不够的缘故。

"1985年搬进新居，也就是从山沟搬迁到平原。这是父亲用养鸡、猪、牛，种蘑菇、棉花卖钱积攒的收入，花了几千元建起二层楼，主体7米高，6间房，现在院内有10间，大门轿车可入。当时出门打工每天八毛钱。我的几位伯父都会瓦工、木工，就回来帮着建了新房。因几位伯父要上班，没来得及砌院墙。二伯父是大厨，为大家做一日三餐。我哥初中毕业后就离家打工，为父母增一臂之力。"

那时兄弟间甚至邻居间还都是大集体。如兄弟间盖房子，大概需要半个月时间，都是义务出工，从不讲价钱。如上所说，父辈几个甚至晚辈盖房都是如此。现在是市场经济了，大家各忙各的，盖房都承包出去了。

"19岁，我去武汉石油公司工作三年。23岁，我成家了，媳妇不是本县人。结婚时，我六叔是村民组长（队长），结婚当天我叫他去当我婚礼的老总管事，他不来。父亲叫他也不来，他说刚从县城批发菜回来，得到村街上卖菜，没空。唉，不说了，多大的事比侄子一辈子结一次婚还重要。"

这就是兄弟感情的小船翻了的直接后果。我与释德清感同身受。相对而言，是亲情重要还是面子重要？应该是亲情重要。生老病死、红白喜事，是人生大事。无论是长辈还是兄姐姑嫂，你的任性缺席，丢人的往往是你自己。

"没多久分家了，一分三下。我四伯父的两处新宅基和我的新宅基挨着。四伯父说：你去准备200件砖。我借了一万两千元。四伯父帮我把房子主体建起来，三室一厅，我内心感恩，一辈子不忘。紧接着搬进没院子的新家，分家时父亲分给我四个碗、四个盘、一把筷子、一张桌子，还分给我债务——500斤麦子。老宅父母用来养老。搬进新居后，地下挖坑，上边支三块砖做饭，清贫如洗。当时喊天天不应，叫地地不灵，出借无门，只好让老婆带孩子回娘家避住一段。"

释德清说得比较凄凉。当时都不富裕，分家另过刚开始的艰难一般人很难想象。1994年因为单位集资建房，房钱总共是2.6万，我曾专门回家借钱。结果，在父亲那里一分未借到，最后是在大嫂那儿借到了800元，在同学狗旦那儿借了千把块。回到洛阳后，我就觉得没法和媳妇交差。大部分的钱都是媳妇借的，她用笔记本一一记下，每人少者二百，多者五百。现在回想，也是心酸往事。有时想想，困窘时期，大哥只是堂哥，同学也不过是同学，能借给你钱，让你一辈子难以忘怀。父亲是退休工人，还刚卖了头牛，卖牛的钱借给了我的堂弟涛却没有借给我们。因为有过借钱的难处，现在无论谁有了急事难事，张口借钱，我都很难拒绝。

……………

"1999年过完大年初一，我离开故乡到上海打工一年，又去山东打工三年，其间基本只有过春节回来一次，苦了老婆孩子。当时在外打工非常艰苦，打零工每月500元，住过火车站，把车站的椅子当床度日，有时还没活干。遇到一老板招收工人做广告，我断断续续干了两年。2002年我自己承接单干广告业。2005年老婆带儿女来度暑假，当时有一位大姐住同院，她舅舅是我的工人。大姐有个小女儿，三岁，我逗她玩，常给她1元钱买雪糕。可是，老婆看见此事，纠缠不清，这一闹就是两年。后来，老婆她父母也在此地买房居住。在这种情景下，2007年春节，我去玉皇庙上香祈福，遇一道士，一番交流沟通，了解了出家的好处，还有出家原则。

"也就是在2007年，我皈依了佛门。我无声离别，去南方找寺庙做义工，静下心来种福田。一年后，有了结果：她去办了个离婚证发给我，我也顺势出家，一了百了。"

他的出家，在当时的贾家是个轩然大波，在村里也是个巨大新闻。特别是他的父母，很生气。我知道后，则是理解的心情。因为，每个人都有自己的活法，每个人有每个人的信仰，我们应该尊重他的选择，不应置评，更不能说三道四。释德清说到出家这儿，好像甩下了什么包袱，身心轻松了许多，眼睛里泛着清澈的光。

"出家七年后父母不接受，认为是丢了祖辈人的脸面。有次父亲重病住院，不让见，父亲觉得丢人。回家在市区街上与母亲见面，母亲也视我为路人。今年回家了，可能习惯成自然了吧，父母无奈接受。"

…………

28. 爹深深地珍爱着他的土地

爹深深地珍爱着他的土地，土地也给予他丰厚的回报。爹对土地这种依依不舍的情结，也深深地影响着我。

与四叔退休后开饭店不同，大概在我刚上大三时，爹办了病退，让建国接了班，就开始重新与土地打交道。那时恰好也分田到户，可自主耕种，爹就开始做他的副业：种果、种瓜、种菜。

起先也是响应政府号召，栽几十棵苹果树，在南洼地里。树长得很快，但果结得不好，又稀疏又难看，卖不了几个钱，还要被收税。后来，干脆把苹果树刨了，种上西瓜，捎带种点菜。

　　在南洼地里种西瓜，地好，还能用井水浇，瓜就长得很好，个大，沙瓤，甜得很。听说家里种了西瓜，大学一放暑假，我也不在学校待了，立马赶回家，想直接到地里切个西瓜解解馋。西瓜地就在县道路南，宽三四十米，长一二百米，很大一块西瓜地，碧绿的瓜秧铺在地上，滚圆的西瓜在绿叶铺上躺着，这儿一个，那儿一个，微风吹来，时起时伏，若隐若现。爹在路边地头，见我回来，就到地里抱起一个熟的，用右手掌照着西瓜"啪啪"拍了两下，扭下瓜梗，双手抱着走到瓜棚，放在小方桌上，从棚里面拿出把长长的西瓜刀，先切掉西瓜屁股，然后照着西瓜实行腰斩，刀锋刚切进瓜皮，"咔嚓"一声脆响，西瓜便应声裂成两半。爹放稳那一半，扶稳这一半，咔嚓咔嚓几下，七八块西瓜就并排躺在桌面上了。爹切瓜的时候，我就在一旁站着，切下第一块，我伸手抓起就啃，爹也不拦，见我吃完一块，就又递给我一块，微笑着看我吃，直到我把那半个西瓜吃光。

　　种西瓜，同一块地不能连年种，第二年便改种在庙咀地。庙咀地地块是梯田，也有二亩见方，只是墙根几个坟头在那儿杵着。暑假，爹让我去看西瓜地，白天还好，一到晚上就瘆得慌，死活不愿意去。有一天天黑了，爹也不来接我，天又开始打雷，好像要下雨，沟里有风吹来，吹得瓜棚上的塑料布哗啦啦作响，沟边的柿树影子黑乎乎的，坟头上的柳树枝条随风飘荡。爹把瓜棚架在沟边，四根椽子竖起，在半腰搭个床板，我坐在床板上，四下张望，除了风声树影，无人无畜做伴。看看硕果遍地的西瓜地，望望墙根的坟头，想起一个人打赌的故事：半夜去坟头揭取花圈上的"奠"字，取下了字，没料到衣服被柳树枝挂着，拽又拽不开，以为被坟里的死人拉住了，当场吓死。我越想越害怕，心想必须走。我用塑料布把床板上的被子蒙好，跳下床板，头也不回地跑回家中。刚到家，瓢泼大雨伴着电闪雷鸣，下了一夜。第二天一早，爹从地里回来，拎着那床板上被雨淋透的被子。

头一两年的瓜，卖相不错，爹也挣了不少钱。为了卖瓜，爹把架子车做了改造，用牛驾辕，安装刹车绳。赶着牛车，近的走村串巷，远的到槐庙，到孝义。那几年，周边几个村都知道牙庄老贾种瓜种得好，卖的瓜也好吃。

也有卖不动的时候。在庙咀地种的瓜，是旱地瓜，特别甜，但由于成熟期碰上了连阴雨，瓜熟了，在牛车上装着，牛车在大门过厅底下放着，一放好几天。新鲜劲没了，爹家和大伯四叔家的人最后也都吃腻了，那一年没卖多少钱。

种瓜之后是种菜，都在南洼地。开始种大路菜，主要是种白菜、萝卜。后来改种番茄、韭菜、豆角、香菜等细菜。我发现种菜，爹最拿手，也最挣钱，当然也辛苦。卖菜主要靠自行车，爹那辆老永久自行车后座两边各挂一个大铁篓子，一个篓子能装五六棵白菜，两边共十一二棵。我曾跟着去孝义卖过一回，去孝义的路是土路，坑坑洼洼，自行车不载重就难骑，再带两筐白菜，平衡和把方向都很困难。爹在前面骑着，我在后面跟着，累了脚支在路边土坎上歇会儿。下康店坡，过伊洛河桥，进县城，到了孝义菜市场，支好车子等买主。孝义经济发达，但也并不是到了就会碰到买家，有时得等到下午才能卖掉。

因为坚持种菜，爹就在南洼地盖了间瓦房，置备锅碗瓢盆，还通上了电灯。我成家后，为了早上赶牛庄通往洛阳的长途车，有时候夜里就住在瓦房的蚊帐里，第二天天不亮就往牛庄赶。爹种了菜，家里有了新鲜菜吃，连大舅家、叔家、爱然姐家有时也能吃上新鲜菜。素表姐曾说："姑父给家里送过大白菜。"爱然姐说："二伯骑着车回来到门口会喊：爱然，爱然，出来给你塞把韭菜。二伯人通好着来！"应该是受爹影响，五叔六叔也在南洼种过菜，其中六叔种的时间最长，甚至以菜地为家，在菜地喂猪养鸡。六叔的菜地，是我们回家和回洛的必经之地，六叔六婶见我们去了，很高兴。夏天有桃子和番茄吃，秋天有南瓜、萝卜吃，冬天有菠菜、韭菜、香菜吃，都是装满袋子，有时六叔还逮两只老母鸡装到编织袋里让我们到洛阳杀了吃。

1986年春节，是我大学毕业工作后第一个春节。回家过年，一进村就碰到乡亲传信：你家了不得啊，一下子买了电视机、录音机两大件，在村里可是少见哩！进家一看，果然！那录音机两尺多长，半尺多高，两头两个大音箱，中间可收音调节，可放录音磁带。电视机是黑白的。有了电视，每天天擦黑，上房里就会挤满人。爹干脆把电视机搬到院里，放在桌子上，扯根线，对门大伯家、四叔家、东邻谭木叔家的大人小孩都过来观看。院子排了几行小凳子，坐满了人，俨然成了简陋的家庭电影院。

在爹的影响下，我也有着种菜情结。下面是《洛阳日报》前年六月刊登的拙文《有块菜地》：

上初中时，学校组织学习了农业基础知识，到了那年清明，我就在门口沟边盘了块面积有十几平方的地，种上了辣椒、葵花。那会儿，每天上学前从水窖里提桶水浇一遍菜苗，放学后先飞跑去看看自己的地。这块地成了我闲暇时的一种寄托，也多少能省下点买菜钱贴补家用。可能是受了这种影响，第二年，父亲在沟地盘了更大的一块地，种上了倭瓜。从此，家里就不缺菜吃了。

那个年代开荒种菜，其实是违法的，因为荒地也是生产队的。然而过了三十多年，这段种菜记忆却仍然在我心里挥之不去。

后来，单位搬到新区，在大厦十九层办公，向南眺望，见龙门山郁郁葱葱，总不由得想起陶潜的"结庐在人境，而无车马喧……采菊东篱下，悠然见南山。山气日夕佳，飞鸟相与还"。我知道，这是内心的一种向往，向往在南山上有块菜地，能远离尘嚣，能自给自乐。一晃十几年又过去了，再向南望去，鳞次栉比的大楼拔地而起，已经看不到龙门山了。然而，在龙门山上有块菜地的愿望，仍然强烈。

今年春分后，学生约我到龙门西山的伊人岭登山。这个伊人岭实际上是学生的种植庄园，里面种满了经济林。学生陪我游览时，我偶然发现山坡上有间闲置的护林房，房子旁边有块荒地，地面平整，土质尚好。我问：可以种菜吗？学生答：随老师意。我顿感欣喜，立即央人送来三齿耙子，我接过后立马盘起地来，发现墒还不错。用了个把钟头，盘了十几平方米，并整出四畦，打算分别种上青菜、辣椒、韭菜、大葱。饭后又盘了十几平方米，也平成四畦，打算种上芫荽、芹菜、番茄、黄瓜。盘地的付出，是大汗淋漓，还有两手的血泡，更有血泡挤破后被染红了的白手套。对于这些，我视而不见也全然不顾，我眼前出现的，是果实缀枝的硕果累累，是瓜果飘香的喜人景象。

我耳畔响起了王维的《田园乐》："山下孤烟远村，天边独树高原。一瓢颜回陋巷，五柳先生对门。"山边寂静的村庄，绿树下一缕袅袅的炊烟，有着颜回的简陋生活，又有着陶潜的与世无争。菜园丰收后，我还打算请一帮好友来此野炊，清泉煮鲜蔬，火锅滋味长。你想想，这众乐乐，是多么美好的生活场景！

有了地，我就抓紧筹备。先在网上购买了种子，待天暖和时就下种，并从二十米外提水浇地。庄园张师傅见状，劝我等到清明节再种。我还犟：天这么暖和，说不定会长出来呢。结果是：过了清明，大部分种子都没出苗。我随后赶紧到农科所买来番茄苗、辣椒苗、黄瓜苗补栽上。看到清明节前撒下的种子中有耐着严寒顽强破土而出的芫荽、韭菜、大葱，我有掩饰不住的激动。每到周末，我都要去提水浇灌。无奈天旱，浇不及干，菜苗大部分时间都是耷拉着脑袋缺水的样子，但杂草却生长得异常旺盛，时时呈现着陶潜"种豆南山下，草盛豆苗稀"的情形。但是，我不气馁，坚持"晨兴理荒秽，带月荷锄归"。每每"道狭草木长，夕露沾我衣"，但我相信有劳动，就会有收成，"衣沾不足惜，但使愿无违"。我甚至觉得，陶王二人的诗句反映了我种菜的心境，感叹与圣贤心灵相通。

菜在干旱的环境里倔强地生长着。有半个月没去了，今天早上突然接到张师傅电话：来地里摘菜吧！我从县里兴冲冲驱车前往，哈哈，辣椒长的又青又长，番茄长得你挤我我挤你，韭菜和大葱齐刷刷的像几排小树林。在旮旯里，我竟然还发现了两根嫩绿的黄瓜，四朵成熟的秋葵！

多年的心愿一朝达成，所种菜地硕果累累，这不是最大的收获吗？

去年六月份还曾填写了两首词：

定风波

六月二日下午，妻捡拾芝麻幼苗移栽伊河滩涂，而忘却家中满罐芝麻不用，妻谓之快乐劳动。移苗须提水浇之，焉能不累？烈日下，肌肤焉能不黑？虽如此，妻仍乐此不疲。故歌之。

莫问移栽费力行，何妨劳作且歌声。踏破岸滩水提滑，谁怕，蜻蜓清流任吾拎。

夏日炎炎灼臂红，微疼，坝上斜照却相迎。回首细察耕种处，归去，全无劳累一身轻。

诉衷情

伊河高厦两辉煌，晴空现暖阳。滩涂绿草如茵，水泄喧腾响。

镢斸地，汗流忙，尽想象。春耕夏耘，秋收冬藏，无限风光。

29.合伙和分家引起的酸甜苦辣

爹的性格中有沉稳大气的一面，更有坚韧不拔的一面。遇事有自己的主张，从不人云亦云，决定了的，就一以贯之，很少更改。与人为善，不与人争执，爱护兄弟，关爱妻小，这应是爹赢得叔们尊敬和乡亲们尊重的主要因素。他奔波去南洼菜地，在路口被申阳村一个骑摩托车的撞倒在地，身上擦伤，但无大碍，他并没有要求对方赔偿什么，更没有去纠缠肇事者。后来，对方掂了点心到家里看望，爹还劝他不要来了，说："没啥大事，忙你的去吧！"过后，他给我讲了事情经过，我很赞赏爹的做法。

核心价值观关于人的标杆是爱国、敬业、诚信、友善。我一直觉得这些品质在爹身上体现得很直观。在水泵厂，爹几乎年年都是先进工作者。祖母窑洞南面墙挂满了奖状，爹的最多，其中一行字"特发此状，以资鼓励"，我印象深刻，当时对"资"字很不理解，资本主义的"资"啊，用在这儿是什么意思呢？当时不懂，是真不懂。爹对他的孩子、对他的侄子、对他的兄弟甚至对他的牌友，都做得很到位，可谓仁至义尽，发自内心，毫不做作。当然，他的侄儿叫他"二伯"，他很受用。他的兄弟叫他"二哥"，他感觉很美。他的牌友叫他"相臣哥"，他觉着很亲。

爹病倒前好几年就生活在这种欢愉的环境当中，很知足，很快乐。想他兄弟了，他就骑着车跑到村南去见见四叔、五叔、六叔，他特别喜欢跟四叔说话，也喜欢相互理个发，还说要买个电动小三轮，与兄弟见面方便。想他的牌友了，就去找谭岭山叔，在门口石桌上打扑克牌或麻将。他倒下那一刻就是在和岭山叔打牌，一张牌掉桌子底下了，爹弯着腰低头探手拾牌，再坐起来时，岭山叔发现他的嘴有点歪，就说："相臣哥，咱歇会儿吧？不打了吧？"爹把牌插好，还看了岭山叔一眼，说："打嘛！咋不打了？还早着哩！"话音刚落，他便"扑通"倒在地上，口吐白沫。岭山叔赶紧用架子车拉着送到村卫生室。在后来的三年里，爹住在村南爱红家里，白天在村口路边轮椅上坐着，夏天衬衫不是很干净，冬天棉袄不是很整洁，轮椅上挂着白色尿壶。见了岭山叔，听见叫"相臣哥"，见了侄儿，听见叫"二伯"，见了弟兄，听见叫"二哥"，爹的眼泪便会瞬间夺眶而出，泪眼婆娑地看着他眼前的亲人，爹口不能言的凄楚，脚不能走的痛苦，让人不忍直视。爹走后，我去看望岭山叔，岭山叔有好几次说道："叔对不起你啊！我不应该救你爹！叔应该让他早点走，也不会拖累你和爱红啊！"岭山叔当过九队队长、牙庄村村主任，其性格见识远超众人。

爹的坚韧不拔，与他兄弟的帮衬是紧密相关的。

太师椅院是全村最低洼处，后来陆续有三家搬到水沟路上——牙庄村比较高的地方，出场容易多了，拉个架子车，可不用人帮忙推，便可拉到村南，骑个自行车，不用下车，便可一路骑行到村南。搬上来的这三家分别是大伯家、爹家、四叔家。后来三叔、五叔、六叔、七叔也在这儿划分了宅基地。后又被允许在东洼地里盖房，整个东窑上九队、十队全部搬迁到了东洼。东洼是大块平坦地，南临连霍高速。大伯和爹拒不搬迁。我想，是因为这个住宅凝聚了大伯和爹的心血和汗水。

大伯是七个兄弟当中最能干的。四个人在外工作，其中有三个是党员，但是只有大伯（三叔可能也是）是国家干部身份。在贾家吃苦最多，为贾家贡献最大的也是大伯。违背祖父意愿，背弃自己承诺，率先提出分家的当然也是大伯。历史地看，分家是好事，好在"自负盈亏"，好在"自我担当"，好在"目标明确"；合伙生活弊端很多，弊端在"大锅饭"，弊端在"你干我看"，弊端在"矛盾不断"。当然了，祖父尊贵，又是家长制、一言堂，喜好子孙满堂团结一体，为儿听话就是孝敬。大伯提出分家，应该是大娘的主意，大娘自小嫁到贾家，同样受苦受累最多，为贾家贡献最大。但大娘身上传统伦理气息浓重，如有着多年的媳妇熬成婆的家庭观念，护犊情深的家长情感，避讳家丑的做人原则，集传统公婆、伟大母亲、典型妇女三大形象于一身。我自小就十分喜欢去大娘家，及至成了家，还要去看大娘。大娘一见面，就会碎步迎上来，说："孩子回来了！""锅里有面条啊，给你盛一碗来！""晌午吃扁食，别走啦！"大娘烙的油馍很好吃，夫人经常吃，经常赞不绝口，且对此念念不忘。可惜，时代在发展，社会在进步，大娘的传统观念在现实生活中常常遇到挑战，碰到障碍，且都是一败涂地。好在大娘久经沙场，百炼成钢，心态康健，一向乐观。

我经常回去看她，大娘依然亲切。去年我去养老院与大娘攀谈半天，临午走时，大娘送我到大门口，我还对大娘说："大娘，您老身体好，又是大嫂，对俺妈照护着点！"大娘点头应承。谁承想，大娘下午就骂了母亲一顿，把合灶合伙、分家分灶、妯娌是非、婆媳关系，数落了好几遍，护工都劝导不住。我估计是上午与大娘聊家史、家事，勾起了她当贾家媳妇、贾家公婆的百味人生，把母亲当成了鞭挞对象，进行了一番深刻的、痛彻痛悟的倾诉。好在母亲深度耳聋，虽知道大娘在不点名地骂她，但听不甚清楚，也不接她的茬，但我很生气。后来跟海周哥说起这事："我们每次来看咱娘，都要看大娘。那天还专门给大娘说照顾好咱娘，她咋又骂一下午呢！"海周听了，说："别理她！她就是那样！不讲理！"又说："我都去看咱娘了，咱娘没生气！嘿嘿，怪好！"为避免母亲再受气，我又把母亲接回洛阳，还请了保姆杨姐照顾。没多久，在县城给母亲过八十五岁大寿，叔婶都接来了，兄弟姐妹都来了，我让建国去养老院接大娘，海周说"不用接你大娘"，但我认为晚辈必须孝敬她，不能跟长辈计较，坚持去接她。建国开着车去了，大娘却执拗不来。

从这件事可以想象得到，当大娘的儿子，特别是当大娘的儿媳妇，那是多么艰难，又是多么不愉快的事。

下面，我把几篇博文附上，其中有那天采访大娘的情况。

一是《沉甸甸的家事》。

爹妈都上了年纪，且身体都不好，特别是爹，脑出血后遗症日趋严重，他虽头脑清醒，但心理负担很重。

上周四，小弟打来电话，由媳妇接听。小弟说，回去看爹，爹又哭了，意思是想到养老院去住。

媳妇听后赶紧给大妹打电话询问情况，大妹那边也是掉泪，不清楚自己哪点做得不好。

晚上，媳妇和我郑重地说起这件事。媳妇讲，大妹最不容易，也最苦：爹出院后，在她那儿养着，爹吃喝拉撒都得伺候着；妈每天两针胰岛素也得记着，还得听老人的唠叨；孩子才半岁多点，喂奶喂饭得哄着；庄稼活也不能耽搁，在孩子熟睡时还要去地里干活。多亏有个好妹夫，不然，她是真撑不下去。

我听了，连声说是。

明天下午回去看看，征求并尊重爹的意见。媳妇说。

第二天是星期五，上午与同事说起打算送爹进养老院的事，同事坚决反对，并以自己父亲为例进行说明，送到养老院对老人健康非常不利。我听了也很为爹担心，就打电话给媳妇，并请同事现身说法。媳妇听了，就说，那咱也不送。

下午，要了同学的面包车回家。到了县城，媳妇说，去养老院看看。说罢，我打电话给小弟问清养老院地址，直接将车开到养老院。院子里老人很多。我们与其中一位老人进行了简单交流，老人很乐观，也很乐意在这里。老人的身体状况与爹相似，但是乐观的心态，爹却没有。

开车进村的一刹那，天突然昏暗下来。我竟忘了这是难得一遇的日全食。开车到了家门口，天又瞬间大亮。余晖中，爹端坐在门口太师椅上。这儿是村庄的大路口，在这儿，爹并不寂寞。

我们五天前刚从这儿回城，这会儿又突然回来，爹很意外，也很高兴，朝我们笑笑。我们围坐在他身边，媳妇问：闺女待你不好？爹摇摇头。是怕拖累闺女？爹点点头，眼中突然涌满泪水。

我说，我们孝顺你是应该的，没有拖累这一说。这时妈走了过来，我就对她说，大妹已经很不容易了，你就少嘟囔几句。我们兄弟俩在外忙活工作，伺候俺爹都指望不住，只能靠大妹一个人。妈听了不愿意，好像有一肚子意见说不完。我也不再吭声。我心想，妈一辈子忍气吞声，到老了，言语倒硬气起来。

媳妇听了我和妈的对话，只是笑笑，仍和爹聊起来：听小弟说，你想去养老院？爹点点头。媳妇就把去养老院的所见所闻跟爹说了一遍。你愿意去，咱就去试试，不行咱随时回来，中不中？

媳妇说到这儿，就转过头对妈说，妈，你是不是对大妹有意见，那去洛阳吧，跟我住，啥时想回来都行。妈说不去。那你去小妹那儿住几天？妈很坚决地说也不去。那你去哪儿？我去小儿子那儿。

这时，爹拉住俺媳妇的手，指着老太太。媳妇明白：你是让妈住俺那儿？没问题，我们把她接走。

第二天早饭后，一家人挤进面包车，开进了养老院。爹坐在轮椅上，那位老人朝爹笑了笑，伸了伸大拇指，还吐字不清地大声招呼，又拄着拐杖颤颤巍巍地走过来，拉了拉爹的手。媳妇和大妹去交了八百元医疗押金和第一个月的七百元养老费用。这个费用相当于媳妇两个月的工资。这次的费用，由我们交了，如果爹愿意住下去，每月的费用从爹的退休金中扣除。媳妇对大妹说。

交完费用，我们又回到爹的跟前，媳妇问爹：真愿意在这儿住几天？爹点点头。媳妇说，不想住，我们随时接你回去。又转身向小弟交代，记住每天过来帮爹锻炼一下身体。

我们离开时，爹眼中的泪水流了出来，泪珠挂在眼角下方。我不知道这泪水为什么而流，为谁而流。

时过多日，在写这篇家事时，我在想，爹送我上了大学，我毕业后当了老师、进了机关，娶了城里媳妇，但表达孝心，我有时不如媳妇那么体贴。我对家人的话也不是很多，爹妈对媳妇的期待远胜过我本人。这几天回到家，看到媳妇与妈相处融洽，其乐融融，我的直接感受是，有媳妇在，是爹妈老年之福。

二是采访大娘后写的《我的大娘》。

我的大娘，是贾家老大媳妇，今年86岁，身体硬朗，精神矍铄，十分健谈。眼下与我母亲都住在偃师凤凰山养老院。大娘身上有很多贾家故事。

　　上午没什么大事，便驱车前往养老院。进了一楼大厅，见大娘与一群老年人仰脸盯着南墙上的电视看戏。我叫了声"大娘"，大娘见是我，连忙叫着我的名字，拄着拐杖，颤颤巍巍向我走来。我说："走，回屋里，跟您说会儿话！"大娘很高兴，与我乘电梯到407房，母亲也在，和大娘分住在窗户两旁。这里有暖气，又有一群老人做伴，大娘、母亲都很愿意住在这儿。

　　"这是我给俺妈带的干山楂片，你跟俺妈每天用它泡水喝，放四五片都中啦！"我带了一袋山楂片，山楂泡水，味道酸甜，能防止高血压，很适合老人喝。我把山楂片放进母亲的床头柜，又抓了些分别放进母亲和大娘的水杯，倒上开水。"孩子，你给我抓些都中了！"大娘说着从她的床头柜底层拿出一个塑料袋。"不用吧，大娘，想喝了你就直接抓呗！"大娘却还是执意要我帮她抓了四五把装进袋子，才放回抽屉。

　　大娘和母亲一样，都是娃娃亲。祖父到南沟一户富人家打短工，与表外爷相熟，聊天中敲定了此事，那时大娘才9岁。到了14岁，被四人花轿抬到贾家，那天在那坑子院摆了十几桌二八场儿（八碟八碗）。

　　"那时上身穿的是蓝袄，下身是粉红裤子。裤子是你奶缝的，还有补丁。"大娘到贾家是充当劳力的，那时的五叔、六叔、姑都还没有出生。"那时家里只有七分地，你大伯得背煤，起五更到巩县背煤。牲口（驴）驮两袋，你大伯背一袋，背回来再卖到鹅庄、杨庄。"大伯起早背煤，大娘得起得更早给大伯做饭，擀剂面条或做碗红薯汤。"也没法带水，路上走到谁家，就要碗水喝。我和你奶在家给人纺线，给10斤花（棉花），纺8斤，留2斤，算是工钱。"

大娘在贾家是出了大力的，用她的话说："你五叔、六叔还有你姑，都跟着我睡过。"长嫂如母，在大娘身上有充分体现。大娘为贾家所做贡献，父辈们是有口皆碑的。

大伯兄弟六个，先分家单过的是大伯一家，住在贾家最上方的一处宅子：有一亩多大的院落，没有围墙，两孔破败的窑洞。刚分家时，除了父亲上门帮忙砌墙垒灶，其他兄弟妯娌都无动于衷，大伯大娘当时是"众叛亲离"的境地。那时祖父健在，经常偷偷摸摸给大伯家送些吃的，如油馍。

"孩子们成家立业，分家另过，也很正常。但当时俺爷没要求分家，你为啥分开呢？"我想探究原因。"都是你六叔！""我六叔咋啦？""忘了。"我猜想是大娘不愿意说。

大娘家是我最愿意去的地方。她很会做吃的，做的汤面条很好吃，炸的麻烫（油条）、咸食很香。有一次，我上学拐进大娘家叫三哥走，一掀门帘，大娘看是我，赶紧把一盆好吃的藏了起来，我装作没看见，进到拐窑，叫上三哥一块儿上学。那时的三哥还尿床，直到上了初中好像还尿床，拐窑窗外见天晒有被褥，一进拐窑就有很大的臊味。但这不影响三哥的两个亲弟与他抵足而眠，也不影响我天天找三哥耍，我好像在那臊床上还睡过几觉。

大娘相当能干。为了养活四儿一女，她承包了生产队饲养院牲口用水。那饲养院在东窑岭北侧水沟路上，有二十余头的牛马驴骡，用水量极大。大娘每天用牛拉一辆铁轱辘车，车上放个大汽油桶，从小南窑的砖厂灌满水，然后牵着牛往回走三四里路。两大一小铁轱辘，一路上吱扭着，沿途留下清晰的车辙印。到下坡跟前，还得吁住牛，用根小铁棍插进前面小铁轱辘辅洞中，绊住轱辘，用它与地面的摩擦来当刹车。到饲养院还要把水放进三个大水缸，其中一个水缸还在牲口屋内。这样拉水，大娘一天得跑三四趟。大娘还是种地能手，她在东梁承包一块棉花地，棉花产量是当时生产队最高的。

如同祖父祖母给六儿一女操办成家一样，大娘也为她的四儿一女成了家。然而，子女成家后，她并没有过上多少消停日子。分家七八年后，大娘在水沟路上起了个新宅，三孔大砖窑，在这里给儿子们都成了家。很自然地，大媳妇分开单过，住进了老坑子院俺家腾出的窑里，两者相距已是十分"遥远"。忽然有一天，大娘"翻山越岭"下到坑子院与大媳妇起了争执，结果大娘脸上添了几道血印子，大媳妇喝了农药，据说后来被四叔灌"毛粪"催吐抢救过来了……

"大娘，我不清楚你们妯娌为啥光吵架，但我记着你和俺奶很少吵架，吵了一回，俺六叔还打你了。为此，上初中的大哥打俺六叔了，六叔追大哥还摔了一跤。"大娘谈兴很浓。母亲也坐在我身边，我递给母亲水杯："妈，你上午还没喝水。"也递给大娘水杯。二老喝了几口，又递还我。我问："喝着甜吧？"都说甜。我就又感兴趣地继续问大娘："那次，您跟大媳妇为啥搁气（打架）呢？""都是因为你婶（三婶）说了一句话！""俺婶说了啥话？""记不起来了。"我估计大娘也是不想说。

这种吵架，于大娘是司空见惯的，与媳妇吵，与妯娌吵，与左邻右舍吵。这种吵，有骂架的内容在，不管与谁吵，她从不生气，或很少见她生气。这是很健康的心态，也可能是历练出来的。

"大娘，我听俺五叔说，轮到大哥家养活你了，你和大伯进不去家门，你在大哥家大门外睡了一晚上，还是五叔给你拿的被子。"

"你五叔拿的不是被子，是塑料布。"

"恁冷的天，你不生气？"

"不生气！"

"那你为啥不回我三哥那儿呢？"

"轮着你大哥了！"

大娘说:"我不能生气!我生气气死了,我这五个孩子谁给我养活!"我想,这是大娘的生存信念。大娘也有她的吵架法则,如不跟四婶吵,因为她吵不过,好跟我母亲吵,因为我母亲嘴慢。

"你大娘对你好时掏心掏肺!也有不好,她不让我坐她的床!"旁边的母亲说话了。

我呵呵笑着,看着母亲说:"妈,你这床坐着舒服,她那床高,坐着不舒服,咱不坐啊。"大娘的床是铁架子床,母亲坐上去脚沾不着地。这边是木床,高低刚刚好。

"你大娘不叫我用剪子。吃饼干撕不开,用她的剪子,她给我夺走,说不让用!"

我看着大娘,大娘赶紧说道:"是怕你妈糖尿病传染给我。"

我听了哭笑不得:"大娘,谁跟你说糖尿病是传染病?四叔也是,他传染谁了?爱然(堂姐)和我血糖很高,也算糖尿病,传染谁了?是不是传染病,你得问医生,问院长啊!"我转头对母亲说道:"妈,咱先不用啊,明天我给你送一把新的。"

记得我上小学的时候,父亲曾用过大伯一袋水泥,过后大娘在窑顶喊"用一双塑料凉鞋抵了",父亲笑着说,塑料凉鞋可便宜了。我们搬进水沟路上新宅,照明用的是从大娘家扯来的电,我曾在半夜或清早见大娘在门外喊:"还不拉灯,多费电啊!"

就这样与大娘东拉西扯着快到11点了，还要赶回去应酬接待。大娘拄着拐棍送我，指挥着我开电梯，到了一楼，我对大娘说："元旦我把您和俺妈都接到洛阳吃饭，到时俺婶也来。"到了大厅，见了院长，我说："您跟俺大娘说说，糖尿病是不是传染病。"院长很干脆："传染病都不让来！"到门帘处，外面刮着大风，我挡住大娘不要出来："大娘，您老身体好，又是大嫂，对俺妈照护着点！"

大娘点点头说："我知道！我知道！"

30. 拉水的架子车突然侧翻

最先从太师椅院搬到水沟路上的，是大伯家。大伯盖的房子是三孔高大深邃的砖券窑，窑里是两层设计，先垒窑墙，再用钢丝绳做筋，水泥砂石铺做楼板，再在其上搭成半圆拱券，用青砖层层垒就，三孔砖窑就成了。窑前有门窗，还有贯通走廊，水泥地坪。房子盖得漂亮大气。

这房子由大伯一手设计，大伯身上有着领导干部的风范和气质。

盖房子是大事，然而，这与大伯的风范和气质无关，与贾家人的齐心协力有关。这是贾家的优秀传统，特别是在盖房子、娶媳妇、葬老人三件事上，贾家倾"巢"出动，不遗余力，善始善终。大伯家盖房子，大伯的六个兄弟还有姑父，一齐上阵，抻钢丝的，搅水泥的，泅砖搬砖的，砌砖垒墙的，有条不紊，热火朝天。

房子盖好了，紧接着是为大哥娶媳妇。大哥已到矿上工作，找的媳妇很漂亮很利落，众兄弟都很羡慕。婚房设在大伯家南边的砖窑，名副其实的新房——新柜、新床、新被，大哥和贾家人甭提多高兴了。我们这些兄弟高兴的是，可以逗新媳妇了，可以吃喜糖了，可以放鞭炮吃肉了。我当时上高二，但还是玩劲十足，看大哥高兴，就递给他一根烟，大哥愉快接过，点燃烟卷，还没往嘴里放，嘭一声，烟卷炸成渣了。大哥愣了一下，瞪了我们一眼，我们哄的一声四散逃开。原来，由我指导，我们把烟卷里的烟丝掏空，塞进小鞭炮，再填进烟丝，烟卷遇火肯定会有小小的爆燃。那时的小鞭炮炸药低劣，响声也小，但吓吓人还是足够。后来我把这件事写入作文《春节二三事》，意在劝诫做人要老实，不捣乱，被教语文的马老师当作范文在课堂上宣读，印象深刻。后来二哥娶媳妇的时候，我已上大一了，也是全家人出动帮忙，我蹲在墙根削苹果，做酸楂汤用，还起大早骑车去牛庄接新媳妇，到了村口因为冷又拐了回来。

爹盖房子没有大伯的经济实力。大伯工资最高，大娘在生产队一人承包了饲养院牲口用水，承包的棉花产量全队最高，当然工分也挣得多，大哥当工人挣了工资，三哥（海周）没考上高中也去了矿上打工挣钱。爹没有这样的实力，他的工资是四个兄弟中最低的，母亲又不是能干的人，建国上了初中又辍学在家，我当时正上高中，爱红、兴红正上小学，负担很重。可以说家庭千斤重担压在爹一个人肩上。盖房子他要想办法盖好看盖结实，还要降低成本。除了前面谈到的自制二三十块空心楼板外，爹又如法炮制，自己动手烧制青砖。

在饲养院西边上方，打麦场东北向有块庄稼地，生产队曾建了烧砖用窑，本意是把烧制砖瓦作为生产队副业，但不知何故停业。爹就利用这个砖窑，开始了烧制青砖行动，依靠的仍然是他的弟兄、他的侄子。土是黄土，就在砖窑的南边，曾种过胡萝卜，土质优良。人是好人，有着在太师椅院烧制砖瓦的经验，五叔六叔七叔，大哥二哥三哥，包括建国，都是做砖坯的有效劳力。现在我仍然佩服叔们、哥们的奉献精神，任劳任怨，一心付出，也很佩服爹的感召力，能一呼百应，且招之即来，来之能战，战之能胜。

制砖坯的活我没有干过，并且没有时间参与其中。星期六傍晚我从邙山脚下的山化高中回到太师椅院，星期天下午又要赶到高中学习。但烧砖时赶上放秋假，我可以出力了：套上牛，驾着架子车，到牙庄村制高点——东风池拉水。东风池边有个井水泵，泵水用的水塘（也是全村自来水塔，定时放水），我用个皮管子把水吸出来灌进架子车上的橡胶水袋，灌满了，就赶着牛，驾着车，下五道岭陡坡，过大南窑和磨坊口，再下大队部和供销社门口小坡，上到生产队麦场，向北拐进砖场，停在砖窑下，再把水放进水桶里，一桶桶掂着，沿着砖窑外的台阶，上到砖窑顶，倒进窑顶上围起来的坑里，用以洇砖。得往返一二十趟，掂一二十桶水。砖窑顶坑里的水不能干，沤水七八天，窑温降下来后，出窑的砖才是青砖。

我就这样来回拉水。可能是大意，在经过大队部和供销社门口的下坡时，不知何故，架子车突然向右侧翻，庞大的橡胶袋在水的重压下猛然从中间裂开，一两吨清水轰然倾倒出来，哗哗顺坡直流。唉，这趟白跑了不说，还要搭上个橡胶水袋，损失老大啊。

我灰心丧气地回到砖场，爹见了也没有训斥什么，又往车上装了一个汽油桶，让我继续往东风池拉水。我原以为这个橡胶袋毁了，谁知爹回县城一趟，把橡胶袋又拿回来，完好如初，只是橡胶袋半腰裂口的地方粘上了宽二寸长二尺的橡胶垫，如同一个护身腰带，还怪好看呢。

31. 新建的房子美观大气

东窑岭好像分水岭，把岭两边民居划分为两个居民点：岭南的东窑和岭北的水沟路。

岭南的东窑住家较多，生产队（村民组）有七队、八队、九队、十队，住的大部分为依山傍沟、坐北朝南、前房后窑的四方院落，且房子和窑洞都有一定年代。上小学时去过贾俊升伯家、韩会全同学家、谭朝阳哥家，其窑洞和平房都相当古老。其中俊升伯家是深宅大院，大门是高高的门楼，门房是用木板隔挡，上下两层，还有厢房、过厅、砖券窑，家里收藏有清末贾家前往河北赈济灾民获官府赠送的彩雕绢绣四扇屏。谭朝阳家还收藏有很多民国时期的钞票。

这个四扇屏，政府文管部门曾想要收藏，但贾家族人不允。十几年前，我专程慕名寻访。这时的东窑住户大都搬到村南东洼和村西地势平坦的西地居住，只剩下几个年老的、不愿离开老宅、不愿与儿女同住的翁媪。进了俊升伯家的大门先是前院，四周都是瓦房，走过高高的过厅，则是后院。后院有两孔窑洞和东西厢房，窑洞上方还有两孔天窑。俊升娘看见我来了，叫着我的名字，并说"相臣家的大儿子，很有出息。媳妇嘞？孩子嘞？"俊升娘又高兴又激动。偌大的院子，只七十多岁的俊升娘一个人居住，显得很荒凉。整个东窑好像还住有一位七十多岁的韩学通嫂子。我说明来意，俊升娘热情地领我走向东厢房，推开门，发现靠墙放了那个声名远播的四扇屏。屏很漂亮，有一人半高，三四米长——我没有见过这么高这么大的四扇屏——屏下半部分雕龙画凤，上半部分丝绸罩面，绣着春兰夏竹秋菊冬松。四扇屏饱经百年风霜，色彩依然斑斓，很精美。俊升娘给我讲了屏的来历，言谈中可以看到她老人家作为贾家媳妇的自豪，更为贾家历史骄傲。我建议俊升娘把屏风交给政府，他们会有更妥当的保管方法。俊升娘说她住在这儿就是看着它呢。之后不久，俊升娘不在了，那四扇屏风不幸被人盗割：用刀子将屏风上四个扇面丝绸锦绣全部齐齐割去，只剩下空洞洞的框，透着风，透着光。我闻讯后，感叹连连，扼腕叹息。

　　贾家从山西洪洞大槐树迁到牙庄村，同祖同宗，历经多代，子孙兴旺，现今唯一的文化遗存就是这个古色古香、精妙绝伦、象征善举的四扇屏，不想竟被恶人破坏，实在是贾家史事中的重大憾事。

　　东窑岭顶是一块宽阔的平坦场地，是七队、八队、九队、十队的打麦场，夏秋两季白天热闹非凡，晚上灯火通明，一派丰收景象。

　　岭北的水沟路是六队住家，还有七队、八队、九队、十队的饲养院。大伯家、爹家、四叔家的新宅就在六队住家和饲养院之间一个相对独立的空间，大伯家坐西向东，四叔家坐北朝南，爹家坐南朝北，是一个"品"字形架构，上"口"是大伯家，左"口"是爹家，右"口"是四叔家。四叔家的院子位置更好，四间楼板房天天阳光普照，还有一间地下室，天热时兴旗他们就睡在下面，十分凉爽，另有一间西朝向，是兴修的婚房。

　　爹家的房子面向北，门前廊宽2米，高有3米，几根柱子竖立，横梁上有红五星、花、龙凤之类的图案，按古传统工艺，在砖水泥上彩绘，古色古香。北向的房子，夏天很凉爽。因为背靠土墙，冬天不是太冷，建国还安装了土暖气，所以也是个很温馨很干净的住室。

　　为了盖这个房子，爹可谓呕心沥血。开山炸石，自制楼板，烧制青砖。在我上高二时的春节过后，爹开始盖房了。

　　宅基地北头，已挖出了两米多深、五米多宽、二十多米长的深坑，挖出来的土基本上是建国一车一车推出来的，论体积有二百多方。坑的地面就是宅院的地面，是为了与大伯家、四叔家的地面平。坑的地面，先放线，撒石灰，再挖下去半米左右的壕沟，拌上石灰，用四人抬的夯砸实，然后砌上石头做的地基，地基上开始垒砖墙。众人拾柴火焰高，也就是一两天的工夫，那道青砖高墙就垒到三米多高。

来盖房子的有大伯、三叔、四叔、五叔、六叔、七叔（小叔）、姑父，有大哥、二哥、三哥、建宗（五弟）、兴修（六弟）等。怎么盖房？当然是大伯和四叔当总指挥，因为他俩是工匠出身。盖什么样的房？当然是爹一手设计。用电和照明都是从大伯家扯过来的电。

墙垒到三米高，就可以上楼板了。几个人合伙去麦场用架子车把楼板拉下来，然后几个人合伙抬着楼板沿着墙头一块一块拼好放齐，楼板与楼板之间还要留下略短于一块砖长的缝隙，这个缝隙是为了省下几块楼板，用砖做了填充物。

主体框架起来后，房子的模样有了：东头有间砖券的东西向窑洞，用作从饲养院下来的坡道，窑洞往西是青砖到顶、楼板铺顶，有三个木窗户（连同防盗钢筋）、三个木门框（连同门头窗户上的防盗钢筋）的大通房。

房子盖好了，用单砖隔断为三间，还用水泥灰粉了墙。这些活大都是爹和大哥来做。大哥是爹的好帮手，也是得力干将。当时觉着如果离开了大哥，爹要垒单砖墙、用水泥粉个墙就很困难。大哥也是随叫随到，干活也是行家里手，让我佩服得不得了，爹欣赏得不得了。大哥是爹盖房子的大功臣。用大队四轮拖拉机到伊洛河滩拉沙，也是大哥二哥领着我们去的。

房子外是两米宽的通走廊，两根砖柱子支撑着，这两根砖柱子及房檐全部用的是水磨石，颜色还不一样。这个爹做不出来，是四叔费工耗时打磨出来的。水泥地坪是爹亲手打造的，还借来模具，用水泥制作出花艺水泥栏杆，安装在房顶边沿，并用石灰刷成白色。

高考结束了，我在家等通知，爹也请谭万宽叔来新宅做门做窗。正做门窗的时候，爹从县城带回来喜讯，说他在四高的老同事、山化高中教导主任石丙尧专门跑到水泵厂报喜，告诉他我考了380多分，在山化高中排名第二，在偃师县也排在前几名。石老师当过我的班主任，当然高兴，爹更是喜上眉梢，高兴之情溢于言表。万宽叔也是爹的老朋友，听到喜信，干活也更加卖力了。

门窗做好后，爹弄来批灰砂纸，把门窗打磨平整光滑，然后掂来枣红色油漆，仔仔细细地把门窗刷了两遍。四叔又送来从三门峡带回的玻璃，帮助爹把窗户玻璃一一装好，用灰批了缝。

房子终于大功告成了！

站在十米开外向新建的房子望去，那房子美观大气：房顶是一排白色的半人高围栏，白色围栏下一道红色的三十厘米宽的水磨石带，红色水磨石带下是两根方方正正水磨石柱子，石柱子后、前檐下是一堵层层古朴青砖和白灰勾逢的砖墙，东屋、西屋各一窗一门，堂屋两窗一门，门还是双扇门，门和窗都刷上了发亮的红漆，还有明亮闪光的玻璃。红漆青砖相互映衬，交相辉映。廊下是一砖高的水泥抹平走廊，走廊下又有一米多宽的护坡。整个房子结构合理，色彩明快，风格大气。

这是爹一生心血的结晶，也是他的兄弟侄子真挚情感的象征！现在我才明白：在村南东洼有块宅基地，他为何不要；爱红让他过去住，他为何不去。

房子大功告成后没几天，我也接到了河南师范大学（大四时恢复为河南大学）的录取通知书。贾家与我先后领取通知书的，还有贾敬叔家的贾端红兄弟，他上的是河南农业大学。全牙庄村三千多口人只贾家出了两个大学生。寒假回来，家人还住在太师椅院，只我一人住进了新房里，从学校图书馆借回了《红楼梦》全套，躺在新房被窝里，想专心通读它，但因为心情老激动，基本未读，浪费了大好光阴。

32. 贾家有七尊神在护佑着

新房建成后，爹不忘在堂屋三斗桌上放祖父祖母的大幅黑白画像。能坚持在堂屋或者客厅，把祖父祖母画像挂在墙上的，只有爹和三叔。

在贾家人眼里，老人仙逝后都会成为神。

想想也是，神本就是一种观照自己、观照万物的精神，"举头三尺有神灵"就是这个意思。从这个意义上讲，我们逝去的老人确实是我们的神，他们在天上无声地叮嘱我们要挺起胸膛走路，默默注视着我们大道直行无愧于天。

从我记事到现在，贾家有七尊神在护佑着他们的祖孙，其中爷辈有四，父辈有三。在此，特别介绍祖父、祖母、大伯、父亲、四叔。

一、祖父。逝于1974年。有博文《祖父》为志：

祖父，于我来说是很久远的人物。印象中，除了老宅，除了吵架，除了送葬等事还依稀记得外，其他已没有更多的印记。

老宅在邙山的北坡。邙山是一座很古老的山系，西起三门峡，东到郑州，绵延四百多公里，此起彼伏，海拔也在200米左右。它的左边就是奔腾不息的黄河。

这座山，这条河，培养了祖父的性格，使祖父挣下一份很大的家业。

老宅由祖父创建。如果从村子的最高处往老宅走，得经过六个下坡路，相对落差有五六十米。我们村的最高处，能看到滔滔黄河。到我们家的地方，则是一个山坳，坐北朝南，底面是U形，在半山腰处，也就是U形两边左右上方，是宽十几米长几十米的场地，如果一个巨人端坐在U形正中，两手刚好放在两边的场地上。这是一个太师椅地形，是一个典型的宝地。院子正中，一棵皂角树，高大葱茏，喜鹊落枝，鸡禽打坐。整个院落热闹而又安静。

这儿原是一处油坊，两孔窑洞，几个工人轧些棉籽油，换与村民挣些花销。祖父发现这个宝地后，就用几个银圆购置下来，与祖母苦心经营此处家业。祖母比祖父小近20岁，但相互扶持，抚育了六儿一女。在这处院子周围，领着几个儿子，打凿修缮了13孔窑，两间大瓦房，装上了精致的门窗。六儿一女，都在五六十年代成家。那时候，在农村为六个儿子找下媳妇，并娶过门，是十分不容易的事。这六个儿子也是个个争气，有四个在外面工矿企业拿了国家的工资，有的当了国家干部，有的年年是单位先进。另两个一个成了村干部，一个当了兵。七个儿女为祖父添了二十三个孙子，六个孙女。俨然一个大户人家。

大户人家大大小小三十五口，核心就是祖父。他牢牢掌握着这个家庭的团结，毕生维护着这个家庭的生存和荣誉。公社化时期，靠挣工分过活，挣够工分才有粮食吃。这个大家庭一直维持到祖父的辞世，在三年困难时期也没有很不好的事情发生。这在当时被村里人称为奇迹。

人多事杂，妯娌之间吵架不可避免。这会损害祖父的权威，他开始是训斥，后来视作乐趣。比如大儿媳，过于逞强，而且好事，对此祖父说过的经典话语是：不吵架没有你，一吵架准有你。一针见血，能让她噤若寒蝉一阵子。二儿媳老实，不经意顶句嘴，有时却让他无话可说。老三媳妇精明，让他找不出批评的理由，只好板起脸端端长者架子。老四媳妇利索，就让她当半个家，但又对她不十分放心。老五家的干活有点磨蹭，说多了，他也觉得失身份，也就睁一只眼闭一只眼。老六家的，有点娇气，因为是最小，也懒得管了。时间长了，他也图个自在，成了超凡脱俗的高人。他知道，几个儿子很孝顺，也很争气，这就非常知足。战争往往是妇人之间的争斗，而争斗又往往是孙子之间因为一根皮筋、一支铅笔的争抢。他看着孙子们跟鸡娃一样打架，看着儿媳们因为孙子拌嘴，争个不休，只要不骂街，他是不会去管的。他甚至感到欣慰。如有儿媳跑来告状，他就会笑呵呵地说：吵吵好，舌头也有碰上牙齿的时候，只要牙齿不是存心咬舌头，有点心疼比不疼要强。他认为，这就是生活，生活哪能一帆风顺呢？在幸福中伴随点不顺，幸福就会增值。

祖父高寿，享年八十四岁。那个时候我还在上小学四年级。送葬那一天，下着雨，孝子贤孙等送葬队伍绵延几里。我们孙辈大多不会哭泣，挂着柳枝，举着花圈，随着大人的哭声，沿着指定的路线，在泥泞的路上，一步一滑地上了一个坡路，又上一个坡路。兄弟之间、妯娌之间，儿子之间、孙子之间，相互搀扶着,在哭喊声中相伴走向坟地。

祖父的坟地,在一个叫庙咀的地方,上面是圆形的有十亩大小的很平整的庄稼地,像个宝山,每天都迎着太阳升起,东望是起伏不尽的山梁,中间不远处是由南向北的叫作水沟的地方,山清水秀,一年四季清泉不歇,向北流向黄河。黄河就在坟的右手边望得见的地方。当你叩首的时候,你能听到黄河水的涛声。

二、祖母。逝于1979年。有博文《祖母》为志:

21世纪80年代初能上大学,是一件很不容易且十分荣耀的事情。我记得,当我领到河南师范大学(今河南大学)录取通知书的时候,恍如做梦。一个农村生农村长的农民儿子,能上大学,很不多见。在当时的农村,只有上大学,才能跳出"农门",才有可能改变一生的命运。

然而,我走进大学校门,有好长时间,经常有一个念头出现。我多次设想,如果祖母仍然健在的话,也不过70岁的老人,她老人家如果能看到她最疼爱的孙子上了大学,那该是多么高兴!

祖母陈氏,原籍巩县(今巩义市)康店。比祖父小近20岁。祖父去世后,父亲弟兄六个组成的大家庭一分为六,一大家派生出六小家。分家是祖母的意思。祖父的威严不复存在,大家庭的解体是早晚的事。晚散不如早散，各自为生、各自奋斗，可能对她的几个儿子都有好处。加上我大伯和大娘脱离大家庭的抗争和欲望日趋强烈，让祖母不胜其烦。所以，祖父的去世，也就成了他的儿子分家另灶的开始。分家的过程非常平静，一是因为穷家无贵，二是弟兄之间大都相互谦让。在赡养上，老人基本没有要求。但是父辈商定，根据个人情况为老人拿钱拿物。我父亲因为在县城工作，虽然每月有二十九元钱的工资，但每周都回来给老人带点菜蔬，可以不拿钱，大伯、三叔和四叔因工资较高，每月拿三元五元不等的现金。五叔、六叔在家务农，兑点粮食。但大伯可能因为大娘的原因，声称每月只拿五分钱，这在我们孙辈中成为笑谈，都认为不可思议。我当时想，如果是我，我要倾其所有献给母亲。理由很简单，因为母亲最伟大，她不仅给我们生命，更重要的是她拿生命养育了儿子。

当然，这种想法现在看来很简单，甚至单纯。但是，这种思想影响至今。现在，我对母亲愈发看重。

我父亲在父辈中排行老二。我一直认为我的父亲对他母亲的敬爱至纯至孝。我的父亲和我的母亲，他们的结合是典型的父母之命媒妁之言。我父亲在很小的时候，就被我的祖父和我的外公指定了终身大事，但是我父亲是在二十几年后直到结婚那天才得以与母亲见上第一面。这是我父亲在他七十多岁时当作历史讲述给我们听的。为什么会这样？只是因为祖父和外公是非常要好的朋友，加上祖母和外婆也非常要好，所以就指腹为婚。我父亲从不惹事，在单位人缘极好，年年都被评为先进工作者，家中奖状比比皆是。母亲懦弱，从不与人争个什么，也从不家长里短。正因为如此，祖母对我们一家格外关照。当婶啊大娘啊找我母亲麻烦的时候，她向来站在我母亲这一边训斥她们，使我母亲少受很多委屈。我母亲因为老实，不善言谈，对老人偶尔有不顺耳的言语，祖母也是向来宽容。母亲针线活不是非常精通，祖母就亲自为之。

父亲中年得子。父母对我的娇惯自不待言，祖母当然更是关切。但是，有很长一段时间，因为没有分田到户，四个子女都在上学，虽然有父亲的二十几元工资，但我们家分的粮食总是不够吃。这让父亲很发愁。这个时候，祖母已经单过，也做得一手好饭，每天总以吃剩饭为名，把我叫到房间。房间不过是一窑一灶。吃她做的鸡蛋手擀面，那种味道，现在仍然难忘。祖母烙的干馍特别好吃，每次总要刻意留几块让我解馋。夏天的夜晚，我在家院露天而睡，往往半夜噩梦连连，大喊大叫，离祖母很远的距离，祖母竟能听得见，大声把我叫醒，喊我进窑洞睡在她的脚头。每个夜晚，只要睡在她的脚边，我就不再做噩梦，也睡得格外踏实。小学一年级时，我唯一的姑姑出门——农村嫁闺女，不说嫁，而说出门，到现在我仍然不懂它的含意——祖母从她二十多个孙子中，钦点我为姑姑带钥匙。钥匙是开新媳妇珍贵陪嫁箱柜用的，可能非常重要，只有最信赖最亲密最帅气的晚辈才能担当。但当时我只知道，拿了钥匙的人，可以得到最大的红包。因为这是其他兄弟没有的最高待遇，我感到很幸福很自豪。

后来，我考上高中，是我们家第一个高中生。高中的生活艰苦，我等努力刻苦也是自然。每周回家一次，总是看到祖母在院子的躺椅上，遥望对面的山脊，很少说话。祖母看见我背着书包回来——这个书包主要用于返校时装玉米面、蒸馍，可做一周的干粮——就对在她身边伺候的儿媳说：去，把你家煮的玉蜀黍拿来！祖母看我狼吞虎咽吃得很香，脸上满是笑意。这一幕，我至今清晰记得。高中第一学期期中考试前夕，时近中秋时节，堂叔突然到学校找我，说祖母不行了。我当时发愣，不相信，因为上个星期天，祖母还让我吃父亲专门从县城给她送回来的沙瓤西瓜。

奔波十几里，赶回老家。祖母已静卧床榻。盈耳的是一片哭声，满目是忙乱的人群和一院的花圈。我跪在祖母的右侧，想到祖母的恩德，悲从心来，痛哭号啕，也引起我的众多堂兄堂弟堂姐堂妹放声痛哭。这种悲切，是我一生中的第一次。

丧礼过后，我回到学校继续读书。没多久就是期末考试，成绩出来，我在班里排名并列第二，得到学校一本书、五元钱和"三好学生"证书的奖励。放假了，我双手捧着奖状，跪在祖母坟前。我不知道应该向祖母表白什么。回家后，我将奖状贴在正屋的墙上。高中两年，四个学期，我一共在此处张贴了四张"三好学生"奖状。

高中毕业那年参加高考，我以全乡第二的名次，考入河南师范大学（今河南大学），开始了国家干部的生涯。之后多年，虽然艰难，但每每想起祖母对我的关爱，我就感觉，好好工作，好好生活，好好待人，既是做人的本分，也是人生的最大幸福。

三、大伯。逝于2014年。有博文《大伯啊大伯》为志：

现在是9月28日下午5时。不知为什么，我突然想起大伯来，想起他的二三事来。

大伯今年86岁，躺在床上不能动，已经有一两个月了。

父亲很敬重大伯。大伯提出分家另过时，其他四个弟兄都离得远远的，只有父亲上门帮助装门垒灶。我敬重大伯，还因为他是党员，在义马煤矿上是一名领导干部。

大伯在我的心目中形象高大，不仅因为父亲对他敬重，也不仅因为他是党员干部，还因为他是父辈中的老大，是父辈中勤勉持家的模范。大伯懂建筑，水沟路上的新宅就是他设计建造；大伯懂指挥，在南洼为大哥盖新宅打地基时的领夯声欢快有力；大伯懂疗伤，大哥脚崴伤时他用高度酒点火诊治……大伯开创新生活，一家七口，在大娘有力的帮衬下，日子红火，还在水沟路上盖起三孔高大的砖券窑。大伯很有见识，每与父亲谈事时，都很有主见，让父亲频频称是，一旁的我总是以崇敬的目光看着他。小时候的我，觉得大伯要多能干就有多能干。

大伯每从矿上回来，风尘仆仆中总给我一种威严而又慈祥的感觉，很有派头。为先睹他的风采，有一年春节，大伯和大哥要从矿上回来，我自告奋勇地给大娘说：我去县城槐庙火车站接大伯！大娘很是欣喜，忙给我套上老黄牛驾辕的架子车，从水沟路上早早出发。那年冬天正逢大旱，路上灰尘太厚，特别是北窑长坡尘土飞扬。老黄牛慢腾腾地晃了两个多小时才到火车站。接到大伯大哥时，我异常高兴。

祖父老来得了大伯，对大伯及大伯一家的关爱溢于言表。据三叔讲，年轻时，大伯好不容易去西安找了份工作，祖父想儿心切，一连几封家书催促他回家。回到家里，大伯把包袱甩在水窖井口石台子上，对祖父说："不知道叫我回来咋哩！"虽如此，祖父仍笑眯眯地端详着大伯。可见大伯在祖父心中的地位。

大伯作为长子，面对他的五个子女，面对他的五个兄弟，面对他的二三十个嗷嗷待哺的侄子侄女，他焦虑的心情，我们作为晚辈是无法感同身受的，大伯应该有他的难处。祖父在世时他即提出分家另过，这可能是他唯一正确的选择。祖父去世后，也许有其他原因，在对祖母养老问题处理上有了我们晚辈不可理解的做法。

祖父去世后，父辈们约定，在外面工作的，也就是当了工人的，要给祖母每月拿3元至5元。因我父亲在县城上班，工资稍低，离家近，且每周都要回家，祖母用菜及照应就交给父亲了，可不用每月再拿那3元钱。在义马煤矿上班的大伯、渑池煤矿上班的三叔、三门峡铝厂上班的四叔每月拿5元钱。五叔、六叔因在家务农，除了每年给祖母交点口粮，就不用拿钱了。这既是合约，也是孝心，应该是父辈们义不容辞的义务。但是，到了大伯那儿，却行不通了，不愿意拿钱……

祖母在我上高一的时候去世，照理应该是大伯回来主丧，但他没有回来，记得当时说孩子身体不好。因为父亲排行老二，整个丧事就由父亲全程负责，如向本家叩头报丧，向前来吊唁者不停地叩头，在孝子队伍前带头哭号等。在这件事上，不知道大伯是怎么想的。我觉得，母亲去世，作为长子，是应当也是必须回来奔丧的，无论什么理由。

分家另过，相安无事，倒也清静。但是，我又碰到一件事，让我感到痛心疾首，也深感不能理解。我兄妹五个，最小一个兄弟夭折，我与弟在外工作，小妹嫁到他村。大妹要照顾父母，在村里落了户，村民组就给大妹家分了地。村民组有好几十户人家，其中谭姓占了绝大多数。贾姓有一二十户，而且都是父辈及其子辈，也就是原来同属一大家子。地分了，大家都没有意见，谁也不会想到，只有大伯强烈反对，不但强烈反对，还带着他的几个儿子也就是我的堂兄堂弟去犁已经分给大妹的地。到现在，我在和我的堂兄（大伯的二儿子）、堂弟（大伯的三儿子）聊起这件事时，都仍然不能理解大伯为什么要这样做。我对堂兄弟说：那是他的亲侄女啊！人家都不反对，她亲伯怎么去反对呢！

后来大伯年纪渐渐大了，干不动了，该孩子们孝敬他了，但是状况不是很好。大伯家的四个儿子采用每月轮流养老。在大娘要求下，一度被堂兄送到村后的老宅生活，那一片已经全部搬迁，除了大伯与大娘，几无人烟。后来被堂弟接了回来。我与堂兄、堂弟年龄相仿，感情相好。我曾对堂弟说：不管咱伯咱娘对咱奶咱爷有多不孝，但是，咱做儿子的，对咱伯咱娘要孝顺。我这堂弟点头称是。

一个多月前，听到大伯卧床不起了，我回去探望，见老宅空旷，道路泥泞，杂草丛生。我去看了大伯，大伯瘦骨嶙峋，蜷缩在正屋的床上，大张着嘴呼吸。我不忍看下去，再看下去，眼泪就会掉下来。

现在重看这篇文章，已是9月29日8时。7时35分接到堂兄电话，说大伯于今晨3时"老了"。我连忙收拾下办公室，赶去渑池接上三叔回家奔丧。

四、父亲。逝于2010年。有博文《父亲琐事》为志：

"二伯憨了！"堂姐很沉重地对我说，"我跟二伯说话，二伯脸木木的，没有表情。"

堂姐说的"二伯"是我父亲。今年76岁。去年十一月底，父亲自发性脑出血，住院近一个月。虽抢救及时，仍落下右侧偏瘫的症状。大概是年纪大的缘故，还可能是仍然存在好面子的缘故，父亲由春节时的简单会话，右脚能动，到现在只有"嗯、啊"和无动于衷。脾气也较以往更坏。

父亲忠孝，慈爱为尚。

父辈弟兄六个，父亲排名第二。由于大伯早就分家另过，父亲则有了长子若父的风范。大伯一家七口的立身之处，是两孔没有门窗的破窑洞，家徒四壁。这既是其单过的条件，也是其弟兄对其不孝顺老人的惩戒。由此可见，大伯另灶起家的艰难。在众弟兄袖手旁观的当口，父亲伸出援手，帮其垒灶台，安门窗，助其渡过难关。大娘也因此对我更加关照，时不时地给些好吃的。父亲是地方国企的工人，每月区区可怜的工资都孝敬了祖父祖母，每周还要数次从县城回家看望两位老人。跨进家门的第一件事，是走进老人住的窑洞，嘘寒问暖。

　　祖父过世后不久，众兄弟在祖母的主持下，平静和气地一分为五。房屋窑洞物事量清后，五位兄弟通过抓阄分割，竟然各物归各主，没有出现相互搬迁交换的情况。只是五叔不要祖父留下的羊毛大衣，相中了父亲棉大衣的样式，父亲即与其交换。祖母身体欠佳，也使得父亲每天下班就往家赶，早出晚归，披星戴月。祖母仙逝后的送葬、丧礼及领丧也由父亲操办。那种悲切凝重的孝子之礼，感染远近乡邻。祖母不在的日子，叔辈大都相安无事，父亲也少有干预。但是，父亲对他们的关照却从未减少。父亲有点退休金积蓄，叔辈及晚辈来这儿借钱，从未空手。去年初，六叔的儿媳在广东打工脑出血需要做开颅手术，六叔的右手在猪场不慎被电击造成局部肌肉萎缩，父亲为此牵肠挂肚。我拿出五百元让父亲送给六叔，父亲很感欣慰。他还动员家人凑钱给六叔做右手手术，我们尚不知运作如何，他自己却一病不起。

　　父亲勤劳，节俭为尚。

　　父亲从小就赴西安打工，是织袜工，也当过砖瓦工，那是在旧社会。现在，他的两只手不能伸展，即是那时留下的痕迹。这种打工经历，也使他学了一种本事，那就是织毛衣。记得我上大一时穿的白色棉线背心，即是父亲用白线手套织就。中华人民共和国成立后，父亲进入偃师四中做厨师，"文革"中期，四中关门，又调入水泵厂，仍为厨师。我的印象中，父亲做的饭好吃，公家的饭更好吃。放假或星期天，父亲喜欢带我到县城他工作的单位，我也很喜欢去那地方。因为县城在我心目中就是大城市，有诱人的饭菜。我最喜欢吃的是番茄面条。这种面条，间接救了我一命。小学五年级时，我长时间头疼，梦中出现的就是番茄面条，我就对母亲讲，有一次就是因为吃了父亲单位的番茄面条，头就不疼了。于是，六叔把我往县城送，到父亲单位时我已经昏迷。之后是长达七天的不省人事。治疗及时，最后完好无损。但这七天，是父亲最苦的七天，我如遭不幸，对他将是最大的打击，用他的话说，就是"活不成了"。当然这七天，也是六叔骑自行车，长途往返洛阳寻医问药的七天。

在父亲单位吃饭，有口粮限制。如果是馍菜汤，他就要求把汤务必喝完，因为汤不能保存，馍可以留下再吃，不浪费。其实那种汤也只是面汤，非常稀。我上初中后，特费鞋子，父亲不知从哪里找来人家穿过的旧鞋，钉上鞋掌，缝补漏洞，拿回家让我们弟兄两个穿上，整个冬天都很暖和。我大一暑假，有点勤工俭学的想法，他竟然领我去办健康证，寻来保温桶，让我蹲在路边卖冰水。没赚几个钱，却体验了挣钱的艰辛。分家后，一家人靠父亲寥寥工资和母亲寥寥工分生活，艰难可想而知。为了照顾家里，他申请调换到门岗工作，此岗可以调换休息，回家打工。我曾多次跟随父亲翻山越岭，爬山下沟，去割草沤粪，沤成粪交给生产队挣些工分。那时的植被，全被像我父亲一样勤劳的农民给破坏殆尽。那几年，路边田边已没有荒草可割。要弄到荒草，有时得到悬崖峭壁上挖寻。劳累大半天，堆满三大箩筐，然后父亲挑起两筐，我背起一筐。远处看，是三座小山在山路上缓慢前行。分田到户后，负担骤然减轻，父亲为了我兄弟的工作，又请人送礼，五十一岁办了病退，让兄弟接了班，当了工人。父亲自己厌恶做饭，就重拾农活，在自家田里种菜卖菜，还种了几季西瓜。我上大学时急着往家赶，大多是冲着这甜美的西瓜。没想到，父亲种菜种瓜都是好手，也影响到在家务农的五叔、六叔"仿制"。菜该上市了，虽然每天有几十块钱的丰厚收入，但贩卖路途很远。有一次，我要求随同，也骑一辆自行车，车座两旁堆满蔬菜，沉甸甸的，平衡就是问题，还要起早摸黑向东赶往巩县，很难很难。

父亲谨慎，少事为尚。

经过高中两年的苦读，我终于考上了河南师范大学（今河南大学）。在去大学报到前夕，父亲送我到火车站，特意嘱咐：到学校要好好读书，不要参加任何帮派。大二时，父亲担心我在学校不正派，不节约，就和我姑专门赶到开封"视察"。看到我吃饭节俭，穿着俭朴，与同学相处甚好，就高兴而回。实际上，我在大学几乎没有吃过一顿饱饭，没穿过一件像样的衣服，没与一个同学争吵过。父亲从不惹事，也落了好人缘，在工厂里年年被评为先进工作者，家里的奖状比比皆是。有一次下雪天的夜里，我吵着要看戏，那时县城剧院正在上演《白毛女》，门票也就几分钱最多也就一两毛钱，但他舍不得花，又不愿让儿子失望，就随着人流向检票口走去，检票人要票，父亲嗫嚅着，好像在说孩子的大人在里面，要送进去。结果我进去了，他在外面寒雪中等到散场。记忆犹新的是，父亲在与检票员"交涉"时，不知是灯光的缘故，还是自个儿第一次说谎话，他满脸通红，而且红得很不自然，相当难堪。

没想到，父亲退休后，一脱往日的谨慎，爱管起闲事来。我的堂兄堂弟二十多个，谁不孝顺，或夫妻吵嘴，他就把他们叫来训斥一番，甚至上门开导。多年前，大哥与我妹争执，甚至动手打人，邻里看不惯，父亲及叔们也大为不满，多次往返乡派出所，要求处理。其时，以侮辱罪伤害罪告到法院就很省事，但我考虑是一家人，忍让为好，但父亲不依不饶。多年后派出所所长与我谈起此事时，也同意我的做法，当时大哥确实恶劣。

父亲大爱，关怀为尚。

没有父亲的关怀，我就考不上高中。由于愚钝和贪玩，初中毕业我没有考上高中。那时候家中急需劳力，但能为六口贫困之家解决温饱的，只有母亲一人在生产队里每天挣8个工分和父亲每月二十几块钱的微薄工资。当时我已经十五岁，已是一米七的大人，到地里干活可以为家里增10个工分，基本的温饱完全可以解决，也可为父母减轻些负担，为兄弟姐妹生活学习创造更好的条件。但父亲坚决支持我重读。重读使我得以考上高中。高中两年须吃住在校，由于土地还没有分包到户，每月上交学生食堂的粮食，都是父亲在偃师水泵厂省吃俭用省下的口粮。我没有辜负父亲的希望，经过两年苦读，最终考上了河南大学，是山化高中当年考上大学的唯一应届考生。大学毕业后，我无论是当老师，还是进机关当干部，都始终牢记父亲的教导，老实做人、踏实做事，吃亏在先、与人为善。我能成为县级干部，做些有益于人民的事，饮水思源，既有组织的严格栽培，更有父亲的苦心抚育。没有父亲的关怀，就没有我现在的一切。父亲倒下后，我和媳妇力所能及地为一个弟弟两个妹妹做点事情，坚持每周或半月回家看望父母，既是父亲形象的影响，更是父亲品质的熏陶。当父亲听到我调换了岗位、兄弟建国调动了工作、给了大妹爱红一些帮助、资助小妹兴红翻盖了新房时，脸上展现的笑容，我觉得那是父亲对我和媳妇的最大奖赏。

去年12月份，父亲有将近一个月躺在洛阳医院，有近半月昏迷不醒，只有一些本能的反应。看着父亲苍老消瘦的面孔及毫无知觉的身体，回想父亲往日琐事，我心中酸楚，几欲落泪。在医院的几天，四位老叔一位老姑几度趋前探望，数目相对，皆黯然垂泪，昏睡中的父亲竟也老泪纵横。他的侄子、侄媳，纷纷前来探望，我的堂姐还在医院陪护三天才回。父亲清醒后，吵着回家。三哥看到爹（三哥是大伯的二儿子，与我同称父亲为"爹"）的身影，抓了一只老母鸡奔跑过去看望。大伯大娘来了，父亲只是笑笑，没有言语。

五、四叔。逝于2017年，有当年在《洛阳晚报》发表的《四叔的品格》为志：

2月20日，天气阴冷。10时5分，堂姐打来电话，说："我现在过去看二娘（我母亲），给她捎袋面。"10时40分，已到楼下的堂姐又打来电话，说："海修，四叔不中了！"说着，她痛哭起来，"四婶给我打电话，让我去抢救，可我来洛阳了，没抢救成……"堂姐爱然是老家牙庄村的村医，刚刚当选新一届偃师市人大代表。

四叔武学是父亲兄弟六个中最有正义感的，这是贾家上下的一致评价。四叔退休后，领着几个孩子在三门峡国道旁开了家饭店，曾有地痞前来惹事，年逾六旬的他把孩子们挡在身后，只几个招式就把地痞吓得鼠窜而去。

　　父亲有四个弟弟，最喜欢、最信赖的是四叔这个小弟。遇到难事，父亲往往求助于四叔，因为四叔会替父亲鸣不平；碰到喜事，父亲第一个告诉四叔，因为他们两个人会分享生活的喜悦。

　　记得刚分家的时候，四叔分到了收音机，因父亲喜欢，四叔就送给了父亲。四叔会木工活，我家窑洞上没门，四叔就给做好安上。窑洞上的一扇风门被砸坏了，四叔也能修得完好如初。

　　我初中复读需要自带方凳，也是四叔挑选木料，又锯又刨又凿，花费数日做成。这个凳子，是我们班上最好的，它伴随我度过初中的最后一年时光，助我顺利考上高中，我也成为贾家第一个高中生。

　　我结婚时，扮演大厨角色的是四叔，他曾是三门峡铝厂的厨师。记得那时，在我家院子当中，架起几个炉子，红红的炉火，迷漫的热气，系着蓝色围裙，手持炒勺，煎炸烹炒应付自如，供百余口人吃喝就是四叔，还有黑旦舅和我的堂弟兴旗。兴旗是四叔的二儿子。

　　四叔膝下有五个儿子。四叔很累，因为他和四婶要把五个儿子养大成人。四叔也最欣慰，因为这五个儿子不仅长大成人，娶了媳妇，还继承了良好的家风：孝老爱小，与人为善。几十年来，我没有见过也没有听到过，我这五个堂弟之间吵过嘴或打过架，听到的见到的都是他们相互谦让、相互扶助的事情。我知道，这是四叔身上优秀的品质在儿子身上潜移默化影响的结果，是四叔孝顺，带动儿子们孝顺，是四叔关爱别人，带动儿子们关爱别人。

可以说，四叔的五个儿子没有让他失望！爱然姐说：兴旗他们兄弟五个都可怕四叔了！这是真的。但是我想，这种怕，是儿子们对父亲发自内心的敬仰，也是儿子们对父亲发自肺腑的爱戴！

我和妻子陪爱然姐赶回牙庄已是两个小时后，此时天色愈显阴沉，似乎与人同悲。80岁的四叔，安静地躺在灵床上，无声地接受着亲人们的祭奠。

33. 刚直不阿的五叔

爹的兄弟中，最有文化的，当数三叔；脾气不好的，当数六叔；最有涵养的，当数五叔。三叔文化最高，在于他写得一手好字，在于他画得一手好画，还在于他有着脱离贾家纷争、超然于物外的健康心态。

也是，贾家这么多人，杂事俗事肯定不少，眼不见为净，耳不听为净，是最好的处世之道。所以，三叔就和三婶常年住在渑池，没有大事不会回来。大事如我的父辈逝去，父辈过生日，各家长子娶媳妇，那是必须回来的。

五叔就不同了，可谓一直没有脱离土地，一直没有脱离太师椅院，一直没有脱离贾家人，与五婶勤勤恳恳，任劳任怨，相偕相伴。老两口好像从没有吵过嘴，也从没有与兄弟置过气。好脾气的五叔身上有着天生的刚直不阿。不对的事，他敢于指出来，不公平的事，他敢于说出来。

敢于发声，这个很重要。一个家庭中，必须有正直的声音出现，方能有正能量场的存在，不正确甚至邪恶的声音才不敢发声，甚至销声匿迹。怕就怕在，家庭中每个成员都自私自利，或胆小怕事，遇到贪财的、坏事的、不孝的、骂人的，都睁一只眼闭一只眼，甚至退避三舍。那这个家庭肯定不是团结和谐的家庭，肯定是让老人生气伤心的家庭，也肯定是让外人笑话的家庭。家庭成员中如果都有奉献的态度，凡事量力而行，尽心而为，如果再加上人人好脾气，那这个家就一定是幸福之家。你也不要说家人幸福与金钱多少有关，这样的说法是没道理的。就如同家庭的整洁情况，有的家收入很少，但家里整洁如新，使人心情舒畅，有的家收入很高，却如同猪窝，让人看了心情不爽。

记得埋（乡下称入土为安为埋人）了爹，在坟地里五叔听我们在说赡养母亲的事，就走过来严肃地插话问道："你爹没了，你妈越来越老咋办？"我说："冬天接到洛阳去住，其他时间在爱红家或去建国、兴红那儿住，不管去谁那儿，我和建国一个月给妈拿三百块钱，加上国家的养老金、遗属补助金，作为她可以支配的零花钱。有小病了，从爹留下的钱中拿，大病了我和建国分担。"五叔听了，很满意。五叔这一问，让我很感动。他当兄弟的，为嫂子的生活操心，过问一下是关心也是责任，就会使晚辈在这种事上不敢掉以轻心。转眼八年过去了，母亲住过好几次医院，可以说九死一生，但是我们从来没有在母亲医疗费上有过周折、纠纷和不愉快。现在我们请了一个保姆，专门照顾母亲，四人每人拿出八百块做保姆工资，运行一年，还比较可行。亲兄弟明算账是应该的。但要设定一个底线，让人人能有尽孝心的机会，人人都不回避自己承担的责任，是合理合情合法的方式。你有能力有钱，你尽可多出，但你不能代替其他人承担应有的责任和担当。

关于三叔，我去年六一写了篇博文《如梦令》：

三夏时节，池塘是玩伴的天堂。

牙庄村西有池名东风，深约三丈，阔约百尺，常储水满沿。

记得一天，从南洼玉米地点化肥回来，已近天黑，一干兄弟相约去往东风池，脱衣，跳水，裸泳，欢声笑语，尽兴玩耍，乐不思归。

我们扎猛子（潜水）可至池塘底摸起石头，狗刨姿势（近似蛙泳）可横渡池塘，仰摆脚（仰泳）沿池塘内壁可环游一周。

在高过人头的玉米地里点化肥，如入蒸笼，大汗淋漓。在碧水荡漾的池塘浮水，爽快无比。

天黑透了，该回家了。

进了大门，发现在祖母门口的水窖周围的大块空地上，坐了一大堆人。长辈中除了祖母，还有三叔、五叔、六叔、小叔，估计还有婶们，平辈中有二哥等十余众兄弟。

三叔吆喝我站住，又喝令我跪下，喊二哥过来，要二哥脱下他的解放鞋，照着我的屁股打了开来，一下，二下，三下……一下接着一下，啪、啪、啪……一声连着一声，打得很有力道，响得也很有节奏。

我们住在山沟里，山沟东西通透，西高东低，家北面是高高山坡，南面是高高的山梁，高得挡住了日月星辰，这种沟谷山梁构造使"啪啪啪"的回响，更为悠长和浑厚。现在想起来依稀觉得耳畔还有富含节奏的啪啪声。

很奇怪，我不记得二哥打了我多少下屁股，也不记得我当时号啕大哭了没有。

只记得三叔的教导音犹在耳：你去洗澡（乡下把游泳都叫洗澡），淹死了，我咋给你爹交代？

当时我就有点纳闷，小叔和二哥也去点化肥了，见我去洗澡，他俩咋不拦住我呢？

我那时十二三岁，竟敢下深水"摸鳖"，胆子可真够大的。

想起童年趣事，今日又逢儿童节，特作拙词《如梦令》志之：

常记池塘日暮，潜泳忘却归途。兴尽晚回家，众长院内环顾。击臀，击臀，啪抽回荡深谷。

34. 当过兵的六叔

说起六叔脾气不好，是有根据的。

六叔脾气不好，与旧体制（集体所有制）不无关系，与封建传统（家长制）不无关系。

我要写六叔，这是必需的。不写六叔，太师椅院贾史家事便不完整。

六叔应该是贾家父辈中最帅气的。六叔当兵的时候，是在焦枝线龙门涵洞上方的一处兵营里。当年我六七岁的样子，与姑、祖母从偃师乘火车到洛阳东站，六叔接上我们仨，乘上汽车到龙门石窟，下车后又步行好长一段，开始爬坡上山，才到了六叔的营房。营房官兵很热情，让我们仨住在临沟的房间。房间沟底是盘山公路，从窗户向下看，有通往伊川汝阳的汽车在脚下公路上由北向南鸣笛疾行。想到我随祖母和姑步行这么长的山路，我就趴在窗台上扭头对祖母大声喊："奶！姑！你们看，汽车都通到这儿啊，还让我们走这么远！"祖母和姑听了我的不平之鸣，都哈哈大笑。

到六叔营房第二天，六叔陪我们去游览龙门石窟。当时的石窟一片荒芜，不要钱都能进去。我们上了奉先寺，我攀上金刚座，抱着金刚的粗腿，是实实在在地抱过，虽然难以抱圆。

可以说，六叔是贾家的形象，玉树临风，也是我们晚辈仰慕的对象。记得他从龙门守护营部队回来，从大南窑沟走回家，一身戎装，披着军棉大衣，大衣下摆还翻后一半，走路雄赳赳气昂昂，带着一阵风，要多潇洒有多潇洒，要多气派有多气派。

复员回来的六叔，是贾家的支柱和希望，也是祖父祖母的骄傲和希望。他先在水沟搞绿化工作，还把嫁接技术用在太师椅院西崖枣树上。后又到大队（村）拖拉机站工作，开着履带拖拉机在南边犁地，很威风的样子，还让我坐上驾驶室，试着扳扳操纵杆，感觉耀武扬威。

六叔为贾家赴汤蹈火，也可足见其英雄性情。祖父在世的时候，因为六叔的大嫂对祖父不敬，六叔训斥了他的大嫂，大嫂受了委屈，我的大哥打抱不平与他有了口角和肢体冲突，大哥未动手，但六叔因追逐跌倒受伤。约十年后，因为春节娱乐，又与我有了肢体冲突，六叔精神很受伤。又约二十年后，因庄稼地侵界，与我五弟（他的侄儿）又险酿重大肢体冲突。头一件与末一件，我不便述及，但中间一件，是忘不了的。

我上了大学，寒假要回家，我用节省下的伙食费（菜票）给我的弟、妹买了文具盒，包括兴红、兴伟、兴涛——他们应该记得，虽然都已分家另过——我还带了四大名著打算回家通读。但是，大年初一一场变故，让我通读名著成了泡影，也让爹和六叔生气伤心！当然，也使得整个贾家春节不得安生！

大年初一是贾家的欢愉时光。大清早，家家放鞭炮，啪啪啪，此起彼伏。听见鞭炮声，各家孩子都会被吵醒，都会嚷嚷着穿上新衣裳，蜂拥而出，到小叔家捡鞭炮——因为总是小叔家鞭炮放得最早，未响的鞭炮在地上躺着，等着我去捡拾——捡拾的鞭炮会被我们再次点燃，或三四个鞭炮捻拧在一块，再被点燃，噼里啪啦，觉得很好听很好玩，过年的气氛很浓。

天亮了，艳阳高照，我们就在院里打扑克牌。

六叔家是个很大的庭院，门前也是打牌的宽敞场地。六叔，还有小叔、二哥、三哥等，围在一起打扑克牌。打什么牌呢？推十点半。一副扑克牌，花脸牌是半点，1到10是正点，你如果揭了J、Q、k黑桃牌，再加个黑桃A，加个黑桃8，你就是"五龙10点半"，你就绝对赢了！我揭了一张10，又揭了一张花牌，构成了十点半，赢了！能赢多少？可能是5分钢镚，也可能是3分。我正高兴呢，六叔说我"玩奸"。玩奸，是耍赖，出老千的意思。我说我没有，六叔说我就是有。我犟着说：没有！六叔就挥起右手朝我头上打了一下，我"恼羞成怒"，挥起右手朝他肩膀上打了一下。

这一下可捅了马蜂窝了！太岁头上动土了！

六叔失了面子。爹因此对我不依不饶，三叔、四叔、五叔也一样，都对我不依不饶，让我认错。

我呢，拒不认错，因为我确实没有错，我打牌没有玩奸。而且，我做任何事从不玩奸。没玩奸的事，我不会承认，更不会认错。不管谁说，我也决不认错！

最终，也没有认错。

现在想起来，估计爹当时很生气，六叔当时也很伤心！

退一步讲，真不值当。为了几分钱，作为长辈的六叔，值得跟18岁的侄儿斗气吗？本就是一个玩耍的游戏，迁就一下又有何妨呢？我作为晚辈，被长辈猜忌，一笑而过息事宁人，换来大家欢喜，又会吃多大的亏呢？

六叔的一巴掌，和我的一巴掌，让贾家的这个春节过成一锅粥！六叔好像骂我不知好歹，小学住院时枉为我跑前跑后。爹也是气得不得了。

我一直告诫自己，不要冲动，冲动是魔鬼，魔鬼现身肯定就会伤人。

然而，冲动之所以是魔鬼，就是因为有时意志难以控制，因为那是瞬间爆燃，不管对方是你的父母、爱人还是恩人。

如要总结，这就要求我们都要增强修为，方能避免不愉快的事情发生。

扑克牌事件，转眼三十七年过去了。六叔可能早已忘却，我却挥之不去。它在告诫我，遇事不要冲动，处事不能情绪化。虽然，泰山能移，禀性难改，但有认识，就是善莫大焉！

六叔是火暴脾气的人，也是坚强不屈的人。他和六婶相濡以沫，不离不弃，是晚辈持家的榜样。六叔关心晚辈，公正处事，是晚辈待人的标杆。

六叔膝下有二子一女。六叔为他们成家立业操碎了心。六叔是第十村民组组长，也为村民权益付出了很多心血。

附2016年6月我写的《我的乡愁》：

已届天命之年的最大变化是，每到周末我总想回老家。为什么要回老家，我还真是没有仔细想过。

是看望母亲吗？母亲含辛茹苦把我们姊妹四个抚养成人，促其上学，帮其成家，带其孩子，十分不易。让母亲颐养天年，是我们做子女义不容辞的责任。回想二十多年前母亲来洛阳帮带孩子时，母亲也不过五十多岁的年纪，然而我们就觉得她当时很是苍老很是笨拙。虽然苍老笨拙，但对我们一家生活起居和饮食关心备至，让我记忆犹新。在她不习惯的城市，母亲尽使着她的绵薄之力。现在，她的孙子二十多了，母亲也八十多了，进入耄耋之年，我们所能做的，就是周末回家。母亲看见我从车上下来，会小步趋跑过来，脸上布满皱纹和笑颜，边走边高声说，回来啦！孙子哩？带恁多东西咋嘞！媳妇递给她每月的孝敬钱时，她会用手让着说，有！有！你拿着！你拿着！我们围着桌子吃饭，她却坐在一旁吃，还不断提醒我们吃这吃那。

是看望妹子吗？我有两个妹子，分住在相邻的两个村子。不管去哪个妹子家，媳妇总会提前打个电话说，我们现在从洛阳出发，约一个钟头到家，你哥想吃手擀面，做蒜面条吧。俩妹子家条件尚可。也知道我吃上随意，但卫生要求高。她们得信儿会提前准备。到家了，地面整洁，光可鉴人，客厅整齐，窗明几净。落座片刻，白面做的手擀面就会端上来，面里会有几片绿绿的菠菜或红薯叶，浇勺蒜汁后会堆放厚厚的金黄的炒鸡蛋，吃起来相当爽口。一两碗下肚后，再喝碗面条汤，这顿饭就心满意足了。

是想念叔婶吗？七叔二十兄弟八姐妹及其三四十个晚辈，是我们家的基本构成。当你踏进村里，跨进家门，"回来啦"的问询声，"四哥四嫂"（我排行老四）的呼唤声，"四伯四娘"的叫唤声，句句真挚，声声实诚，还有乡邻乡亲的招呼声，拖拉机摩托车电动车往来穿梭声，这一切声响就是我们回味无穷的乡音乡情。到四叔家里，四叔会问寒问暖，四婶会拿出刚出笼的包子。到五叔家里，五叔会吆喝当厨师的儿子做菜，五婶会央五叔下窖装满一整袋红薯让我们带走。这红薯是旱地红薯，皮红肉面，或蒸或煮，味道甜美。到六叔菜地里采摘时令蔬菜，那蔬菜带回洛阳后能让我们吃上好几天。

是想念沟沟坎坎吗？我是在邙岭深处的坑了院里长大，这个院子养育一大家后又衍生六大家三四十口人。上学要爬几个陡坡到邙岭之巅的学校，这个学校让我与二百个同龄人一齐读了小学读了初中。我们要下到沟底，上到东咀、庙咀、北梁、东梁的梯田劳作，在麦田拾麦穗，在玉米地里点化肥，在棉地里摘棉花，从沟底井里往坡上旱地抬水点红薯苗。我们曾顺着山坡飞奔而下，然后是在梦中跃起飞翔；我们曾在庄稼地里欢呼着追狗撵兔，在水沟里浑水摸鳖抓泥鳅，在生产队果园里偷果摘梨。二十多年后我曾和朋友多次回到老家，上坡下坎，登高望远，跋山涉水，指点沟坎，给他们讲这儿曾是眼老深井，那儿曾是棵老槐树，这儿是谁家，那儿又是谁住。看窑洞仍在，想物是人非，看村民新居，想沧桑巨变，时不时地感慨万千、唏嘘再三。

唉，我不知道，这些是不是我魂牵梦绕的乡愁。

35. 父亲逝去之痛

今天是12月9日。

前几天我问母亲："俺爹走了多少年了？"母亲说："不知道多少年了！"夫人说："多快啊！八年了！"我又在家人群里问："咱爹是哪一年走的？"只有大妹夫回答："2011年11月4日上午10时。"夫人见了，说："老爹2007年11月24日有病住院，卧床3年去世，应该是2010年12月9日去世。时间指的是阳历。"后又补充说："2010年12月9日是农历十一月初四，这个时间才是最准确的，阳历12月9日天气已很冷。"

八年前，我是上午10点左右接到的电话，知道"爹老了"，也知道这是意料之中，但还是悲从中来，心中凄楚。在向我所在工作单位的领导葛部长请假时，竟然泣不成声，惊得葛部长连问"怎么啦"，我止住哭后，哽咽着说："俺爹死了！"

是啊，爹死了！从这天起，我没有爹了！

2010年牡丹盛开时，我把爹接到洛阳看了看新区刚刚装修入住的家。我和建国给他洗澡，他身上的老皮层层直掉。推他到餐桌前吃卤面，他只有左手能动，也只有用手抓着才能吃进嘴里，一边吃着一边用可怜的眼神看着我们，意思是不要笑话他。他坐在轮椅上，挨个房间看了看，说"好"。建国问他愿不愿意住到这儿，他点头又摇头，然后用左手指着母亲似有所言。夫人明白，连忙说："知道，放心，冬天把妈接来住，这儿有暖气。"2009年的一个双休日，我还拉他和四叔去逛康百万庄园，用轮椅抬着过门槛，听着导游介绍，又拉到孝义吃饭，还没下车，爹又吐一身，爹也用那难为情的眼神看着我们为他清理。

爹从2007年病倒后，就再也没回到他亲手建造的宅子：三间楼板上房，坐南朝北，冬暖夏凉；三间砖拱厢房，坐东朝西，一厨一客一房；院子里有葡萄架和无花果树，以及防臭男女厕所，大院通向大门过厅，过厅照壁上有三叔画的松雀图，双扇乌漆老式厚重木门，高高门楼面向正东。出了大门，东面可眺望莽莽丘陵，绵延不绝。

爹最后的三年时光，是熬过来的。一向干净整洁的退休工人，一向勤快热闹的一家之主，从此以邋遢形象示人，从此以轮椅为伴，最后半年则卧床不起，渐赖输液维持，最后水米不进，晕睡不醒，在等着油尽灯枯的那一刻！

最后这三年，是爱红陪着受煎熬的三年。伺候病人三年，那是一千多个日日夜夜，是怎么熬过来的，又付出了多少汗水和心血，我们无法衡量，我们也无法计算。

不错，爹倒下后，我和夫人几乎每周都回去探望。夫人每次总会做爹喜欢吃的饺子和面条喂他，也会搬个小凳子坐在轮椅旁陪爹说说话，爹也会出现难得的笑容。然而，这种昙花一现、蜻蜓点水的探视，怎能抵得上爱红日积月累的伺候？不要说爹有那点退休工资（养老金），把钱给你，你愿意在家长久伺候卧床不起的病人吗？没有钱给你，你愿意主动接健康的古稀老人到家里住吗？

久病床前无孝子。站着说话不腰疼。"孝"字好写，孝话好说，但孝事又有几个人坚持去做呢？

三年的孝敬时间，爱红坚持了下来，做了她两个哥应做未做的，付出了两个哥应该付出而没有付出的。她有委屈，但她的委屈她从没有说出来，爹死那天，她确实哭出来了！

平心而言，我和建国对不起爱红！

爹是他的七个兄弟中走得最早的。我安排人接三叔回来，又赶回爱红家中，爹就躺在荆席上，身体佝偻着，瘦骨嶙峋，眼睛并没有合上，在等着我们回家。他的侄子几乎全都回来奔丧，他的兄弟包括大伯大娘都来料理后事。

出殡那天，我的几个堂姑也全都赶来送行。我在洛阳单位的领导、同学，还有众多乡亲专程过来吊唁。为了打墓，海周、建宗等兄弟在庙咀墓地的冻土中连夜挖出深深墓穴。

那几天，我是在磕头中度过的，到同族家中报丧要磕头，见来人吊唁要磕头——双腿膝盖已经磕破——在跪下磕头的一刹那，你的眼泪会涌出来。

痛哭流涕是在往地里送行的那一刻。面对披麻戴孝的亲人，面对围观的众多乡亲，我对爹要说的话，悲从心来，泣不成声。想起头晚伏案草拟时，眼泪就没有断过。

那天对爹说的话我已记不清了，大致有爹对孩子的关爱，对家人的关怀，对工作的敬重，对劳动的热爱。我特别提到了爹在生活异常艰难的日子里对我初中复读和上高中的巨大支持，没有爹的支持，我便没有后来上大学的日子，也便没有到洛阳当教师、到报社当记者、到机关当公务员的日子，也便没有娶好妻聚好友的日子。也特别提到了让爹放心，我们姊妹几个会照顾好母亲的，也会孝敬好叔婶的。

送葬那天，阴沉寒冷。送葬队伍，绵延几里。那黑色的棺材，那白色的丧衣，在凛冽的寒风中，在响器时强时弱的哀乐声中，从村南爱红家，经过长长的街面，经过跃进门，经过南边路，经过五道岭，经过大南窑，经过供销社，经过水沟路，沿着庙咀的土路，向东，下坡，到了贾家埋葬老爷老奶埋葬爷奶的庄稼地。在爷奶坟堆的正前方，有个东西向的长方形墓穴，爹的棺木在此下葬，陪伴爹的有他的爷奶，他的伯娘爹娘（爹管父母叫伯娘，管叔婶叫爹娘）。若干年后，他的大哥和四弟也来此陪伴，就住在他的左右两侧。

邙山自古葬好人！

36. 如此媳妇

贾家男人都很霸道，贾家嫁出去的闺女也很霸道。

这种评价来自外人，比较公允；也来自贾家人，不算夸张。

这里只议贾家的女人。女人，在乡下都是特指媳妇。无论是贾家男人，还是贾家闺女，总体上都很优秀，优秀的关键在贾家媳妇，因为媳妇是家庭的枢纽，是贾家男人好坏的开关，假如你摁了好门的开关，你放出来的就是好男人，你摁了坏门的开关，你放出来的可能都是坏男人。

作为男人，应该主导大局。以爹为例，爹德行好，富有主见，且表里如一，光明磊落，所以他碰到母亲不明事理时，他会开导甚至是不理不睬，母亲再有说道，也撺掇不起事。母亲懦弱木讷的性格也决定了这种家庭格局。但是，如果爹碰上了另类的母亲，那又会是什么样的格局呢？如在老伙（兄弟没分家）时，母亲会不会把爹的工资全部拿走呢？会不会撺掇爹不全上交工资而攒些私房钱呢？会不会嘟囔爷奶的坏话而分家另过呢？会不会翻腾伯娘叔婶是非诱发兄弟妯娌纠纷呢？如果爹稍有糊涂，加之枕边风吹着，日积月累，爹肯定会走上岔路，比如藏些小金库，比如闹着分家，比如训斥兄弟，等等，负能量不断，扮演劣儿恶兄的角色。好在，爹不是糊涂爹，妈也不是糊涂妈，二老做到了孝敬爷奶，尊重兄弟，呵护晚辈。实际上，德行好的，应该学会掌控大局；会掌控大局也是德行好的体现。因为你不去掌控，就会让媳妇的歪理恶念放任自流，最后可能使不良局面不可收拾。

作为女人，应该扶持大局。家庭的大局应该是以团结和睦为主基调。作为女人，按传统礼数，是处于从属地位的，在贾家更是如此，这也符合贾家男人很霸道之说法。因此，有利于家庭团结的话多说，不利于家庭团结的话不说或少说；有利于家庭团结的事多做，不利于家庭团结的事不做或少做。当男人为家人拿出点钱物，你应该表态支持，或顺势引导和完善他的做法，而不是一味地横加阻挡甚至指责。特别是当男人去做孝敬老人的任何事，女人都应该无条件地拥护支持和坚决服从。衡量一个女人好与孬的标准很多，然而有一个很容易检验的方法，就是她会不会主动向男人提出把男人的老爹老妈接到家里来住，并与娘家爹妈一视同仁。从爹活着乃至他死后八年来，只要到了冬天暖气一来，夫人都主动提出并亲自开车回去把母亲接来，一年是这样，数年是这样，用实际行动阐释了"桃李不言，下自成蹊"这一做人真理。

前年冬天，我写了一篇散文《如此媳妇》，日报编辑斟酌再三，还是觉得这个题目比较好。现转录于此，供大家参阅。

你也是媳妇，你能做到吗？

　　岳母住在我这儿一个月后，媳妇又回偃师把母亲接来了。时间很快，半个多月转眼过去了。

　　岳母75岁，城里人。母亲85岁，乡下人。母亲来我这儿后，第一次与岳母合住在宽一米八的大床上。二老能搁伴好吗？这是我的担心，也是媳妇的担心。

　　原来不会担心，因为岳父健在时是二老的和事佬，岳父为二老做饭，领二老逛街。岳父一年前走了，岳母因此只能住我家，母亲按惯例只能来我这儿过冬，房间所限，二老也只好同榻而卧，相伴度日。

　　没想到我的担心多余了，因为二老相处得很好。岳母胖，但耳聪目明，个性要强，虽然有轻度脑梗致使走路半边不利索。母亲瘦，不仅耳背目弱，还因去年摔着腰椎后要拄拐走路。然而，岳母从不嫌弃母亲，还时时处处对母亲加以扶持。

　　吃饭时，二老比邻而坐，岳母给母亲夹菜。晴好天气，二老相偕下楼，岳母走得稍远，就让母亲在楼栋口来回走动，还反复叮嘱母亲不准远离，过会儿走回来又领母亲上楼。晚上睡觉，我能听见母亲给岳母讲养老院见闻，讲她和妯娌间逸事，耳背的人声音很大，能传到我睡的房间，岳母成了忠实的听众，还不时地附和母亲几句。我很少见到母亲有过这么多话，母亲显然视岳母为她的知己。母亲之所以伤着腰椎，就是去年一人下楼在草坪跌倒，也曾一人上楼摸错楼层又误入黑灯瞎火的楼梯而跌伤，因为她不会乘电梯。现在，有岳母陪伴，让我安心不少。

每当母亲与岳母斗嘴，我就会开心大笑。当我叫妈时，二老会同时答应，又会相视而笑。母亲没文化，说话不注意，但岳母从不计较。母亲也不因为这是儿子家而盛气凌人。我想，这是二老性本善良所至。我觉得家有二老挺好，这让家更有气氛，也很不理解有的儿女怎么会嫌弃老人。这绝不是钱的事。我知道岳母很抠，岳父留下很多钱，她自己也有不少的养老金，但人老了，自私贪财很普遍，她不给我们也从不去要。母亲是农民，除了国家给的那点养老金和遗属补贴，几乎什么也没有。但这不影响我们对老人的孝敬。

前几天我对媳妇感叹：俩妈相处得怪好啊！媳妇笑了笑说：我提前给俺妈做了功课。我给俺妈说，我回去接俺婆子来这儿住，如果你俩相处不好，我只能给你送走，我不能送俺婆子走！

待婆子好的媳妇，怎么会待妈不好呢！看着一日三餐变着花样为二老做饭又坚持上班的媳妇，我由衷赞叹：如此闺女，如此媳妇，夫复何求？！

贾鑫看了《如此媳妇》，感触很多：
一说"家风"。

我们贾家有这样的媳妇，幸哉！

有人说，媳妇是家里的风水，能不能处理好娘家与婆家之间、妯娌之间、兄弟姊妹之间的关系，关键在于媳妇。媳妇如果这些方面做到位了，家里风水自然就好。同时也利于好家风的形成，好的家风不是喊出来的，是一点一点做出来的。

良好家风的传承，是需要每一个人为晚辈做出表率的。好的家风传承是留给后辈的最大财富。这方面，四嫂给我们做出了表率。

二说"孝顺"。

相信对于每个人的内心来讲，都认为自己是孝顺的。

没有对比就没有差距，对婆家妈胜似亲妈，四嫂做到了，几十年如一日孝顺公婆，四嫂做到了，对公婆的孝顺，一天两天好做，一年、两年、几十年都这样做，不简单，不容易！

这"孝顺"二字说着容易，做着难！难就难在生活中的点点滴滴的坚持。面对父母唠叨时，我们是否耐心倾听了？面对父母吃喝拉撒睡时，我们是否尽心尽力了？面对父母生病住院时，我们是否床前尽孝了？

举个小例子，我们给自己的亲爹亲妈洗过几次脚？剪过几次脚指甲？这一点我确实汗颜，必须向四嫂学习！

四嫂对公婆的孝敬，是对四哥爱屋及乌的表现！爱一个人就要接纳他的全部……是真正地把婆家人当成了自家亲人。这种孝心，更是一个人人品的呈现，人与人的交往最终久于人品，这是一个人做人、立世的本分。

三说"缘分"。

去年2月18日，我和我哥带我爹到小区对面澡堂给他老人家洗了洗澡，那是我第一次给我爹洗澡，也是最后一次。20日上午他老人家竟走了，那次给父亲洗澡竟成了永别，这辈子，父子缘分已然结束……

佛说：若无相欠，怎会遇见。夫妻缘分、兄弟姊妹缘分、父母缘分、同学缘分、同事缘分……好多走着走着缘分就没了。

一辈子不容易，"有缘"在当下，"惜缘"更应在当下……

又忽然想到曾填写的一首词《浪淘沙令·亲家媪》。词曰：

媪婆二人，一期颐之寿，一古稀之年。现乔居伊滨新居，同榻而卧，相敬相扶，传为佳话。

亲家两媪情。卧榻床同。期颐相扶古稀行。遍问如今千家户，谁与类等。

子女偶相逢。龙盘兔腾。二老常浸笑谈中。若使婿孝女不淑，岂止行佣。

又有词曰《渔家傲》：

伊苑晨色风景异，寅时雾起无去意。四面鸟声连绵起。眼界里，长烟迷楼孤园闭。

娘亲举拐更声里，卯时雾散晨曦启。杨姐忙碌厨房地。饭未成，久候餐桌不觉奇。

这天五时，大雾突起。五时有半，雾渐浓，保姆杨姐入厨做饭。老娘拐声咚咚亦起。六时，雾渐散，晨曦映照。老娘和岳母已坐桌等着吃饭。七时，饭成，二老呼我用餐。

再附《媳妇保姆》博文：

老娘85岁了。去年采暖始，媳妇回偃师接老娘来洛，拐到养老院瞧瞧，见老人众多，老娘又愿意留下住几天。

1月28日中午，我们给老娘过了生日，一家老小还有好友一百多人哄老娘开心，又逗老娘："养老院年下要放假，那你去哪儿？是闺女家，还是偃师儿子那儿？"老娘想都没想说："洛阳儿子家！"其实，养老院怎么会放假呢？

前几天，景表姐、素表姐去养老院看老娘，老娘还念叨说我们这两天要回去接她。可见其来洛心切。本来打算周六去接，但昨天，也就是周五下午，媳妇就回去把她接来了。

到洛阳时天色已晚，媳妇还得做饭。我从外面应酬回来，已经十点，老娘也已睡下。与岳母同睡北屋的大床上。岳母七十五岁了。家有三室,书房归儿子,我们在南屋。

早上,听儿子喊:"妈,怎么这么臊呢?"

"忘了!你奶昨天来了,晚上尿到秋裤上,放到洗衣机里,忘洗了!"

"我说晚上一回来咋就闻到臊味呢!"

"哈哈哈!"媳妇开心地笑了起来。原来,老娘睡觉时穿着秋裤,起夜时没褪掉秋裤就坐在蹲便器上,也就有这结果了。

媳妇马上着手洗。又从老娘床上拿起从偃师带来的一个褥子,一闻,也有很大臊味,拆洗。早饭后,我去踢球,然后到办公室看了会儿书。十二点回来,见门反锁。打开手机见有十几个未接电话,因不小心调成静音,都未听见,有马总一个,班哥八个,媳妇两个。班哥约着会朋友,看来错过了。连忙打给媳妇,媳妇说:"你失踪了,电话也不接?班哥到小树林踢球那儿找你了。快来客香来吃饭!"

客香来在小区外不远处。到时,二老已在卡座上落座。分坐在媳妇左右。

我问:"俩妈咋上来了?"

媳妇说:"累死啦!那个妈慢慢走上来,这个妈我搀着上来,把我的手抓得生疼!"媳妇举起左手,手背有红印。老人的手抓劲力道是很大的。

客香来门口处有三个台阶,进门后是拐弯楼梯,约有二十个台阶。而俩妈，岳母轻微脑梗，走路颤巍巍的，扶墙拾级可上，老娘去年脑部手术后得挂拐行走，平路尚可，上楼梯确难。

今天吃西餐是朋友请客。我与妻与友相同：牛排。俩妈是米饭小菜。先上了汤，俩妈一会儿呼噜光了。又上一份鸡蛋羹，又是一会儿舀吃净了。有鸡爪，酱色的，诱人，岳母吃了一口，说："咸死了，不好吃！"媳妇附耳说："当着朋友面不能说不好吃！""就是咸！还不如吃糊涂面！"媳妇瞪着岳母，我和朋友看着嘿嘿笑了起来。

老娘看着朋友说："你看你多好，脸上肉疙瘩瘩哩！看我瘦成啥！"

我连忙叫停："妈！不能当着女生的面说她胖！"

老娘不一定听懂。

媳妇说："我吃饭从不忌嘴！"

朋友说："你怎么不胖呢！我不吃肉，也锻炼，怎么瘦不下来呢！"我心想，咋不胖，都胖了十来斤。只是嘴上没说。

朋友人很好，一笑，眼睛成一条缝了。

俩妈胃口出奇地好，不停地吃。吃饱了也快两点了。我背着老娘下楼梯，很沉，很小心。到了楼下，俩妈仍然是在媳妇左右，媳妇一手牵一个。

媳妇教育岳母："今天是人家请吃饭，不好吃也不能说不好吃！"

"你没给我说是人家请啊！"

"不是人家请，当着人家面也不能说！"

"你不啰唆吧！"岳母又反过来教育闺女。

我们走进小区，见院墙下有一老太在轮椅上晒暖。媳妇说："你回家搬了凳子下来！"

送了凳子，我便回家，见所有的被子被罩都拆洗了。后来还知，那台全自动洗衣机，被累得罢工了。

上午见空，媳妇还给老娘洗了澡，也是为了让老娘把内衣内裤全部换洗一遍。

37. 分外争气的贾家闺女

写贾家不能忘了贾家的闺女。太师椅院贾家闺女中，父辈闺女有八个，我们这一辈也是八个，孙辈中可能也不少。总的来说，贾家闺女勤俭持家，孝老护小。乡邻评价一向很好。

父辈闺女中最为熟悉的是姑芳、英、棉，因为这三位姑与我们在太师椅院中共同生活了好几年，又都是在我上小学时候出门（出嫁）。其中，姑芳最为漂亮，在我小学一年级时嫁到了牛庄宗家。我上大学时，在她家观看挂在墙上的姑的大幅照片，曾禁不住猛夸漂亮，还惹来姑的嗔怪，说我书呆子，不能这样夸家里人。一直到现在，我也不知道为什么不能夸自家人漂亮好看。

相片上的姑确实好看，那是放大四五寸的黑白照片，脸上涂了红水彩，照片上的姑细眉毛，大眼睛，瓜子脸，羊角辫，好似后来的彩色影星照片，比照着街坊邻居的乡村少妇、家庭主妇，年轻时觉着就是好看。

不仅牛庄姑家里挂着照片，牙庄祖母窑洞墙上也有。而且挂了一排长二尺宽尺半的玻璃相框，里面有一张三叔的带矿灯头盔的七八寸黑白照片，也是上了水彩的，给我的感觉三叔是贾家最英武帅气的长辈。

姑不光形象好，还特别能干。那时时兴绣花，姑有时候就直径约一尺的绣绷，把一块白布绷紧，拿着绣花针，用不同颜色的丝线，经常绣出色彩生动的荷花、牡丹花和鸳鸯。有时候，姑会端坐在缝纫机前，把绷好的布框放在针脚下，手动脚踏，依次将红线、黄线、黑线、紫线，砸进布中事先画好的图案里，这些绣好的花，便会成为漂亮的门帘，也会成为我们的枕头套或书包。

贾家有台缝纫机，那时在牙庄村是不多见的。缝纫机就放在祖母窑洞里，在靠近门口有光亮的地方。贾家会蹬缝纫机的人很多，婶们应该都会，但剪裁衣服、用缝纫机缝制衣服的，估计只有姑一人。至少，我从小到大的衣服几乎都是姑给我做的，就连我上了大学，还要求姑给我做衣裳：军绿色的确良布上衣，是直领带风紧扣和四个口袋的；蓝色的确良布做的裤子；然后是一双有松紧带的塑料底蓝色布鞋。大一的时候还戴了一顶绿军帽，小平头，戴着近视眼镜。可以想象，军帽、眼镜、军上衣、蓝裤子、布鞋，就是我的大学形象。这个正统形象基本上都是姑给我塑造的。无论如何，当时"戎装"在身的我，是很骄傲、很自豪的。

姑不光能干，还特别正直。对贾家不好的人和事，甚至是她看不惯的人和事，她都敢说，甚至不分青红皂白就批评。姑是家庭正能量的倡导者，是家庭负能量的鞭挞者。因为一身正气，她在贾家的威望一直特别高，我们这些侄辈都很敬重她，服从她，虚心听她规劝，真诚接受她训导，少有犯犟的。当然，个别一时犯浑的除外。

当然，姑也有糊涂的时候。三四年前，她来正骨医院动手术，术前我请医生同学吃个饭，因座位有限，没让她的小儿子参加，因此对我意见很大。后来听了我的解释：是请医生的，家里人多，其实不好。她也因此释然。现在姑年近古稀，礼数上也更讲究。春上我要夫人专程陪她去香格里拉游玩散心，秋上又因我给儿子办席，她作为长辈代表出席，考虑她从偃师过来方便，就没安排她住进酒店，于是又有些生气。对此我没有解释，相信她老人家会谅解晚辈忙得晕头转向礼数不周的。怕她孤单，邀她来洛阳与母亲、岳母同住几天，她却又不愿意乘高铁，执意要坐小车来，我连忙应诺却又一直未能成行。现在我这儿有两位八十岁老太，知道过日子其实跟哄小孩一样，对姑她老人家，也应以她高兴为上策。

除了姑，姐爱然，妹爱红、爱萍、红霞等身上都有姑的能干和正直，特别是对双方的老人做到极尽孝道，远近街坊闻名。

163

爱然初中毕业后，当了赤脚医生，接生了众多生命。后因太过操心劳累也担惊受怕，毅然弃医从商，相夫教子。实行新农合后，她又毅然弃商从医，以47岁的年龄，自费到洛阳市卫校脱产学习一年，一次性考取资格证，学成回到牙庄先在家中开了一段时间的诊所，后又被召集到村里诊所专职行医，悬壶济世，广结善缘。前年被选为偃师市人大代表。今年又以55岁的年龄参加医师考试，又是一次性过关拿证。当我听说后，很为她取得这样的成绩而高兴，也很为她进取的精神而感动。知天命的大姐能够有这样的进取劲头，我们这些当兄弟的，还有已经工作和正读书学习的众多晚辈，还有什么理由不去拼搏不去进取呢？

38. 五婶是民间艺术家

能被称为"家"的，除了贾端红和我，估计只有俺五婶了。五婶原名魏银莲，因为祖父名贾银保，所以她就改名魏云莲了。

五婶的剪纸技术小有名气。《洛阳晚报·幸福周刊》记者范丽慕名采访了她。2019年6月28日，《洛阳晚报》以《她痴迷剪纸，作品广受好评——年过古稀热情不减　剪刀剪出多彩生活》刊发通讯，还附有五婶的剪纸工作照和多幅剪纸作品。以下是通讯全文——

　　在偃师市山化镇牙庄村，有一个普通的农家小院，这里看上去和村里的其他院落并无两样，但推开堂屋的门，您会发现这里别有洞天——形态各异、栩栩如生的剪纸作品挂了一屋子。

这些剪纸作品，都出自72岁的农村妇女魏云莲之手。

1.每个人都要找到自己的兴趣爱好

憨态可掬的猪、俏皮灵动的兔子、奋蹄疾驰的骏马、昂首打鸣的公鸡、挺拔的竹子，绽放枝头的梅花，扛着耙子若有所思的"二师兄"……魏云莲的每一件剪纸作品都惟妙惟肖。在作品的下方，她还剪出了代表祝福和吉祥的字样"鼠来珍宝""牛转乾坤""虎虎生威""汪汪来财"……把一个农家妇女的朴实、热诚和对美好生活的向往，通过剪纸表达得淋漓尽致。

"您这是在家办了一个剪纸展览啊！"记者禁不住称赞魏云莲。"听说我爱剪纸，村里很多人都来看，我每次都要搬出来，看完再收拾起来，很不方便。后来，我干脆都挂在墙上，随便看！"魏云莲笑道。

说起热爱剪纸的原因，魏云莲说，每个人都要找到自己的兴趣爱好，不然，年纪大了，天天坐在家看电视，要不就是东家长西家短，这样的日子过着有啥意思？

2.沉迷剪纸乐在其中

魏云莲沉迷剪纸由来已久。小时候，她偶然在书上看到剪纸的图片，觉得很新奇就喜欢上了，看得多了，形态各异的剪纸就一一刻在了她的脑海里。由于家庭条件有限，她小学毕业后再也没有上过学，帮着父母干农活，到年龄后结婚、生子、带娃，过着一个普通农村女子平淡、安稳的生活。

2006年，魏云莲的儿子请她到三门峡帮忙带娃。当时正值春节期间，她看到邻居家门窗上贴满了各种各样的剪纸，喜庆又好看，那一瞬间，埋在魏云莲心中多年的剪纸热情被重新点燃了，她决定开始学剪纸。

到哪里寻找老师呢？她在三门峡人生地不熟，一个偶然的机会，她在电视节目中看到三门峡市南沟村一位姓任的先生剪纸技术特别好，便决定去南沟村找他学艺。

"我在他家住了7天，做饭、打扫卫生，啥活都干，只为让师傅高兴，教我剪纸。"魏云莲说，有一天，师傅要去田里锄草，她二话不说扛着锄头就跟去了，埋头除了一天草。回来后，任先生对她说："我剪的时候，你在旁边看着。"魏云莲高兴得赶紧点头称谢。

从三门峡回到偃师后，魏云莲买了剪刀和纸张，只要有时间，她就不停地画呀剪呀，由于太过痴迷经常忘记做饭，惹得老伴儿和孩子"闹脾气"。

3.作品多次参展广受好评

通过多年的不懈努力，魏云莲的剪纸技术越来越熟练。2015年，她成为偃师市民间艺术家协会会员，不仅结识了一批在剪纸方面颇有造诣的艺术家，还在大家的鼓励下，多次参加偃师市举办的各种艺术展，作品得到了不少人的赞赏与肯定。

魏云莲一边和记者聊天，一边拿起剪刀和红纸，很快，一幅鸳鸯戏水的剪纸作品就完成了，鸳鸯的羽毛、水中的波纹，活灵活现。

"现在，老伴儿和儿子不仅不反对我剪纸，还很佩服我、支持我。"魏云莲笑呵呵地说，她希望越来越多的朋友加入剪纸队伍，剪出充实的人生和多姿多彩的生活，在剪纸中感受民间艺术之美。

《洛阳晚报》报道后，社会反响很大，洛阳市妇联主席刘向平看到后，也于2019年7月4日专程到牙庄村看望了五婶。市妇联也在公众号发了文章。现摘录如下：

这是一个普通的农家小院，但正中间的屋子专门辟出来当作了"剪纸艺术展览室"：不仅有栩栩如生、图文并茂的"马到成功""大鸡（吉）大利""龙行天下"等十二生肖图，还有"春回大地""出门见喜"等反映新农村面貌的作品。难得的是，还有一幅以荷花为主题，中间嵌"廉"字的剪纸作品——看来，这位农村妇女政治觉悟可不低。

刘向平主席亲切地拉着魏云莲的手："婶，您剪纸剪得真好啊！您咋恁喜欢剪纸啊？"俩人坐在沙发上唠起来……

原来，魏云莲年轻时就喜欢剪纸，但这些年忙着照顾家庭，一直没机会学习。直到2006年春节期间，儿子请她到三门峡帮忙带娃，当她看到邻居家门窗上贴满了喜庆热闹的剪纸，埋在她心中多年的剪纸热情被重新点燃了。经过一番拜师学艺，她的剪纸技术越来越好。2015年，她成为偃师市民间艺术家协会会员。因为名气越来越大，很多乡亲们都来欣赏、讨要剪纸，她干脆就把家里的一间房子辟出来，当成了剪纸展览室。

"人得有点爱好，要不，光在家里看电视、打牌，没意思！"魏云莲笑呵呵地说。"那如果我们市妇联组织一些妇女，跟着您老学剪纸，您教不教？"刘向平主席问。"可是中！只要她们愿意学，我就教！"魏云莲回答得干脆利落。她慈祥的面容，在满屋红彤彤的剪纸作品衬托中，喜悦而有光彩。

39. 为八十五岁的母亲祝寿

母亲八十五岁了，是不是办个祝寿宴呢？我把这想法和夫人一提，夫人马上说：应该啊！也让老妈高兴高兴呗！

就这样定下来了。经过很长时间的筹备，在贾鑫、张晓的全力协助下，祝寿宴于2018年1月28日圆满举办。贾家几乎倾家出动。偃师剧团团长王艺红登台献艺。

祝寿宴上，我作了开场白。我说：过生日摆宴请客，这是第二次。第一次是给儿子过12岁生日，在市委招待所摆了10桌，市委办公室同事去了快一半。这是第二次，是为老娘85岁大寿，来的都是家人和朋友。一年前的现在，老娘还在昏迷当中，因为有在座的大娘、叔、婶、姑，还有哥、姐、弟兄、妹子的关心，老娘才九死一生。这是这次摆宴贺寿的主要原因。趁这个机会，我只讲两句话，第一句话，是向老娘学习，学习老娘不惹事、不吵架、不骂人的长者风范。老娘不惹事，是因为心地善良；老娘不吵架，是因为没人跟她吵；老娘不骂人，是因为我们不喜欢听。这也是我们为人处世的最高遵循。第二句话，是向媳妇女婿学习，学习他们把老娘当亲娘的孝敬态度。我们姊妹四个还算孝顺，全赖媳妇和女婿比我们还要孝顺。孝顺不是喊出来的，是买衣裳做饭洗澡洗脚等一件一件小事做出来的，一天一天坚持出来的。孝顺不能等，因为我们这一辈子就这一个妈。

贾家外甥宗德超致辞。德超说：

不是贾家以我为骄傲，而是我因贾家而骄傲，因为没有贾家，就没有我的今天。

今天我二妗子85岁，我代表我和弟弟妹妹祝您老人家生日快乐！福如东海，寿比南山！也向在座的我的舅舅和妗子们鞠一躬，祝你们身体健康，万事如意！

在这里，我想说三句话：第一句，感恩牙庄给了我一个快乐的、难忘的童年。俗话说外甥是外婆家的狗，吃吃拿拿就爬走。小时候的假期大部分都是在外婆家度过的，不仅吃而且拿。舅舅妗子表哥表姐对我都很好，把我当自家孩子，做最好的饭给我吃。我们家遇到盖房子、收庄稼、没钱上学、爸爸治病，舅舅家也不富裕，但都是慷慨解囊，大力相助，所以说没有贾家就没有我的今天。我会一辈子铭记，一辈子感恩。

第二句，老人健在要及时行孝。孝道是做人之本。舅舅和妗子们的年代，国家还比较穷，没有给他们脱离黄土地的机会，在缺吃少穿的日子里，他们吃了不少苦，受了不少罪，想了不少办法，做了不少难，把表哥表姐们养大成人，结婚成家。舅舅和妗子们完成了他们的使命。现在，他们年纪都大了，身体多多少少都有点疾病，作为儿女的，我们应该孝敬他们，让他们吃好穿好，夏天不要热着，冬天不要冻着，有病抓紧时间去治。老人在，家就在。老人不在了，弟兄姊妹都没有了共同的念想，关系也就疏远了。千万不要"子欲养而亲不在"。

第三句，舅舅妗子们要养好身体安享晚年。舅舅妗子们是出生在旧社会，生活在新中国，现在进入了新时代。三舅说我们要感谢共产党，我看确实是。现在国家正气儿十足，蒸蒸日上，欣欣向荣，我们生活都好了，不愁吃不愁穿，你们要养好身体，有个好心态，都能活到实现"中国梦"的那一天！今天的主角是我的二妗子，祝二妗子长命百岁、福寿安康！

　　三叔贾文学是专程回来参加的。他在致辞中说：

　　今天是个好日子，也是我二嫂的85岁寿辰，首先，祝我二嫂生日快乐！同时，我代表我们贾家，欢迎各位亲朋好友能在百忙之中抽出时间，来参加这次庆典。

　　我二嫂性格文弱，为人和善，从不与他人争执什么；她朴实无华，勤俭持家，辛辛苦苦把几个孩子抚养成人不容易。所以，我二嫂这几个孩子也非常孝顺，这也是我二嫂的福报吧。

　　"为人和善，朴实无华，勤俭持家"这12个字也是我们贾家为人处世的优良传统，我希望后辈们要传承下去。其实，"和善，朴实，勤俭"也是一种极好的养生之道，我二嫂就是最好的例子。

　　最后，祝福所有老人健康长寿、安享晚年；祝各位来宾身体健康、事业兴旺、家庭幸福；也祝小朋友健康、快乐成长。

　　母亲侄孙女、十二岁的贾若熙朗诵了一首长诗《献给八十五岁的母亲》：

　　　　母亲八十五岁了
　　　　八十五岁的母亲
　　　　今天正微笑着
　　　　端坐在我的娘婶中间

　　　　母亲和蔼善良

在儿女孙辈看来

纤瘦文弱，不愿与人争执

木讷少语，和睦街坊四邻

母亲身材娇小

走在人群中，你难找到她的身影

朝杖之年，耄耋之躯

大病初愈，少了往日的碎步如飞

这是母亲的样子

也是母亲的形象

这样子，在我们心中定格

这形象，烙印在我们心田

这一切，升华为品格

影响着我们处世为人

母亲胆小

教导我们不惹事，独善其身

母亲寡言少语

教导我们多做好世，不生是非

母亲瘦小

我们却在她的肩膀上长大

羸弱身躯挑起了家庭重担

养育儿女上学、就业、成家

欣喜我们学有所成孝敬她

今天，母亲八十五岁了
八十五岁的母亲，就坐在娘婶中间
她的身边，有我十几个堂弟堂兄
这些侄儿，她念念不忘
昏迷中，她把建国当成兴修
把海修当成了建宗

母亲为她的侄儿们骄傲
骄傲这些侄儿勤劳勇敢
骄傲这些侄儿孝顺我的婶娘
更骄傲侄儿亲热地呼唤她"二娘"

今天
贺母亲八十五岁大寿
老幼同聚如意厅
名主持妙语连珠
艺术大师登台亮相
让我们高举酒杯
让我们一起祝愿
祝福我们的母亲，祝福我们的二娘
福如东海长流水，寿比南山不老松！

主持人李季芳作了总结，祝福天下母亲。她说：
去年的现在，老人还在洛阳深度昏迷。因为脑疾动了大手术，老人不认识家人，出院两个月后，逐渐清醒和康复，从坐轮椅，到拄拐行走，从不认人、认错人，到能叫出所有人的名字，从语言不清，到能说会道，可谓是九死一生的生命奇迹！

这是老人生命力顽强，也是家人亲人无穷关爱的动力支撑着老人。在住院期间和出院后，老人唯一的小姑子秋芳带着她的两儿一女还有儿媳妇外孙女，多次到洛阳看望。老人清醒后的第一天，老人第一个视频通话的，就是秋芳。老人能清楚地叫出秋芳。一头是躺在床上年逾八旬老人的呼唤，大声叫着"秋芳"，一头是远在郑州年逾六旬老人的关爱，大声喊着"二嫂"，那对话情景，可谓生离死别后的重逢，足见姑嫂情深，催人泪下！还有老人娘家亲人的关怀，她的侄女先景是年逾六旬当了奶奶外婆的人了，也多次到医院看望她。

老人在七个妯娌当中排行老二，所以，被她的十几个老弟老妹称为"二嫂"，被她的三四十个侄子侄女称为"二娘"，被她五六十个孙子孙女称为"二奶"。今天能赶到场贺寿的，只是其中的大部分。

值得大家高兴的是，老人的儿子闺女媳妇女婿都很孝顺。特别值得夸赞的是，老人住院和在家养病，小女婿赵占甫喂药喂饭，推着轮椅，搀扶锻炼，所做的照顾事无巨细，超过了儿子，甚至也超过了闺女。我们应该对女婿占甫表达崇高的敬意和深深的谢意。占甫也是我们孝敬老人应该学习的榜样。

更值得称赞的是，老人的大儿媳，堪称孝顺公婆楷模。这是城里生城里长的媳妇，三十年如一日地对公婆好，不知有几人可以做到？这不是演戏能演出来的，演一天可以，演几十年那就是发自内心的孝敬。这位长媳叫孟好茹。好茹嫂子曾对我说，自30年前见到老人的第一眼，好像就是这个样子，病恹恹的，憨憨的，好像一直没有改变，但这不影响我孝敬她，因为，她爱你们的四哥，也爱四哥的家人，更爱你们四哥的母亲！她对老人，不叫妈从不开口说话，她所做的甚至比对她娘家妈还好，她给老人洗头搓背、抹身子、剪手脚指甲，每年冬天接到洛阳，总是换着花样做老人喜欢吃的饭菜，身上的衣服几乎都是她买的。嫂子说，我对我娘家妈也很少能做到这样。我亲妈说我厉害，是因为我经常叨叨她，但对这个妈，我总是温言相劝，从不冲撞！谭教授也由衷地夸赞嫂子，幸得嫂子一直惦记着，融合着全家的和谐欢乐亲情。也幸得嫂子知书达礼胸怀坦荡大度气质，让这个大家庭多年来温馨和睦愉快。

因条件所限，这次宴会邀请了海修大哥的同学代表，乡邻代表，朋友代表，原单位同事代表及学生代表出席，特别是还请到了戏剧表演艺术家王艺红莅临会场并献艺。

40. 归途和变迁中追梦筑梦

前年初冬，我曾从庙咀对面马洼岭上到牙庄岭上，顺沟底走了一遍。去年秋天也写了一篇贾家人住房变迁的追梦文章。特此附后，作为本部纪实作品的结尾。

一是《归途拾忆》：

一直有个愿望：重走一回老家的山路。因为，这条山路已有三十多年没走过了，更因为这条山路多次出现在梦中。

前天是我的生日，与堂姐同一天。想起她做的蒜面条很好吃，于是跟堂姐通了电话，说回去过生，她很高兴。遂决定提前一个小时回去，走一回魂牵梦绕的山路。

开车到马洼村后地，我步行向西下了马洼沟。沟的落差有两三百米，下山小路的两旁是曾经种过红薯、棉花、玉米、小麦的梯田，现已退耕还林。这条路虽然崎岖不平，却还能通小四轮。过去从牙庄到马洼，我们并不走这条路。"走路不用问，小路走着近。"当时，走的是北面一里多地、东窑沟正对面的陡坡，那是类似十八盘的羊肠小道。

下到沟底，便是马洼沟，沟的走向是由西南向东北，到牙庄水沟后，再向正北便可达黄河。沟底原来较为平坦，现在还有一块刚用小四轮犁过的地，种了小麦。再往下走也有我们的三四亩地，这块地现在已被山洪冲成的狭长沟壑分隔成两半。乡亲们说是修高速造成的径流导致，为此还阻挠复线施工并成功索赔了点钱。只是这些地早已落荒，荒草都有半人多高了。

　　沿着沟底向下蹒跚前行，走到一处长满高大杨树林的地方，经过一番前后比对，认定这就是我家门前的东窑沟。

　　从东窑沟沟口向西爬过几个梯田，就可到我的老家院落。

　　这里杨树参天，说明是块好地。进沟上到第二块地，能看到山洪冲出的深坑，大雨过后，这里便是我们赤裸浮水（游泳）的地方，即便脚被乱石扎破也乐此不疲。水坑上方半山腰处，原是个起石场，父亲曾在此用炸药起石，然后我们兄妹几人，用牛拉车，把大块石头拉回新宅砌根脚（墙基）。

　　再上到第三块地，名叫乃宣（旧时的地主）地，此地肥实，长庄稼。忘不了的，是我们钻进玉米地吃哑巴秆，很甜。这里有大半块地是我家的责任田，参加工作多年后我还在这里收过玉米，而现在却也已种满了树。

　　往上的第四块地，桐树稀稀疏疏。记得上育红班时，五六岁，跟随老师在这儿拾过麦穗，当时感觉女老师举手投足皆美。

　　再往上是窄长地块，有一排粗壮桐树。这可能是我初中晃打树叶，然后扰回去沤粪挣工分的树，有四十年树龄了吧。

　　桐树之上是第六块地了，被路分隔成南北两块。北面山崖下是我家的地。儿子四五岁时，我们跟着他爷爷在这儿出过花生。一棵棵拔出来，再一颗颗摘下，然后一人一编织袋背着扛着，爬一两百米的山坡，放到坡上的架子车上，再用牛拉着，爬一两百米的山坡回家。干活时，我偷懒，带儿子去沟对面摘红柿吃酸枣，儿子的脚板竟被大屹针穿透鞋底扎伤，我只好背着儿子爬坡回家。路南地块面临的是丈许深沟。小学五年级时趴在沟沿儿玩耍，不小心掉了下去，竟然无恙。

这块地的上面，我们叫它"大块地"，有二三十亩的样子，很平实，也很肥沃，种小麦，粒粒饱满，种玉米，颗颗瓷实。是我们争相种植的地。这块地正中原有一棵高大柿子树，秋天，我们会爬到树上，摘熟透的柿子，红红的，软软的，甜甜的。累了，找个树杈躺着睡去，浓密的树叶挡着炽热的阳光，很是惬意。树下面，是牙庄通往马洼、光明、赵沟的小路。我们有时会挖个宽一尺深一尺的坑，坑口用柿树枝撑上，用柿树叶遮挡，然后用碎土覆盖，等过路人一脚踩空，栽了跟头，我们再从树上跃下，哄笑着逃之夭夭。

现在，庄稼大都没人种了，柿树也早刨了，地上的路也无踪迹了。

这棵柿树的正北上方十几米处是个突出崖头，崖边原来也有棵柿树，崖头也因此叫柿树嘴。从柿树嘴向北再走二三十步，就是我们的老宅，这个老宅有几十孔窑洞，三四间大瓦房，两个水窖，七个红薯窖，四五十口人，可能有着上百年人丁兴旺、鸡鸣狗吠的壮观景象。但是，柿树嘴的柿树四十多年前就干枯了，所有窑洞等建筑都被推土机推平掩埋了，曾经人声喧嚣，如今一片寂静……

从老家院落南对面的山坡顺着羊肠小道爬上山顶，再回望下去，沟底桐树郁郁葱葱，塞满了沟底，向对面山坡望去，老院落被填平后种上了核桃树，叶子也落光了，向坡顶望去，有好几处没有门窗的窑洞张着嘴瞪着眼似向这边回望。山顶还有座二层小楼，蛮新的，不知道有没有人家居住。

到堂姐家刚好十二点多。鸡蛋炒好，红薯叶焯好，蒜汁也捣好。堂姐喊：快洗洗手，手擀面下锅啦！

吃了长寿面，就又大了一岁。不管以后有没有机会重走邙岭的那条老路，故乡，永远都是我忘不了的地方。

二是《变迁》：

20世纪70年代初，唯一的姑姑出嫁。爷奶为姑准备的嫁妆中唯一的大件，是高约五尺、长三四尺、宽约三尺的红漆木头箱子，箱子分上下两层，下层一尺多高，主要放鞋子，上层四尺许，放的是衣服，都装有门鼻，上面安有锁，这两把锁的钥匙就挂在我的脖子上。

天亮了，一家人都穿着自己最体面的衣服，老人小孩坐上生产队给准备的马车，大人们跟在后面，随着接亲的队伍，沿着路古洞，浩浩荡荡热热闹闹地向远在八里外的牛庄走去。

转眼到了90年代初，我二十好几了，到了结婚娶妻的时候。新媳妇家在洛阳西工区。天还不亮，总管双进哥和夹毡的三叔领着几个兄弟几个嫂子，乘着租来的大轿车，沿着修成柏油路的乡道、县道、省道、国道，跑到洛阳迎亲。从洛阳回去，又多了一辆小轿车、一辆中轿车，三辆汽车浩浩荡荡、排排场场地开到了远在百里外的牙庄村。然而，三辆汽车能开进家门口的，只有那辆中轿车。因为下过雪，雪化后村子里的土路全部泥泞不堪，小轿车刚进村口便深陷其中不能自拔，大轿车又因村道狭窄而中途停止。

当时的我们有两处婚房，一处在涧西谷水村租的菜农家二楼单间，冬冷夏热，房里有新做的组合柜、新买的洗衣机和落地扇。另一处在牙庄东窑，是父亲新券的砖窑，有新做的铁床、三斗桌。

有苗不愁长。转眼的工夫，儿子便长大了，立业后成家自是必然，时间就定在上个月底。婚房是新装修的电梯房，家电、气、暖应有尽有。那天，孩子雇了辆宝马当花车，又雇了七辆奔驰接女方嘉宾，还有两辆用于夹毡和伴郎乘用。孩子属马，寓意宝马奔驰，十全十美。也是，现在租几辆名牌车花不了多少钱。但是，这在过去是想都不敢想的。那时你即便有钱，也租不来名车。

其实，无论我们以何种方式步入婚姻，那都是人生最美好的回忆。以前的物质匮乏也好，现在的一应俱全也罢，都是开启新生活的一种仪式感，都是时代变迁的有力见证。

2018年12月初稿
2019年7月16日改毕

下部　君子陶陶

引　语

　　清夜无尘。月色如银。酒斟时，须满十分。浮名
浮利，虚苦劳神。叹隙中驹，石中火，梦中身。

　　虽抱文章，开口谁亲。且陶陶，乐尽天真。几时
归去，作个闲人。对一张琴，一壶酒，一溪云。

　　　　　　　　——〔宋〕苏轼《行香子·述怀》

　　我很喜欢这首词。读诗有三叹，一曰时光易逝。《庄
子·知北游》："人生天地之间，若白驹之过郤，忽然而已。"
二曰人生短暂。北齐刘昼《新论·惜时》："人之短生，犹
如石火，炯然以过。"唐寒山《一自遁寒山》："日月如逝
川，光阴石中火。"三曰生命虚幻。《关尹子·四符》："知
夫此身如梦中身。"唐许浑《题苏州虎丘寺僧院》："万里
高低门外路，百年荣辱梦中身。"虽有三叹，但仍呈欢乐
貌。《诗经·王风·君子阳阳》："君子陶陶。"有不为世俗
所染的天性。《庄子·渔父》："礼者，世俗之所为也；真者，

所以受于天也，自然不可易也。故圣人法天贵真，不拘于俗。"

连同几年前堂弟贾兴旗写的《我的四哥》作为本书下半部的引语。

《我的四哥》原文：

在我们贾姓大家庭中，我很少夸赞人，但对四堂哥我是始终充满感激之情和崇敬之意的。

我和四哥相处的时间很长。年少时，我曾在他那里上学。四哥表面上对人十分严厉，但在那个缺吃少穿的年代，他对我如亲哥一般，尽自己最大的能力待人，他吃啥，我吃啥，有时他出去玩、逛公园、喝啤酒，也不忘带着我。

虽然很遗憾，我最终没有像他那样有出息考上大学，但我很庆幸拥有和他相处的那段时光，那段时光对我来说，比上大学还重要。我闲时曾看过四哥上学那会儿做的课堂笔记，很详细、很工整，这让我明白，要想成功，不下苦功是不行的。

那时的四哥风华正茂，热爱生活，上进心强。大学本科毕业已很难得，但他随后又自学了法律，考上了报社记者，后又当了公务员，一路奋战不负众望。

那段日子，我曾多次见他深夜苦读，为前途、为事业而拼搏。而这些不为人知的辛苦，作为兄弟姐妹，我们又有几个能感同身受？

　　不管一大家子谁有困难，四哥总是尽力帮忙。也许，你看他当时说句话就帮了你，可是，谁又想过在外拼搏的人有点儿成就，甚至有口饭吃，都要比在老家的人付出更多。你有事了，找他，我有事了，还找他，可谁设身处地地为他解过忧愁呢？

　　也许，你会对四哥有时候以长者的身份教育我们而颇有微词，但我觉得，这理所当然，甚至求之不得。《论语》有云："见善如不及，见不善如探汤。""见贤思齐焉，见不贤而内自省也。"我们难道不应该以他为骄傲？难道不应该尽一己之力为他分担些什么吗？

　　人生苦短，功名利禄如过眼云烟，唯有亲情才是打断骨头还连着筋的永恒主题。

世间只此一女皇

年初，有朋友极力向我推荐"则天洛阳，一地倾国"作为洛阳的旅游主题宣传口号，当时，我和很多人一样，不太理解。

直到近日，我有幸参加了一次"品读老洛阳"活动，听了洛邑古城管委会工作人员的生动讲解，方觉得该口号意义深远。

在老城西大街，有座古雅别致的两层临街小楼，是中华餐饮名店——真不同洛阳水席的诞生地。岁月变迁，而今早已人去楼空，在辨不清颜色的窗棂上，一枝新芽静悄悄地伸展，新与旧，如此对比鲜明又生机无限。

漫步于老城的街头巷陌，我似是忽然明白了"则天洛阳，一地倾国"的独特含义。

这个口号有其独特性、历史性。则天门为隋唐洛阳城紫微宫宫城的正南门，始建于隋大业元年（公元605年），在隋代称则天门，神龙元年（公元705年）为避武则天讳，改为应天门。应天门是当时朝廷举行重大国事庆典与外交活动的重要场所。现在，应天门大规模重建，它将成为洛阳旅游的标志性符号。

走走停停，洛邑古城的讲解员神采飞扬地说着武则天与古城妙趣横生的故事。被这亦真亦假的故事情节所吸引，随行的一众专家学者不时地会心一笑。

洛阳人大都知道，洛邑古城是金元明都城所在。然而，洛邑古城更具有洛阳历史辉煌的影子。

中国历史上唯一的女皇武则天属于洛阳。则天继帝位后，改洛阳为神都。韩愈《早春呈水部张十八员外》："天街小雨润如酥，草色遥看近却无。最是一年春好处，绝胜烟柳满皇都。"其中的"皇都"指洛阳，"天街"指则天门前的天街。

驻足于丽景门，闭目聆听，耳边隐约传来皇家马车从天街驶过的隆隆声……

往前走，拐进一处背街庭院，穿过狭窄灰暗的过道，一座年代久远的绣楼出现在眼前，厚实的砖墙，斑驳的花窗，诉说着它曾经的故事，也让人忍不住想象，当年那身着绣衫罗裙的大家闺秀，是怎样风光无限地从这里出嫁。

相传，武则天也是一位美女，史上称其为"则天"、千古一帝，是因女皇当年在则天门上宣布改唐为周，也因"则天"二字是"效法于天帝法则"。千百年来用"则天"二字称呼这位既是皇后又当过皇帝的非凡女性，足见其历史贡献和倾国魅力。

　　"北方有佳人，绝世而独立。一顾倾人城，再顾倾人国。"

　　洛阳旅游少不了大唐文化，大唐文化离不开女皇武则天。我们也因此相信，洛阳旅游只要做好"唐文化"这篇文章，由洛邑古城带动整个洛阳文化游，定会产生"倾国倾城"的影响。

伊 水 居

雨疾屋寂烟锁楼，主人读书临窗愁。

久别闹市无人问，河畔居高心静修。

乔居伊水苑，转眼满月。

光阴似箭，日月如梭，时间是很珍贵又容易流失的消耗品。"盛年不重来，一日难再晨"，"劝君莫惜金缕衣，劝君惜取少年时"，自古以来文人墨客对时间的感慨与劝诚人们珍惜时间的诗词不胜枚举。

我的时间即逝观，产生于知天命的年龄，以往很少有时间过得很快的感觉。一周很快，一个月也很快，这不，一年的春季即将过去。

这还源于与二位耄耋老人共住。母亲奔儿十岁的人了，满脸深深的皱纹，恍如我们即将老去的面容。岳母奔八十岁的人了，颤颤巍巍的走姿，恍如我们即将到来的身影。

无论怎样，时间挡不住，唯有拓宽度。抓住当下，多做事情。

忽又想到朱熹《偶成》的诗句：

少年易老学难成，一寸光阴不可轻。
未觉池塘春草梦，阶前梧叶已秋声。

还有王贞白《白鹿洞》的诗句：

读书不觉已春深，一寸光阴一寸金。
不是道人来引笑，周情孔思正追寻。

仔细读后有所悟，遂学诗如本文开头。

诉　衷　情

　　伊河高厦两辉煌，晴空现暖阳。滩涂绿草如茵，水泄喧腾响。

　　镬劚地，汗流忙，尽想象。春耕夏耘，秋收冬藏，无限风光。

　　初中时，学了农业基础知识一课，就想学以致用。

　　我在大门外的沟边，寻了一块空地，用镬头和耙子盘出一块来，有十一二平方米的样子。清明时分，种上了秦椒、葵花、倭瓜……只要能找来的种子，我都给它种上，甚至沟崖下沟沟坎坎，我也给它埋下种子。天旱了，我就扛上长绳子，担上两只空桶，跑到临沟的水窖里挑上满满两桶水，再一勺一勺浇到长出的芽苗根部。这块地　面临沟，我就在不临沟的周边，埋上高高密密的圪针，防止猪啊鸡啊进去啃芽叼苗。

　　每天放学后，我都会先跑去看我的这块菜地。这成了一种念想。看着芽儿欣欣然拱出地面，我也欣欣然。看到它们长高了，开了花，结了果，我会有很强的成就感。因为只是看了书本，毫无实践经验，没有做到合理密植，长出的瓜果都不大，更不粗壮。但我这种做法的唯一最大收获是，受我的影响，六叔在我的菜地西边，也开了一块更大的地，有三十多平方吧；父亲在我的菜地下面的沟底，开了近百十平方的地，都种上了倭瓜。因为沟底墒好，父亲种的倭瓜，又大又好，我们家总有吃不完的倭瓜。虽然这样，我对自己那一块菜地，仍然视若宝地，坚持种植，直到去公社上了高中。

近四十年后，我住到了伊河畔的河景房，远远看见河床上杂草茂盛，水中野鸭嬉戏，觉着露出的滩涂好像缺点什么，应该种菜！我马上借来耙子，盘出房间大小的一块地后，发现野草下的沙土厚实，墒情不错，遂马上移栽些生菜、茄子、秦椒，种下几溜花生籽。伊河水就在地旁哗哗流淌，却也不用浇它。过了半个月再去看，栽的苗都活了，种的籽都发芽了，一副葳蕤的样子，怪可爱。

看着它们，我有些喜不自禁，觉着又回到了童年，觉着又站在了老家门外沟边那块十几平方米的菜地，喜滋滋地欣赏劳动成果。

是啊，劳动真是一种美好的感觉，也是一种健康心态：莫问收获，只管耕耘。耕种，是自个儿心情的展现，是自个儿愿望的表达，也是自个儿奋斗的过程。将来能不能收获，收获多少，那都是次要的。

印　象

第一次给人的印象很重要吗?

我三十岁那年10月份调进市委,在市委大楼的二楼工作。刚去时,坐在办公室很是无聊,一个同事也不认识,就想找组织部的一位同村老乡 L 喷喷(聊聊)。L 的办公室在三楼楼梯口,我跑上去,敲门,听见里面大声说"进",就推开门,探进身,见桌边坐一中年人——后知是 Y 君,我问:L 在吗? Y 答:出去了! 问答都和颜悦色。然后我就失落地下楼了。

三四年后,我搬进市委家属院,与 Y 君同一个门洞,我在六楼西,他在一楼西,低头不见抬头见,已经很熟悉了。后来,我成了市委的某科科长,他到一个局里当了局长。有次邀我到他家里闲聊,Y 说:你第一次到办公室找 L,给我的第一印象是啥你知道不? 你当时推开门,探进头,问 L 在不在,我说不在,你没说啥就走了。啥印象? 是贼眉鼠眼的印象。后来一接触,你这老弟人好着哩! Y

说完哈哈大笑。

我给人的第一印象怎么会是贼眉鼠眼呢？我想有几点：敲门获允后，应走进去，说声打扰，再自我介绍，最后说找谁。这样彬彬有礼，落落大方，给人的印象肯定会好。只是那时刚从学校老师转型到党政机关，深感大方不力、有礼不足，特别是在社交上确属毫无经验、毫无章法。

后来我多次给朋友们讲我这个贼眉鼠眼的故事，告诫年轻人：第一印象很重要！衣着穿戴、言谈举止，都要力求时尚得体、温文尔雅。同时更要重视今后的接触，锤炼提高，注重提升自我。

昨晚与洛阳市作协主席赵克红先生聚聊，赵先生与朋友谈及我，说，愈接触，愈觉得老弟人好，犹如陈年老窖，醇香悠长，厚重可敬。

由此想到，人啊，外表应靓，内心要美；印象重要，修养在先。

偏　　方

很多年前，一到冬天，最先有感应的是我的手指关节，先是红肿，再是溃烂，肿得发痒，烂至隐约见骨。

大学时，父亲为此还专门养了两只兔子，把兔毛剪了做成兔毛手套寄到大学，就这样也没挡住冬天对我手指的侵袭。到校医院找医生看，医生说是冻疮，开了盒冻疮膏。回去见天抹，该烂还是烂着，春天来了才慢慢长好。虽然手烂着，但衣服还得照洗不误，洗衣粉水把手泡得发白，更是把冻疮浸得"皮开肉绽"，让人不敢直视。晚上到阶梯教室上自习，必须掂上暖水壶拿只茶缸，做这些不是为了喝水，而是为了用水壶里的热水不断替换茶缸里的凉水，以便暖手。那时候的大学，宿舍和教室都没有暖气，甚至没有煤火。用"甚至"，是因为我们上课的教室虽有煤炉，但到了晚上大多是灭的。

大学毕业后我当了老师，办公室有蜂窝煤取暖，教室也生有煤火，但一到冬天，手指红肿溃烂仍在。戴手套，手套都会被脓水粘住，脱手套甚至还会带下一小块皮。这样的状况持续多个冬季从未好转，我也从不觉它有多疼痛不适，可能是因为终究无法诊治，习以为常了。

忽然有一年，与同事赵老师同处一室，她见状心疼得不得了，关切地说，有一个办法可治冻疮：到三伏天，用独蒜，把它捣碎，然后敷到你长冻疮的地方，再到大太阳底下晒，到冬天就不会再生冻疮了。我听了，笑了笑，将信将疑。

下班回到家，给媳妇学了赵老师的话，媳妇听完说不妨一试，但我转眼即忘。谁知到了三伏天，媳妇竟弄来了一兜独蒜。原来，她回家给父母讲了偏方的事，老人就把在库区闲地种的蒜里的独蒜全部挑了出来，留给她待用。

到了三伏天，一个中午，媳妇让我戴个草帽坐在太阳底下，双手搭在膝盖上，手心朝下，她往我的两手背上涂抹了厚厚一层蒜泥。烈日下，那蒜泥白白的、黏黏的，透过阳光看去，竟有层薄薄的水气蒸腾。蒜泥覆盖下的皮肤开始发热，继而灼热，然后是麻木，约半个小时候后用水冲掉蒜泥，整个手背都变得鲜红，如秋天熟透的柿子。

这样的"热敷"疗法，我不知坚持了多少日，直至用完那兜独蒜。

转眼，冬天又到了；转眼，春天就来了。端详着过了一冬的双手，我感到万分欣喜：十指关节处竟再也没有红肿，再也没有冻疮啦！

老姨省亲记

咸阳的二姨八十有三了，其面相与大舅还有我母亲非常相像。我们大前年去看过她后，再也没有前往，平时联络也都是由我的媳妇担当。媳妇总共去看过二姨六次，比我这当外甥的还上心。

春节前，二姨的大女婿牛财哥打电话给媳妇说：你二姨要回去看你妈！媳妇听了很高兴，将这喜讯告诉了我。我喜出望外，说到时去高铁站接她，并说老姐妹应该见见，见这一面不知道以后还能不能再见。

二姨的思乡之情，常人是无法想象的。自她六岁（1942年）被我外婆家邻居弄丢直到五十多岁时才找到偃师的娘家。大舅得信后欣喜万分，亲自到车站迎接。不久，大舅和外婆先后去世。然而，还在咸阳兴平的二姨从不忘回来看娘家人，她时时刻刻想着娘家人，也感动着娘家人。

2007年初，父亲对我说，趁着还能动，去看看恁二舅和二姨吧，不然这辈子恐怕都没机会了。我听了父亲的话，让媳妇陪同父亲、母亲、三姨、爱红专程前往。二姨见娘家人来看她，高兴和激动的心情难以言表。有个细节媳妇至今难忘：二姨左手牵着她的大姐（我母亲）、右手牵着她的小妹（三姨）走街串巷，逢人就讲，我娘家姐妹来看我啦！这种六七岁失去娘，到六七十岁时又有了娘的巨大反差，怕是无人能体验。

二姨是见过世面的人，又是相夫教子的成功者，生养的五女一男，全都孝顺恭谨。大女儿小红姐不识字，但她家境殷实，家容整洁，帮衬妹弟尽力尽情，膝下子女听话争气。我去过小红姐家四次，她的热情厚道让我一直有到家的感觉。就在前天，二姨的儿子浪浪还专门到宝鸡看望二舅。2009年我父亲去世时，二姨派浪浪和外孙回来奔丧。

确实，亲人越走动越亲，这种走动发自心动自情。2008年春，二姨和小红姐回来在我这儿住了几天，看了牡丹花后，我要送她回老家，姨却非要我回来。接着，二舅和彩霞表姐也回来了，我陪他俩看了龙门石窟、小浪底等景点，二舅很感慨家乡的变化：大哥（大舅）子女家家富裕，俩妹子（母亲和三姨）家也很阔绰，已经不是过去贫穷落后破败不堪的景象了。

人活百岁很少见，母亲和二姨都已是八十多的老人。我是盼望二姨前来的。最终日期放在了初四，由五表妹夫航涛驾车前来，一行五人。媳妇计划好了两天的行程，也报告了大舅家的景表姐。

初四上午九点半，二姨就到了，比原计划提前了三个钟头。他们早上三点就从咸阳出发了！接到二姨，眼前的老人家身体大不如从前，腰佝偻着，拄了拐棍，走路还不如母亲，进了家门见到母亲就抹开了眼泪。我从谈话得知，二姨和母亲一样，去年都得了重病。也终于知道了二姨急切回家的原因。

中午我们请他们吃了洛阳水席，下午又陪俩表妹（小侠、张侠）一妹夫（航涛）一侄女（佳航）游览了白马寺，并安排他们住进了新房。今天是初五，早饭后赶回二姨娘家张窑村上坟，二姨的闺女女婿及孙女、大舅家闺女女婿及孙子、我的兄弟妹子一齐为我的外爷外婆大舅大妗子烧纸行礼。大舅家的素表姐一路上陪着二姨流泪。

初五，天气忽然变冷，但掩盖不住大家的亲情。从张窑坟地到牛庄乡村酒家，大家有说不完的话，道不完的情。中午吃饭时光，估计二姨还有母亲是最幸福的。景表姐摆下了丰盛的宴席，二姨还有母亲的侄女（先景、素敏、会敏等）、侄子（金安）纷纷向他们的大姑二姑献上了红包，二姨的外甥也给她献上了红包。我给二姨车上装了酒等礼品，让她回去分送给我的表姐妹。目睹娘家晚辈的关爱惦记，二姨的眼泪不断流下。二姨一个劲地说：你们咋不来咸阳看我呢！素表姐、会敏表妹、金安表弟听了忙说，今年五一都去！

是啊！八十多岁的老姨从千里之外回来，我们都这么热情这么高兴这么激动，我们作为娘家人千里之外去看望老姨，老姨还有老姨的子女怎会不热情不高兴不激动呢？

乡愁的呼唤

　　初冬的第一场寒流，就让偃师北邙岭上的游殿村有了五彩斑斓的色彩，本来黄土塬和绿树、白墙的对比就十分强烈，此时更让来到这里的我们目不暇接。

　　曾经是古道集镇的游殿村，有过繁荣辉煌的过去。而今天让这里悄悄成为人们又一个寻古探幽好去处的原因，我想是在这里能够找到对家乡的思念、对故土的眷恋吧。

　　年复一年，日复一日，从遥远北方刮来的黄土在这里最后沉积，为这里的先民提供了得天独厚的安家居住条件。窑洞，就成为村民世世代代发挥自己聪明才智的绝好对象。一种是在沟边崖头向阳的地方挖的，这便是常见的靠山式窑洞院；另一种是先在稍平整的地方凿出七八米深的大坑，再在其四面挖，这便是地坑院，其在豫西黄土塬上并不少见。

　　而游殿村独有的地下街坊——地坑院，更是带给了人们更多的视觉感受：在平地挖出一条街道，然后再在街道两侧挖出一个个窑院，每个窑院再挖出数量不等的窑洞，连接窑院的道路也是间断的窑洞；其中九连洞长数百米，形成了连通8个窑院的地下洞府，这里曾经住过14户人家，有独户、双户、四户，是根据弟兄多少确定院落大小而分户的。过去，这里缺水，各户都有集水沟、蓄水窖、辘轳，还有磨房、红薯窖等生活设施。这让我们不得不佩服先民的智慧。

可惜的是，如今年轻一代大多搬出了窑洞，过上了和先辈大不一样的生活。不过，还有一些老辈人舍不得窑洞冬暖夏凉的舒适，仍然在窑院里精心地侍弄着果树、菜畦。虽然这里架起了电视天线，让生活有了一丝现代色彩，但显然已经无力阻挡更加新颖的生活诱惑。越来越多的窑洞失去了门窗，斑驳的大门下长满了齐胸的蒿草，残破的院墙、裸露的树根，在冬日的阳光下，显得那么苍凉。

是啊，村外的高速公路上车流终日不断，村里的几十家鞋厂的产品通过网络销往全国各地，所有的庄稼实现了机械化种植、收割，新时代的村民搬离沟边，住上了统一风格的楼房，我们有什么理由让村民恪守过去的生活形态呢？当他们的后代再回到过去的地坑院时，有的只是对先辈的怀念和对过去生活的敬仰——即使是客人来到这里，也会对先辈在一片黄土地上创造的厚重文化产生浓厚的兴趣。

可喜的是，这里的人们已经认识到衰落的地坑院背后的人文价值，开始着手保护开发这些独特的景观。一位对本村文化颇有研究的老人告诉我们，明朝洪武年间，一位母亲带领三个男孩从山西洪洞到此定居，形成了今天六七千人以滑姓为主的村落，滑氏祠堂见证了六百多年来这里的沧桑巨变；由于地处偏远，这里还保存了明清时期的玉皇阁、文昌阁，更有千年古树、老龙拐、月亮湾、平安寨等自然景观。尤其是横贯东西的神仙谷和塔沟，千百年来风雨的侵蚀，使这里的黄土塬形成了壮观的地貌：土峰林立，土色红白相间，在色彩斑斓的林木和不同角度的阳光映衬下，迷蒙而神秘，让人们产生了无尽的遐想。

对于不堪都市喧嚣嘈杂的人们来说，到这里静听黄河的涛声，远望伊洛平原上袅袅升起的炊烟，走进静谧深邃的地坑院感受中原先民的生活形态，抚摸一下大门上锈蚀的门锁，踏上曾经的车马大道，感受村中的古街、古井，听一听静坐在村头古树下的老人口述的传说，该有多少感触！当然，这里的人们正在创造并享受着新的生活，正在延续着古老的河洛文化的精髓。

我们不必过分留恋田园牧歌式的节奏，逝去的风景正在呈现一种苍凉的美，同样能够唤起我们心中的愉悦。如果将来这里能够成为在外漂泊的人们的心灵故乡，成为唤起心中乡愁的一方田地，也是千百年来这里传承的独特地域文化在这个时代所显示的新的生命活力。

二十元钱能干什么

　　这是个让人流泪的视频。视频中，一小学老师在黑板上板书：20元钱能做什么？孩子们纷纷作答。家境富裕者，吃香喝辣，胡玩瞎玩；家境贫寒者，吃了上顿没下顿，穷困潦倒。可谓富者不知贫者苦，贫者难言多酸楚。视频最后是老师掩面啼泣。

　　我忽然想到了我幸福又孤苦的大学四年生活。

　　我上大学期间，坚持做到不向家里要钱。不愿意跟家里要钱，不是不需要钱，是想尽微薄之力给家里减轻些负担。我一直认为，不索取，就是在做奉献。

　　大一的时候，还是公社化，地还没分到户。我还有一弟二妹都在上学，只母亲一人在家挣工分，一天能挣8分；父亲在水泵厂上班，每月有29元钱。

　　这怎么能养活一家人啊？母亲只有天天出工，即便如此，工分肯定不够，年底从队里分不到红，还得倒找很多钱；为了能挣来工分，父亲业余时间就起早贪黑割草沤粪，交队里算工分；养头肉猪卖钱，其中一次我还把猪钱给弄丢了。

割草沤粪，那是巨大的体力付出，需要上山下坡、肩扛背驮、日晒雨淋、垫土出圈。个中艰辛，非亲历者不能想象。

我是老大，但除了考上大学让父亲感到欣慰和荣光，当时我真的做不了什么。我能做的，是在校好好学习，不惹事；省吃俭用，不伸手要钱。现在回过头看，我就想，在大学时为什么不勤工俭学呢？放假为什么不去工地打工呢？又一想，那时也不兴，没条件啊！

大学每学年要交学费，主要是教材和作业本费，记得第一次是60元钱。去报到前，父亲就把钱给我，比这个数目略多些，并送我到火车站。这些钱上交学校后，扣掉火车票汽车票牙膏牙刷笔墨本水壶水杯蚊帐押金，已所剩无几。好在当时大学管吃管住。住不要钱，吃是11元钱菜票，29斤粮食。早上一个馒头一碗汤，一碟咸菜5分钱；中午4两米饭，有1角5分的素菜（菠菜豆腐），有2角5分的荤菜（土豆烧肉），我选择的是素菜，或吃早上剩下的咸菜。一周可能吃一次荤菜。一个月下来，能节省4块多钱，最多一次是6元。这些钱可供我零花，如每周看次电影（票有5分、1角、1角5分，我只看5分的），到新华书店买书，如《红楼梦》《西游记》《汉语大字典》等，都是那时候买的。有次与几个同学上街，有人突然提出看电影，票还是我主动买的，花了1元多，结果大方一时后悔一月。

回顾一下，四年除了吃上亏待自己，文化上倒没有亏欠。

大二时家乡土地已经分田到户，家里吃喝不愁了。父亲又办了病退，弟接了班，等于有两个人挣工资。当时父亲曾承诺说：你弟上班后，让他每月给你5元当零花钱。我信以为真。但后来不见弟寄钱给我，我也不好意思催要。就这样将就着过来了。中间还申请过助学金，拿到过3元钱。至今还记得班长拿着申请书看我的眼神，还说你父亲是工人怎么还申请呢？我没有解释。我能说父亲不给我零用钱吗？我能说我不伸手向父亲要钱吗？助学金，大学四年我只申请了一次。

父亲不在后，大妹曾说我是得到父亲好处最多的人。我想想也是，没有父亲给我的钱，我的大学四年可能读得更艰难。深处想想，父亲让我考上高中，这才是最明智之举，是最大的恩赐。因为高中二年的一切花费包括吃喝，全来自母亲仅有的工分和父亲微薄的工资，而没有高中便不会有以后的美好生活。

双拐老娘

又逢元旦三天假期，媳妇提前一天回偃师养老院接母亲来洛。母亲是一九三四年腊月生人，八十多岁高龄了。母亲一年前做了脑部手术，后又跌坐伤了腰椎，现在生活能自理已属万幸，能手拄两根拐棍，缓慢行走，更是难得。

接回来母亲，媳妇先给她洗澡。媳妇对我说：哎哟，你不知道妈身上真脏哦！又洗了衣服，换上新买的棉袄。我下班到机关餐厅买了包子。到家时见母亲坐在餐桌旁，我递给她一个热乎乎的包子，母亲接过，说：又给我洗澡了，还搓了背，又去给我洗衣服了。我问：妈高兴不？母亲答：高兴嘛！我就说：那趁热吃包子吧，肉的，可香！说完我就又出去应酬了。

第二天下午我还在午睡，就听到婆媳在客厅对话。先是媳妇端来热水，让母亲泡脚，母亲泡着脚。媳妇给她掏了耳朵，然后是剪脚指甲，最后是手指甲。母亲没戴助听器，两人对白声音都很大，吵得我睡不着，就出来，见母亲坐在沙发上，媳妇坐在母亲右前，正在给她剪手指甲。我拍了几张发到家人群里，照片中母亲穿着保暖秋衣，媳妇着秋衣秋裤。媳妇见了群里照片，不高兴地说：啥都拍，也不管我穿的啥？

第三天，三叔和婶来看母亲。大是父亲弟兄六个中最有文化的，婶是我小时候给我讲故事最多的——我想我的文学兴趣与熏陶，可能自那时始。

今天是元旦，估计也是母亲最幸福的一天：她的妹子即我的三姨专程从三门峡来看她了，还有她的外甥女、我的漂亮表妹继红。母亲并不知我姨来，我跟她讲过，可惜她当时未听见。与母亲到高铁站接姨时，母亲很惊喜在这儿能碰到。姨问：想我哥（我父亲）不？母亲答：不想！想他干啥哩！姨又问：你想我不？不想，你又不来看我！车厢里空间小，姨声音又大，母亲能句句听清。

姨是母亲五个姊妹中最有文化的，是小学教师，但是退休后生活比较凄凉。然而，坚强的性格，使姨挺过来了。

表妹继红与我媳妇很能谈得来。继红说：嫂子对我姨我姨父真好，是我哥的福星！我赶紧说：继红是我表妹中最漂亮的，以后要常来啊！听了这话，姨和媳妇都开心地笑了起来。

而母亲是听不见我们的对话的，有的只能听个大概。因为腿脚疼，她在阳台椅子上、客厅沙发上坐一会儿，都要拄着拐棍起来走走。夜里也经常起来，有时拄单拐，那拐棍捣地的声音，"哐哐哐""咚咚咚"，不断地惊扰沉睡

的我们还有楼下的邻居，母亲对此很清楚，她自嘲说：你
看我，跟打更似的!

经营是什么

不知怎么了，我总是佩服比我能的人，比如律师涛哥，年纪比我大，说话比我慢，办事还不利落，但办案很有名气，很多人都说他在古城律师界排在前十名。十年前我碰到一件很棘手的事情，找了工商、税务、卫生、药监都未能了结，最后涛哥出面，一番交涉，商家当天退货，岳父如数拿到该退的一万四千元货款。这既是法律的力量，也是涛哥的力量，更是善于经营的效应。涛哥不仅功底扎实，而且为朋友两肋插刀，仗义执言。

有的人生活单调枯燥，有的人生活丰富多彩。这不在于自己是否多才多艺，而在于你会不会享受生活。朋友丽，当科长的时候，突然想学开车，刚会开就买了车，买了车就带上老公、儿子趁小长假上太原、下四川、观风景、享美食。受她影响，2015年春节，媳妇带我和外甥女阳阳随团到海南进行了品质七日游，虽然饱经折腾，但是充实快乐。这是不是经营？有形的投入，换来无形的乐趣，换来欢声笑语，这种效益是不是金不换呢？

同样一件事，不同的人干会有不同的效果，有的人能干成，有的人干不成；有的人事半功倍，有的人事倍功半；有的人扶摇直上，有的人每况愈下。之所以出现截然相反的状况，原因有很多，关键一条，在于你是否会经营。十多年前，我在市委办公室工作时，负责中办《秘书工作》杂志的征订，往年的订量只有七八百份，我当年却完成了一千四百多份，一跃成为全省第一，全国领先。因为过去他们只满足于发个征订文件，开个征订座谈会，我则不然，我不光给各单位办公室主任打电话催问进度，还适时给单位一把手打电话提请支持。后来，我又抓信息工作，当年也从全省倒数做到了全省第一。怎么做？抓两头：一是上头，我凭真诚热情才干，争取到上级大力支持，并能使之成为我的朋友，使得后续支撑强劲；二是下头，抓强势部门及时上报信息，筑牢信息源头。那几年，我出版了一本《党委信息工作新编》，请上级领导写了序。曾到信息工作乏力的单位一把手那儿与该单位办公室主任约谈，促其信息工作突飞猛进。这就是经营。经营不在于你抓不抓具体业务，在于你有思路，有办法，在于你主动出击，不坐等。

经营更多体现在经济上。我从不说自己懂经营，有时候也不认为别人懂经营。譬如，说和做脱节，甚至授人笑柄。有个上市公司被停牌多年，其总经理还自封为经济学家，著书立说，到党校给我们上课，我觉得这是不可思议的事。我个人认为，项目不论大小，不论是否时尚，只要有需求，有钱赚，哪怕是保本运营，都是赢利。不能贪大求远，好高骛远，应该脚踏实地，立足眼前。抓住当下，谋划长远，才算是懂点经营的人。

落叶思绪

仲冬时节，我见到了杨树叶飘落一地的情景。

早上前往新区的杨树林踢球，刚踏进树林，突然发现林间小路上草坪上落满了依然鲜绿的杨树叶，蔚为壮观，走在上面，沙沙作响，妙不可言。

是啊，这厚厚的色彩斑斓的落叶，给人的感觉往往是美的享受，甚至让人诗意连连。但这在我们小时候是艰难生活的写照，也是生活生存的需要。

那个时候我还在上小学三四年级。那天天还不亮，早上四五点的光景，我们兄弟姐妹五六个，被六叔从被窝里叫起来，在黑咕隆咚的夜色里，每人用铁丝耙子或扁担背个箩头（箩筐），出了家门，打着手电，沿着山路，顺着东窑沟沟底，向水沟走去，沿途几乎没有说话声，只有兄弟姐妹们不断的哈欠声和脚步声。走了六七里，就听到了哗哗的流水声，循声再走一会儿便到水沟，这是名副其实的水沟，遍地泉水直冒，也长满了柳树。水沟的南坡梯田里种了好多核桃树。走进核桃树林，看到树干周围是厚厚的核桃树叶，我们都很兴奋，也不等六叔吆喝，就用耙子搂了起来，搂成堆后，再打捆装进笤头。

笤头底是用荆条编制的筐，深约一尺，阔约二尺，两边各有两根长三四尺的荆条，从筐的底部中间穿过兜住筐底，到上面后两两交叉绑好，再用一根粗绳相连。这根粗绳子起着很关键的作用：你把拢成捆的树叶一捆捆地放进笤头摞好，可高过那四根荆条，然后用那根粗绳子，从这边两根荆条交叉处拴好，再从摞好的树叶堆上方飞过，穿进这边两根荆条交叉处，两人合力把绳子拉紧拴死。这堆得小山一样散乱的树叶便扎堆在笤头中，一叶不落地被我们送回家。

这样的笤头，我们装满了七八个，这时的天空才有些鱼肚白。趁着这些亮色，六叔和二哥用扁担挑起四个，我和爱然姐、兴修弟等各抬一个，沿着山路走走歇歇，到家后天才大亮。

可以想见，祖母站在家门外的柿树咀上，扶着那棵老柿树，向山下遥望我们几个肩挑背扛像山一样挪动的队伍，会感叹她的子孙生活的不易，也会赞叹她子孙的奋斗不屈！

树叶到家后会垫进猪圈，一层树叶一层土地沤制，开春后出粪，这些树叶会被沤成高等级的农家肥，生产队丈量后，会按方计工分。我们几个趁早摸黑的那次行动，可能抵一个壮劳力一个月的工分，能为像我们这样的孩子多劳力少的家庭减轻一些负担。

往日不堪回首。就像今晨走在杨树林里，忽然一夜遍地叶，成就了一种景观，满足了我们的欣喜，但也会看到旁边不远处一位老师傅正在挥帚清扫。这满地的落叶，会被拉到邙山上堆埋，可能不再当作农家肥了。

"雨中黄叶树，灯下白头人。"时光荏苒，世事沧桑。落叶归途，抑或也是时代的缩影吧。

真诚会传染

　　四五年前，某医院党委书记 G 女士邀我晚上参加个小型聚会，推辞不掉，也就去了。

　　大概是在城市西区的一个茶社，一个长条木桌，还有木凳，都很厚重。有五六个人吧，除 G 外，我还认识某投资集团董事长 C 女士。

　　坐定，相互寒暄后又认识了 Z 银行副行长 X 男士，P 银行某支行副行长 Y 女士等。

　　聊了会儿，知道是为 C 庆生的。

　　事先不知。外面还下着小雨雪。为了礼貌，也为了让 C 高兴，我想我应该做点什么。

　　想了想，给司机打了个电话，让他帮忙买束花。

　　约半个小时后，一束鲜花送来，顿时满室生香。C 很高兴。

　　几巡小酒过后，趁着微醺，我起身告辞。与众毕竟只是初识，久待不宜。

转眼四五年过去了，人事沧桑。中间偶有联系。

X早已调到郑州Z行任八部总经理。

上周日获悉，Y到南阳任行长了。我认识她时，还是支行副行长，不久提拔为分行副行长，现在是正行长了。

获此喜讯，当时就表示下周六，也就是昨晚，请她吃饭，以示贺喜。

我当即电话G欲求同贺，G说亦知，但不参加，因为"远离人间烟火"久矣，不能拒而又迎，使友误解。

转眼一周即过。昨日上午，幸得小友N的提醒。

昨晚简餐，众友皆尽兴。有C，有X，又有M君、H君。

Y君是一位漂亮能干的银行家，也是善解人意的淑女。

Y说：我能小有进步，全仰赖贾哥在内的朋友支持。P行在一个县里民营企业有几个亿的贷款，有巨额土地赔款，但利息却拒付。这会导致全行员工奖金取消。这不是我的职责，但我有义务主动帮助解决。我找到了贾哥，贾哥立即请县领导帮助协调，县领导也非常认真对待，督促问题有效解决。贾哥的朋友都是非常认真的朋友，也是非常讲原则的朋友。

我听了也说了一句：政策之内，能帮都会帮。是朋友，遇到困难都会伸出援手。需要摆架子，打官腔吗？你说是不是呢，X君？

X君听了点点头。

我又补充说了几句：听到朋友进步，我们都由衷地为她高兴，这才是真朋友。我和 Y 结识这么多年，友情这么真诚，这么纯粹，我想，这才是我们能成为真正朋友的原因。

听了我的感慨，在座者都若有所思地点了头，好像都被我的一番话感染了。

开启单车生活

若干年前，夫人为让工作的儿子减肥，特地到唐宫路专卖店，花了2400元，买了辆双变速单车。这是我见过的最漂亮、也是最贵的单车。想当年，为了买辆自行车，我几乎攒了半年的工资。夫人为了买这辆单车，还把刚买的手机遗失在柜台。后来还是打110，在警察帮助下找回了手机。

单车买回来就放在车库，儿子一次也没有骑过。单车的轮胎气充了又充，儿子的电动车也是换了又换。

有锻炼身体的机会，我一般是不放过的。这里面有为儿子做榜样的因素。从老区到新区七八公里，我一般是早上走路，六点半出发，七点五十到政府大楼19楼办公室。这样坚持了6年。搬到新区后，又开始游泳，寒暑不误。又两三年，开始踢毽球，属集体活动，早晚都踢，坚持了五六年。踢球间隙，写出了长篇小说《玉色瑗姿》。

上个月搬到伊水河畔，虽有工作用车，但我突然想起搁置车库已久的单车了。这里到单位约10公里，与毽友踢球不方便了。怎么锻炼呢？单车骑行，是最好的选择。

今天把单车拾掇了一下，充气，配锁。八点从报社向西骑到理工学院球场，用时15分钟。踢球到八点五十五分，开始向东朝伊水苑出发，到家门口的时间为九点四十五分。

打开家门，夫人还有保姆杨姐惊奇于我骑车回来。杨姐说，好远哦！我说有15公里吧！

远吗？不远！然而，这是我若干年后的第一次骑行，感觉还是远了点。宽厚轮胎在柏油路上沙沙作响，调挡加速飞驰向前带起呼呼的风声，两旁滚滚车流和喧嚣夜市，都在为我伴行，为我欢呼。除了汗水，我并没有失去什么，相反，我得到的是适度疲劳后的安稳睡眠，是强身健骨后的欢愉和精神。

夫人问：还骑吗？我说：骑！累并快乐着，这就是我现在的感觉！

忽如一夜春风来

头天晚上与《沈阳日报》同行闲聊时还觉天气暖和，哪知道当夜雪花纷飞，早餐时路上已积雪盈尺。沈报人也说去冬以来沈阳还没有下过像样的雪，是我们把像样的雪带来了。你看这满树梨花，"忽如一夜春风来"啊！

确实，东北之行，从哈尔滨经长春到沈阳，我是第一次经历。在哈尔滨看到白雪皑皑，在沈阳看到大雪纷飞，我第一次体验了冰天雪地的感觉。这种感觉很新奇，除此之外，我还有一种硕果累累的喜悦。

这种喜悦是对一批优秀人才考察后的切身感受。

在东北林业大学我看到了硕士生 N，他的专业能力得到学院书记、导师、辅导员和同学们的充分肯定。老师说，N 本科学建筑、硕士学园林，如能加上城市规划，那么，这三大城市学科他就健全了。更难得的是，N 的自主学习能力和工作主动性，还有稳重的性格，脚踏实地，不好高骛远，这也正是我们事业发展所需。哈尔滨工程大学的硕士C，本科和硕士毕业后都曾打工一年，这次赶回母校能组织十余位师生与我们见面，说明了他的综合能力。辅导员说C很踏实，安排给他的事项都有反馈。学院书记说C本科基础不好，但读研究生时学习刻苦，工作上更给人可信赖的感觉，很有党员范儿。导师说C做项目积极，团队合作意识强，善于沟通，特别踏实，我也很认同他说的话，"如果不踏实会被边缘化的"。C的同学正在校读博士，说C在担任党支部书记时认真负责，热情为人。

在辽宁大学遇到了L。我们接触到的所有人都提到了他去年参加司法考试的出众表观，司考是最难的国考，去年司考分数线是360分，L竟考了401分。学院书记夸L勤奋好学，方法得当。导师说他本科学中文、硕士学法律，是难得的复合型人才，与其容易沟通，同学关系融洽。在该校还遇到了唯一的女博士Z。Z着红色短大衣，未语先笑，交谈中笑声不断。导师是我河大的同届校友，评其人品修养不错，为人处世稳重，性格随和。辅导员说Z表现优秀，聪明懂事，阳光开朗，同学口碑不错。她的博士同学视其为学习榜样，评价其会处理人际关系，能站在对方立场上换位思考。

一路走来，雪景宜人，人才更宜人。这些脱颖而出的孩子智商高情商也高，堪称出类拔萃。在与其领导、导师、辅导员、同学、室友及他们本人面对面了解他们的学业能力和思想政治情况时，犹如观看风光旖旎的景色，犹如检阅出征在即建功可期的将士，犹如品赏质佳色艳的成熟鲜果。

短短一周时间，我们经历了哈尔滨的皑皑白雪，见识了沈阳的一夜飞雪，想到洛阳眼下正是草长莺飞梨花盛开时节，联想到洛阳把人才视作经济社会发展的强大支撑，连续三年强力实施招贤纳士的"河洛人才计划"，可谓至真至诚至实，久久为功。假以时日，河洛大地一定会有"忽如一夜春风来"的催化作用，一定会有"千树万树梨花开"的烂漫景象。

抗旱种薯记

旧时，红薯是乡下饱腹的主要粮食。如果没有它，忍饥挨饿常有，逃荒要饭也会。

有一年春旱，红薯种不上。生产队就组织队员从沟底井里担水，学校也放假抗旱。当时我还是小学生，与兄弟抬水，送往半山坡的地里。

在地里用锄头刨个坑，浇碗水。水很快渗干，再把红薯苗丢进去，封上土。红薯很耐旱，只要栽活了，就不用管它。夏天要翻一次秧，除除草。霜降后，就可以出红薯了。

旱地红薯很好吃，用炭火烧熟了吃，很面，很香。削皮煮汤，那面汤也是甜丝丝的。

联想到抗旱种红薯，是因为苏轼。这会儿在驻马店回洛阳的车上，闲着没事，读了苏轼的《浣溪沙》一首。

上片写的是乡村风物："簌簌衣巾落枣花，村南村北响缲车。牛衣古柳卖黄瓜。"他选取了三幅初夏乡村的经典画面：枣花落在衣帽上，簌簌作响；进入村子，四面八方传来车缫丝的响声，一片忙碌景象；还有衣衫粗劣的农民在古老的柳树下，吆喝着售卖黄瓜。

下片写行路感受："酒困路长惟欲睡，日高人渴漫思茶。敲门试问野人家。"作者一路走来，酒意未消，前路尚远，不免犯困思睡。初夏的太阳在空中照着，令人身热口渴，不禁想着随便到哪里找杯茶喝。正好看到有户农家，作者就前去敲门，不知这农忙季节有人在家否。

读完下片，再回过头看上片的描写，就能体会到作者的匠心所在。作者行路困乏，醉眼蒙眬，无心仔细观察景物，而声音传入双耳，是无法拒绝的。因而上片三句，都是诉诸听觉，经过妙手调遣，为读者呈现出三个初夏乡村的典型场景。

读了苏轼大作，我突然想到了幼时农村抗旱种红薯的场景。按捺不住，依照《浣溪沙》平仄格律，生拉硬拽，忆述如下：

旱日阳春人急煞，上山下沟把水拉。一家老小汗挥洒。

挥锄挖坑薯苗种，爬坡不累劲生发。晚秋过冬全依它。

从不敢与大师比。然而，借词的格律，依当今的平仄，记述当时的劳动场景和感受，也别有一番滋味在心头。

父亲的自行车

20世纪70年代，有一辆自行车，在农村是很了不起的事情。

我家在农村，但我家有辆自行车，还是名牌，上海产的永久。它是我父亲积攒好长时间工资买下的。从我记事起，这辆车便与父亲同在。

父亲先是在县城四中当厨师，四中关门后又调往水泵厂，还是当厨师。小学时，每逢放假，父亲总要载着我去他的单位住几天，在父亲那儿能喝大米汤，能吃炸酱面，能喝番茄面条，能就着咸菜吃白面馍，而当时在农村的家里，只能一天两顿吃红薯稀饭和一顿汤面条。因此，到父亲单位去，便是我儿时最美好的向往。

学前和小学低年级时，我坐在自行车横梁上，趴在车把上，往前能看清楚车轱辘在土路上曲折前行，看到父亲右手灵巧地摁动车铃，听到车铃传出的清脆铃铛声，在我的背后就是父亲温暖的怀抱。

小学高年级和上初中后，我则坐在自行车后座上，双手搂着父亲的腰，能感受到父亲用力蹬车，也能听到飕飕的风从耳旁刮过。

有时候父亲要起大早赶往单位，他就在车的前叉处装上电池车灯，拧开后一束光柱射向前方。后来又换上发电车灯，这种车灯，罩是金属面的，锃光瓦亮，发电机由螺栓上紧在后轮车锁处，夜间行车时，只要将发电机螺纹转头紧贴在后轮胎上，即可转动发电，点亮车灯，这很好玩儿。有次父亲回来把车放进屋里，我就用手摇动脚蹬，飞速转动的车轮带转发电机，那车轮飞速旋转的呼呼声，那轮胎与发电机的哧哧摩擦声，那忽远忽近忽明忽暗的车灯光亮，深深地刺激着我的好奇。不知过了多久，反复了多少遍，突然"嘣"的一声，灯泡被烧坏了。这吓坏了做实验的我，也中止了我的好奇。当然，怕挨训，这件事最终也没有向父亲报告。

被父亲用自行车载往县城，那是幸福无比的享受，我也成了众多兄弟中最有见识的一个，比如先看到了汽车，先乘坐了火车，先进电影院看了电影。记得有一次看了神话电影《宝葫芦的秘密》，我竟信以为真，回家向弟兄们吹嘘一番，带着他们步行到县城，结果电影换成了戏剧《尤三姐》，让我们白白跑断了腿，还花了钱。

对父亲的崇敬，使我能达到看辙识车的境界。每当放学回家，我从土路上自行车行过后留下的车辙印就能判断出是不是父亲回来了。如果是，我便飞奔回家，看他有没有给我带好吃的。即便没有，我也会把自行车上下摸一遍，还用左脚踩上左脚蹬，右脚从横梁下斜插过去踩着右脚蹬，半圈半圈地蹬着，把后车轮蹬得呼呼生风，嗡嗡直响。因为是二八加重型自行车，有了这个锻炼，大概是上了初一，我就会斜跨着骑自行车了，我成了远近第一个会骑车的。

自行车是父亲的宝贝。车梁上下都被他用塑料条缠得严严实实，轮圈及辐条总是洁净光亮。自行车还是父亲的重要工具。祖父祖母病重时，他坚持每天骑车回家侍奉。退休后种了菜地，他在后座两侧加挂两个钢篓，能装一二十棵白菜送往巩县孝义卖掉。自行车也是我的玩伴，会骑自行车后，一有机会，它就会被我抓住，在院子里骑行几圈。好像是上大一的暑假，受电影《少林寺》影响，我领着一帮弟兄，骑着父亲的自行车，从邙山之巅骑往嵩山之峰，结伴爬行十八盘，集体拜谒了少林宝刹。

父亲舍弃不掉他的自行车。记得车把曾经断裂，他焊接好后，继续骑。那时，每当我们回家过节，他总是把他的孙子装进后车篓，一路说笑着把我们送到村边，目送我们搭车回城。

而今，共享自行车已遍布城市的大街小巷，扫一扫即可轻松出行。午夜梦回，我很想知道远去的父亲，如果看到这一幕，会有何感叹。

寻常宅院映乾坤

自记事起一直到上中学，我就一直生活在邙山深处的"太师椅"里。祖父说，这宅子是太师椅造型，是块风水宝地。你现在环顾它，仍然会发现：这座太师椅的椅坐三面有十六孔窑洞，椅背扶手是一圈山梁。这些窑洞建造得当：洞口装有木门，门上有窗。院子里有两个水窑和两棵大槐树。临沟有座大门，上有门楼。

这确是"风水宝地"。这个宝地人丁兴旺，祖父子孙满堂：他和他的兄弟（我的二爷）共生养了七个儿子七个女儿，娶了七个儿媳妇，衍生了二十三个孙子和八个孙女。

虽然是风水宝地，但祖父的子孙们还是盼望跳出这个蜗居宝地。因为这里向南有大山阻挡，下沟皆羊肠小道，只有北向爬坡，要爬一个大坡又一个大坡，才能走向学校，走向县城。而且，窑洞挡不住老鼠钻窟窿打洞，挡不住日复一日的岁月侵蚀。

祖父老去后，这个大家庭自然解体。父辈中只有父亲率先另辟宅院。在老宅上方三百多米的水沟路上，在他兄弟们的帮助下，购水泥，拉沙石，抻钢筋，打楼板，还利用生产队的旧砖窑，和泥巴，制砖坯，烧砖块，加上我们兄妹四人利用暑假，从水沟底用牛一车一车向山顶拉石头做墙基。终于，在春节后正月十五前，一个四间大楼板房竖了起来。这四间房子，青砖到顶，水泥栏杆，空心楼板，正屋是双扇格子木门，门左右两个大玻璃窗，东西两间虽是单扇木门，但门上有窗，门旁都有大玻璃窗。屋地是水泥地面，屋外有贯通廊道，可遮阳避雨。

我们住上了漂亮亮堂卫生的大房子，很高兴也很自豪。住在这样的房子里，我顺利考上大学，全家人也迎来了分田到户的温饱日子。

父亲在这房子里住了二十余年。二十多年里，乡亲们的生活发生了天翻地覆的变化，分散在三四个山沟两旁的几百户人家纷纷搬迁到村南平地上安家，这里一马平川，出行方便。父亲不愿意离开他亲手建起的宅院，但支持闺女在村南购置了两层楼的院落，也支持在外工作的两个儿子买房改善居住条件。

父亲已经走了七年，我想，父亲也许能看到宅子的变化和母亲的幸福生活。现在母亲随我们姊妹几个居住。来洛阳，洛阳有电梯房，母亲常拄着拐棍挨屋巡视，感叹房子"真大真好"。去县城，县城也有三室一厅的房子，干净整洁。回闺女家，两层院落已经变身为农村超市，还开了麻将馆供乡亲们娱乐。

　　宅子，是社会发展的缩影。我们从寻常宅院的细微变化中，可以窥见社会的巨大变迁。

感受"动力株洲"

　　株洲和洛阳都是国家老工业城市，"一五"时期156项国家重点项目中，株洲有4个，洛阳有7个。前几日，接全国报纸自办发行协会通知到株洲开会，我第一次去株洲，并且有幸在中共株洲市委宣传部安排下，随同全国107家报社的197名发行精英到中车株洲电力机车有限公司（下称"中车株机"）和中车株洲电力机车研究所有限公司（下称"中车株所"）参观考察，切实感受了"动力株洲"的魅力。

　　同行中，既有《天津日报》《重庆日报》《广西日报》《云南日报》《安徽日报》等省级党报，也有《西安晚报》《沈阳日报》《杭州日报》等省会城市报，还有《洛阳日报》《衡阳日报》《保定日报》等地市级报纸、《华西都市报》《三峡都市报》《钱江晚报》等都市报和《英语周报》等行业报，以及《浏阳日报》等部分县市级报纸。

　　中车株机是中国中车旗下核心子公司，中国最大的电力机车研制基地、湖南省千亿轨道交通产业集群龙头企业，被誉为"中国电力机车之都"，"十二五"期间产值过千亿、利税过百亿。

走进中车株机厂房内，到处是一派繁忙的景象。这里有上万名产业技术人才，所拥有的电力机车、动车组、地铁车辆等轨道交通装备整车及配套的核心零部件技术达世界一流水平。2014年7月4日，国务院总理李克强到中车株机考察时，曾赞誉道："中国装备走出去，你们的机车车辆是代表作。"

在中车株所，公司相关负责人向我们详细介绍了公司的发展历史。当前，中车株所已形成了"电气传动与自动化、高分子复合材料应用、新能源装备、电力电子（基础）器件"四大产业板块，十大业务主体，旗下拥有中车时代电气、时代新材等上市公司，八个国家级科技创新平台、两个企业博士后科研工作站，五个海外技术研发中心、十二家境外分（子）公司。

IGBT（绝缘栅双极型晶体管）芯片，被称为高速列车、大功率电力机车的"心脏"和"大脑"。中车株所通过资本运作与技术创新，建成了全球第二条8英寸IGBT生产线，成功实现了IGBT芯片技术的自主掌握，改变了我国在大功率电力电子器件关键技术方面长期受制于人的局面。中车株所由此跻身世界上少数几家掌握IGBT成套技术及产业化能力的企业行列。这种芯片，能够在1秒钟内完成100万次开关动作，实现电流快速转化，被誉为现代机车车辆技术"皇冠上的明珠"。目前，中车株所研发的高铁"心脏""大脑"——8英寸IGBT芯片和高分子复合材料、新能源汽车、风力发电机组、工程机械等产品享誉海内外。去年中车株所实现销售收入318亿元，未来，中车株所将坚定不移地向着"十三五"500亿宏伟目标稳步迈进。

目前，株洲生产的电力机车、城际动车组、城轨车辆、铁路货车及轨道交通装备衍生产品，已出口欧洲、东南亚、非洲、中东、中亚等地，电力机车产品已经占全球市场份额第一，株洲已成为中国最大的轨道交通装备生产基地和出口基地，在"中国制造"走向世界的版图上，留下了一条闪光的轨迹。株洲轨道交通装备产品已经成为轮轨上的"国家名片"。

未来10年，株洲将以最先进的机车牵引引擎、最强大的航空动力引擎和最环保的汽车动力引擎为核心助推器，形成轨道交通、通用航空、新能源汽车三大千亿产业集群，建设"中国轨道交通城"、"中南地区通用航空城"和"中国新能源汽车产业城"，成为中国动力产业聚集区、中部创新驱动示范区、湖南乐业宜居幸福区。

株洲与洛阳一样，都在迸发着无穷的发展魅力。

又见麦收

昨天回趟老家，看见路上大型收割机一辆接一辆，看见路旁地里麦茬一块连着一块。我惊讶道：割麦了？是啊，确实割麦了！我之所以惊讶，是因为一向熟悉农村的我，竟然对今年的麦收没有了感觉！

割麦，在农村是件大事，是"三夏"大忙时节的当头农活。那时候我们上小学、初中，学校是要放麦假的。

天不亮，我们就要随大人们早早起来，拿上磨亮的镰刀、大檐的草帽、灌满的水壶，拉着架子车，奔波几里到村南的大块麦地。

到了麦地，生产队队长站在地头，看着晨曦下一望无际的麦浪，信心满满地弯下腰，身子向前倾，左手从麦行间隙伸进两尺，将麦秆向怀里搂过来，右手将镰刀也从间隙里溜着地皮伸向那一搂最头儿的麦根，再使劲将镰刀顺势向怀里拉近，刺啦声响过，那一搂麦秆就揽入怀中，然后站直身子，大声吆喝："开镰割麦啦！"吆喝声会引来群声四起："割麦了！"几十个大人，一字排开，弯腰，伸手，挥镰，放麦，也就一袋烟工夫，每个大人身后都会放倒一溜的麦秆，不见人抬头，只见滚滚的麦浪渐渐远去。

几个时辰过后，狠毒的日头明晃晃的，大人们戴上草帽，日头便不会刺眼，用脖子上搭的毛巾擦汗，不至于额头汗水蜇了眼睛。不管日头多毒，这块三十多亩地的麦子必须割完才能收工。

邙山上多坡地，有的还得下到沟里收割。大人们得起早，除了带上镰刀，还要带上长长的扁担，扁担头绑着粗粗的绳子。你割完了麦，得就地打成捆，那麦捆比孩子还要高，然后大人们用扁担挑起来，一头一捆，顺着山路向打麦场一步一步挪去，遇到拐弯，或要换肩，须小心翼翼，两头的麦捆不能碰到山崖。

这割麦运麦是大人们的事，我们这些孩子放了假则是跟在大人屁股后边拾麦。我们扛着篮子，顺着麦垄，左瞅瞅，右看看，把掉在地上的麦穗捡起来。拾到篮里的麦子，先是交给生产队，再后是交给学校做勤工俭学。我在村里学校上了小学初中，几乎没交学杂费书本费，全是勤工俭学的结果。

割下来的麦子要送到打麦场，打麦场在村子里最高处，是一个非常平坦的场地，这儿有四个生产队的麦场相邻，每个场地边沿都有一间大瓦房，用作盛放麦杈、木锨并作为看护人员宿舍。

打麦场一到晚上便灯火通明，几只高瓦数白炽灯挂在

高高的电线杆上，亮如白昼。场地中央是摊铺了厚达盈尺
的白天从地里拉回来的带麦穗的麦秸，这些麦秸耀武扬威
地在场地上支棱着。

到了半夜也可能是下半夜，大队的四轮拖拉机突突开
了过来，拖拉机后面带了个大铁磙子咕咕咚咚响着。进了
打麦场，也不打招呼，直接开上了支棱着的麦秸上，不停
地转起圈儿来，也是几袋烟工夫，那支棱的麦秸被铁磙子
碾得平平实实，麦秸秆都被碾扁碾碎，麦子也从麦穗里给
碾挤了出来。看碾得差不多了，它一转身又突突地跑到相
邻地麦场上转起了圈圈。

见拖拉机走了，等候的大人不用招呼，纷纷拿起杈
子把麦秸撩起堆在一旁，又用大推板把麦子推成一堆。这
时如果有点风，大人们还会就地扬麦，站在上风头，用木
锨把掺杂麦皮的麦子一锨一锨尽数撒向天空，如天女散
花，麦皮随风飘散，落在场子正中的，就是等待入库的麦
粒……

现在的农村是收割机的天下，大块麦田都实现了机械
化，山坡地也大都退耕还林。昔日这种麦收的场景，估计
以后很难见到了。

摩 托 情 感

　　小时候的邙山村子，别说汽车了，能见到一辆摩托，就很稀奇。但村子里真有，那就是送信送报纸的邮递员的摩托。当课间听见摩托突突地开进校园，停在学校铁钟下，马上就吸引孩子们的目光和脚步，我们会立即围上去，瞅瞅这，摸摸那，百瞅不厌，百摸不烦。那是黄河牌摩托，从头到尾都是粗粗的，像极了邙山上老农的憨厚样，尤其那油箱，肥肥的圆圆的匍匐在车梁上，不由你不去摸，那质感很瓷实。邮递员把报纸信件放下签收后，会扶着车把，骗起右腿骑上去，再用右脚使劲往下一踹，在一阵轰鸣声爆响的同时，摩托尾部窜出一股黑烟，只见投递员向后一摆手，一加油门，那摩托会一溜烟跑出校门，瞬间不见了踪影。

　　当时我就想，当个邮递员多美啊，能有一辆摩托车骑！

　　大学毕业后分到了涧西区一家军工企业，它在生产舰

239

用柴油机的同时，也开始生产摩托车。摩托是进口组装，牌子叫黄河川琦，那应该是世界最新型的摩托，宣传画册上是豪华大气摩托靓照，下面有一行非常洒脱的大字："黄河川琦，世人皆知！"你该知道这种摩托多么珍贵！商店门口摆放会多气派！我下班路过商店时，会在商店门口驻足良久，观赏良久。真想买辆耍耍啊，这种跃跃欲试的感觉，会让你心底痒痒的。只是价格太高，得用我将近十年的工资。后来我咬咬牙，用了积攒一年的工资，买了一辆安阳产的自行车。我骑着这辆自行车，载着媳妇回她娘家，先沿中州路从涧西区到西工区的纱厂路，再沿纱厂路向北经过铁路立交桥拐到石油路，我吭吭哧哧地埋头爬着坡，嘴里还断断续续地说着话："媳妇，等咱有钱了，咱买辆摩托车吧，有了摩托车，可以拉着你到处兜风，也可以拉着你经常回娘家！"这时候，媳妇会用劲搂住我的腰说："行，老公！搁点劲！面包会有的，摩托也会有的！"

托媳妇吉言，没多久，摩托车真的在等着我去拥有！

孩子三岁的时候，报社创刊晚报，要招十余名记者。当时我知道当记者的都有扩机、照相机，关键是还有摩托车，这都是当年很时尚的东西，特别是那摩托车对我吸引力最大。我毅然报了名，然后是笔试面试体检政审，过五关斩六将，我眼看就要成为有摩托车的人了。那激动兴奋的心情让我夜不能寐，我几乎是逢人就讲，我要当记者了，我要有摩托车骑了！喜上眉梢的心情溢于言表。然而，计划赶不上变化，不说摩托车了，记者证还没拿上，一个月后，我就被调到市委机关上班了。

摩托车没希望了。我的工资那时候对买摩托车来说还太奢侈。我也没想法了，骑着自行车天天老老实实从涧西到西工的市委机关上班。努力工作的人总是幸运的。半年后，单位给科室配了两辆摩托，大阳牌，和报社记者的标配一样。科长看我上班积极努力，下班往返辛苦，特意许可我骑了一辆，一直骑了好几年，直到我到别的科当了科长。这几年，我总认为那是最幸福的几年，不但业绩突出职务提拔，而且我有了一辆能为我所用的摩托车！

第三次献血记

你献过血吗？你怎样看待献血？

我是第三次献血了。

第一次是二十几岁，在企业学校当老师。一次厂里动员义务献血，我当即报了名，没有丝毫犹豫。

当厂里组织去献血时，我有两节课要上，耽误了。上完课是下午四五点钟的样子，天下起了雨，还不小。我想，去献血还能跟上。

我从楼上跑到停车处，披上雨衣，骑上自行车，沿中州路，一路骑行到纱厂路口的血站，总共用了半个多小时，厂里的人都回去了。血站的人很欢迎我，马上验血、抽血，抽了200毫升的血。

三十几岁在市委办公室工作时，又碰上动员义务献血，我又立即报名。这回是市委秘书长带队，仍然是到纱厂路血站，这次工作人员更热情，领导全程在场，记者跟着采访。

　　四十几岁我又报名献血，到了血站，说只献不验。不验？如果不合格，不是白抽了吗？我们集体打道回府。

　　转眼马上五十岁了，到报社工作，报社员工年年献血热情高涨，血站也命名两辆采血车为"洛阳日报社号"，由此可见员工品格。

　　昨天上午到市政府大楼，见市委朱秘书长右胳膊有绷带，噢，领导刚带头献血回来，但仍与记者聊工作至中午十二时。我很感动，我比她年长，怎么没有了她的牺牲精神了呢？

　　今天早上踢球回来，上班发现报社大厦前停了两辆"洛阳日报社号"采血车，报社员工在排队献血。我问工作人员：我能献吗？验血吗？得到了肯定回答。

　　到办公室不停地开会，又不停地协调事情。但我的眼睛不断向窗外楼下望去，见车还在，人已少，我在想，要不要献血？敢不敢献血？因为毕竟不是二三十岁的人了。

　　趁这会儿办公室无人，能抽开身，我急忙向楼下跑去，登记，验血，抽血……很紧张，心里很紧张，汗从头上冒了出来，不住地滴在衣服上，不是害怕，是紧张，我提醒自己不去看那逐渐涨满的血袋，因为听说有人献血时勇敢，献完了看见那400毫升正在晃悠的血袋，当即晕了过去。

　　献完血，稍坐，喝了两杯水，稳步下车，健步上楼，又开始新的工作……

玉蜀黍的味道

洛阳人一般把玉米叫作玉蜀黍。在邙山一带，这是耐旱作物，在很长一段时光里，玉蜀黍和红薯一起，成为我们那时的主要口粮。

小时候，母亲每天都起得很早，到灶火窑把灶台上盛了水的铁锅端开，用铁火棍捅开煤火，再把锅放上，之后便洗红薯，削红薯皮，切成块，丢进快烧开的锅里，然后再掫一勺玉蜀黍面，搅成糊状，瞅锅里红薯基本熟了的时候，把玉蜀黍面糊慢慢倒进锅里，边倒边用勺子搅动，盖上锅盖，等锅咕嘟开了，把锅端下，封上火。一顿早饭就算做成了。

这样的早饭，要配上咸菜丝或腌萝卜丝、腌白菜帮才能吃下。这样的早饭，我天天吃，直到上高中。

上高中后，伙食稍有改善，早上喝的是小米汤，配上家里带的干粮和咸菜。一周忙碌的学习，周六下午两节后便结伴向邙山岭走去，背着书包，里面有本语文书或英语书，还有一个空空的玻璃罐头瓶。周日下午四五点，我们会从邙山岭上的家里出发返校，背上的书包此时鼓鼓囊囊，装满了玉蜀黍面馍，手里还用网兜掂着那个罐头瓶，瓶里塞满了浸着油的咸菜丝。在学校，早上排队打回一碗小米汤，从书包里拿出一个玉蜀黍馍，就着咸菜，眼睛盯着课桌上的单词，开始一天的早餐，顿时，满教室洋溢着"哧溜哧溜"的喝汤声。这种味道和声响伴随了我两年的高中生活。现在回想，能坐六七十人的教室后山墙上，高低错落地挂满盛着馍的书包，那是何等壮观的景象！等到周五周六，即便存放一周的玉蜀黍馍已经出了白醭，我们也要甘之若饴地吞下，那又是何等的艰辛！

转眼上了大学，国家供养我们吃住，但是早餐也少不了玉蜀黍汤，只是这汤是用蒸汽冲熟，没有用大锅熬制，做得清汤寡水，能照出人影，喝起来没有任何口感和食欲。现今能让我有点念想的，是大学食堂做的玉蜀黍面包，外焦里嫩，香甜可口。有一年寒假，我竟把积攒的粗粮票全部买成这样的面包带回了老家。

时光荏苒，日月飞逝。工作后却难得再喝上玉蜀黍面汤了，玉蜀黍面馍更难吃到。三十年来，每月总要回趟邙山老家，想要喝碗玉蜀黍面汤，也很难满足。因为家里人只种　季麦了，偶尔种些玉蜀黍，也当饲料卖掉了。

吃用麦子做成的白面馍，曾是我青少年时光最大的奢望，而今，梦想成真日新月异，日子一天更比一天好，我却依然无比怀念儿时的质朴味道！

站在十九楼窗前

这是曾经工作过 N 个年头的地方，此刻正掩隐在春意盎然之中。

我的办公室在十九楼的最东头，办公桌面门而放。关上门，埋头撰写公文、修改文稿，是我的工作常态。累了乏了，站起来，伸展手臂，放下，转身，左边靠墙的是电脑桌，右边靠墙的是竖着的文件柜，向南前行五六步，是个大窗户，窗台下放着一溜花盆，盆里的辣椒和兰花，无论冬夏，因为承受着暖气和阳光，总是青葱着。从绿植上抬起眼睛，并将目光穿过玻璃向外望，瞬间，那豁然开朗、心旷神怡的感觉就会扑面而来。

这真是解闷儿的高度，这真是观景的窗口。

楼前广场很大，大得能停几百辆车，那车按位停放，如列阵，横平竖直，井然有序，蔚为壮观。那时候还都是公车，颜色也大都是黑色，齐刷刷的，觉得有种震撼的美。广场中部有一条由东西贯通的朝外拱着的水渠，好像一条玉带搭在广场腰际，玉带上有三座白色大理石砌筑的可通行汽车的桥梁。玉带南侧到大门口的广场上也停放着百十辆轿车，与楼前广场轿车南北朝向不同，它是东西向放着。纵向壮观，横向齐整，给人的感觉是那辆辆汽车如同有灵性的战马，昂首挺立，雄赳气昂，蓄势待发。

视线越过大门，越过开元大道，是三百亩大的、人工开挖的开元湖，湖面在阳光映射下波光粼粼，似乎有千万条鱼在不停浮动。再往湖的南面看，到处塔吊林立，濒湖的是现在的泉舜购物广场，四散开来的，还有东一片西一片的商住小区工地。视线再往南，是这一块那一块的村民安置工地，是还在建着的洛宜铁路线，是正在建设中的高铁线和龙门站。在这个高铁站工地上，我曾多次跟随市委书记督查调研，清楚地记得书记现场考问重点办主任，市委提出的"两个决不允许"是什么？没想到这位主任对答如流，"决不允许不发现问题，决不允许发现问题解决不了又不报告"。对此，书记很满意，建设方更满意。我想这是当时洛阳新区建设又好又快的主要动因。

视线越过高铁线，映入眼帘的就是"南山"，非常清晰非常近的南山。南山苍翠，植满了树。南山其实不叫南山，应该叫龙门山。这个山，之前是个梯田样的庄稼地，十分荒凉的山坡，每年种些红薯或小麦玉米。千禧年之际市委市政府的决定让她重又披上了绿装。这个决定是我起草的，成文后又署名"贾猷"发表在《洛阳日报》头版头条，新闻标题仍然记得，是《市委市政府决定用三年时间绿化周山龙门山》，当年冬春即掀起了绿化高潮，当然这两座山也很快成了市民向往的休闲场所。

龙门山，为什么我叫它南山呢？是因为你推窗而望，那南方的绵延起伏的天际线就是龙门山，看到那强势凸起而又谦恭匍匐的山脉，往往会有五柳先生的诗句在你心田流淌："结庐在人境，而无车马喧。问君何能尔？心远地自偏。采菊东篱下，悠然见南山。山气日夕佳，飞鸟相与还。此中有真意，欲辨已忘言。"那时的我，白天在十九楼上工作，晚上回洛北城区的市委家属院生活，一个彻夜喧嚣，一个白昼静寂，进入了与五柳先生既相同又相通的十分鲜明的悟境：居住在人世间，却没有车马的喧嚣。问我为何能如此？只要心志高远，自然就会觉得所处地方僻静了。在东篱之下采摘菊花，悠然间，那远处的南山映入眼帘。山中的气息与傍晚的景色十分美好，有飞鸟结着伴儿归来。这里面蕴含着人生的真正意义，想要辨识，却不知怎样表达。这种悟境在我从十九楼搬到统战部楼上办公的那年，随着日新月异的高楼大厦而消失得无影无踪了。不信，你现在上去站在十九楼的窗户前向南眺望，你不由得会问自己，那座横亘天边的南山呢？那"采菊东篱下，悠然见南山"的意境呢？再然后，你会喟然叹曰：她们怎么全都不见了呢？

致山居者书

室不在大，雅致则好。欲山居者，有山能居为要。

房，常以大小而论其好孬。殊不知，大而乱，狭窄矣；小而净，宽阔矣。雅致者，在于简洁；鄙俗者，在于脏污。反观己宅，亦有相类景况。

居于高山，意在消夏，有一间卧室可住，一间厨房可食，一间浴室可沐，足矣。汝心若乱，皆因忘记初衷，拘于物质而郁结矣。

一人称孤，一时则独。阖家老幼，小居山间，闻风之声，睹山之色，是谓声色不竭；听小儿欢声，与大人笑语，是谓天伦之乐。得此声色欢笑，不孤不独，概与居室大小无关也。

想伊滨沙发罩面，厨台堆物，东塞西掖，满屋零乱，屋虽大，何美之有？

苏轼曾曰："惟江上之清风，与山间之明月，耳得之而为声，目遇之而成色，取之无禁，用之不竭，是造物者之无尽藏也。"此意此境，乃吾等欲山居者之向往也。

天使降临美好

"三月十二植树节，大家都来种小树，一棵二棵三四棵，种下之后施施肥，小树才能变大树。人人都来动动手，绿化地球靠大家。"三月十二日是植树节，晚上七时许，孙女在妇幼医院降生，当晚从发来的微信照片和视频中看到，小孙女眉清目秀，头发漆黑，弹腾有力，哭声嘹亮。她的身边除了儿子儿媳为父为母的激动，还有"升格"为奶奶和外婆的我的爱人和亲家的喜悦。即使远在他处的我，看到啼哭不止的孙女，也是掩饰不住欣喜之情，可谓百感交集。

是啊！"五十而知天命"，是说五十岁之后，知道了理想实现之艰难，故而做事情不再追求结果。五十之前，全力以赴希望有所成就，而五十之后，虽然事业上仍是"发愤忘食"，生活上仍能"乐以忘忧"，但对职阶晋升甚至个人荣辱已经淡然。然而，此时此刻，小孙女降临人间，我好像处于顾宪诚所言"五十知天命"的"悟境"：

她给家人带来了极大的快乐、莫大的爱意和由衷的希冀！我想，这就是天使降临的美好意义。

翌日上午，我赶到妇幼医院312室，这是个单床单间，里面挤满了前来看望的人们。孙女的姨奶忙着视频电话，向在郑州上大学的女儿传送喜讯；孙女的外爷喜不自胜地端坐在一边，慈祥地注视着仍然卧床的女儿；孙女的外婆与奶奶正在床畔热情而亲密地小声聊着。爱人见我进来，笑眯眯地说："快看，爷爷来了！"我放下带来的温奶器、小包被和新鲜水果，第一句话就是："让我看看孙女！"襁褓中的孙女这会儿刚刚吃饱，静静地躺着，肤色泛红，眼睛时睁时合，睁时瞳仁犹如山葡萄一样，格外黑、格外亮，像两颗浸在智慧海中的稀世黑珍珠。想到她在视频中护士给她洗澡时的嘹亮哭声和手舞足蹈的模样，我不禁呵呵笑了起来，转身对爱人说："可像儿子刚生下来黑黑的样儿！"爱人马上反驳说："怎么能说俺孙女黑？那是白里透红，懂不懂？"连孙女黑都不让说，引起一屋人开心大笑。

有了孙女，就要起名。儿子儿媳已经有了乳名"糖心儿"，尽显为人父母的幸福心情。那学名叫什么呢？儿媳说我是作家，让我起名。我说集思广益，有寓意无歧义最好。一同事说叫"青橙"吧，"倾城"之音，漂亮之意。儿媳说俺闺女要倾不了城，莫不是辜负了长辈的美意？她小舅爷说，植树节生人，就叫"贾树萌"吧。她姨奶说，你写有长篇小说《玉色瑷姿》，叫"贾瑷姿"多好。她奶奶说，植树节，可取其"树"音，不是有影星陈数、教授陈果，咱就叫"贾数""贾果""贾数果"，好不好？话音甫落，她姨奶接上话，我看叫"贾无数"吧！又逗得一家人哈哈大笑。

取名确实是件大事，将陪伴她的一生。古往今来，名字或由生辰八字取名，或由成语取名，或从古诗词取名，或从期望取名，不管起甚名啥，都隐含着长辈对子女的爱以及期望，也能让新生儿从小受到名字和家庭教育的熏陶！

国外有添丁种树的风俗，谁家生了孩子，要种上一棵树，希望孩子像树一样茁壮成长。如波兰规定：凡是生了小孩子的家庭均要植树3株，称之为"家庭树"。小孙女在植树节像小天使般地降临，带给了我们许多美好。正值阳春三月，春暖花开，人间多个小人儿，如同大地多一片绿叶，家中多一份温馨。己亥猪年，我们祝愿金猪格格们春芽萌动，快乐成长！

襁褓人怜知冷暖

"坐月子"最早可以追溯至西汉《礼记内则》，距今已有两千多年的历史，是产后必不可少的仪式行为，也是产妇从人妻到人母的人生转折，有利于消除其长期积劳，促使肌体尽快恢复。

既然是仪式行为，那就必须有一定的秩序。

我想到了我的母亲。母亲一共生养了三男三女六个孩子（老大老小因病夭折），我是老二，对后两个妹弟的出生留有些许印象。母亲坐月子期间，衣服比平时穿得多，前额用帕子遮住，怕受风；不能吃太饱，饱了会伤脾胃。那时候乡下也没有什么好吃的，成天吃的不过是小米粥或面疙瘩汤，更不用说大米和肉类了，就连吃鸡蛋对母亲来说也是奢望。记得祖母还曾劝诫母亲少说话，怕说多了弄成舌疾；关照母亲少干活，怕干多了累成劳疾；不让母亲用冷水洗手，怕伤到关节；还禁止生人进入产妇房中，怕"踩生"，使得婴儿生病，甚至连自己家里人一般也不许进入。

母亲生小弟时由村里的接生婆保德婶接生，就在我家的瓦房里，我们几个则住在对面的窑洞。当时父亲弟兄六个还没有分家，婶们轮班起早把小米粥做好送来，母亲就坐在床上吃，喝不完，就喊我们进来，我们就你一口我一口地喝。那小米粥真香，是用砂锅熬的。一直到现在，我最喜欢喝的还是小米粥，如果是用砂锅熬的，我能喝两大碗。

好像是转眼的工夫，我娶了妻，没多久，儿子在东方医院出生。儿子出生后，我做的第一件事，是跑到医院旁的邮局给父亲拍了封电报，内容寥寥却含义丰富，"孙子今晨出生母子平安"，谁想到，这封报喜电报在七天后才送到正在偃师邙岭上打麦的父亲手中。父亲接到电报，喜不自禁，放下农活，便和母亲匆匆赶到洛阳，带来了一袋小米、一筐鸡蛋，还有一只公鸡、一只母鸡，到洛阳后，母亲留下照顾儿媳，父亲又匆匆赶回收麦。

妻子出院是我用自行车驮到岳母家的，她挺着大肚子去住院也是我用自行车送去的。当时我在外租房子住，妻子出院后就到岳母家坐月子。岳母家住的是平房，是三室一厅二厨的双户型。母亲在城里住得很不习惯，也不知道应该做点儿什么。尿布屎布　天下来堆成一堆，母亲却说这是当爹的应该干的活，得攒着让我回去洗，而她则歪在床上睡觉。母亲也不会用液化气灶，饭总是岳母做好后，母亲给端过来。

　　我在学校教书，傍晚从学校骑车二十里回来，第一件事就是站在水池边洗尿布，用刷子刷，用肥皂洗，洗净后，晾到房子外面的铁丝绳上。那尿布是用旧单子布旧被罩布剪裁而成的，红色白色灰色蓝色都有，方方正正，搭在阳光下，迎风招展，很有生机的样子。

　　好像又是转眼的工夫，儿子去年结婚了，今年又为我添了孙女，上周刚满月。儿媳有个好婆婆。住院待产时，妻子就已请来月嫂陪护左右。送院出院，都由妻子开车接送。回到儿子自己的三室一厅住房，一张进口的实木婴儿床早就放在了客厅。儿媳是教师，儿子是企业职员，两口的收入也为新生女生活提供了较好条件。小孙女用的是尿不湿，一会儿一换，干净清爽，拉了，月嫂抱到水池边用水龙头里的温水冲冲，不会使孙女嫩嫩的皮肤遭罪。家里二十四小时有热水，儿媳也不会有凉水之忧。月嫂自己生养了一儿一女，从事月嫂职业以来带过三十多个孩子。儿媳一日数餐，都由月嫂照应，会根据情况适时调整产妇所需。甚至孩子哭闹，只要呼唤一声"雪姐"，月嫂就会小跑过来抱起孩子，小孙女马上就会变乖。夜里，襁褓中的孙女安稳地睡在月嫂身边，鲜有闹腾。有经验的月嫂，给没经验的新生儿父母带来的帮助指导，让他们也感到轻松放心许多。

　　祖孙三代坐月子，境遇竟有如此不同，其细微变化，说明了家庭生活的巨大改观，也映照了时代发展的急速改变。我们这一辈的父母，在忍饥挨饿中生养了我们，儿子这一辈,是在解决温饱过程中快乐成长的,而到了孙女这一辈,他们则是小康时代的幸运儿了。

"白头晏起饭,襁褓语呕哑。""桃李虽不言,春风满城花。"老人、婴儿,白头、襁褓,活跃在同一时代,感受着时代相同的脉动。我们庆幸也欣慰我们的后代正沐浴着改革开放的春风,享受着改革红利,欣欣然花枝招展地开枝散叶,过着我们从没有的幸福生活。

秋扒荷花分外香

"荷花开后西湖好，载酒来时。不用旌旗，前后红幢绿盖随。"这是欧阳修写颍州西湖荷花开放的旺盛姿态的诗句。

六七月间，是荷花盛开时节。熊耳山下的栾川秋扒古镇正是赏荷的好去处。秋扒古镇拥有两千余年的历史，"战国七雄"中的韩国在此设立楼子关，西拒强秦。这个万人古镇，除了特色小吃"秋扒烧饼"，似乎没有别的什么名气。然而，这两年，秋扒"荷香小镇"声名大噪，吸引我们也利用周末前往一睹胜景。

天空澄碧，纤云不染，远山含黛。打开车窗，清风涌入，眺望远景，心旷神怡。车过秋扒乡政府不远左拐，一条柏油马路沿着小河岸边向前铺开。

小河是秋扒的主干河，自雁坎村入境，横贯全乡，至小河村纸房组出境，流入潭头镇断滩后注入伊河。小河在秋扒境内流程达10公里，其支流北沟河、嶂峭河和鸭石河，均为常年性河流。秋扒没有其他乡镇赖以致富的钨钼矿产，也无其他可以称道的资源禀赋，唯独小河得天独厚。怎样利用小河发展致富产业，秋扒人动了脑筋，想了办法。"功成不必在我，功成必定有我"，秋扒历史上有荷花种植传统，为何不利用小河荒滩发展荷花观光产业，建设"荷香小镇"呢？

建设荷香小镇是个让人豁然开朗的思路，这是栾川、嵩县、洛宁乃至豫西唯一以发展荷花产业为主题的休闲乡村旅游项目，也是秋扒近年落实上级发展乡村旅游的扶持政策，充分发挥该乡北临洛栾高速、南通重渡沟景区的良好区位优势，借助小河沿线地势平坦、水源充沛的自然山水景观，倾力打造的乡村旅游品牌，是把发展乡村旅游作为特色发展的实体、群众增收的载体，努力把美丽风光变成美丽经济，助力乡村振兴的现实举措。

到了！因为我们闻到了荷香，也因为我们看到了路边停车位上满满的远道而来的汽车，还有路边一溜停放的三四辆大巴。池塘边站满了人，连池塘间的堤埂上也挤满了人，夏风吹着各色衣衫，阳光照着各种花伞，"真好看"的赞美声、"来拍我"的吆喝声、"哈哈哈"的喧笑声，不绝于耳，"笑隔荷花共人语"。我们赶紧下车，奔到池塘边，汇入热闹的人流当中。

秋扒规划建设荷花观赏面积6平方公里，分为三个主要景观区。我们先看到的是一号景观下村区。我们随后又驱车到二号景观下庙湾区、三号景观小河区。三个景观区荷花品种各有不同，亦各具风韵。特别是在下庙湾区，忽然有了二三级的风力，阵风吹来，绿海滚滚，池塘里的荷叶一边倒地倾斜着，高高的绿梗举着尖尖的花苞、敞开的花瓣、厚实的莲蓬，摇曳着身姿，如绿装少女，在迎风舞蹈，曼妙无比，香气袭人。

而且，一阵香风吹过，我们在栈桥上，竟然在池塘边一红色花苞的尖尖上，发现了一只蜻蜓，在振动着翅膀，任凭风吹，稳站不动！我拍了视频发到家人群后，外甥女引用古诗点赞："小荷才露尖尖角，早有蜻蜓立上头。""蜻蜓立在荷花上，受用香风不肯飞。"真乃妙评！

杜甫一生最敬佩的人

人这一生或一生中的各个阶段，总会有佩服甚至崇拜的人，名人也不例外。那么，"诗圣"杜甫一生最敬佩的人是谁？

一定也是个怀才不遇的人。

天宝四年（公元745年），杜甫与李白在兖州分手。次年，他来到都城长安。杜甫才华横溢，颇为自负，"读书破万卷，下笔如有神""自谓颇挺出，立登要路津"。

可惜，他时运不济，翌年应诏就试不第，此后困居长安十年之久，过着"长安苦寒谁独悲，杜陵野老骨欲折"的清贫生活。

就在这期间，杜甫认识了一个人。这个人和他有着共同的抱负和相似的经历。此人"二十举进士不第"，杜甫也是两次应试均名落孙山，他们都是一生未能成为进士的文豪。

此人靠写诗献画，当了皇家秘书处秘书，名声虽好，但无职无权。杜甫呢，也是投诗干谒，直接向唐玄宗献上"三大礼赋"——《封西岳赋》，而受到"奇视"，得以在皇家社科院安身。

两个人就这样认识了。

天宝十一年（公元752年），杜甫有幸陪此人到一位将军家喝酒，将军家"名园依绿水，野竹上青霄"，是个好地方，他俩"平生为幽兴，未惜马蹄遥"。借酒助兴，数日游乐，筵席散时，他们已成朋友，杜甫因而发出了"只应与朋好，风雨亦来过"的感叹。

这是史书记载他们第一次郊游会友，也是第一次豪饮放歌。据墓志推算，这人年长杜甫约20岁，两个人成了忘年之交，友情日渐深厚。

"诸公衮衮登台省，广文先生官独冷"，杜甫这样说他，是同情他；"甲第纷纷厌粱肉，广文先生饭不足"，这是杜甫为他鸣不平；"先生有才过屈宋"，称他为先生，赞他"才过屈宋"，这是杜甫佩服他的缘由。

杜甫初入长安，急于施展远大的政治抱负，无奈两次应试榜上无名，献赋玄宗又无实际成果，只好将为国为民的满腔热忱消融在杜康之中。

而杜甫结交的这个人，虽"道出羲皇""才过屈宋"，还是未来进士的教官，但常身陷"饭不足"的窘境，办公室"雨坏庑舍"，使其无处安身，只好借地办公。

如此现实打破了杜甫对盛世的幻想，他预见到社会的危机，发出"德尊一代常坎坷，名垂万古知何用""儒术于我何有哉，孔丘盗跖俱尘埃"的感慨。这首诗既反映了二人肝胆相照的情谊和怀才不遇的愤懑之情，又标志着杜甫思想的转变和成熟。

二人之间的情分，在离别时表现得最为真实和充分。

天宝十四年（公元755年）十一月，"安史之乱"爆发。翌年六月，安禄山兵陷长安，唐玄宗仓皇出逃。这人和其他官员一起被押到东都洛阳，授以水部郎中的伪职，但他忠贞不贰，诈称有疾，不肯就职，还暗中"潜以密章"送给唐皇。

至德二载（公元757年）正月，安禄山为其子安庆绪所杀。不久，这人趁乱从洛阳逃归长安，途中与杜甫相遇。故友乱后重逢，百感交集。杜甫由衷称赞他"握节汉臣回""白发千茎雪，丹心一寸灰"，从"别离经死地"，到"泪落强裴回"，悲欢离合之情溢于言表，特别是对故交对唐皇忠贞不渝、保持大节的品质作了高度的评价。

然而，故交非但没有受到唐肃宗应有的表彰，反而被降官处理，因于杨国忠旧宅宣阳里，后虽侥幸免于一死，但还是以次三等论罪，被贬为台州司户参军。

时任左拾遗的杜甫，得知其被贬的消息后，特来送别。此人的为人，杜甫最了解，他陷贼后的表现，杜甫也最清楚。因此，杜甫"明目张胆"地为他鸣不平。挚友已年近古稀，从此一别，再无重逢之期，杜甫悲愤地表示，即使在九泉之下也要与他结为朋友。

有古人谈及此，赞杜甫"不以成败论人，不以急难负友，其交谊真可泣鬼神"，赞杜甫"千秋独步，不知皆从至性绝人处，激昂慷慨，悲愤淋漓而出也"。

乾元元年（公元758年）春，杜甫来到被贬好友的故居，触景伤情，吟唱："台州地阔海冥冥，云水长和岛屿青。乱后故人双别泪，春深逐客一浮萍。"当年六月，杜甫离开宫廷，离开长安，在路上写下了光照千秋的组诗"三吏""三别"。

光阴荏苒，杜甫却忘不掉被贬台州已有年余、音信全无的故交，想他"天台隔三江，风浪无晨暮"，担心他纵使回来，"老病不识路"，忧心他"性命由他人，悲辛但狂顾"，惦记他"呼号傍孤城，岁月谁与度"。

杜甫想到，自己敬佩的人成了"海隅微小吏"，在"鸠杖近青袍"的近古稀之年，孑然一身，远贬万里，晚景凄凉。杜甫说到他，"离别之伤，死生之痛，从肺腑交情流露出来，几于一字一泪"。

分手一年后，杜甫接到故友来信，不禁悲喜交加，知道他"为农山涧曲，卧病海云边，世已疏儒素"，欣慰不已，又惆怅不止。

乾元二年（公元759年），杜甫一生最敬佩的这位生涯坎坷、蹭蹬不遇的老画师，"台州文化教育的启蒙者"，最终客死他乡。

据洛阳关林出土墓志载，其"终于官舍，享年六十有九，时乾元二年九月廿日"。其去世十年后，大历四年（公元769年）八月，在长女次女"万里扶持"下归葬于洛阳夫人故茔。

此时,远在四川严武幕府中任检校工部员外郎的杜甫闻讯后,无限悲痛,哭喊只有这个故旧最"怜我",哭喊"豪俊何人在,文章扫地无",哭喊"得罪台州去,时危弃硕儒。移官蓬阁后,谷贵没潜夫"。杜甫哭悼的这位豪俊,这位硕儒,这位潜夫,这位被唐玄宗御题诗书画"三绝"的老画师,名叫郑虔。

郑虔就是杜甫一生最敬佩的人!

杜甫曾作《存殁口号二首》,怀念四位故友,其中"天下何曾有山水"一句,是说郑虔既死,天下遂无人能达到他画山水之造诣。

功德之作《丝路奇缘》

"跌宕雄迈的历史场景，奇美壮烈的跨洲爱情，万里长途的风物传奇，契合无缝的考古支撑……"这是河南人民出版社的新书《丝路奇缘》简介中的语句。

《丝路奇缘》是洛阳人写的关乎洛阳历史文化的鸿篇巨制，大16开，上下两卷800页，是迄今为止唯一的全方位揭秘千载万里丝路商贸活动的长卷，读来情节曲婉，人物鲜活，雅趣洋溢，不忍释手。

1.扑朔迷离丝路传奇震古烁今

意大利北部伦巴第平原的考古发现两枚纺轮、一枚织梭和一座"东方天使城"遗址，开启了西欧"丝绸之路考察团队"重走古代欧亚商道的探秘行程。

洛阳青年李由、意大利考古学家博努瓦、法国历史学家罗伯特和西班牙女记者卡米尔，打开了一个东西方丝路爱情大戏台的神秘入口，一步步拂掉千古封尘、万里埋沙，为我们推出了一个浓墨重彩、震古烁今的丝路传奇。

公元1901年，英国考古学家奥里尔·斯坦因在塔克拉玛干沙漠丹丹乌里克发掘出描画在古老木板上的画作《蚕种西传》，画面上的公主栩栩如生，但难以找到令人信服的解释。

公元646年，唐玄奘和辩机合著的《大唐西域记》第十二卷记载了一个在西域广泛流传的故事：汉家公主和亲西域瞿萨旦那国，私携桑籽与蚕种，西域始有桑、丝之属。

从1901年奥里尔·斯坦因首次发现尼雅遗址，到1995年尼雅"全国十大考古发现之一"的一连串尼雅考古成果，其间包括1911年12月日本僧侣橘瑞超的发掘，1959年国家考古队和新疆博物馆的发掘，1980年12月和田地区文管所的清理，尼雅遗址备受世人瞩目，但其考古成果在历史上的"孤立感"和"断裂感"始终令人遗憾。

《丝路奇缘》向世人诠释了这一切。

2. 引人入胜多条线索相互交织

公元72年，西罗马和希腊的远程商队到达洛阳，公元73年，汉明帝派窦固、班超镇抚西域，并答应瞿萨旦那国和亲之请，遣将军、学者郑众率领假扮的"东城贩营"商队护送十三公主秘密前往西域和亲。

西罗马商队回程中和东汉官家"商队"结伴西行，秘而不宣的宏大谋略、铤而走险的连环冲动和越陷越深的情感旋涡、七彩梦幻般的命运期盼相互交织……

作家以史诗的气魄，展现了东汉四路大军齐头西进的宏大军事行动，具体描写了窦固军团自中原出发，驻扎在楼兰的后身鄯善，窦固又遣班超率三十六勇士，相继镇服焉耆、龟兹，建立并巩固疏勒都护府，彻底阻挡了北匈奴，通畅了西域商道的伟大功绩。

作家用翔实的历史与考古证据告诉我们，《蚕种西传》画的背后，原来是真假公主过阳关的故事，尼雅遗址实际上是瞿萨旦那国和精绝国共同开发的绿洲桑园，其中巨大的桑树兜遗存，曾经是沦落为侍女的公主刘小丝和女伴们在日日夜夜的刻骨相思中培育的桑苗……

《丝路奇缘》正面再现了克拉苏等西罗马权贵开拓东进的英雄传奇，西罗马商业英雄昆塔两度"东征"的非凡壮举。揭开了西罗马军团血战帕提亚惨败导致丝绸轰动罗马之谜、恺撒大帝时期罗马丝绸与黄金"等重"交易之谜、沦落中亚东部和中华西域的西欧罗马雇佣兵之谜。

3. 移步换景异国风情次第展开

《丝路奇缘》同时也向我们展示了今天沿途各国和各地对古代丝路商贸文化的重视、保护和各界人士热烈迎送李由、博努瓦、罗伯特和卡米尔的动人情景。

伴随着西欧考古学家、历史学家对神秘的"丝路奇缘"的考察，包含中原、黄土地、沙漠、西域三十六国、帕米尔（葱岭）、阿富汗、中东荒漠、波斯湾、伊斯坦布尔、维也纳、黑海、马尔马拉海、慕尼黑、巴黎、米兰、波河、罗马……数万里长途上的风光、风物和风情次第展开。

伴随着西欧考古学家、历史学家对神秘的"丝路奇缘"的回溯，包含洛阳、西安、平凉、武威、阳关、楼兰、焉耆、龟兹、疏勒、瞿萨旦那、帕米尔、喀布尔、德黑兰、伊斯坦布尔、维也纳、慕尼黑、巴黎、米兰、罗马等整个欧亚丝绸之路上的大关要隘、文化史实、今日状貌等，漫长、浩大而生动的画卷依序来到我们的面前。

《丝路奇缘》引领我们在世界文化和中国文化中徜徉，连绵回环，移步换景，不断刷新我们的认知和见解——

> 母亲说："瓷器，浑厚，沉着，粗犷，甚至笨拙，满身都是艺术的美质；丝绸呢，光洁，顺滑，飘逸，软细如水，又有珍珠样的光洁、月光般的清丽。瓷器是男人，丝绸是女人。"

4. 打造名片助力国家"一带一路"倡议

文化是民族生存和发展的重要力量。人类社会每一次跃进，人类文明每一次升华，无不伴随着文化的历史性进步。中国愿同丝绸之路沿线各国加强多方面的合作，互通有无、优势互补，共享机遇、共迎挑战，实现共同发展、共同繁荣。基于合作意识和文化认识，国家高层不断发出强音："一带一路"是沿途各国经济上的互利共赢之路，更是一条悠远而丰富的精神、文化、艺术之路。

文化艺术界理应对国家高层"一带一路"倡议进行足够的响应，然而实际情况令人遗憾。察看其中缘由，文坛艺坛并非态度怠惰，而是因为千载万里的欧亚丝绸之路被层层尘封，使人们不知其事，不解其情，只有感叹漫漫风沙，杳杳驼铃，知难而退。

今天，《丝路奇缘》在上下多方的期待中应运而生，高屋建瓴又细致入微地全方位解读了自东汉洛阳至西罗马世界上最长的古代商贸之路，深入描写了公主与男爵之间出人意料的爱情传奇，尤其是将洛阳、中原作为丝路的东端起点区域，给予了充足而令人信服的话语权，我们应当衷心感谢著者任见先生。

任见先生已为洛阳打造了10卷本《帝都传奇》等高档文化名片，《丝路奇缘》客观公正地助力国家"一带一路"倡议，确实是又一部文化功德之作。

细咂"洛阳才子"的思想精华

——读崔振华《杰出的思想家贾谊》

"洛阳才子"贾谊，素以文学成就名垂后世。殊不知，这位"洛阳才子"更是一位杰出的政治家、思想家。看了崔振华先生所著的《杰出的思想家贾谊》一书，我深深为崔先生孜孜以求的学术精神所感动，更深感贾谊的治国思想值得今人挖掘和借鉴。

崔先生退休前是洛阳理工学院附属中学的历史老师，从事贾谊思想文化研究多年，现任河南省儒家文化促进会洛阳贾谊思想文化研究会会长。今年72岁的他，倾注20多年心血的研究成果付梓，是我市文化界的一件幸事。

古为今用是此书的首要特点。以史为鉴，可以知兴衰。崔先生正是秉承这　理念，在本书中对贾谊的思想进行了深刻挖掘。如贾谊"民之治乱在于吏，国之安危在于政"等治世思想，作者在书中都给予了深入论述。作者还结合现代社会的需要，对贾谊的吏治思想、反侈靡思想、礼法兼治思想、民本思想、教育思想、哲学思想展开了论述。贾谊思想里的诸多亮点，对于我们今天的社会治理，对于我们今天走向世界，仍有着非常重要的借鉴作用。

内容宏博是此书的基本特色。在该书写作过程中，崔先生查阅了大量资料，力求做到引用材料准确，纵横对比，遵古而有所创新。崔先生对于贾谊思想的论述，不是就事论事，不是机械搬用，而是根据贾谊思想体系中的观点展开旁征博引，力求互相印证、有机统一。书中叙古不生涩，讲今不浅庸，如涓涓细流润物无声，引导读者的思想在静思中得到升华，提升读者对家国的责任感。

语言精美是该书的又一特点。通读此书，不能不为崔先生驾驭文字的能力所折服。《怀贾太傅赋》是作者和贾谊神交的代表作。作者在赋中虚拟了和魂归故里的贾谊的交流，使贾谊的政治抱负和高尚品德跃然纸上。长沙贾谊故居馆欲将此赋录入馆志。崔先生谈及贾谊的文学建树时，认为贾谊之所以文赋并茂，"赋可以领其军，文可以挂其帅"，主要原因在于贾谊在写作时做到了"文因遵道而境高，文因情真而意切，文因辞艳而秀美，文因语丰而完满"。这，也应该是作者写作该书时的自我要求吧。

文化自信从哪里来？最重要的来源就是本民族的优秀传统文化。崔振华先生的《杰出的思想家贾谊》一书，就是传承中华民族传统文化的宝贵探索和贡献。

《洛水哲思》序

　　隽永的诗情，恰似一卷写意的山水画，在平平仄仄的文字里，浅吟低唱着或浓或淡的情感，意蕴盎然；哲理的思辨，又像一条生生不息的河流，淡化了时间和空间的约束，闪耀着理性的光芒。来《洛水哲思》感受诗情与哲理，这是一个开放的空间，一卷飞扬的文字，一颗年轻的心……

　　每一天都是平凡的，因为日复一日；每一天又是特别的，因为独一无二。能在平淡无奇的日子里，捕捉稍纵即逝的灵感，将其写进如洛水般潺潺的诗歌里，就不再是单纯的"流水账"记录，而是倾注了一种文化的情感。能在纷繁芜杂的事务中，留一片干净透彻的地方，让哲理散发温和的光芒，这便是情怀的所在了。

　　文字的大厦源于思想的升华与心灵的真实，是对寻常生活和细碎工作的抽丝剥茧。哲思的活水来自孜孜不倦的学习和锲而不舍的思考，也是对庸常生活的对抗与禅悟！

　　作者一定是博学多才的，涓涓的诗情里，是历史是文化是科学是自然；也一定是内心丰富的，书里有他对生活的顿悟，有对大问题的理解，也有小细节的见微知著。他一路行走，早晨，中午，傍晚，都是扩充自我阅历、丰富自我人生的行走，是思考者的行走。思考，使他有新的发现，新的收获，新的世界。他不断超越，超越过去，超越别人，超越自己，或许是洛水又或许是哲思，让写诗成了生活的一部分。

　　如果有兴趣，请你翻开这本书，这是他用文字搭建的属于他自己的城堡，这座城堡折射的是他内心深处的景观：有他博大精深的文化积淀、丰富多彩的人生阅历，热情洋溢的生活态度，以及他积极追求的人生境界。

戏　　缘

1947年，偃师中学。

排演现场。女生佩出场前唱道："摇橹催舟似箭发。"男生杰喊："掌稳舵！"话音落，着学生装的杰与佩做划船状，出现在学校彩排的舞台上。佩甫一亮相，又唱道："滚滚江水翻浪花，贫穷人家无冬夏，父女捕鱼度生涯。"

15岁的杰赞赏地看着佩。佩莞尔，心中暗暗仰慕杰多才多艺，排戏和演戏都十分在行。

掌灯时分，县党部的礼堂台子上，站的是老生萧恩和他的女儿萧桂英。他们的扮演者是杰和佩。

萧恩喊道："儿啊！他本江湖是豪家，荣华会上也有他。蟒袍玉带不愿挂，流落江湖访豪家。"旦角萧桂英接着唱："昔日子期访伯牙，爹爹交友也不差。知心人说不尽知心话……"唱作俱佳，台下观众喊好。

第四场，萧恩被官府人痛打后，回到家中，郁愤满腔："骂一声狗赃官心肠太狠，责打我四十板赶出了公门。

我心中只把那吕志球恨，叫一声桂英儿快开柴门。"这里的唱词有变，"只把那吕志球恨"，改唱成"只把那官府衙门恨"。这是杰临时改的，原唱词听众耳熟能详，佩心知肚明。

见萧恩回来，萧桂英开门，搀扶着浑身伤痕的萧恩，急切地问："爹爹为何这模样？"萧恩答道："哎呀！我本想上得堂去，抢一个原告，谁知那赃官不问青红皂白责打我四十大板！"

萧桂英听了怒道："好个贪官！"并高声唱道，"骂一声贪官真可恨，欺压爹爹为何情……"萧桂英的唱词原是"好贼子！骂一声贼子真可恨"。

杰与佩在台上一唱一和，异彩纷呈；台下观众连声喊好，掌声雷动。

第六场，萧恩要去杀吕志球，萧桂英随同，萧恩直撑"执政当局、地主恶霸、地痞流氓"："不容我一阵阵咬碎钢牙，速将船篷来扯挂，今夜晚过江去，杀光贪官污吏地主恶霸！"

修改了戏词，杰很快被追查。

为免遭拘捕，在校长的暗示下，杰逃到洛阳，继续从事地下工作，直到洛阳解放。他接管了一个剧团，并随军挺进云南，建立了云南京剧院。佩也参加了革命。

杰与佩再度见面，是在武汉，两个人还合影留念。此后，杰多方打听，却再无佩的消息。

杰现在86岁，住在北京，精神矍铄，最爱听的是京戏

《打渔杀家》，时不时唱上几折，忽而扮老生，忽而唱旦角……

吾 兄 振 威

吾兄振威，年届八旬。

人如其名。如果你翻看牙庄村史志或偃师史志，振威是个显著的印记。当时，振威可谓名振邙山，威名远近。

牙庄是河南义勇军司令员张之朴将军的故乡，位于黄河南岸邙山岭上，地处洛阳与郑州交界处，北邻巩义市赵沟村，南邻蔺窑村，依北向南仰望嵩洛。是一个四千人的大村，也是干旱缺水地。新中国成立至今，牙庄历经十任村支书，振威就当了两任，其中一任是1961年至1983年，整整23个年头。他刚当上支书时25岁，搁现在也是非常年轻的村支书。

据小时记忆和老辈人评价，振威当支书的23年，是牙庄村翻天覆地的23年。先是战胜了三年困难时期，全村无一人饿死。接着是1965年办电，从此家家户户安上了电灯。更有气壮山河的事情，是在振威的领导下，牙庄人与天斗、与地斗、与人斗，在牙庄发展史上谱写了光辉篇章：以人定胜天的思想，带领村民奋战一年零三个月，于1971年建成"七一"电灌站，把远在五公里之外的黄河水引上邙山，使十年九旱的坡岭旱地变成了水浇地，成就了远近闻名的"引黄工程"。

这个引黄工程在现在看来也是洪大和极其不易的：在巩义柏坡村北的黄河沿上建立扬程90米的一级提水站；从柏坡到牙庄西岭挖掘3000米隧道涵洞；在柏坡与牙庄交界处的柏坡沟建九孔渡槽，能使隧道和涵洞中流过来的水经过渡槽进入牙庄境内；渡槽东侧挖建容水量为1100立方米的二级提水池；建立扬程120米的二级提水站，把黄河水引上邙山顶上牙庄村北；修筑渠道把水送往村南并在东小岭区域制高点挖筑约三亩大十米深的蓄水池。

当时建设这些堪称规模浩大的工程，没有轰鸣的机器设备，更没有先进的测量仪器，硬是靠数百人的双手和智慧，手扒肩扛，锄头锄，铁锨铲，顶烈日，冒严寒，没明没夜干出来的。这一切，既靠村民们的无私奉献，更靠村党支部的坚强堡垒作用，也离不开支书振威的鼓劲带动。即使现在来看，引黄上山也是开天辟地的事情，其穿山凿洞、架设电线、挖砌水池、垒筑水渠、安泵铺管、拉石运料，影响很远，涉及很广。开始是牙庄成百的劳动力参与，后来吸引周围马注、关窑、蔺窑、张窑等村近千的劳动力参加。

我当时还没有上小学，但动员大会及劳动现场震天动地的口号至今记得，仿佛还响彻耳畔："牙庄人民多奇志，敢教日月换新天""牙庄人民多壮志，誓把黄河引上山""苦干巧干拼命干，少活十年也心甘"。

这是有着鲜明时代烙印的标志，也有着至深至远的战天斗地的革命精神。在这种精神的引导下，两三年后，邙山上的人们又把青河（伊洛河）从南边引上邙山，在马洼村南实现了"青黄汇流"。为了纪念这一壮举，偃师在马洼搞了声势浩大的庆贺活动，方圆二十里的学校的学生全部参加，庆祝现场如过年一般，鞭炮锣鼓、高跷旱船、舞狮秧歌，热闹非凡。确实值得庆贺，因为青黄汇流后，邙山岭上的水浇地逐年扩大，粮食产量逐年翻番。

引黄上山是载入牙庄村史乃至偃师史上的重大事件。而这一重大事件的牵头者即是振威，时年33岁的振威，任职支书第九个年头。这一"德政工程"完成后，振威并不满足，又策划兴建了锻压厂、纺织厂、拖拉机站等等。锻压厂有一台两人高的"空气锤"，锤砸锻件的砰砰声好像超大动物喘气的呼呼声，伴随了我的小学和初中。纺织厂设备是从西安搬迁过来的，长长车间里的两排纺纱机间，头戴头巾身系围裙的女青年和少壮妇穿梭其中，俨然大厂工人，纺出来的纱线吸引着东到康店西至东蔡庄的村民们肩扛车拉棉花来此换线。在邙山岭上十几个村庄，也只有牙庄的田间地头有拖拉机的"突突"声。我们当时还都是孩子，但是看到周围乡亲们对牙庄村办企业羡慕的目光，常常为身为牙庄人感到自豪。

20世纪90年代末，已在西安开办工厂的振威在村民的呼声中又被组织上邀请回来当了两年村支书，为村集体经济的发展殚精竭虑，也为培养年轻的村级干部呕心沥血。现在的振威，在颐养天年，行将八十，精神矍铄。每每看到他乐观开朗地笑谈人生，我总想到一句话：奋斗的人生，才叫精彩！

忆 卿 姐

卿姐，可能是我大学四年叫得最多、写得最多的两个字。现在又诉诸笔端，我不禁想到林觉民《与妻书》的开头：

> "意映卿卿如晤：吾今以此书与汝永别矣！吾作此书时，尚为世中一人；汝看此书时，吾已成为阴间一鬼。吾作此书，泪珠和笔墨齐下，不能竟书而欲搁笔。"

如果借用烈士这段话形容我现在的心境，应该是：

卿姐：我现在用这封信为你永远送行了！我写这封信时，还是世间一人；而你不能像大学时那样读我写给你的信了，因为你已魂归阴间。我写这封信，泪珠和笔墨一齐落下，不能够写完信就想放下笔。

只要想卿姐，总有几件事让我后悔。

一种是不该做的做了。

我从老区搬到新区后，市委院的房子，媳妇说要卖掉。想想，房子多也没有用，就配合着处理东西。

在书房，我保存了厚厚一摞捆绑好的信件，连同信封。犹豫了好长时间，在考虑怎么处理。从河南大学到洛阳407厂单身宿舍，从单身宿舍到谷水农家租住，从谷水农家到407学校宿舍，从学校宿舍到市委院二层房，从二层房到六楼住宅，折腾了五次，这些信件我都保存完好。

要搬到新区，这些信，还有一堆旧书和杂志，怎么办？

旧书和杂志卖了。

信，一封封解开，又一封一封撕碎后，一把火烧掉了。

我认为，这是一种郑重的保存方式。

但是这种方式，我一直感觉惋惜。

这是从安阳师专寄到河南大学的信，是在安阳师专读中文的高中同班同学孟惠卿，写给在河大读中文的我的信。几乎一周一封。大学四年，那会有多少封啊！

卿姐的字很好看，娟秀。文笔也很好。

卿姐身材高挺，略胖，秀外慧中。

在信中，我称她为卿姐，可能是受长篇小说和电影《第二次握手》中"琼姐"的影响。

事实上，她也一直把我当作亲弟来看待。

我们谈论最多的是学业，还有生活。因为专业相同，共同话题就多；因为是学习生活，沟通就很愉悦。这是一种期盼，更是一种享受。

如果把信保存下来，整理一下，那该是一件多么有意义的事啊！

卿姐对我的帮助是无私的，及时的，有益的。

我在大二时，遇到一位师妹，也是父亲同事的女儿。

这是个性格开朗的女孩。我们每天晚自习后，总要相约在教学楼或宿舍楼附近畅谈，每次见面都有说不完的话。每一次都很开心。情由心生，而且，这种情很纯，也很真。现在想来那是人生一段美妙、纯真的时光。

人的爱恋，有时也很奇怪。漂亮的，你有可能不爱。相处愉悦，才能互爱。

当时，我觉得这个女孩是天下最漂亮的。

二十多年后，当我在洛阳再见到她时，那种漂亮的感觉几乎荡然无存。

这是时间的消磨，更是空间的迷离。

我在给卿姐的信中述说我的感受。

那是非常幸福的感受。那段时间，实际上是沉浸恋爱的时光，也是心情浪漫的境界。

然而，由于年轻。我多大？19岁。她多大？18岁。本应有个瓜熟蒂落的过程，但我拔苗助长了。

在她才入校三个月时，我就给她一个真情表白。可能这种表白吓着她了，她突然结束了我们的幸福时光。

这让我非常失落，不是失落，是失魂落魄。

俩人第一次的感情投入，第一阶段两情愉悦的快乐时光，就以我的仓促又不成熟的表白戛然中止。

当时这对我的打击很大，以致差点影响学业。

我不死心，又坚定表白：等你！一年后等到了"她"，却是在家长撮合下认识的另一位洛阳美女。

只是，前者是动之以情，后者是动之以礼，情在真心，礼在听话。后来与后者分手，也是有礼而无情。这种不断变化的情况，我在信中都给卿姐一一道来，她都给我一一点评，有点赞，有鼓励，也有批评。

卿姐的来信，是我孤寂时光的最好安慰，帮助我度过了相当长的难挨岁月。

卿姐给了我一次终生难忘的午餐。

我上大四时，卿姐已经师专毕业，到新乡三中当了老师，曾专程和男朋友到开封看我。她的男朋友曾是她的大学老师。

他们到了开封，我忙不迭地热情接待，但费用都是准姐夫担待。

我们游览了铁塔、禹王台、龙亭。

中午，在马道街，我们吃了开封名吃——灌汤包。

那包子真香！我在开封四年，那是第一次吃开封灌汤包！好看的包子，喷香的肉馅，包子放进嘴里，咬开后那一口汤水溢满齿间，那是真正的美味佳肴，是天下第一的美味佳肴！

这是我有生以来唯一的一次饕餮大餐，是我经济困顿时的最大慰藉。

那种感觉，那种味道，我后来多次给好多人讲过。

现在写来依然回味无穷，仍然唇齿留香！

一种是该做的没有去做。

这是又一种后悔的事情。

我在市委办当科长时，有次周日回到道北，突然接到同学春茹的电话，说：你卿姐来了，在我家住，卿姐想见你。

这是十来年前的事。

我当时感觉很意外，也很惊喜，第一冲动是去看望。

我在市委院的住宅跟春茹家相隔一条马路。现在刚回到道北，是距离远还是当时累了不舒服了，竟然出门又返回了。

到现在我都没有合适的理由。因此，后悔！

后来和春茹谈起多次，我一直说：应该去你家看卿姐的。

我觉得，我不去看她，辜负了卿姐的一片深情。

而且，这是我一生见她最后一面的机会，却因我一时的冲动，就这样错过了。

我不知，我没有去见卿姐，她会有什么感慨。

想到一首歌《情是什么》："阶前雨/是我昨夜枕畔的泪/断肠虹/是我心头相思的血/昨夜梦/魂魄与你天涯相随/梦如风/风散去再难寻追/啊/情是什么/无端地来/无端地去/总在人间徘徊/啊/来时也苦/去时也苦/却又叫人回味"。

听了歌词，那么，情是什么？

其实，情没有那么复杂。情，是思念，是惦记，是打听，是关怀。

我上高二时，曾与复读高二的戴建明同桌个把月，后来他上大学了。然而，我一直忘不掉他，是因为他的谈吐，还是因为他先我考上大学，不知道。我觉得他是我的榜样，在他的影响下，我也应届考上了大学。大学乃至毕业工作，我一直在查找他、打听他。直到我调入市委机关，他在报送材料时才得以相见。相见，于我是一种惊喜！

对卿姐，我一直思念，一直惦记，一直打听，一直关怀。后来我去过新乡几次，当新乡出现在我的脑海，当新乡出现在我的眼前，我首先想到的就是卿姐。

据春茹讲，卿姐老公是在市教育局整理老师档案时，看见了卿姐的照片，托人去说，成为一家的。卿姐的闺女小名叫小英子，长得很漂亮。

我给春茹说了卿姐的事，春茹长叹：人生苦短，太可惜了呀！

突然的消息，有时就是噩耗！

今天上午，南阳的延军兄发来微信："听说你惠卿姐有病了，而且很严重。"

我，延军，卿姐三个，是高中同班同学，我和延军兄又是大学同学。

我听了说："马上问！"表示如果有病，就马上去新乡看她。

大学毕业后，我们都被俗事所扰，没有再书信往来。

我与延军兄也是。但是，延军在我心目中永远是大哥！

卿姐原来的电话因我换手机而没有留存。

接到延军兄的问询，我立即委托新乡市委办的朋友打听。

中午得到答案："新乡三中孟惠卿老师已经去世好几年了，是生病去世的。"

这个消息，对我，对延军兄，是噩耗！

难过，也得过。

我给新乡的朋友回了两个字："难过！"

延军兄感叹说："人生无常啊，一不小心就是阴阳两隔！"

延军兄又说："珍爱身边的亲人和朋友吧！"

延军兄责备我："书信将成为文物和古董，你怎么给烧了呢？在河大时，从她给我的信件中可以看出，她真把你当成亲弟了！"

…………

我 想 静 静

　　"今晚才听到你的事情，心里很难受。你是一位好大姐，小孟也一直念叨你，你怎么不早点告诉我们呢？"

　　这儿的"你"，就是静静，这儿的小孟，就是我的夫人。

　　静静是一位电大老师，是我曾经的同事，曾经的邻居，也一直是我们的好大姐。

　　我与静静在一所厂矿中学共事八年，还搭档几个学期，她教英语，我教语文，我是班主任，她是我班的代课老师。

　　静静人很漂亮，应是学校女老师中最漂亮的。静静个子高挑，还是所在厂矿的排球主力。静静第一学历可能是大专，但她通过自学拿到了河南大学的本科文凭。静静课教得非常好，学生很喜欢上她的课，同事对她评价也都很高。

　　静静与我是同一年调离的学校，她到市电大教书，我到市委办公室当秘书。她曾给我安排三个大学生，让我当指导老师，给学生们的毕业论文提修改意见。因为专业是财经类的，我除了在论文观点、语言、结构上做些指点，还补习一些财经知识。她这样安排，除了信任，更多的是对"小贾"的关怀：有些许导师薪酬，以弥补我在机关的低工资（比厂矿学校工资低许多）。

"小贾"，是静静对我的一贯称呼，从我大学毕业到去年，有三十二年，她从没有改变对我的这个叫法。我到学校当老师时，她已成家，在教高中。她喊我"小贾"时的声音和语气，有着女性特有的亲切，特有的温柔，特有的纯净。听之，沁人心脾；品之，如饮甘饴；思之，心潮难平！

今晚子时在家静坐，我翻看了她给我发的微信记录：

2016年2月3日，静静给我的春节祝福：恭祝我们海修和家人新年快乐，安康幸福！

2016年10月5日，静静对我发她的音乐相册夸赞道：太棒了！强烈要求看只有你和小孟照片的相册！

2017年2月6日，静静坚持每天为我拟定的旅游宣传口号点赞并鼓劲：必须点赞呀！加油！棒棒哒！

2017年5月6日，静静问我：在吗，社长？电话号码发给我吧。

2017年11月4日，静静夸我又出新书：恭喜才子又出新作，喜欢我们小贾的作品！

2017年11月12日，静静读了我的一篇散文后夸赞：为我们的才子点赞！

…………

我突然发现，我有大半年没有与静静互通音信、互道问候了，也没听到她喊我"小贾"了。

今晚，我曾经的学校同事代老师突然对我说："静静老师去年十月份都不在了，你知道不？"

我以为听错了，代老师又说了一遍。我马上说："不可能，瞎说！"

小孟也说："咋会呢！"话音未落，就把静静的电话拨了出去，过了会儿，神情凝重："电话通着，没人接！"又说："我们孩子上学用书，都是静静给我们的！她闺女比我们孩子刚好大一岁！"

代老师连忙起身落实，很快又回来，消息确实："肺癌！"

我和小孟也无心再坐下去，起身回家，一路心情低落。到家后，给静静的微信里发了文首的几句话。又控制不住，写下了这篇文字。

这是个不眠之夜，我与小孟心里想对静静说的一句话是：

静静，我们想你！

我的文章要上教科书？

　　这篇微信短评，是我到市委机关工作后，认识的首位在县委机关工作的朋友刘主任，早些日子发给我的。现在重翻阅他发给我的这篇微信短文，仍然觉得他认真真诚。是多少年不变的认真真诚。

　　当时我们都是三十岁上下。那天他从北京出差回洛阳，是县委办的副主任，受县委书记委派，邀请一位工作人员出席县里的"绿色风暴"动员大会，我的科长便派我去参加。

　　到县里时，天已黑，招待所里有县委办的田主任蒋科长在等候。我们四人相聚小酌。这是我第一次下县，是第一次猜枚，也是第一次喝高。我们四人看似"搭班儿"，看似"送圈儿"，实际上应该是他们三人"合伙儿对付"我一个人，我看似赢枚了，实际上是赢酒了，当然也赢得了朋友。

　　这仨人现在"官"都做得比我大，但他们与我一直保持联系，而且随叫随到。我们相处融洽，毫不做作。依稀记得那晚，我又被拉到蒋科长家里。因为喝酒时我说我喜欢吃甜面片儿，比我小的蒋科长哄着我叫弟妹为"嫂子"，热情的"嫂子"做了我最喜欢吃的甜面片和咸菜丝，但我一口未吃，不但未吃，在招待所吃的，全都"现场直播"了。这又是我的人生第一次。好丢人哦！

回到招待所，一夜难眠，两暖瓶开水都让我喝光，房间的苹果全部吃光。第二天是大会，我又是第一次坐主席台，在主席台上我正襟危坐，实际上肚子难受异常，坚持到会间休息，连忙请假告退。这是多少年前的事了呢？24年前的事情，我依然记得这么清晰。

刘主任微信原文是：

《我的"履历"》，是可以写进当今中学教科书的。

那一双双尘封，或是锃亮的鞋子；

那一串串深或浅，或明或暗的脚窝；

那一声声零乱，或是铿锵的脚步声……

跃然纸上的"我"，带着风裹着雨一路走来：童趣十足，风度翩翩，坚定自信……变的是衣着、年龄、身份，不变的是纯真、善良和对人生满满的自信和希望。反映了"我"长在红旗下、干在春风里、沐浴在新时代的如意风华……

为了河洛的富饶，为了"我"永远"烧包"，抑或为了下一代更加"烧包"，上教科书吧——我期待！

　　我知道这是刘主任谬赞。前天有个"高价饭"，碰到了我在市委机关工作时的樊科长，他也提到这茬儿。樊兄认真地说，我给你提的《我的"履历"》上教科书的事儿，是认真的。因为现在的孩子，包括孩子的孩子，都没有我们那时的经历，我担心他们会忘本，不珍惜现在的幸福生活。

　　樊兄是我的老科长，也是我初到市委机关工作时的老师，手把手教我工作入门的经验技巧和为人处世，是我能一步一个脚印踏实前行的兄长。

　　看着樊兄真城的表情，我相信他所言非虚。

名 人 堂

走访调研中，在一处读者服务中心宣传栏上，看到了"名人堂"三个字，字的下方为该中心月度涌现出的二十多个先进投递员。我眼前为之一亮。

何谓名人？名人是指各行各业中能力强而备受景仰的人物。大到国家小到家庭，作为其中一员，只要能力超强又人品贵重，就是名人，就可进"名人堂"。

中心主任是城市的名人

每半年就要到十几个读者服务中心走走看看是我的习惯。年前与胡宜平董事长起早贪黑走访一遍，了解了很多情况，也很受员工欢迎。

上午又到开元中心，张林霞主任还未到，韩粉桃副主任刚打扫了卫生。我先问最关心的问题：升学季订报进展怎样？韩说有订报但不是很理想，并说有些新闻手机上也能看到，表示会继续努力。说话工夫，张主任开车到了，说是去公司交护照了。我在宣传栏看到每位投递员都涨了工资，便问投递员如果单纯送报，每月收入有多少？张主任说老投递员每月可拿2000多元，如果加上送奶，可拿到4000元左右。这样的收入，还是比较让人欣慰的。

上周在瀍河中心，与张彦红主任聊到了小记者开发，说是去年以来，新华小记者强势开发，使工作受到很大阻滞。对此，张主任很努力，不屈不挠。还找了主管区长写信反映。

张主任对王区长说：报纸的征订学用，与当地的经济社会发展，特别是文化发展关系密切。多年来在区长的关心和支持下，洛阳日报社与瀍河区各学校，本着自愿共赢的原则，小记者事业蓬勃发展，受到了学校、家长和学生的普遍欢迎。然而，去年下半年以来，这项工作面临很大的窘境，小记者发展面临着停滞的状态，原因是区教育行政部门强力支持新华小记者进校园，对洛报小记者采用"你们也可以进校园"的欲阻还休的做法，使所有的校长处于进退维谷的境地。张主任还对区长说：小记者在日报设有专栏，在晚报设有多个版面，还有《小记者月刊》，而且报纸对推动瀍河教育事业，对塑造瀍河区文化形象有很大的意义和作用，希望得到区长的理解与支持。

张主任的努力得到了主管区长的热情回应。王区长很重视，先是找了一个学校的校长问了，后又把教育局马局长叫去问了情况，是新华小记者和洛报小记者发展并存，并没有强调只发展哪一家。而且区长向局长强调,《洛阳日报》《洛阳晚报》是党报、本地报,更接地气,也说新华小记者、洛报小记者各有特点,应取各家之长。区长和局长都不会搞一刀切。区长也指出我们的活动要在创新上多下功夫,并建议张主任主动找一下局长,多接触,也能得到信息,也是对局长的尊重。

张主任听了区长的一番话,也觉得很多工作没做到位。表示立即找马局长汇报目前洛报小记者的改进和创新,多听听马局长的想法,向她的思路靠拢。

此情况公司副总李莹利也有所了解,并向各位中心主任做了很好的说明:最近十八地市的小记者负责人都在沟通这个事情,都是一样的窘境。新华小记者是各地个人承包购买的牌子,不是新闻单位直属的小记者发展机构。

名人身上都有种精神

"开拓市场,我们最强!"

"要成功,先发疯,下定决心向前冲!"

"不要等待机会,而要创造机会!"

这是我在瀍河中心看到的标语口号。简洁有力,通俗易懂。

开元中心墙上制作有"怎样做一名优秀洛报发行人"和"新四千精神"的彩绘醒目直观。

老城中心张贴了"2018年愿景":个人收入提高5000

元，个人能力有所提升，要形成自己的品牌，要有固定的目标销售群。简单明了，鼓舞人心。

明确提出两个理念是安乐中心的特色。一是管理理念："再苦不言苦，步步攀新高；做领头羊，不做牧羊人。"二是服务理念："对订单获取的关注，高于一切；对投诉的及时处理，先于一切。"很全面，很得体。

对照我们的"战狼"群，做"领头狼"似比"领头羊"更精神得多，厉害得多，有气势得多。想起节前机关一位工作人员面对邮政部门不开发票，到我这里要求协调计财处解决入账问题。我问他：邮政发行局谁说不开票？他答：是一位副局长说不给开票。我又问：你为什么不能问询他们的正局长呢？他答：我不敢问。这位工作人员做得也许没错，他尽了力，也给发行总监及时报告了情况并由总监领着到我这里请求解决问题。但是，他少做了一个动作，就是给正局长打电话。实际上，局长很爽快：给开票呀！为什么不敢给局长打电话，我认为这就是缺乏战狼精神。

那么，什么是战狼精神？

华为公司创始人任正非说：狼和别的动物不同，它有敏锐的嗅觉，有不屈不挠、奋不顾身的精神，有群体奋斗的行为。企业说穿了，也要具备狼的这三种特性。

吴京《战狼》系列的成功，也说明吴京就是一匹战狼，爱国爱岗，敢于出击，全力以赴，不留退路。市场的竞争是残酷无情的，只有狼性十足的战斗团队才能存活下来。

不管遇到哪种艰难的境地，也要记得为活下去而斗争到最后一刻，即使失败了，那也是耀眼的荣光。

海尔集团首席执行官张瑞敏曾说：狼的许多难以置信的战术很值得我们借鉴。第一，不打无准备之仗；第二，在最佳时机出击；第三，战斗中保持团队精神；第四，永不言败。

常言道：狼行千里吃肉，马行千里吃草；活鱼逆流而上，死鱼随波逐流。战狼精神就是倡导一种斗士精神，强烈的血性，是战狼强大的凝聚力。头狼强，则狼群强；头狼弱，则狼群弱。团队标杆与榜样必须有着钢铁般的意志，能够身先士卒、一抓到底、抱团前行。只有这样，战狼般的团队方可天下无敌。人生在世，生命不息，战斗不止。我们每个人只有像战狼一样去战斗，才能勇于面对生活中所遇到的各种问题与困境，为自己创造更美好的明天。

我想到了社歌歌词，"浴火重生，淬炼成钢""燃烧青春，追梦新的远方""人民所需，初心不忘""忠诚团结，创新担当"，其中是不是也蕴含着一种战狼精神？

由此又想，各个中心是不是少了洛报精神的宣传口号呢？

名人皆有个人魅力

高新中心板报展示有发行类培训资料，上面有配送服务标准："订户住几楼，我们送几楼。"重点解决"最后10

米"的问题。还写了"一想、二找、三讲"方法，去找目标订户，突出晚报的亮点与卖点。很直接，也很便捷、灵活。

从战狼群里，又看到高新中心主任王耀鹏，在中心大院里，利用晨会落实各项工作，进行动员督促。这个院子很好，很宽阔，员工态度也很好，都在倾听。王主任面向大家站立，侃侃而谈。

同样的场景也在纱厂中心出现。这个中心位于801仓库，有三间房子。地方大了，租房费用却大幅降低，这归功于中心一位副主任强烈的主人翁意识，寻找了这么一个物美价廉的所在，还有中央空调可免费使用！地板砖锃亮，三十多个投递员环桌而坐，中心主任张晨红面东开讲，和颜悦色。这个中心估计是最大的一个中心，从道北中心、西工中心合进来一批员工，张主任也是资深主任，性格一向很好，善做思想动员工作，与员工相处和睦。这几天报纸有点晚，张主任还为员工准备了爱心早餐。看着员工开心工作的画面，我心里也荡漾着幸福。

像纱厂中心一样，涧西中心、洛南中心、珠江中心也都乔迁"新居"，个个都是旧貌换新颜：很排场，很敞亮，也很大气。随机查看时，李书光主任、金红云主任、李召萍主任都在岗，与员工同辛苦、共欢乐，这让员工有了靠山，有了支柱，有了主心骨。而且，这些主任很阳光，很精神，很知道关心员工，如为员工熬绿豆汤、提供简餐等，做法很人性化，让员工感受到了细致入微的关怀，也使得员工义无反顾地投身于发行。

地方大了方便了，费用反而少了，这是一举两得的事。困则思，思则变，变则通。我们应该充分利用大房子去办大事，把我们的发行工作做得更好更扎实。如洛南中心是三层，一层分报，那二、三层还能做点什么呢？浪费了着实可惜。还有新城中心，二层也是一百多平方米，我一直鼓励闫建霞主任把二层出租，比如办文化课补习班。每个月可有一两千的租金收益，实行收支两条线，每月上交公司后全额返还中心，用于改善员工工作条件，支出公开透明，多好啊！

名人都是干练的

早上参加了夏令营开营仪式。

团市委领导周志明致辞，讲得非常好：语言生动，简明扼要，深入浅出。他从开办少年军校意义到爱国爱党爱军培养，从学校教育到暑期生活，从强健体魄到陶冶情操，都讲得恰当明了。而且不需要讲稿，站在话筒前，气宇轩昂，声音洪亮，有着标准的军人风范。他的讲话，是很好的动员令，也是很精彩的倡议书，使在场的200多名身穿迷彩服的少年以及两三百名热情围观的家长，都受到了教育和感染。

确实，对少年的教育和培养，离不开共青团组织的关心和支持！我们少年军校和夏令营成功开办，更离不开周书记的认真指导和热情支持!

开营仪式结束后,我拐到八一中心看了看。现在有了古城快速路,也只是一眨眼的工夫,然而,没想到八一中心主任王青峰离开开营仪式现场走得比我还快。我进去时,王正在工作,会计叶琳正埋头入账。

这也是发行公司较大的中心,有员工61人。王青峰也是历经主任岗位最多的主任,2002年就当了中心主任,在老城、安乐、新城、高新等区域"开疆拓土、建功立业",2017年交流到八一中心任职。王主任性格开朗,嗓音深厚,富有感染力。他说他看了我写的老城中心调研手记,对我提出的"蚕食精神"很感兴趣,准备下午开会给员工讲讲。面对征订营销困难,也确实需要这种工作态度和工作方法。我补充说,要鼓励员工积极尝试,敢于尝试,不试怎么知道行不行呢?即便不行,我们又不吃亏,怎么不去试呢?

说话间,先后回来了送完报纸的袁新霞、王月玲。袁新霞年轻,2014年开始做投递工作,是公司的优秀员工,王月玲退休了仍然留在中心继续做投递。这两人都是公司的忠诚员工,年年圆满完成征订任务,手里也没有无效订户。特别是王月玲,人不退,心更不退,敬业精神突出,让人感动。前不久王城建材发生的一场火,使得这里的建材商户一律关停并限期外迁他处,造成40多份报纸无法投递。这个段道由王月玲负责,她想方设法地联系订户,赢得了订户的好评和中心的肯定。

　　在与袁新霞她们的谈话中得知，八一中心有姊妹三人同在这个中心工作，我是第一次听说，忽然觉得颇有新闻价值，写出来应有较强可读性。一家三人在报社干发行，是什么吸引了她们？她们干得又怎么样？其间又有什么逸闻趣事值得挖掘和探究？这对招聘投递员、宣传报纸品牌有一定启发。这三个人分别是刘爱敏、刘爱霞、刘景霞，后者是中心班长，也是前两者的弟媳。刘爱敏是报社的金牌投递员，也是资深先进员工。

　　说着说着，进来一个人，带来一阵风。王主任赶紧介绍：这就是刘景霞！刘景霞看到是我，连忙柔声说到：社长好！刘班长干练，形象也好，我夸她年轻漂亮，她反应很快：不看长相，看实力！这句话引起笑声一片。

　　说实话，我很喜欢轻松愉快的工作氛围，所谓的"工作愉快"，我认为是工作胜任、工作顺利、工作开心的简略语。

跋：“金毛师王”

王安朝

自从微信诞生后，这几年微信群迅速崛起，几人、几十人、上百人动不动就建个微信群，而在微信群里大多数人都不显示自己的真实名字，兴起了一种昵称。当然，“金毛师王”也是一个微信朋友的昵称。

我没有其他嗜好，闲暇之余为不虚度年华，间或写点乡土小说充实人生，写作目的只是把生活中听到的小故事给予艺术加工后通过自己的公众号发出去，让读者朋友在阅读中获得人生启迪。因为故事大都来自老百姓之口，又以豫西地区方言成文，因此很多北方人看后，都伸出大拇指说“爽”。更多素不相识的人的评价则是“你的文章很接地气，很有看头”。当然这种说法，一是肯定，二是带点捧场的味道。

忽一天，有一个叫“金毛师王”的微信朋友找我聊天，说他在洛阳。我说我也在洛阳。他说你在洛阳哪儿工作。我说我在某单位给人家写材料。他又说，我看了你写的乡土小说，语言很丰富，有嚼头，有空我们坐坐，在一块儿喷喷。我说，中。

实际上我说这个"中"字是一种无意的答复，我认为这是中国人的一种说话艺术，是一种客套话。我也没有把这件事放在心上，正当我要把这件事给忘记的时候，某天上午十一点多钟的时候，我的手机响了，一看是语音聊天，是"金毛师王"打过来的，出于礼貌，我赶紧接。

"金毛师王"说："小王，你好，我今天不忙了，我得跟你见见面，请你吃个饭。"

我一看手表，十一点半了，看来金毛师王是掐着点要请我坐坐了，是要拿出真金白银请我吃饭了。文人一般清贫，很少有人请吃饭，这一遇到，还真有点缓不过神来。

我没有私家车，单位的车不敢开，不能因为吃一顿饭撞在公车私用的枪口上。我不想去，想中午在单位简单吃点饭。

谁知，"金毛师王"好像看出了我的心思，片刻又发来语音说："你打的过来我给你报销。"

我一成年人能因为打个的叫人家报销？我说："你在哪个位置？"

"我在洛阳日报社工作，老家是偃师牙庄的，咱们是老乡，中午我请你吃个饭，坐一块儿喷喷。"

听到他在洛阳日报社工作，知道他是个记者，是个文化人，我有点茫茫人海遇到知音的感觉，就叫单位朋友开着私家车直奔报社门口。赶到门口，时针已经指向了十二点，报社已经下班了。我赶紧打开微信的语音与"金毛师王"联系，得到的是一句爽朗的回答："你在门口等着，马上到。"

"小王，你好！"他一眼就认出了我，可能是我的公众号上有我本人照片的缘故，我猜测他是通过照片认出我的。"咱是老乡，我平时也写点东西发发，看你写的乡土小说很美。今天见见面，吃一个简单的饭，聊聊。"

"金毛师王"的介绍让我肃然起敬，原来人家不是一般的记者，还是个当官的，但没有一点架子。他中等个子，戴着一副金丝眼镜，镜片后面的一双眼睛放出睿智的光芒。他反应很快，亲和力很强，说一口地地道道的偃师普通话。要不是戴副眼镜穿着西装，差点把他当成一名普普通通的工人。

落座后，自然是闲聊。"金毛师王"谈起了他的过去，似在总结人生，谈话中得知，他是1985年毕业于河南大学中文系，文学学士，毕业后当过中学老师、报社记者、国家公务员，曾在洛阳市委办公室、洛阳市委组织部干过事。他在工作之余，用贾猷、雅庄等笔名发表了一些论文、新闻通讯、小说、散文。还出版了自己的第一部长篇小说《玉色瑗姿》，《玉色瑗姿》投放新华书店后，便赢来了读者的好评，该书也因此获得了洛阳市第七届"五个一工程"奖，还获得了洛阳市广播文艺奖长篇连播节目一等奖。

原来"真人不露相",这个"金毛师王"不仅是个官,还是俺的老乡、大作家,是俺偃师人的骄傲,这让我更加钦佩。

闲聊中,他说:"你是咱们偃师翟镇前王村人吧,和庄学老师(洛阳市作家协会副主席)是一个村子的吧。庄学老师写过两部长篇小说《同宗》《同袍》。"我说:"是,我们还是忘年交。"

"金毛师王"说:"你也是我们偃师人的骄傲,你写的乡土小说每一篇我都拜读,很接地气,有自己独特的写作风格。"于是,我也说了说我的写作经历,没想到"金毛师王"还高抬我为"作家"。这让我汗颜,"作家"二字我是万万不敢接受的,因为我没有出过书,称为文学爱好者还可将就。

但作为一个作家,"金毛师王"是如此谦虚,如此家常,如此和蔼可亲,如此平易近人,这让我诚惶诚恐。

饭毕,"金毛师王"不吭不哈就结了账,这让我猛地想起了一句诗"月是故乡明"。我和"金毛师王"在一起,他没有官架子,也没有用官腔说话,而是用实实在在的家乡话跟我诉说着人生、理想、创作以及未来的发展方向,很悦耳。

要分手了,"金毛师王"送了我两本他写的书,一本是他的长篇小说《玉色瑷姿》,还有一本是他的散文集《抱朴守拙》。他说,他的第三部作品出版后再赠送我一本。看来,他会在文学的路上一直走下去,我也希望能品尝到他奉献给读者的新的精美的文化饕餮盛宴。

在我回单位的路上，"金毛师王"把他最近写的几篇散文——《有块菜地》《忆卿》《父亲的水泵厂》《母亲康复记》《乡村的呼唤》等发到了我的微信上，我赶紧拜读，每一篇文章都文笔优美，思路清晰，读来清新自然，朗朗上口，有种六月天喝了一瓢雪花水的感觉，美透了。

王安朝，河南省作家协会会员、岁月如歌文化传媒（郑州）签约作家。1989年开始发表文章，曾在《北京文学》等刊物发表文章多篇，擅写人物专访，多次获国家级、省市级征文奖。